ALEXANDRA BENEDICT

MORD IM CHRISTMAS EXPRESS

KRIMINALROMAN

AUS DEM ENGLISCHEN VON
ANKE CAROLINE BURGER

TROPEN

Die vorangestellten Zeilen aus dem Gedicht »From A Railway Carriage« entstammen der Übersetzung von Florian Bissig.

FSC
www.fsc.org
MIX
Papier | Fördert gute Waldnutzung
FSC® C083411

Tropen
www.tropen.de
Die Originalausgabe erschien unter dem Titel »Murder On The Christmas Express« im Verlag Simon & Schuster, London

Published by arrangement with Simon & Schuster UK Ltd,
1st Floor, 222 Gray's Inn Road, London, WC1X 8HB
A Paramount Company
Für die deutsche Ausgabe

Umschlaggestaltung: © Zero-media.net, München
unter Verwendung der Daten des Originalverlags; Artwork: © Emma Ewbank
Gesetzt von Dörlemann Satz, Lemförde
Gedruckt und gebunden von CPI – Clausen & Bosse, Leck
ISBN 978-3-608-50196-4
E-Book ISBN 978-3-608-12206-0

Schneller als Hexen, schneller als Feen,
Brücken und Häuser, Hecken und Seen;
Sie stürmen entlang wie grimmige Trosse,
Quer durch die Auen die Rinder und Rosse:
Und all die Bilder von Tälern und Höhen
Fliegen vorüber wie Schauer und Böen;
Und plötzlich pfeift, und immer wieder,
Ein buntes Bahnhofshaus vorüber.

ROBERT LOUIS STEVENSON, »FROM A RAILWAY CARRIAGE«

Für Katherine Armstrong –
Lektorin, Freundin und Meisterrätselraterin

PROLOG

24. DEZEMBER

Er würde sie nicht weinen sehen, diesmal nicht. Meg rannte aus dem Speisewagen, sie war sich bewusst, dass sämtliche Handykameras auf sie gerichtet waren. Ihre Augen brannten, als sie durch den Gang zu ihrem Abteil stolperte. Der Zug schien ihr zuzuflüstern: *Er liebt dich nicht, er liebt dich nicht, er hat dich nie geliebt.*

Während sie verzweifelt nach der Schlüsselkarte tastete, blickte sie über ihre Schulter. Grant war ihr nicht gefolgt. Ein Teil von ihr wünschte sich, er würde ihr hinterherrennen. Ein Teil wollte den großen Krach, der sich wie Liebe anfühlte, und die Versöhnung, die auf den Krach folgte, wenn Grant wieder nüchtern war und sie anflehte, ihm zu verzeihen. Dabei wusste sie genau, was passieren konnte. Was bereits um ein Haar passiert wäre. Und sie wollte nicht an Heiligabend sterben.

In ihrem Club-Double-Abteil verriegelte sie die Tür und rollte sich auf dem Bett zusammen. Sie drückte ein Kissen an die Brust und weinte. Ihr Herz tat so weh, als sei es ein weihnachtliches Knallbonbon, an dem zwei Leute mit aller Kraft zogen. Und am Ende war davon nichts weiter übrig als ein zerknüllter Zettel mit einem blöden Witz darauf.

Sie überlegte, ob sie zu der Frau gehen sollte, Roz – die ehemalige Kriminalkommissarin, die aussah wie Kate Bush. Vielleicht konnte die ihr helfen.

Ihr Handy vibrierte.

Und vibrierte wieder.

Sie sah auf das Display – sie war in einem Video markiert worden, und die Benachrichtigungen stapelten sich hundertfach auf ihrem Bildschirm. Alles schien sich zu beschleunigen – der Zug, ihr Herzschlag. Das Video war vor einer Minute gepostet worden. Irgendjemand hatte den ganzen Streit zwischen ihr und Grant gefilmt, vom ersten wütenden Flüstern über die Anschuldigungen, das Leugnen und Brüllen bis zu dem Augenblick, in dem Meg weggerannt war.

Sie las in Echtzeit mit, während die Kommentare aufploppten. Wie immer konnte sie nicht anders, konnte nichts ungelesen lassen:

Lindyhop2010: Ich bin TeamMeg!

Meg4Eva: ❤❤☹

InkedAndPrimped: Er ist heiß – da kann man ja wohl mal was schlucken. Ich würd's machen! 😋

DinosaurSenior: VERLASS IHN, MEG! Komm lieber zu mir, ich verwöhne dich gern

FalschePropheten: Glaub's mir, dem darfst du keinen Schritt weit trauen

Nastasha_Roberts: Die Frau ist doch Psycho. Voll auf Droge, sieht man sofort

ICD3adp30pl3: Alles Fake News. Die ganze Beziehung von den beiden ist reine Publicity, und die andern machen mit bei der Show

Meg checkte Twitter – #megrantlovespat war voll im Trend.

Meg spürte, wie ihr Gesicht noch heißer glühte. Nun sah sie so rot und verquollen aus, wie sie sich fühlte. Sie wusste genau, was Grant jetzt sagen würde: »Auch damit kann man Geld machen.« Er war wie Rumpelstilzchen, er konnte aus jedem Mist

Gold spinnen, besonders wenn sie dabei klein und verletzlich aussah. Morgen Abend hatte er die Story garantiert schon an eins der Promimagazine verkauft. Meg und Grant würden zusammen auf dem Titelblatt erscheinen, und in Megs retuschierten Augen würde kein Lächeln zu sehen sein.

Doch diesmal war alles anders. Nach dem, was er ihr zugeflüstert hatte, als sie im Speisewagen auf dem Tisch gestanden hatte. Die Leute würden fragen, warum sie nicht schon viel früher etwas gesagt oder ihn verlassen hatte. Die Glücklichen, die so redeten, waren noch nie missbraucht worden. Sie kapierten einfach nicht, dass man sich sogar nach trockenen Brotkrumen sehnte, wenn man völlig ausgehungert nach Liebe war.

Es spielte keine Rolle, was die Leute redeten, nun nicht mehr. Sie würde ihre Geschichte zurückerobern. Die Wahrheit sagen. Die ganze Wahrheit. Alles, was sie viel zu lange versteckt und in geheimen Videoclips dokumentiert hatte. Jetzt war der Zeitpunkt da, um zum Befreiungsschlag auszuholen und die Videos zu posten. Ihren eigenen Hashtag zu setzen: *#Megtoo*. Und so vielleicht für die vielen Frauen zu sprechen, die es selbst nicht konnten.

Meg holte die Puderdose heraus und betrachtete sich in dem kleinen Spiegel. Ihre großen, schwarzen Pupillen reflektierten ihr Gesicht. Kajal und Mascara liefen ihr die Wangen hinunter und hinterließen dunkle Spuren auf der Foundation. Sie holte die neuesten Produktproben heraus, die ihr die Firmen zu Promotion-Zwecken zugeschickt hatten, beseitigte das schlimmste Geschmier in ihrem Gesicht und deckte die roten Flecken ab, die trotz Make-up sichtbar waren. Wenn sie schon mit verzerrtem Gesicht vor laufender Kamera schluchzen würde, dann wollte sie dabei wenigstens gut aussehen.

Meg schaltete Ringlicht und Filter an und tippte die Markennamen, die zu Beginn ihres Livestreams bei Instagram aufblitzen würden, ins Handy. Sie hatte Geheimnisse, und heute war der Tag, an dem sie ans Licht kommen würden. Kleines Weihnachtsgeschenk für ihre Follower, und die Rute für Grant. Ihrer Karriere würde das Ganze keinen Abbruch tun – auf Tiktok blieb die Zeit nie stehen, und es würde ihr etwas von der Aufmerksamkeit zurückbringen, die sie in letzter Zeit verloren hatte. Sie musste ruhig bleiben und authentisch wirken, während sie die Marken promotete. Ihr Traffic würde durch die Decke gehen, und ihre verunsicherten Sponsoren wären zufrieden.

Sie atmete so tief ein, wie ihre Lunge das erlaubte. Dann nahm sie eine Getränkedose in die Hand, für deren Bewerbung sie bezahlt wurde, setzte sie an die makellosen Lippen und klickte den *Live*-Button an.

Sie fuhr sich mit der Zunge über die Lippen, als sie die Dose absetzte, als hätte sie gerade etwas Köstliches getrunken. »Hi, ihr Lieben. Ich hatte euch ja versprochen, ich würde mich später noch mal melden. Bei mir läuft es nicht direkt nach Plan. Wahrscheinlich habt ihr schon mitgekriegt, dass Grant und ich uns mal wieder gezofft haben. Normalerweise würde ich nie zulassen, dass ihr mich so seht.« Sie zeigte auf ihre schwarz verschmierten, verquollenen Augen. Aus der übersichtlichen Anzahl von Live-Zuschauern war mittlerweile ein wahrer Schneesturm geworden. Das war ihr Augenblick. »Normalerweise würde ich mich ein bisschen aufhübschen und weitermachen, wie immer. Aber heute nicht. Heute packe ich aus. Heute erfahrt ihr, was wirklich hinter meiner Beziehung zu Grant steckt.«

Das reichte erst mal, damit die Follower am Ball blieben. Werbepause. Sie sprach davon, dass sie unverwüstlich sei, genau wie die Foundation, die trotz der Tränen auf ihrem Gesicht blieb.

Und als sie das Gefühl bekam, dass ihr das Publikum wegbrechen könnte: »So, jetzt kommt's! Was ich euch sagen will: Ich habe früher schon heimlich Sachen gefilmt. Aber jetzt habe ich den Eindruck, dass es an der Zeit ist, die Wahrheit muss einfach raus. Hinter dem Make-up und den Fotosessions, den Storys in *Hello!* und sonst wo, versteckt sich –«

Der Zug schlingerte und machte einen gewaltigen Ruck zur Seite. Die Bremsen kreischten. Die Tür zum Bad flog auf und knallte gegen die Wand. Der Waggon ruckte heftig und legte sich schräg. Meg kroch in die Ecke des Betts und hielt ihr Handy dabei ganz fest. »Was passiert hier?«, fragte sie, als ob ihr die Follower irgendwie helfen könnten.

Mit einem furchtbaren Kreischen kam der Zug zum Stehen.

Die selbst gemachte Weihnachtsdeko, die Meg gerade erst aufgehängt hatte, schwang hin und her, dann fiel sie herunter und landete direkt auf ihr. Designertaschen schlingerten durchs Abteil. Ihre Schmuckschatulle fiel vom Waschbecken, genau wie eine neue Lidschattenpalette, aus der sich pulvrige Farbpigmente in Rauch- und Fliedertönen über den Boden verteilten. Die Puderdose rutschte vom Bett und zerbrach, als sie gegen die Wand krachte.

Meg rührte sich nicht vom Fleck und wartete darauf, dass die Welt wieder ins Gleichgewicht kam. Den Gang hinunter waren Rufe, aus anderen Abteilen Schreie zu hören.

Wenige Augenblicke später: Totenstille. Meg schob das Fenster nach unten und ließ einen Schwall kalter Luft herein. Sie blickte an den Gleisen entlang um die Kurve, konnte aber nichts sehen, nur undurchdringliche Winterdunkelheit. Andere Fenster gingen ebenfalls auf.

»Tja, das habt ihr bestimmt nicht erwartet! Dass ihr miterlebt, wie unser Zug entgleist«, sagte sie in die Handykamera. »Ich auch nicht. Auch wenn ich seit Langem das Gefühl habe, dass mein Leben total aus der Spur geraten ist. Aber Grant kann jede Minute hier sein, ich muss es euch also schnell erzählen.« Sie atmete tief durch und blickte direkt in die Kamera. Sie wusste, dass ihre Augen groß wirken würden, ihre Pupillen riesig. »Anfangs war er einfach hinreißend. Er hat mich mit Romantik nur so überschüttet. Meine Therapeutin hat gesagt, er hätte mich mit Liebe bombardiert. Aber dann ist er ziemlich schnell –«

Meg unterbrach sich. Die Tür ging auf. Ein Fuß erschien im Türspalt. Grant. Zuerst war sie erleichtert und sagte: »Grant, oh, was –« Er kam herein und schloss die Tür hinter sich. Er hatte einen schrecklich bedrohlichen Ausdruck im Gesicht. »Bitte nicht –« Die Worte verendeten in ihrem Mund und wurden zu Kohlenstaub. Grant versuchte, sie zu packen.

Meg wich zurück, schlug wild um sich und stoppte dabei versehentlich die Live-Aufzeichnung. Sie ließ das Telefon zu Boden fallen, wo Grants Absatz das Display zertrümmerte. Sie hob die Hände vor das Gesicht. Hellseherische Fähigkeiten brauchte sie nicht mehr für diese Vorhersage. Sie würde doch an Heiligabend sterben.

EINS

23. DEZEMBER

In der Nacht vor Heiligabend regte sich auf der Regent Street niemand und nichts. Die Autos standen seit zehn Minuten bewegungslos im Stau. Nur das Taxameter tickte munter weiter, Pence und Pfund schraubten sich gnadenlos immer weiter in die Höhe.

»Wann geht Ihr Zug genau?« Der Taxifahrer stellte das Radio leiser und drehte sich zu Roz um.

»Viertel nach neun«, antwortete sie, den Blick starr auf die Uhr gerichtet. Es war zehn vor neun.

Der Fahrer schüttelte den Kopf. »Bei dem Verkehr? Es braucht schon ein Weihnachtswunder, wenn wir es rechtzeitig bis Euston Station schaffen wollen. Wahrscheinlich müssen Sie den nächsten nehmen.«

»Aber ich fahre mit dem Nachtzug«, erwiderte Roz. »Dem letzten vor Weihnachten! Ich muss nach Schottland. Bei meiner Tochter haben die Wehen eingesetzt, sechs Wochen zu früh.«

Unwillkürlich huschte der Blick des Fahrers zu dem Foto von zwei Kleinkindern auf seinem Armaturenbrett. Sein Gesicht verdunkelte sich. Roz war versucht, ihn nach seinen Sorgen zu fragen, unterdrückte den Impuls aber. Es ging sie nichts an. Sie hatte selbst genug Schwierigkeiten, mit denen sie fertigwerden musste.

»Ich würde ja eine andere Strecke fahren«, sagte er, »aber so sieht's momentan überall aus. Unfall auf der Charing Cross Road. Bis rauf zur Regent Street geht nichts mehr. Gibt es denn außer dem Nachtzug keine anderen Züge?«

»Alle ausgebucht«, erwiderte Roz und hielt ihr Handy hoch. »Ich habe nachgeguckt.«

Sie ließ das Fenster auf ihrer Seite herunter und hoffte, die Außenwelt würde sie von ihrer Panik ablenken. Die kalte Luft strömte herein, als sei sie der erste Gast des neuen Jahres, der schon auf der Türschwelle gewartet hatte. Draußen schoben sich, dick in Schals und Mützen verpackt, die Menschen beim weihnachtlichen Einkauf vorbei. Der lilagetönte Nachthimmel über London schien Schnee zu versprechen. Die Farbe erinnerte sie an das schwarze Haar ihrer Tochter Heather. Eigentlich müsste Roz jetzt bei ihr sein, ihr die Hand halten, Schokolade in den Mund stecken, die Gebärwanne mit Wasser füllen, tun, was es zu tun gab. Sie hätte damit rechnen müssen, dass es eine Frühgeburt werden könnte, aber in ihrem Leben gab es so vieles, das sie hätte tun müssen und nicht getan hatte. Als Heather schwanger wurde, hatte Roz ihr versprochen, dass sie sich von der Metropolitan Police Force in London frühpensionieren lassen und ein paar Monate vor der Geburt zurück nach Schottland ziehen würde. Sie würde mithelfen, das Haus für den Sturm eines neugeborenen Kindes wetterfest zu machen, das war zumindest der Plan gewesen. Aber dann hatte Roz sich entschieden, noch einen letzten Fall zu Ende zu bringen, bevor sie aus London wegging, und jetzt war das Baby schon auf dem Weg. Und Roz war nicht da für ihre Tochter. Schon wieder.

Sie sah aufs Handy. Keine neuen Whatsapps von Heather oder ihrer Partnerin Ellie. Und die Bahn-App zeigte nach wie vor die pünktliche Abfahrt ihres Schlafwagens an.

Der Taxifahrer stellte das Radio wieder lauter. Es lief »December Will Be Magic Again«. Die Stimme von Kate Bush kletterte erst ganz hoch, wurde wieder tief, klang zart und kristallklar wie frischer Schnee. Früher hatte Roz das Lied geliebt, aber der Dezember war für sie schon lange nicht mehr magisch gewesen.

Über ihr breiteten die berühmten Engel der Regent Street ihre weihnachtlich beleuchteten Flügel aus. Roz musste an Hannibal Lecter denken, der in *Schweigen der Lämmer* einen Polizisten ausweidet und wie einen blutenden Engel am Käfig aufhängt. Wahrscheinlich nicht unbedingt die Assoziation, die mit der festlichen Weihnachtsbeleuchtung beabsichtigt war. Also gut, wenn ihr kein Engel zu Hilfe kam, dann musste sie eben selbst dafür sorgen, dass sie es rechtzeitig zum Bahnhof schaffte, und zwar *pronto.*

»Ich steige hier aus«, sagte sie und griff nach ihrem Gepäck. »Was schulde ich Ihnen?«

Der Taxifahrer stoppte die Zähluhr. »Vierundzwanzig Pfund sechzig«, sagte er und zuckte entschuldigend die Achseln.

Roz hielt ihre Kreditkarte ans Lesegerät, fügte ein Trinkgeld hinzu und betete zum Gott der MasterCards, dass es mit der Bezahlung gleich klappen würde. Ein Augenblick, der ihr ewig vorkam, dann wurde der Beleg ausgespuckt.

»Danke«, rief Roz, während sie ihr Gepäck aus dem Taxi wuchtete.

»Ich drück die Daumen, dass Sie's noch schaffen!«, rief ihr der Fahrer hinterher. Er betrachtete erneut das Bild seiner Kinder und bekreuzigte sich.

ZWEI

Schwer schlug ihr der Rucksack gegen den Rücken, der dicke Koffer neben ihr sah aus wie der hilfreiche Diener Passepartout aus *Reise um die Erde in 80 Tagen* auf Rollen, als Roz über den Bürgersteig auf den U-Bahnhof Oxford Circus zueilte. Auf der Victoria Line waren es nur zwei Stationen bis Euston und dann ein paar Schritte zu Fuß bis zum überirdischen Bahnhof. Trotzdem würde es verflucht knapp werden. Sie hatte das Taxi genommen, um nicht das viele Gepäck durch London und in die U-Bahn schleppen zu müssen. Und nun war sie doch hier und musste sich irgendwie einen Weg durch das Gewimmel auf der Regent Street bahnen. Sie fühlte sich, als sei sie in einem Videospiel, in dem sie nicht Zombies, sondern Weihnachtseinkäufern wie dem Mann ausweichen musste, der gerade auf sie zukam und seine Geschenkpapierrollen schwenkte, als sei er ein Jediritter mit Lichtschwert. Roz' Koffer schien ihre Panik zu teilen und gab ein verzweifeltes Quietschen von sich.

Auf der Rolltreppe in Oxford Circus sah Roz auf die Uhr. Noch zehn Minuten bis zur Abfahrt ihres Nachtzugs. Ein Straßenmusikant sang »Driving Home for Christmas«, und sie stellte sich vor, ihrer neugeborenen Enkelin ins Gesicht zu blicken. Leider hatte sie auch vor Augen, was Heather für ein Gesicht machen würde, wenn Roz den Zug verpasste.

Auf dem Bahnsteig schleifte sie ihren Koffer durch die vielen Wartenden und in die U-Bahn. Sie stand direkt am Ausgang und hielt die Luft an, als die Tür sich zu schließen versuchte. Im

Waggon roch es nach Schweiß und Kaffee und sich beißenden Parfüms. Die neben Roz eingezwängt stehende Frau blickte ihr ins Gesicht. Die beiden sahen sich mit dem resignierten Blick der U-Bahn-Fahrerinnen an: Entschuldigung für die erzwungene körperliche Nähe.

Roz' Arme waren eingeklemmt, aber um zu wissen, dass ihr die Zeit davonlief, brauchte sie nicht auf die Uhr zu sehen. Ein schreckliches Gefühl der Beklemmung überkam sie. Sie atmete tief durch und versuchte, den aufkommenden Flashback zu unterdrücken. Doch keine Chance. Mit voller Wucht drängten die alten Erinnerungen auf sie ein, und Roz durchlebte von Neuem den schlimmsten Moment, als würde es in diesem Augenblick passieren, und nicht vor dreißig Jahren. Erinnerungen an den Mann auf ihr, wie sie ihn anflehte aufzuhören. Der Geruch seines Marlboro-Atems, als er ihr ins Gesicht spuckte.

»Geht es Ihnen nicht gut?«, fragte die Frau neben Roz. Sie warf einen Blick in Richtung Notbremse. Wenn sie die U-Bahn anhielt, würde Roz ihren Schlafwagen im Leben nicht mehr bekommen.

»Alles in Ordnung«, sagte Roz und versuchte, ihre Panik zu unterdrücken. Wäre sie nur früher losgefahren. Wenn alles nach Plan gelaufen wäre, wäre sie eine Stunde vor der Abfahrt des Zuges am Bahnhof gewesen. Sie hätte ahnen müssen, dass ein Unfall oder irgendetwas anderes dazwischenkommen und sie von ihrer Tochter fernhalten würde. Meist sorgte sie selbst dafür.

Bitte, mach, dass er Verspätung hat, betete sie zu wem auch immer. *Mach, dass der Zug später fährt. Mach, dass Schnee das Gleis blockiert, ein Blatt am Fenster klebt, irgendwas.* Ihre düstersten Gedanken kreisten sogar um einen Selbstmörder auf den Schienen. So weit ging sie in ihrem Stoßgebet aber nicht.

Als die U-Bahn in Euston anhielt, stürzte Roz auf den Bahnsteig und schlug flink Haken um Pendler und Einkäuferinnen. Die Rolltreppe war zu langsam, deswegen keuchte sie mit dem

Gepäck an den schmerzenden Armen die Treppe hinauf. Sobald sie in die Bahnhofshalle kam, blickte sie hoch zur Uhr.

21:18 Uhr.

Ihr Herz war ein Aufzug, der in die Tiefe rauschen wollte, aber sie stellte den Fuß in die Tür. Noch war nicht alles verloren. Nach Luft schnappend, studierte sie die Anzeigetafel.

21:15 Uhr Fort William. Verspätet.

Eine Welle der Erleichterung. Sie ließ den Blick durch die Bahnhofshalle gleiten. Ein kugelbehängter Christbaum wollte an die Decke stoßen. Ein Weihnachtschor trällerte fröhlich in der Mitte der riesigen Halle. Menschenmengen mit Geschenksets und Taschenbüchern in der Hand ergossen sich aus den Läden. Ein Mann mit Rentiergeweih auf dem Kopf watschelte vorbei und zog bis zum Bersten gefüllte Koffer hinter sich her. Weihnachtliche Gefühle aller Art ließen sich beobachten, von überglücklichen Menschen, die ihre Angehörigen vom Zug abholten, bis zu einer einsamen Frau, die sich die Kapuze ihres roten Parkas über den Kopf gezogen hatte und Schluchzer zu unterdrücken versuchte.

Roz spürte den Drang, auf sie zuzugehen, ihr eine Umarmung, ein Taschentuch oder ein Stück von ihrem Whisky-Taiblet anzubieten – ihre Spezialität, eine Art schottischer Karamell-Fudge, nur besser, körniger und weniger klebrig, die sie erst an diesem Morgen zubereitet hatte. Sie musste an Heathers frostige Worte denken: »Meinst du nicht, es wird langsam mal Zeit, dass du an deine eigene Familie denkst, Mum, und nicht immer an alle anderen?«

Roz wandte sich von der weinenden Frau ab und lenkte ihre Schritte stattdessen zum Auskunftsschalter. Sie wollte wissen, wann der Nachtzug abfahren würde. Auf keinen Fall wollte sie es sich beim Warten zu gemütlich machen, einschlafen und doch noch den Zug verpassen.

Ein älterer Mann vor ihr in der Schlange bebte. Der Strauß mit Rosen und Eukalyptus in seiner Hand bebte ebenfalls. »Aber muss denn nicht ein Schienenersatzverkehr eingerichtet werden, wenn der Zug ausfällt?«

Die Frau hinter dem Schalter war vermutlich noch weit unter vierzig, hatte aber schon so viele Sorgenfalten, als hätte sich jeder Zugausfall in ihrem Gesicht eingegraben. »Sobald es eine neue Verbindung gibt, wird sie auf der Tafel angezeigt, Sir.«

»Aber was soll ich denn jetzt tun?«, fragte der Mann. »Ich muss nach Manchester. Meine Familie wartet auf mich.«

»Es tut mir wirklich schrecklich leid, Sir«, sagte die Angestellte. »Der Verkehr auf der Strecke muss wegen des starken Schneefalls eingeschränkt werden.«

»Aber andere Züge fahren doch auch!«

»Das wird von Fall zu Fall entschieden. Auf manchen Strecken gibt es größere Schwierigkeiten als auf anderen, je nach Zustand der Schienen, Art der Züge, dem Wetter vor Ort.«

»Aber es ist Weihnachten!«, stieß er mit hoher Stimme aus. Roz sah ihn auf einmal als kleinen Jungen vor sich, der zum ersten Mal begreift, dass es im Leben nicht gerecht zugeht.

Die Falten im Gesicht der Frau wurden tief wie Spurrillen, als sie die Stirn runzelte. »Ich wünschte, ich könnte Ihnen helfen«, sagte sie, und Roz glaubte ihr. »Sie müssen mit jemandem in der Zentrale sprechen. Dort können in besonderen Fällen Transportmöglichkeiten organisiert werden.«

Der Mann nickte langsam und wirkte schrecklich alt, als er davonging.

Roz hoffte, dass es noch sehr lange dauern würde, bis ihr demnächst eintreffendes Enkelchen lernte, wie ungerecht die Welt war. Sie checkte ihr Handy. Heather hatte ihr eine Whatsapp geschickt:

HEATHER: Immer noch Vorwehen. Habe schon alle Pfannkuchen verschlungen, die Ellie mir gebrutzelt hat. Zwischen den Wehen backt sie neue. Jetzt was von deinem Taiblet wäre schön! Bist du unterwegs?

Roz überlegte, wie sie darauf antworten sollte. Sollte sie ihr schreiben, dass die weihnachtlichen Leckereien in ihrer Tasche nur darauf warteten, ausgehändigt zu werden, sobald sie bei Heather eintraf? Oder dass sie sich noch gut an ihre einsetzenden Wehen erinnerte, als sie selbst mit Heather schwanger war. Noch genau wusste, wie verängstigt sie sich gefühlt hatte. Wie allein. Wie sie jetzt versuchte, diese ganzen aufsteigenden Erinnerungen zu verdrängen. Wie ihr das Herz wehtat für ihre Tochter. Oder vielleicht sollte sie Heather um Verzeihung bitten, all die Worte rauslassen, die sie so lange unter Verschluss gehalten hatte. Gab es ein Emoji für sowas?

Aber Whatsapp war nicht der richtige Ort dafür. Stattdessen schrieb sie nur:

ROZ: Zug hat Verspätung, bin also noch in Euston. Iss so viele Pfannkuchen wie du kannst! HDL, Mum x

Roz hätte Heather schon vor Wochen was von dem Taiblet schicken sollen. Warum hatte sie das bloß nicht gemacht? Keinen blassen Schimmer. Wenn es um die Arbeit ging, durchschaute ihr Gehirn die logische Entwicklung von Abläufen sehr gut. Immer war es ihr gelungen, einen vernünftigen Gedankengang aus dem Tatsachenchaos zu entwickeln. Aber wenn es um ihr eigenes Leben ging? Keine Chance. Es gab nicht mal die Entschuldigung, dass der Fudge frisch gegessen werden musste. Er hielt sich vermutlich mehrere Monate. Einmal hatte sie versucht herauszufinden, ob er ein Jahr unbeschadet überstehen würde, aber dann war schon nach den ersten vierzehn Tagen nichts mehr davon übrig gewesen.

»Kann ich helfen?« Die Frau am Infoschalter – Natalia laut ihrem schiefsitzenden Namensschild – sprach mit Roz. »Was kann ich für Sie tun?«

»Können Sie mir irgendetwas über den Nachtzug nach Fort

William sagen?«, fragte Roz. »An der Tafel steht nur ›verspätet‹, aber nicht, wann er erwartet wird.« Beim Wort »erwartet« musste sie schon wieder an Heathers Wehen denken. Und ihre eigenen Wehen damals. Sie vertrieb die Erinnerungen aus ihrem Kopf. Bloß nicht darüber nachdenken. Nicht jetzt.

Natalia tippte etwas in ihren Rechner ein. Erleichterung glättete ihre Züge. »Sie können sich glücklich schätzen. Der Nachtzug verkehrt heute nur auf der Strecke nach Fort William. Normalerweise wird der Zug in Edinburgh geteilt und fährt in verschiedene Teile der Highlands weiter, aber die anderen Strecken sind gesperrt worden, zu gefährlich.«

»Da hab ich ja noch mal Glück gehabt.«

»Der Zug müsste in weniger als einer Stunde hier eintreffen.« Die Sorgenfalten kehrten zurück. »Sie wollen ja nicht an einer der kleineren Haltestellen aussteigen, oder? Aufgrund der Verspätung wird der Zug an mehreren kleinen Bahnhöfen nicht halten.«

»Nein, ich fahre durch bis Fort William.«

»Dann ist ja alles supi«, erwiderte Natalia. »Sie sind pünktlich zu Weihnachten zu Hause.« Ihr Lächeln war ansteckend und sprang auf Roz über.

Natalias Lächeln verschwand allerdings sehr schnell wieder, als sie den grimmigen Gesichtsausdruck auf dem Gesicht des Mannes in der Schlange hinter Roz sah. Roz bedankte sich noch mal bei Natalia und hoffte, dass deren Weihnachten ab jetzt fröhlicher verlaufen würde.

Als Roz die Bahnhofshalle durchquerte, kam sie an einem widerlich volltrunkenen Businesstypen mit herunterhängender Weihnachtsmannmütze vorbei, der einer als Elfe verkleideten jungen Frau laut hinterherpfiff. Die Elfe zuckte zusammen und zog die Schultern ein.

Roz kannte diese Sorte Männer gut, so wie viele andere Frauen auch. Das Gefühl, als Freiwild zum Abschuss freigegeben worden zu sein. Pfiffe und Schlimmeres hatte sie schon zu oft erlebt. Genau deswegen war sie Polizistin geworden, damit andere Frauen so etwas nicht zu erleben brauchten. Aber sie hatte versagt; ihr letzter Fall hatte das nur zu deutlich bewiesen.

Sie starrte den jungen Mann mit ihrem besten Kommissarinnenblick an.

»Fick dich, Oma«, sagte er und verzog höhnisch das Gesicht.

»Ich werde in den nächsten Stunden Oma, Jungchen, und ich bin stolz darauf. Was würde deine Oma sagen, wenn sie dich so sehen würde, hm?«

Er wurde blass und blickte zu Boden.

»Hab ich's mir doch gedacht.«

Er grinste noch einmal höhnisch und wankte davon. Die Elfe drehte sich mit einem wütenden Blick zu Roz um. »Ich kann sehr gut auf mich selbst aufpassen, nur dass Sie's wissen.« Und damit ging sie energisch davon, dass die Glöckchen an ihrer Mütze und ihren Schuhen nur so klingelten.

Das hatte Roz noch gefehlt. Jetzt wusste sie genau, warum sie London, dieses Irrenhaus, hinter sich lassen wollte. Sollten die Affen in diesem Zirkus doch ohne sie zurechtkommen.

DREI

Der Cappuccino in der Hand von Killa wurde kalt. Die Hand, die den Wegwerfbecher hielt, zitterte. Das war nicht gut. Zusammenreißen war angesagt. Der Mord musste geschehen. Das Opfer durfte nicht am Leben bleiben.

Killa sah zu, wie die Menschen durch die Bahnhofshalle hasteten, alle wollten nur nach Hause. Viele schienen sich über die Verspätungen und Zugausfälle aufzuregen oder anstrengende Weihnachtstage im Kreis der Familie, die am Zielbahnhof auf sie wartete, zu befürchten. Bräuchte Killa sich doch nur darum zu sorgen.

Killa versuchte sich zu beruhigen und ging den Plan noch einmal von vorn bis hinten durch. Die Fahrt mit dem Schlafwagen nach Fort William hatte Killa schon dreimal gemacht – Zug, Landschaft und Haltepunkte waren Killa so bekannt wie die verfrühten Falten im eigenen Gesicht. Killa hatte noch nie im Leben etwas dem Zufall überlassen, zumindest nicht, seit Killa das Opfer kannte. Aber es gab so viel zu bedenken. Zu viele Mitreisende im Zug. Dennoch war es die einfachste Methode, sich dem Opfer zu nähern. Irgendwann einmal würde es allein und angreifbar sein. Und eine ganze Nacht lang eingesperrt im selben Zug mit Killa.

Das zu wissen, war allerdings nicht unbedingt hilfreich. Killa würde zum ersten Mal etwas anderes umbringen als die Fruchtfliegen, die im Sommer die Bananen umschwirrten. Jetzt war es eher ein Gefühl wie Fruchtfliegen im Bauch. Ob sich alle Menschen so fühlten, wenn sie ihren ersten Mord begingen? Was war, wenn man es mit der Angst zu tun bekam? Wenn sich im entscheidenden Augenblick herausstellte, dass man nicht in der Lage war, einen Mord zu begehen?

Dabei brauchte es nicht viel. Entschlossenheit. Leidenschaft. Damit hatte Killa keine Schwierigkeiten. Zumindest nicht, wenn es um Leidenschaft für eine Sache ging. Aber Leidenschaft für eine Person, das war nicht mehr möglich gewesen seit ... Aus dem Grund war Killa ja hier.

Als Killa zum Bahnhof kam und sah, dass der Zug Verspätung hatte, hätte Killa fast wieder kehrtgemacht und wäre nach Hause zurückgefahren. Hätte sich Weihnachten ohne Tod an den Händen vorgestellt, mit der Pute als einzigem Opfer. Aber es war zu spät, da war das Zielobjekt, zum Greifen nah. Killa beobachtete, wie das Opfer ständig auf den sozialen Medien nachsah, wie viele Likes es gerade hatte, wie es sein Spiegelbild in den Schaufensterscheiben bewunderte. Das Lächeln auf dem Gesicht, das so künstlich war wie die Bräune und die Wimpern, die auf dem Kissen herausfallen würden. Killa musste zur Tat schreiten, es gab keine andere Wahl.

Killa ging zum Whistlestop, um sich mit Verpflegung einzudecken. Bei langen Reisen musste man immer darauf vorbereitet sein, dass es im Zug möglicherweise nichts zu essen gab. Einmal hatte Killa die gesamte Reise von London nach Edinburgh mit nichts als einer Mandarine und einer kleinen Packung Pringles überstehen müssen. Heute gab es ein belegtes Brot mit Käse und Gurke, Nüsse und einen köstlichen Twirl-Riegel. Heute wurden keine Kalorien gezählt. Es war immerhin fast Weihnachten, und ein Mord wollte begangen werden. Nachdem auch noch ein Buch bei WHSmith gekauft worden war, machte Killa sich auf den Weg in die Erste-Klasse-Lounge, um dort auf den Zug zu warten. Jetzt hieß es nur noch lächeln und nicht auffallen.

Ein junges Pärchen ging vorbei, das Händchen hielt und die

Arme schwingen ließ. Die beiden lachten und redeten über die Party, zu der sie fahren wollten. Für sie bestand Weihnachten wahrscheinlich aus nichts als Lichtern und Liebe und nach Zimt schmeckenden Küssen. Killa war sich sicher, dass die zwei genau wie das Gesetz, die Polizei, die Richter und Geschworenen, die Soaps und Boulevardblätter sagen würden, dass es falsch war, an Weihnachten zu töten. Aber sie kannten ja auch nicht die Geheimnisse der Zielperson. Noch nicht. Kamen diese Geheimnisse erst einmal ans Licht der Öffentlichkeit, würden alle Killa gratulieren und eine fröhliche Weihnacht wünschen.

VIER

Die Lounge für die Passagiere der ersten Klasse war größer, als Roz gedacht hatte, und trotzdem fast voll. Hinten im Raum erspähte sie einen freien Sessel und bahnte sich einen Weg zwischen dem Designermobiliar hindurch. Überall waren schottisch klingende Stimmen zu hören. Ein Heimweh überkam Roz, wie sie es seit vielen Jahren nicht verspürt hatte. Sie hatte sich schon lange an das Leben in London gewöhnt, wo der East-End-plus-Essex-Akzent so allgegenwärtig war wie der Marihuanageruch. Aber hier mit schottischen Dialekten in verschiedenen Tartanmustern fühlte sie sich sofort zu Hause.

Sie legte ihr Gepäck auf dem Sessel ab und machte einen Rundgang durch die Lounge. Es gab Duschen und Umkleideräume, ein Büffet mit kostenlosen Chips, Keksen, Obst und Gebäck, außerdem Zapfhähne, aus denen Teewasser und guter Kaffee kamen. So ging also die andere Hälfte auf Reisen. Roz fuhr gern mit der Bahn, war aber noch nie erster Klasse gereist. Ihre Kolleginnen und Kollegen von der Polizeiwache wussten, dass sie sich immer schon eine Reise mit dem Luxusschlafwagen gewünscht hatte, und hatten ihr die Fahrkarte zum Abschied geschenkt. Diesen Posten auf ihrem Wunschzettel konnte sie also abhaken.

Sie besorgte sich einen Kaffee und einen Muffin und machte es sich gemütlich, behielt die Anzeigetafel aber im Blick. Sie holte das Handy heraus – ihre letzte Nachricht war gelesen, aber nicht beantwortet worden. Ob Heather wohl gerade wieder eine Wehe hatte? Ellie war ja bei ihr, würde ihr den Rücken massieren und sich die Hand drücken lassen, bis die Knochen ächzten. Aber wenn Roz nur auch schon bei ihr sein könnte.

Sie holte ihren verspiegelten Zauberwürfel aus der Tasche, um sich abzulenken. Sie schloss die Augen und hielt ihn einfach nur in der Hand. Der Mirror Cube bestand aus Klötzchen verschiedener Größe, die alle mit spiegelndem Vinyl in derselben Farbe beklebt waren. In den späten Achtzigern war Roz zweimal Juniormeisterin im Rubik's Zauberwürfel-Wettbewerb in Inverness gewesen und hatte seitdem nie den Drang verloren, alles in seine richtige Ordnung zu bringen. Sobald sie anfing, am Würfel zu drehen, verstummten die Stimmen in ihrem Kopf und in der Lounge. Roz nahm kein Geräusch mehr wahr außer dem Klicken der Steine, die ihren Platz fanden. Sie fühlte sich ruhig wie ein spiegelglatter See, und in ihrem Kopf war alles friedlich und leer.

»Kannst du das jetzt endlich mal sein lassen, Meg?« Eine Stimme durchdrang Roz' Klickmeditation. Der Mann saß einige Meter entfernt und redete mit einer hinreißend aussehenden, glamourösen jungen Frau, die gerade ihren glühweinfarbenen Lippenstift nachzog, der farblich auf ihre Fingernägel abgestimmt war. Sie musste Mitte zwanzig sein und hatte die ausgeprägten Wangenknochen, zarten Handgelenke und Schlüsselbeine von jemandem, der nie viel aß. Doch in ihrem Gesicht zeichneten sich Konturen ab, die auf noch dunklere Schatten hindeuteten.

Der Mann sah auch gut aus, aber auf eine Art, die Roz völlig uninteressant fand: Fitnessstudio-gestählt, groß, mit kräftigem Knochenbau und gebräunter Haut, die glatt wie Leberpastete wirkte. Ihr Blick glitt sofort wieder an ihm ab, als wäre er mit Schmalz eingefettet. Das Pärchen war von Designertaschen umgeben. »Ich fahre mit *dir* in den Urlaub, nicht mit Gott und der Welt«, moserte er.

Mit seinen Beinen, die in einer wurstpellenengen Hose steckten, schien der Schönling den Weltrekord im Manspreading aufstellen zu wollen.

»Nicht so laut, bitte«, flüsterte Meg und warf einen Blick in die Runde, um zu sehen, ob sie beobachtet wurden. Roz beugte den Kopf, um in ihrer Handtasche nach einem Stückchen von ihrem Whisky-Taiblet zu suchen, die sie einzeln in Zellophan verpackt hatte. Sie wickelte es bedächtig aus – auf die Art wirkte sie beschäftigt. Seltsamerweise glaubten die meisten Menschen, sie würden nicht belauscht, wenn man sie nicht direkt dabei ansah. Roz hatte die Kunst des unbemerkten Beobachtens und Lauschens schon vor sehr langer Zeit perfektioniert und gelernt, selbst die kleinsten Dinge zu registrieren, bevor der Rest der Welt sie auch nur wahrgenommen hatte. Und je älter sie wurde, desto weniger wurde sie bemerkt. Das Alter machte unsichtbar.

Eine andere, noch jüngere Frau – Anfang zwanzig, würde Roz schätzen, aber viele Mädchen wirkten reifer als ihr Alter – und ihr Teenagerbruder versuchten nicht einmal, ihr Interesse an Meg zu verstecken. Sie saßen am Tisch neben der Kaffeemaschine und starrten die Influencerin mit offenem Mund an.

Als Meg die beiden bemerkte, erstarrte sie, dann verzog sie das Gesicht zu einem Lächeln und winkte ihnen zu. Sie legte die Hände an die Brust und nickte langsam, als habe sie ihre Aufmerksamkeit wie einen Segen empfangen. Dann tupfte Meg Concealer auf die dunklen Ringe unter ihren Augen und setzte eine übergroße Sonnenbrille auf. Sie befestigte das Handy an einem Selfiestick und steckte sich ein Mikrofon an. Ihr Handy war von einem Ringlicht umgeben, das wie ein Heiligenschein aussah.

Meg lächelte wieder, diesmal in die Kamera, und ihre Präsenz wirkte augenblicklich stärker, strahlender. »Hallo, ihr Lieben«, sagte sie. »Ich wollte euch nur kurz Bescheid geben – der Zug hat Verspätung, insofern müsst ihr euch noch ein kleines bisschen gedulden bis zu unserer Pyjamaparty im Schlafwagen.

Also bleibt dran, schlüpft in was Gemütliches, holt euch ein paar Plätzchen und was zu trinken, alles, was euch in Weihnachtsstimmung bringt, und dann dauert's nicht mehr lang, und wir rauschen zusammen in die Heilige Nacht, *in no time.*«

Die letzten drei Worte sang sie mit klarer Stimme, legte den Kopf schräg und hielt die Finger hoch zum Peace-Zeichen.

Das Mädchen neben der Kaffeemaschine sang laut mit. Sie hielt ein Handy hoch, vermutlich filmte sie das Ganze.

Roz steckte sich ihr selbst gemachtes Karamellbonbon in den Mund und googelte schnell: Meg *in no time.* Sie zerkaute das bröselige Taiblet und überflog die erste Seite mit Ergebnissen, während ihr die würzige Süße auf der Zunge zerging. Am häufigsten tauchten Fotos einer Meg Forth auf, wie sie einen Gesangswettbewerb im Fernsehen gewann und eine Trophäe hochhielt, während Glitter wie Schnee auf sie herabregnete. Auf YouTube und Tiktok gab es auch Videos. Es sah so aus, als hätte sie diesen Wettbewerb mit dem Song »In No Time« gewonnen, einer melancholischen Popballade über den Verlust von Liebe und Jugend, die Roz meinte, mal im Radio gehört zu haben. Wochenlang hatte sich der Song ganz oben in den Charts gehalten, danach hatte Meg ein Album herausgebracht, das es kurz auf die Nummer eins schaffte und dann in der Versenkung verschwand.

Ein Jahr später war Meg wieder aufgetaucht, als Beauty- und Travel-Influencerin und Dauerbrenner in den Klatschspalten der Illustrierten: *Meg Forth zeigt stolz ihre Kurven und ihren Neuen, Reality-TV-Star Grant McVey.* Grant war Roz' oberflächlicher Googlerecherche zufolge Sieger bei *Britain's Best Boyfriend* geworden, einer kurzlebigen Fernsehshow, in der er und neun andere Männer mit allen Mitteln der Kunst versuchten, eine Frau namens Freya für sich zu gewinnen. Grant waren die Herzen des abstimmenden Publikums zugeflogen, aber das von Freya hatte er kurz darauf gebrochen. Danach war er in einer ganzen Reihe von Reality Shows aufgetreten, und bei einer davon hatte er Meg kennengelernt. Seitdem hatten sie sich bereits ein paarmal getrennt – zwischen den Zeilen gelesen, schienen Grants Sauftouren und nicht nachlassendes Interesse an anderen Frauen schuld zu sein. Auf den Titelbildern der Promi-Magazine sah Grant seine Meg stets hingebungsvoll an. Jetzt, in der Ersten-Klasse-Lounge in Euston, betrachtete er sie finster und trommelte mit den Fingern auf den Tisch.

»Ich mach keins mehr, bis wir unterwegs sind, versprochen.« Meg streckte die Hand nach seinem Knie aus. Sie sprach leise und besänftigend auf ihn ein, in demselben Tonfall, den Roz bei Menschen kurz vor dem Ausrasten anschlug. »Auf dieser Reise geht es nur um uns zwei. Du weißt, ich muss mich regelmäßig bei meinen Followern melden, um die Sponsoren zufriedenzustellen. Aber wirklich wichtig bist nur du.« Sie lehnte sich vor und flüsterte Grant etwas zu, das Roz nicht verstand.

Er nickte zustimmend, aber sein Gesicht war immer noch wütend verzogen. Er fasste in die Innentasche seiner Jacke und holte eine E-Zigarre und ein Fläschchen mit Vape-Flüssigkeit heraus. Bedächtig füllte er das Gerät auf und inhalierte tief. Es zischte und knisterte unheimlich. Er blies Meg eine Riesendampfwolke ins Gesicht.

Meg lachte ein klein bisschen, wandte den Kopf aber ab. Der Ausdruck, der über ihr Gesicht huschte, sah verdächtig nach Angst aus. Sie öffnete ihre Handtasche, holte eine sehr scharfe, kleine Schere mit geschwungenem Griff und ein paar Blatt weißes Papier heraus. Sorgsam schnitt sie Kreise mit der Schere aus. Sie machte eine Papierpuppenkette, wie Heather sie früher gern gebastelt hatte. Als Meg mit dem Papier hantierte, bemerkte Roz einen dunkelblauen Fleck an der Innenseite ihres Oberarms. Die Art Bluterguss, die Roz bei Fällen häuslicher Gewalt schon zu oft gesehen hatte.

Doch solche vorschnellen Schlüsse sollte sie nicht ziehen. Außerdem ging sie nichts davon etwas an. Roz lehnte sich im Sessel zurück und versuchte, die Neugier abzuschalten, die sie im Lauf ihrer fünfundzwanzigjährigen Laufbahn als Polizistin schon mehrere Male fast um Kopf und Kragen gebracht hätte. Der Kaffee war gut, auch wenn sie ihn leider hatte kalt werden lassen. Und der Muffin hatte oben eine leckere, feste Kruste, die man in einem Stück abbrechen konnte, wie ein mit Schokochips gedecktes Dach. Roz hatte nie verstanden, warum ein »Muffin Top« so etwas Schlimmes sein sollte. Genauso wenig wie »Winkearme«. Für Roz waren beides positive Dinge: Wenn man Speckröllchen hatte, hieß das, das Essen schmeckte einem. Und Winkearme erinnerten sie an euphorische Begrüßungen. Beides hieß: Frau hatte gut gelebt.

»Mich schlägst du nie. Wollen wir wetten?«

»Um was?«

Etwas lautere Stimmen erregten ihre Aufmerksamkeit. Vier Jugendliche, den gestreiften Schals nach zu urteilen, Studierende an einer Universität, saßen um einen Tisch und spielten Karten. Um welches Spiel es sich handelte, konnte Roz nicht erkennen.

»Hier, das habe ich für die Nachbarn von meinen Eltern gekauft«, sagte die eine, zog einen Talisker-Whisky in runder Verpackung aus dem Rucksack und schwenkte ihn wie einen Zauberstab vor dem Gesicht ihrer Kommilitonin. »Der gehört dir, wenn du gewinnst. Dann kannst du deiner Tante was Besseres schenken als eine selbstbemalte Tasse.« Sie grinste.

Die junge Frau neben ihr hatte bunt gefärbte Haare, die ihr in zwei regenbogenfarbenen Flechtzöpfen auf den Rücken fielen. Sie wirkte älter als die anderen, aber zugleich auch jünger.

»Lass sie in Ruhe, Beck«, sagte der junge Mann ihr gegenüber. Unter den Bündchen seiner dunkelblauen Ärmel blitzten Efeutätowierungen hervor.

»Mensch, halt doch die Klappe, Blake.« Beck verdrehte die Augen.

»Was ist eigentlich los mit dir?«, fragte die androgyne, dunkel gekleidete Person, die neben Blake saß. »Kannst du nicht ein einziges Mal versuchen, nett zu sein, nur ein bisschen?« Bei dem blauschwarz gefärbten Haar musste Roz an einen Raben denken, und an ihre eigene Jugend als Grufti mit dickem Kajal und Trauerspitze. Sie hatte den Schwarz-in-Schwarz-Look geliebt; jetzt, da sie pensioniert war, konnte sie sich endlich wieder so anziehen.

»Du checkst mal wieder gar nichts, Sam. Ich will ihr doch nur helfen. Stimmt's, Ayana?«, sagte Beck zu der Vierten in der Runde. Ayana nickte wenig überzeugt. »Wie soll sie es sonst ins Team schaffen? Von uns ist sie ja wohl diejenige, die das Preisgeld am dringendsten braucht.«

»Ich kann's auch gut gebrauchen«, entgegnete Sam. »Wenn wir gewinnen, kann ich einen Master machen.«

»Schon, aber denk doch nur an unsere arme Ayana. Was ihre Familie mit dem Marktstand verdient, reicht nicht mal, um beim Italiener essen zu gehen, und erst recht nicht für die Studiengebühren. Und ob sie demnächst ein Stipendium oder einen reichen Typen auftut, der für sie löhnt, ist ja auch eher unwahrscheinlich, oder?«

Ayana sah sie grollend an.

Die vier versuchten wohl, bei *Geek Street* reinzukommen, dachte Roz – eine Quizsendung im Fernsehen mit starkem Suchtpotenzial, eine Mischung aus *University Challenge, Love Island* und *Big Brother*. Teams aus verschiedenen Universitäten wohnten zusammen in einem Fernsehstudio, das wie ein Wohnheim ausgestattet war, wo man ihnen beim Büffeln und Flirten zugucken konnte, bevor sie am Ende der Woche gegeneinander antraten. Das Fernsehpublikum war ganz verrückt danach, den Strebern dabei zuzusehen, wie sie sich anfreundeten, verliebten oder, am besten noch, sich prügelten – die *Mail* nannte die Sendung »Einen Käfig voller Nerds«. Immer mehr Teams schieden aus, und die Gewinnerinnen und Gewinner erhielten ein Stipendium, mit dem sie ihr ganzes Masterstudium finanzieren konnten. In die Uniteams hineinzukommen, war schwierig, diese Studierenden hier wetteiferten scheinbar um die letzten Plätze. Roz könnte sich auf jeden Fall eine schönere Art vorstellen, die Weihnachtsfeiertage zu verbringen, aber das musste schon jede und jeder selbst wissen.

»Ich glaube«, sagte Sam und starrte Beck mit gespielter Faszination an, »du bist wahrscheinlich der fieseste Mensch, den ich je kennengelernt habe.«

»Na, dann hab ich aber Glück, dass ich wenigstens schlau bin. Ihr könnt euch alle im Glanz meiner Genialität sonnen.«

»Wow.« Mehr fiel Sam dazu offensichtlich nicht ein.

»Aber natürlich bedeutet das«, fuhr Beck fort, »ihr drei müsst um die verbleibenden zwei Plätze in meinem Team kämpfen. Eigentlich hätte ich euch Losern das selbst überlassen sollen, statt mit euch auf diesen blöden Trip zu fahren. Aber da wir jetzt hier sind, können wir auch genauso gut trainieren. Ich wette um eine Schachtel Pralinen und die Kette, die ich meiner Mum schenken will.«

Ayana blinzelte mehrere Male und atmete tief durch. »Und wenn ich verliere?«

»Wenn ich ganz ehrlich sein soll, glaube ich nicht, dass du irgendwas besitzt, das ich gern hätte. Aber von mir aus – sagen wir deine Handtasche.«

Ayana zog ihre rote Handtasche an sich. Das abgenutzte Leder war an manchen Stellen glatt, an anderen rissig. Sie wickelte sich den verblassten Riemen um die Hand. »Die hat meiner Mum gehört«, sagte sie.

Beck blinzelte und legte den Kopf schräg. »Aber du bist doch überzeugt, dass du gewinnst, oder etwa nicht? Dann spielt es doch eh keine Rolle. Oder vielleicht glaubst du gar nicht unbedingt, dass du in unser Team gehörst? Willst du dich lieber gleich als Ersatzspielerin melden, und damit hat sich die Sache?«

»Ich spiele«, erwiderte Ayana. Roz fragte sich, um was für ein Kartenspiel es sich handeln mochte. Mau-Mau war es jedenfalls nicht, soviel stand fest.

»Ich kann's nicht mitansehen«, sagte Sam, stand auf, entfaltete sich zur vollen, gertenschlanken Größe und entschwand in Richtung Unisex-Toilette.

Beck mischte die Karten, nahm die erste vom Stapel, runzelte die Stirn und deckte die nächste auf. Ihr fieses Grinsen behagte Roz überhaupt nicht. »Ayana Okoro«, sagte Beck mit der prahlerischen Lauerstimme eines Quiz-Showmasters aus den Achtzigern. »Nenne für jeden Buchstaben des Alphabets eine Hauptstadt.«

Eine Denksportübung. Roz liebte Denksport. Sie war jahrelang festes Pub-Quiz-Mitglied ihrer Polizeiwache gewesen und war als eine der besten und ambitioniertesten Quizspielerinnen bekannt, zumindest, bis der dritte Gin des Abends wirkte und sie anfing, zu kichern und alles schrecklich komisch zu finden. Sie sammelte Fakten und Eindrücke in ähnlich großer Menge wie die kleinen Shampoofläschchen, die sie aus Hotelzimmern mitgehen ließ.

»Stell ihr eine andere Frage.« Der Tätowierte sah Beck flehentlich an.

»Halt die Klappe, Blake«, giftete Beck. »Du hast sechzig Sekunden Zeit, Ayana. Und deine Zeit läuft ab ...« Sie holte eine kleine Sanduhr aus der Tasche und drehte sie um. »Jetzt!«

»Ankara«, sagte Ayana und schloss die Augen, um sich zu konzentrieren. »Berlin, Caracas, Damaskus, Edinburgh ...«

Während die Städtenamen Ayana immer schneller über die Lippen kamen, sah Roz ein Baby im Rentierstrampler, das auf sie zukrabbelte. Das kleine Geweih auf dem Kopf des Babys wackelte, als es sich am Bein ihres Tisches nach oben zog.

»Na, du«, sagte Roz. Das Kleinkind schenkte ihr ein zweizähniges Lächeln und ließ das Tischbein los. Roz streckte den Arm aus und hielt das Baby fest, bevor es umkippte. Ihr wurde warm ums Herz, als sie die kleine Patschehand am Arm spürte.

»Danke«, flüsterte ein Mann um die dreißig, als er auf sie zugerannt kam und das Kleine schnell auf den Arm nahm. »Das ist Buddy. Seit Neuestem ein Turbokrabbler. Ich heiße Phil.«

»Na, Buddy«, sagte Roz.

Buddy grinste, während er in das Tragetuch an Phils Brust verfrachtet wurde.

»Wie alt ist er?«, fragte Roz.

»Sieben Monate.« Phil flüsterte immer noch, dabei war sein Sohn ganz offensichtlich wach. »Mein nächstälterer heißt Robert. Irgendwie müssen wir einen Turbokrabbler, einen Kitaflitzer, einen pubertierenden Teenie und eine fast Erwachsene den ganzen Weg in die Highlands über in Schach halten.« Er zeigte in Richtung des Tischs, an dem seine größeren Kinder saßen. Der Teenager trug ein Metallica-T-Shirt und das junge Mädchen ein Ringelkleid. Sie starrte Meg immer noch hingebungsvoll an. Hinter ihnen kämpfte eine Frau mit einem sich windenden Kindergartenkind, um ihm einen Pulli überzuziehen.

»Ihre zwei Großen scheinen ja ganz begeistert von unseren Promis zu sein.«

Phil warf einen schnellen Blick hinüber zu Meg und erstarrte. In seinem Blick lag nichts von der Anbetung, die aus dem Gesicht seiner Kids sprach. Eher etwas, das nach Angst aussah. »Ach, Sie wissen doch, wie die jungen Leute sind.«

»Sie haben auch den Schlafwagen gebucht?«

Er riss den Blick von Meg los und grinste Roz schief an. »Genau, bis nach Fort William, aber ob wir in dem Wagen zum Schlafen kommen, steht auf einem anderen Blatt.« Die schwarzen Ringe unter seinen Augen deuteten auf unendlich viele Stunden Schlafmangel hin. »Freut mich jedenfalls. Das ist meine Frau Sally.«

»Phil!«, rief Sally ihm zu. »Ich bräuchte mal deine Hilfe!« Ihre

Stimme klang gereizt oder möglicherweise auch nur extrem müde.

Phil schenkte Roz ein entschuldigendes Lächeln und eilte zu seinem Zweitjüngsten, der angefangen hatte, Zuckertütchen auf den Boden zu schleudern.

»Ulan Bator«, fuhr Ayana fort, »Vaduz, Warschau ...« Sie unterbrach sich, aber ihre Lippen bewegten sich weiter, als versuchten sie verzweifelt, eine Hauptstadt mit X zu bilden. Roz durchforstete ihr Gehirn nach einer und verstand dann, warum Blake versucht hatte einzuschreiten. Es gab keine Hauptstadt, die mit X anfing.

Sam war zurück und stand abwartend zwischen den Tischen.

»Die Zeit ist fast rum«, sagte Beck, wieder das höhnische Grinsen auf dem Gesicht. Roz hätte zu gern dafür gesorgt, dass es ihr verging, und dachte blitzschnell nach, wie sie das schaffen könnte.

Dann klickte es, die Steine fanden an die richtige Stelle, und die Antwort war da.

»Sie ist schon fertig«, sagte Roz.

Beck wandte sich ihr zu, den Mund zu einem niedlichen Zähnefletschen verzogen. »Was?«

Roz lächelte sonnig zurück. »Sie haben ja sicher das schottisch-gälische Alphabet gemeint, richtig? In dem gibt es kein X, Y oder Z.« Fünf Jahre Gälischunterricht bei ihrer Tante und eine Begeisterung für Sprachen waren doch noch zu mehr gut als nur zum Entziffern von Straßenschildern und Beeindrucken von neuen Bekannten. Die Frauen, mit denen sie ausgegangen war, waren im Allgemeinen beeindruckter gewesen als die Männer.

»Was bedeutet, sie hat die Aufgabe in der vorgegebenen Zeit geschafft!« Sam klatschte in die Hände.

Blake lächelte und Ayana auch. »Danke«, sagte sie.

»Das ist Beschiss«, maulte Beck.

»Du willst mir doch nicht erzählen, das soll fair sein, dass du das gälische Alphabet gemeint, aber nichts davon gesagt hast? Du hast genau gewusst, dass wir vom heutigen englischen Alphabet ausgehen würden.« Blake verschränkte die Arme.

»Man soll halt nie einfach so von irgendwas ausgehen. So eine Hilfe würde Ayana im Fernsehstudio im Leben nicht kriegen. Wir sollen hier unter den gleichen Bedingungen wie –«

»Und woher willst du wissen, dass sie's nicht gewusst hat?«, erwiderte Blake. »Her mit dem Zeug! Gib's ihr.«

Ein Sturm der Gefühle raste über Becks Gesicht. Mit vorgeschobenem Kinn händigte sie Ayana den Whisky und eine Schachtel teurer Pralinen aus. Sie wollte gerade den Koffer öffnen, wohl, um die Kette herauszuholen, da sagte Ayana: »Nein, den Schmuck nicht. Schenk den deiner Mutter.« Ihre Stimme war rau; Roz hörte eine Menge Ungesagtes heraus. Ihr war klar, dass Ayana ihrer Mum nichts mehr schenken konnte, genauso wenig wie Roz *ihrer* Mutter.

»Sehr großzügig von dir«, sagte Beck, starrte dabei aber Roz herausfordernd an. Roz hielt ihrem Blick stand, bis Beck wegsah, dann erhob sie sich, um noch einen Kaffee zu holen.

Als Roz es durch das Labyrinth von Koffern zum Büffet geschafft hatte, fiel ihr dieselbe Frau wieder auf, die sie vorhin in der Bahnhofshalle hatte weinen sehen. Sie war mindestens zehn Jahre jünger als Roz und gerade dabei, sich den Rucksack mit kostenlosen Plätzchen, Chips und Äpfeln vollzustopfen, als sei er ein Weihnachtsstrumpf. Ihre dünnen Finger zitterten. Als sie merkte, dass sie beobachtet wurde, fuhr sie zusammen. Ein schuldbewusster Santa im roten Parka. Sie erwiderte Roz' verschwörerisches Lächeln nicht.

»Keine Bange«, sagte Roz, griff nach mehreren Minipackungen Shortbread, hielt sie hoch und steckte sie sich in die Tasche. »Das ist nicht verboten. Ich weiß Bescheid, ich bin –« Sie unterbrach sich und setzte neu an. »Ich *war* Polizistin.«

Der Frau war die Überraschung an den hochgezogenen Augenbrauen anzusehen – aber ob es sie nun erstaunte, dass es nicht illegal war, was sie da machte, oder dass Roz bei der Polizei gewesen war, blieb unklar. Sie warf Roz ein halbes Lächeln zu und ging sich einen Tee holen.

Die nicht weit entfernte Tür zur Ersten-Klasse-Lounge öffnete sich. Ein Mann über sechzig mit Haar in der Farbe von schmutzigem Stadtschnee führte eine sehr alte Frau langsam herein. Die Greisin wirkte zerbrechlich wie eine Christbaumkugel.

»Wir haben leider nicht die richtigen Fahrscheine, um hier in der Lounge zu sitzen«, sagte der Grauhaarige zu der Frau hinter dem Empfangstresen, die die Tickets aller Hereinkommenden überprüfte. »Aber unser Zug hat Verspätung, und meine Mutter muss solang irgendwo im Warmen sitzen.«

»Ich habe dir doch gesagt, du sollst keinen Wirbel darum machen, Tony«, sagte die betagte Frau. Ihre Stimme war tief und kräftig. »Es ist doch nur noch eine Stunde.«

»Aber du hast Schmerzen, Mum.« Tony verzog das Gesicht und wirkte genauso gepeinigt wie seine Mutter.

»Man sollte nie durchblicken lassen, wie schlecht es um einen steht, Tony«, erwiderte seine Mutter. Roz fragte sich, was sie schon alles durchgemacht haben musste, dass sie so einen Satz zum Besten gab. Allerdings würde sie ihr nicht widersprechen. Roz wusste aus Erfahrung, dass es gern ausgenutzt wurde, wenn man anderen seine Schwächen zeigte.

»Es tut mir leid, aber wir dürfen keine Ausnahmen machen«, sagte die Empfangsdame. Sie zappelte nervös mit den Fingern, und es war ihr offensichtlich unangenehm.

Tony drückte die Hände bittend aneinander. »Ich hatte nur gehofft, weil ja Weihnachten ist …« Er ließ den Satz unvollendet und hoffte, ein Geschenk würde die Antwort sein.

»Ich kann Ihnen nicht helfen, so leid es mir tut.«

Tony wandte sich wieder ab, und Roz sah, dass er eine Katzentragetasche auf dem Rücken hatte. Durch das Gitternetz wurde Roz von einer großen, schildpattfarbenen Katze angestarrt.

Roz trat an den Empfangsschalter. »Ich gebe meinen Sitzplatz gern auf für …« Sie ließ den Satz unbeendet, damit die ältere Dame ihren Namen nennen konnte.

»Mary. Aber bei mir ist es nicht wie bei Maria in der Bibel, ich brauche keine Herberge für die Nacht. Ich will nur ein bisschen im Warmen sitzen und mich ausruhen. Unser Monsieur Moustache hier«, sie zeigte auf den Kater, »ist allerdings eine bessere Behandlung gewohnt.«

Die Frau hinter dem Schalter blickte zwischen Roz, Mary und Monsieur Moustache hin und her. Roz spürte, wie die Frau weich wurde. Moustache schien dasselbe zu denken und schnurrte laut. Aus dem Augenwinkel bemerkte Roz Grant, der am Büffet ihrem Gespräch zuhörte. Vielleicht war er doch kein so übler Typ und würde Tony seinen Platz anbieten, damit er bei seiner Mutter sitzen konnte.

Grant gesellte sich zu ihnen. »Wenn Sie in die Lounge wollen, hätten Sie sich das richtige Ticket kaufen müssen«, belehrte er Tony. »So schlecht kann es Ihrer Mutter ja nicht gehen, wenn Sie ihr keinen Platz in der ersten Klasse spendiert haben. Oder sie ist Ihnen einfach nicht wichtig genug. Eins von beidem.«

»So läuft es aber nicht auf der Welt«, entgegnete Roz. Sie merkte, wie ihr die Galle hochkam. »Sie haben sicher nie Geldsorgen gehabt, hm?«

»Wenn Sie sich das Ticket nicht leisten können, dürfen Sie auch nicht hier sitzen.« Grant hatte die Hände in die Hüften gestützt. Die Muskeln zeichneten sich unter seinem Designerhemd ab. »Wir haben hart für diese Tickets gearbeitet. Wenn die das jetzt umsonst kriegen, nehmen sie uns was weg. Das ist Diebstahl.«

»Kein Mensch will hier jemandem irgendwas wegnehmen«, sagte Mary zu ihm, der Blick stachlig wie ein Stechpalmenblatt. »Die Dame hier war so liebenswürdig, mir ihren Platz anzubieten. Und Sie sollten sich mal ein paar Manieren zulegen, junger Mann.«

Grant schien nur noch größer und muskulöser zu werden. Er holte seine E-Zigarre heraus und zog daran.

»In der Lounge herrscht Rauchverbot, Sir«, sagte die Empfangsdame nervös.

Grant atmete nach Weihnachtsgewürz riechenden Dampf aus. »Oh, mein Fehler«, sagte er mit einem verwegenen Grinsen, das manche Frauen vermutlich als charmant bezeichnet hätten. Roz war allerdings klar, dass Grant alles andere als charmant war. »Soll nicht wieder vorkommen.«

Meg eilte herbei und legte Grant eine Hand auf den gewölbten Bizeps. »Kannst du mal kommen, Liebster, und mir helfen, was beim Büffet auszusuchen? Mit den Krallen hier komme ich nicht weit.« Sie wackelte mit ihren schlanken Fingern, an denen dunkelrote, künstliche Fingernägel klebten. Da Roz allerdings noch wenige Minuten zuvor beobachtet hatte, wie Meg problemlos Handy und Schere bedient hatte, vermutete sie ein Ablenkungsmanöver.

Grant verdrehte die Augen, folgte Meg aber zum Büffet. Wahllos griff sie nach kleinen Tüten und legte ihm diese in die Hand. Grant sah nach unten und brüllte, laut genug, dass es die ganze Lounge mitbekam: »Willst du mich umbringen?«

Erschrocken blickte Meg auf.

Grant ließ die kleinen Chipstüten fallen und hielt ein Beutelchen mit Erdnüssen hoch. »Du weißt genau, dass ich allergisch gegen die Dinger bin! Und wenn du die essen willst, dann brauchen wir getrennte Abteile. Fuck, was sag ich, getrennte Züge.«

»Hey, könnt ihr mal ’n bisschen ruhiger sein?«, rief Beck durch die Lounge. »Wir versuchen, uns hier zu konzentrieren.«

Grant drehte sich nicht mal zu Beck um, sondern zischte nur: »Misch dich nicht ein, Bitch« und starrte weiter Meg an.

»Das wollte ich nicht«, entgegnete Meg. »Ich hab nicht geahnt, dass da Erdnüsse dabei sind. Nie im Leben hätte ich …«

Grant schleuderte das Erdnusstütchen in Megs Gesicht, die zurückwich und die Hand hoch an die Schläfe nahm. Grant bewegte sich drohend auf sie zu.

Roz eilte hinüber und stellte sich zwischen die beiden. »Ich würde Ihnen raten, auf der Stelle damit aufzuhören, falls Sie keine Anzeige wegen Körperverletzung bekommen wollen.«

Grant lachte höhnisch. »Kommen Sie, es ist nichts. Was mischen Sie sich überhaupt ein? Und warum haben sich die Frauen heute eigentlich alle gegen mich verschworen?«

»Ich bin von der Polizei«, sagte Roz. »Ich kenne die Rechtsprechung.« Ihr war allerdings auch bewusst, dass Recht und Gesetz und die Menschen, die beidem Geltung verschaffen sollten, unzulänglich waren. Das war zum Teil der Grund, weswegen sie den Job an den Nagel gehängt hatte. Zu viele Opfer, die keine Gerechtigkeit bekamen.

Ein anderer Fahrgast trat zu ihnen. »So, Freundchen. Wie wär's, wenn Sie aufhören würden, mit Sachen um sich zu werfen, und sich wieder auf Ihren Platz setzen?« Der drahtige Mann war Anfang fünfzig, hatte Beine wie eine Giraffe, war größer als Grant und auf eine leicht schäbig wirkende Art gutaussehend. Im Vergleich zu Meg und Grant wirkte er wie ein in die Jahre gekommenes, etwas heruntergewirtschaftetes Anwesen neben schicken neuen Townhouses. Er kam Roz seltsam bekannt vor, und sie fühlte sich augenblicklich zu ihm hingezogen.

Grant musterte den Mann ohne Widerworte, dann ging er kopfschüttelnd davon.

Natürlich, sobald ein Mann etwas sagte, gehorchte er. Diese Art Männer war unverbesserlich.

Tony deutete auf die Anzeigetafel über dem Empfangstresen. »Unser Zug ist da.«

Roz sah ebenfalls hin – der Nachtzug war eingetroffen. Die

meisten Wartenden standen auf und suchten ihre Siebensachen zusammen. Offenbar waren viele von ihnen unterwegs in die schottischen Highlands. Auch der leicht schäbig gutaussehende Mann.

FÜNF

Meg sah zu, wie Grant nach ihrer Reisetasche griff und sich den Riemen über die Schulter hängte. Die Tasche war übervoll mit den vielen Kleidungsstücken, Perücken und Kosmetika ihrer Sponsoren, die sie dafür bezahlten, dass sie sich über Weihnachten damit zeigte, aber in Grants Hand wirkte sie federleicht. Er zog seinen eigenen Metallkoffer hinter sich her und stürmte aus der Lounge. Meg hatte ihn einmal lachend gefragt, warum er einen kugelsicheren Koffer, aber keine kugelsichere Weste besaß. Seine Reaktion war der Grund gewesen, warum sie seitdem nie mehr über ihn gelacht oder ihm solche Fragen gestellt hatte.

»Wart auf mich, Schatz«, rief sie. Sie versuchte, ihm hinterherzurennen, stieß dabei aber immer wieder mit anderen Reisenden zusammen. Meg besaß keine besonders gute Koordination, und der Riesenschwung Einkaufstaschen edler Marken in ihrer Hand machte es nicht einfacher.

Grant blieb stehen und wandte sich zu ihr um. In seinem Blick lag keinerlei Zärtlichkeit. »Besser, du machst dich noch ein bisschen hübsch. Gut möglich, dass die Presse auf uns wartet, wenn wir zum Bahnsteig gehen.«

Was hieß, es würden auf jeden Fall Fotografen da sein, weil er sie angerufen hatte. In den Illustrierten durchlief ihre Beziehung ein beständiges Auf und Ab – Fotos von ihnen mit glücklichen Gesichtern, Fotos von ihnen in der Krise, Fotos einer rundlicheren, traurig aussehenden Meg, Fotos einer fröhlichen Meg, die ihren dünnen »Traumbody« zurückhatte.

»Ich glaube, ich hab schon genug Make-up im Gesicht.«

»Kleister lieber noch ’ne Schicht drüber.« Er gab Meg einen Kuss auf die Nase und hielt sie am Kinn fest. Er sah ihr tief in die Augen und sagte: »Ich weiß, wie ungern du alt aussiehst.«

Meg fühlte sich wie eine Coladose, die gerade in der Faust zerquetscht worden war.

Sie blickte Phil hinterher, der mit seiner süßen Familie losgezogen war. Wehmut überkam sie. Er hatte sie nie so behandelt.

»Komm, mach schon«, sagte Grant. »Ich warte draußen.« Meg öffnete die Tür zu den WCs. Grants Augen hatten sich bereits auf die zum Zug gehenden Mitreisenden gerichtet. Sein Blick blieb an einer der Studentinnen hängen, die er ausgiebig von Kopf bis Fuß musterte.

In der Bahnhofstoilette holte Meg die neuesten Kosmetikproben aus der Tasche. Ihr wurden ständig kostenlose Muster zugeschickt, weil die Hersteller hofften, sie würde die Namen auf Insta oder Tiktok erwähnen. Das tat sie auch, so gut sie konnte. Sie setzte sich gern für kleine Firmen ein, besonders solche mit Naturprodukten. Je natürlicher und handgemachter, desto besser, fand sie.

Dass die Kosmetika die Uhr zurückdrehen würden zu der Zeit, bevor Meg angefangen hatte, sich Sorgen um Mimikfalten zu machen, war unwahrscheinlich. Nicht, dass sie sich an eine solche Zeit erinnern könnte. Sie war vierundzwanzig und legte sich seit Jahren Eiswürfel auf die Stirn, damit sie glatt blieb, und sie fürchtete sich trotzdem vor Falten. Eine ihrer frühesten Erinnerungen war, wie sie als kleines Mädchen auf dem Boden gesessen und ihre Mutter angeschaut hatte. Diese hatte mit beiden Händen an der Haut in ihrem Gesicht gezogen und gesagt: »Ich war mal so hübsch. So jung. Werde nie alt, mein kleiner Schatz.«

Meg probierte eilig die neuen Augenprodukte aus – Augentropfen und peptidhaltige Wimperntusche von einer neuen Firma, bei der alle Inhaltsstoffe in der Natur gesammelt wurden – und tupfte zum Abschluss noch ein wenig weißen Lidschatten in die Augenwinkel. Damit dürfte sie etwas wacher, ihre Augen ein wenig größer wirken.

Grant hämmerte an die Toilettentür. »Beeil dich, wir müssen einsteigen.«

Meg warf einen letzten Blick in den Spiegel. So würde es gehen müssen.

SECHS

Die Stimmung der Menschen, die darauf warteten, auf den Bahnsteig vorgelassen zu werden, war festlich, aber auch ungeduldig. In der Halle spielte eine Straßenmusikerin »I Wish it Could be Christmas Every Day« auf einer elektrischen Harfe. Hinter Roz drängelten ein paar Leute, die nicht länger warten wollten.

Als Roz es endlich bis fast nach vorn in der Schlange geschafft hatte, holte sie noch einmal ihr Handy heraus, um kurz nachzusehen, ob es etwas Neues von Heather gab. Nichts. Direkt vor ihr winkte ein gestresst wirkender Kontrolleur Sally und Phil mit ihren Kindern auf den Bahnsteig. Hinter ihnen versuchte sich ein Mann mit gesenktem Kopf schnell vorbeizudrängen.

»Hallo, kann ich Ihren Fahrschein sehen?«, rief ihm der Kontrolleur nach, ein Wachmann sprintete ihm bereits hinterher. Der Mann wurde abgeführt, kam an Roz vorbei, als sie ihre Fahrkarte vorzeigte. Sein Blick huschte hin und her, als suche er noch immer verzweifelt nach einem Schlupfloch, um in den Zug zu gelangen. Jeder wollte an Weihnachten zu Hause bei seinen Lieben sein.

Roz' Schlafwagenabteil befand sich sehr weit weg im hinteren Teil des Zuges: Ihr Schrittzähler würde heute gigantische Werte verzeichnen. Der Rucksack hing ihr immer schwerer auf den Schultern, und der Koffer gab jetzt zusätzlich zum Quietschen noch ein rhythmisches Jaulen zum Besten.

Als sie in die Nähe ihres Abteils kam, hörte sie das Quizteam von vorhin schon im Waggon neben ihrem. Die vier standen vor zwei Kabinen mit Verbindungstür.

»Ayana schläft oben im Stockbett«, sagte Beck.

»Aber …«, sagte Ayana.

»Was?«

»Ach, nichts.«

Beck blickte sich um und sah Roz hinter sich stehen. Sie hatte Ayanas rote Handtasche in der Hand und hielt sie demonstrativ für Roz hoch. Roz bezweifelte stark, dass Beck sie aus lauter Freundlichkeit trug – sie musste Ayana wieder herausgefordert und diesmal gewonnen haben.

»O nein, sind wir im Weg?«, fragte Beck sarkastisch und machte einen übertriebenen Schritt vom schmalen Gang ins Abteil. Eigentlich hatte Roz den Zug nicht an dieser Stelle besteigen wollen, aber jetzt tat sie es, nur um Beck zu nerven.

»Sorry«, sagten Blake und Sam und machten der Älteren Platz. Sie grinste den beiden zu und funkelte dann Beck an.

»Danke«, flüsterte Ayana und drückte sich flach im Gang an die Wand, als Roz an ihr vorbeiging. »Wegen vorhin.«

Roz lächelte. »Kein Problem.«

In ihrer privaten Kabine legte Roz Koffer und Mantel aufs Bett und sah sich um. Das Schlafwagenabteil mit seiner dezent karierten Stofftapete wurde zum größten Teil von einem Doppelbett gefüllt. Auf dem blütenweißen Federbett erwartete sie ein Geschenkbeutel mit Toilettenartikeln, einer Augenmaske und Ohrstöpseln. Unter dem Fenster gab es ein kleines Waschbecken und nebenan eine eigene Toilette, neben der man auch duschen konnte. Perfekt.

»Das ist mal wieder typisch, dass du in den falschen Wagen einsteigst«, sagte Sally gerade, als sie sich mit ihrer Familie durch den schmalen Korridor an Roz' Tür vorbeischob.

»Aber unser Abteil ist schon im nächsten Wagen«, entgegnete Phil müde, als sei er es leid, immer alles falsch zu machen. Die

Familie zockelte zum Ende des Waggons und betrat den nächsten Wagen, in dem auch die Studierenden untergebracht waren.

Unwillkürlich freute Roz sich, dass die Familie nicht im Abteil neben ihrem schlief und kein Kindergeschrei sie die ganze Nacht lang wach halten würde. Sofort türmten sich Schuldgefühle wie die Flutwelle in einer schottischen Meeresbucht in ihr auf. Sehr bald würde sie sich wieder daran gewöhnen müssen, dass nachts ein Baby weinte.

Roz legte sich aufs Bett und rief Heather an. Sie musste einfach wissen, was in Fort William gerade los war.

Nach fünfmaligem Klingeln ging endlich jemand dran. »Alles in Ordnung, Roz? Sitzt du jetzt im Zug?« Es war Ellie, Heathers Partnerin.

»Ich bin in meiner gemütlichen kleinen Kabine«, sagte Roz. »Wir fahren sicher gleich ab. Wie geht's bei euch?«

»Immer noch zehn Minuten Abstand zwischen den Wehen. Seit Stunden. Die Hebamme ist unterwegs.« Im Hintergrund war Heather zu hören, die fluchend auf und ab lief.

»Wie geht es Heather?«

Ellie lachte leise. »Sie findet die Warterei schrecklich langweilig. Meint, wenn die Kleine schon früher kommen will, dann könnte sie sich auch wenigstens ein bisschen beeilen. Schlimmer als ein Gast, der eine Stunde zu früh zum Abendessen kommt und weder Wein noch saftige Gerüchte mitgebracht hat, sagt sie.«

»Ja, so läuft es mit den Babys. Nie bringen sie ihre eigenen Getränke mit.«

Eine Eieruhr klingelte. »Die Pfannkuchen sind fertig. Ich muss Schluss machen.«

»Sag Heather, ich hab sie lieb«, ließ Roz Ellie ausrichten. Es schien zu wenig zu sein.

»Geht klar.« Bevor Ellie sie wegdrückte, hörte Roz noch, dass im Hintergrund »Wish You Were Here« lief. Ein Titel aus Heathers

Geburtsplaylist. Bei Heathers Geburt hatte Roz, abgesehen von ihrem eigenen Gebrüll, gar keinen Soundtrack gehabt. Heather hatte ihre Spotify-Playlist schon vor ein paar Wochen mit Roz geteilt. Darauf gab es Stücke von Brian Eno, Pink Floyd, Atomic Rooster, Yes, Deep Purple, Goblin und vielen anderen. Ihr kam die Vorstellung, ein Kind zu »Suspiria« oder »Profondo Rosso« zu gebären, zutiefst falsch vor, aber Heathers musikalische Vorlieben hätten nicht weiter entfernt von Roz' Begeisterung für Kate Bush und Fleetwood Mac sein können. Sie hatten mehr mit denen von Roz' Mutter Liz gemeinsam, bei der Heather ja auch zum größten Teil aufgewachsen war. Aber es ging jetzt auch gar nicht um sie, immerhin erwartete Heather das Kind. Roz hatte ihr die Whatsapp geschickt: Super, dass du mit ProgRock schwanger gehst, aber Heather hatte das gar nicht lustig gefunden. Ihren mangelnden Sinn für Humor musste sie von ihrem Vater geerbt haben. Wer immer das sein mochte.

Die Erinnerungen an ihre eigene Schwangerschaft meldeten sich wieder mit Gewalt bei Roz, seit Heather ihr erzählt hatte, dass sie ein Kind erwartete. Flashbacks an die Geburt. Angeblich vergessen Frauen ja die Geburtsschmerzen – die Hormone überlagern das ganze Grauen und hinterlassen nichts als eine Oxytocin-gesättigte Ehrfurcht vor dem kleinen Lebewesen, verbunden mit grenzenloser Liebe. Cleverer Einfall der Natur, um für weitere Schwangerschaften zu sorgen.

Bei Roz ließ das Vergessen allerdings immer noch auf sich warten. Selbst in diesem Augenblick merkte sie, wie die Erinnerungen sie überwältigten, dabei wusste sie ja, dass sie in einem Zug saß. Lange hatte sie die Erinnerungen unterdrückt, sodass sie unter der Oberfläche blieben, aber seit Heather schwanger geworden war, stand Roz alles wieder glasklar vor Augen. Jeden Tag kehrte ein weiteres Detail der Geburt ihrer Tochter zurück. Der pastellgrün gestrichene Kreißsaal, in dem sie stundenlange Wehen ertragen hatte, bis im letzten Moment dann doch noch ein Kaiserschnitt durchgeführt wurde. Der Fleck auf der Deckenkachel über ihrem Kopf, der aussah wie eine Narbe. Der um ihren dicken Bauch geschlungene Herzschlagmonitor, der ständig irgendwelche Alarmsignale von sich gab. Der freundliche Blick der Hebamme, der sich irgendwann in nackte Angst verwandelt hatte. Der Geruch von Desinfektionsmitteln und Blut.

Und dann waren da die anderen Erinnerungen. Mit der Geburt verbunden wie mit einer Nabelschnur. Diese Flashbacks waren noch viel schlimmer. Louis, ein Psychologe, der bei sexuellem Missbrauch half, zu dem Roz schon viele Vergewaltigungsopfer geschickt hatte, sagte immer: »Trauma verkettet sich mit Trauma.« Auf dem Rücken liegend, wegen des Betäubungsmittels bewegungsunfähig, während ein Fremder gewaltsam in ihren Körper eindrang … Natürlich hatten sich Geburtstrauma und Vergewaltigung miteinander verbunden.

Roz wurde es eng um die Brust, als das Gefühl stärker wurde, zurück an jenem dunklen Ort zu sein. Sie nahm ihren Spiegelwürfel zur Hand und drehte gegen die schrecklichen Erinnerungen an. Sie musste im Hier und Jetzt bleiben, durfte sich nicht von den Flashbacks in die Tiefe ziehen lassen. Sie war hier, sie war eine Neunundvierzigjährige und saß im Nachtzug, nicht eine schwangere junge Frau, die nach einer Party vergewaltigt wurde, und auch nicht dieselbe junge Frau im Kreißsaal.

Roz konzentrierte sich auf das Bild von Fort William, das über dem Bett hing, auf die Highlands, die sie immer gelockt hatten, gleichgültig, wie weit weg das Schottische Hochland war. Endlich war sie auf dem Weg in den Norden und folgte diesem Ruf. Sie war auf dem Weg zu ihrer Tochter und der Tochter ihrer Tochter. Wenn Roz konnte, dann würde sie dafür sorgen, dass der Dezember wieder magisch wurde. Irgendwie.

Roz ließ den Zauberwürfel in die Handtasche fallen, griff nach der Schlüsselkarte und öffnete die Tür. Zeit für ein sehr spätes Abendessen. Das Pfeifen der Lokomotive ertönte, der Zug setzte sich in Bewegung, und der Mann, der früher versucht hatte, ohne Fahrkarte aufs Gleis zu kommen, rannte auf dem Gang an ihr vorbei. Ein Ticket konnte er sich in letzter Minute nicht mehr gekauft haben, alle Plätze im Zug waren ausgebucht. Er musste ein blinder Passagier sein. Aber das hier war kein Zirkuszug, und er war kein entlaufener Affe. Nicht ihr Zirkus, nicht ihr Affe. Sie machte sich auf den Weg zum Speisewagen.

SIEBEN

Meg saß im Schneidersitz auf dem Bett und ließ den Blick durch ihr Schlafgemach gleiten. Um ihre Laune zu heben, hatte sie es zum Funkeln gebracht: Über dem Waschbecken hatte sie Christbaumbeleuchtung und selbst gemachten Weihnachtsschmuck aufgehängt. Sie hatte die Girlande aus kleinen Papierfrauen fertig ausgeschnitten und die Röcke und Knöpfe mit weihnachtlichen Mustern bemalt. Außerdem hatte sie eine Papierkette gebastelt. Ihr Mund war noch ganz trocken vom vielen Anlecken der gummierten Kleberänder, aber das war es die Sache wert. Ihr privates Doppelabteil wirkte jetzt so festlich, als säße sie in einer Märchenkutsche. Sehr passend für die Reise nach Schottland, wo sie heiraten würden. Nicht, dass Grant schon etwas davon ahnte. Sie würde ihn später damit überraschen. Vielleicht würde er sie dann mehr lieben.

»Und, gefällt es dir?«, fragte sie Grant und machte eine stolze Armbewegung durch das Abteil.

»Sehr hübsch«, sagte er, aber er schaute gar nicht hin. Er stand an der Tür, füllte seine E-Zigarre nach und steckte sich noch eine Extraflasche Dampfliquid in die Jackentasche. »Ich brauche was zu trinken.«

»Warte, warte«, sagte Meg und wühlte in ihrer Handtasche. »Jetzt kommt das Wichtigste.« Sie zog eine zerknüllte Papiertüte heraus und schwenkte sie lächelnd.

»Was ist da drin?«

»Deswegen musste ich heute Morgen noch zur Columbia

Road.« Sie zog den Mistelzweig aus der Papiertüte, hielt ihn sich über den Kopf und klopfte mit der anderen Hand aufs Bett. So saß sie bewegungslos da, bis Grant zu ihr kommen und sie küssen würde. Wie es die Tradition verlangte.

Grant seufzte, lächelte aber trotzdem, auch wenn es ein wenig großväterlich wirkte, als sei Meg ein Kind, dem er einen Gefallen tun musste. Er beugte sich über sie und gab ihr einen Kuss, Hände in den Taschen vergraben.

Meg hüpfte immer noch im Lotussitz auf dem Bett, als wolle sie gleich abheben – im Schweben hatte sie sich bei *Celebrity Ashram* auch schon mal versucht. Sie liebte Weihnachten über alles. Als Kind war es für sie die einzige Zeit im Jahr gewesen, in der sie sich vormachen konnte, dass alles wieder gut würde. Der Zauber der Weihnacht, wenn alle Feindseligkeiten kurz vergessen und die Kerzen angezündet wurden, wenn es Brettspiele und Spielsachen und so viele Köstlichkeiten gab, dass keiner mehr streiten mochte. Sogar zwischen ihren Eltern hatte es einen vierundzwanzig Stunden währenden Waffenstillstand gegeben, genau wie im Ersten Weltkrieg, als die beiden Seiten am Weihnachtstag Fußball miteinander spielten. Am nächsten Tag versuchten sie wieder, sich gegenseitig abzumetzeln.

Meg stand unter der Abteildecke gebückt auf dem Bett und hängte den Mistelzweig an das gemalte Bergpanorama. Gut sah er da aus, wie ein Stechpalmenzweig mit weißen Beeren auf einem Plumpudding. Jetzt hatten sie einen Glücksbringer über dem Bett hängen.

»Einen schönen guten Abend«, ertönte eine tiefe Stimme aus dem Lautsprecher draußen auf dem Gang. »Willkommen im verspäteten 21:15-Uhr-Nachtzug nach Fort William, mit Halt in Crewe, Preston, Edinburgh, Dunbarton, Rannock und Fort William. Aufgrund der eingetretenen Verspätung und des starken Schneefalls werden wir nicht wie gewohnt an allen Bahnhöfen stoppen. Bitte wenden Sie sich für weitere Informationen an

Ihren Zugbegleiter, der Ihnen gegebenenfalls alternative Verbindungen zu Ihrem Fahrtziel nennen kann.« Der Sprecher atmete tief durch, dann fuhr er fort. »Falls Sie sich im Besitz einer Fahrkarte nach Watford Junction befinden oder anderen Stopps auf der Highlandroute, nach Inverness oder Aberdeen, müssen wir Sie leider bitten, wieder auszusteigen und eine andere Fahrtmöglichkeit zu suchen. Wir entschuldigen uns für die entstandene Verspätung und hoffen, etwas davon auf der Fahrt wieder wettzumachen. Unsere Gäste in den Schlafwagenabteilen können sich das Essen wahlweise ins Abteil bringen lassen oder im Club Car einnehmen. Dort erwarten Sie jetzt ein leichtes Abendessen und Getränke. Die Plätze im Speisewagen sind begrenzt und nicht reservierbar. Unsere Gäste im Sitzwagen können ebenfalls eine Bestellung beim Zugbegleiter aufgeben. Bitte machen Sie es sich nun auf Ihren Plätzen oder in Ihren Abteilen bequem, lesen Sie die Sicherheitsinformationen durch und genießen Sie die wunderbare Fahrt.«

Mit einem sanften Ruck fuhr der Zug an. Meg klatschte begeistert in die Hände, und der Mistelzweig fiel von der Wand.

ACHT

Als Roz den Speisewagen betrat, war schon ordentlich was los. Der Club Car war überheizt, es roch nach Kaffee, Whisky und einer nicht unangenehmen Mischung aus Kartoffelbrei, schottischen Kartoffelchips und Käse. Auf der einen Seite des Wagens befanden sich vier blau- und orangefarben gepolsterte Sitzgruppen, auf der anderen Seite reihten sich sieben dreieckige Tischchen aneinander wie eine umgekippte Toblerone-Schokolade.

In jede Sitznische passten vier Personen, wenn man sich ganz schmal machte, sechs. Der beigefarbene Tartanstoff an der Kopflehne erinnerte Roz aufs Neue daran, dass sie auf dem Weg in die Heimat war. Drei der Sitznischen waren schon besetzt: Das Quizteam aus der Uni in der ersten (die *Quizletts* würde Roz sie nennen, beschloss sie, wie sie da mit ihren Unterlagen und Karteikarten die Köpfe zusammensteckten), die Familie, die Roz in der Lounge kennengelernt hatte, in der nächsten, daneben teilte sich ein Pärchen einen Clootie Dumpling, eine süße schottische Spezialität. Über den Tisch hinweg fütterten sie einander mit Stückchen des Früchtekuchens. *Oh to be in love ...*

Neid überkam Roz, und sie sah sich so unauffällig wie möglich nach dem leicht schäbig gutaussehenden Mann um, er war jedoch nicht im Wagen. Es überraschte sie, wie stark ihre Enttäuschung war. Ayana blickte auf, als Roz vorbeiging. Sie lächelte, senkte aber schnell wieder den Kopf, damit Beck nichts davon mitbekam.

Roz ging durch bis zum Tresen am Ende des Speisewagens und

bestellte bei einem Kellner namens Oli, einem jungen Mann mit sympathischem schiefzahnigen Lächeln, etwas zu essen und einen Scotch. Sie nahm ihren Whisky mit an einen der wenigen noch freien Dreieckstische und setzte sich auf den gepolsterten Drehhocker. Von dort konnte sie aus dem Fenster auf das schattenverhangene London blicken und zugleich das ganze Abteil als Spiegelung in der Scheibe im Auge behalten. Sie nippte am Whisky. Er schmeckte nach Schokolade, Torf und Highland-Toffee. Die rauchige Note kitzelte ihren Gaumen und ließ sie an eine Dampflok denken.

Roz atmete aus. Alles würde gut gehen, versuchte sie, sich zu beruhigen. In wenigen Stunden war sie bei ihrer Tochter und konnte alle Versäumnisse der Vergangenheit wiedergutmachen. Dafür hatte sie dann ja unendlich viel Zeit. Am Tisch neben ihr saß ein Herr im grünkarierten Anzug und las in einem Buch mit Weihnachtsgedichten, die langen, dünnen Beine zusammengefaltet wie ein Grashüpfer. Er sah aus wie jemand, der mit Begeisterung Dickens zitierte, es aber auch gern mal richtig krachen ließ. Nicht, als ob im Club Car schon eine Party im Gange gewesen wäre – noch nicht. Es war wie mit Eiswürfeln in mittelmäßigem Whisky: Das Abendessen und die kindliche Begeisterung darüber, im Schlafwagen zu fahren, verdünnten die Gefühlslage ein wenig. Aber irgendwann waren die Eiswürfel geschmolzen, und auch ein verwässerter Whisky hatte auf ex seinen Effekt und stieg einem früher oder später in den Kopf. Vermutlich würde es keine neunzig Minuten mehr dauern, bis es hier im Club Car so wüst wie in der schottischen Silvesternacht Hogmanay zugehen würde. Ob das gut gehen konnte?

Früher hätte Roz nichts gegen ein bisschen Partystimmung gehabt. Sie hatte ausdauernd abgefeiert, bis ihre Mutter sich verzweifelt die Haare raufte. Als Jugendliche und junge Studentin war sie mit leidenschaftlicher Begeisterung durch die Clubs und Pubs gezogen und ständig mit irgendwelchen Jungs oder Mädchen oder Jungs und Mädchen im Bett gelandet. An Namen oder Gesichter konnte sie sich nicht mehr erinnern – die waren in unzugänglichen Winkeln ihres Gedächtnisses verschwunden –, aber an die ausgelassene, wie elektrisch aufgeladene Stimmung in den Straßen, wenn die halbe Stadt unterwegs war, erinnerte sie sich noch haargenau. Bis es dann seit dem Überfall endgültig für sie vorbei war mit den Partynächten.

Nach Jahrzehnten bei der Polizei wusste Roz leider nur zu gut, dass ausgelassene Abende wie dieser unweigerlich zu Blutvergießen führten. Sie konnte es jetzt schon spüren, als warteten die Auseinandersetzungen am Ende eines langen Tunnels auf die Anwesenden. Der Club Car war eine Grauzone, in der alles erlaubt war, genau wie bei einer Junggesellinnenfeier oder dem Ausflug mit dem Fußballverein in eine andere Stadt: Es würde auf jeden Fall zu Pfützen mit Erbrochenem und zu Hause vergessenen Benimmregeln kommen. Roz hatte schon an viel zu vielen Feiertagen und Vollmondfreitagen Dienst gehabt, um sich je wieder entspannen zu können, wenn dieses Gefühl in der Luft lag.

Doch momentan hatte sie noch ihre Ruhe. Und, noch wichtiger, Käse. Oli hatte das Käsebrett gerade vor sie hin gestellt. Helle Quader Orkney- und Arran-Cheddar standen wie Megalithen auf einer Schieferplatte. Der Brie von den Hebriden sah erfreulich reif aus, und im Mull-of-Kintyre-Blauschimmelkäse gab es so viele blaue Adern wie an Roz' bleichen Oberschenkeln. Käse war immer gut, nicht nur an Weihnachten, aber eine elegante Käseplatte war eine besonders festliche Angelegenheit. Vielleicht wegen der weihnachtlichen Gewürze im Chutney oder der fröhlichen Szene, wenn sich alle mit den Messern darauf stürzten – ein gemeinsames, rituelles Säbeln am Käserad des Jahres. Aber diese Käseplatte würde sie ganz allein verspeisen. Sie schnitt sich ein Scheibchen Cheddar ab, legte es auf einen Haferkeks und krönte das Ganze mit einem Löffelchen Apfelchutney. Ihr Magen knurrte vor lauter Vorfreude.

»Stört es Sie, wenn ich mich neben Sie setze?« Die Frau im roten Parka stand vor Roz und zeigte auf einen freien Hocker.

»Natürlich nicht«, erwiderte Roz. »Setzen Sie sich.«

Die Frau stellte ihr Getränk auf das Tischchen und nahm Platz, ohne den Mantel auszuziehen. »Tut mir leid wegen vorhin«, sagte sie. Sie war vermutlich Anfang dreißig und hatte salz- und karamellfarbene Strähnchen in den Haaren. »Das war ganz schön peinlich.«

»Da sollten Sie mich mal am Frühstücksbüffet sehen. Ich mache mir genug Brötchen für die nächsten drei Tage zurecht.«

»Ich heiße Ember.« Sie gab Roz die Hand. Ihr Händedruck fühlte sich schlaff an.

»Roz.« Ihr Magen knurrte wieder.

»Essen Sie ruhig«, sagte Ember. »Lassen Sie sich nicht stören.«

Roz steckte sich ein Häppchen in den Mund. Der Käse hatte genau die richtige Reife, und die Haferplätzchen erinnerten sie an die, die ihre Mum immer gebacken hatte. Wahrscheinlich hatte sie das Rezept sogar dabei, in ihrem Koffer. Roz' Mutter Liz war im September gestorben und hatte Roz eine Menge Schuldgefühle, ein Haus in Fort William und ein selbstgeschriebenes Kochbuch hinterlassen.

Im Kochbuch befanden sich Rezepte, die Liz selbst erfunden, und andere, die sie aus Zeitschriften ausgeschnitten hatte, dazu alles, was sie zu Essen, Liebe und Leben zu sagen hatte. Es war ihr Tagebuch, ihr Memoir, ihre Hexenbibel. Liz hatte das Buch nie hergegeben und ihrer Tochter nur bei ganz besonderen Gelegenheiten mal eine fotokopierte Seite daraus zukommen lassen. Die Rezepte für Taiblet und Shortbread waren zwei der wenigen, die sie mit ihrer Tochter geteilt hatte. Sie hatten Roz, genau wie die Prise Weisheit, mit denen sie gewürzt waren, immer viel bedeutet. Liz' Kommentare bezogen sich manchmal auf Zutaten *(Verwende unbedingt frisch geriebene Muskatnuss, auf keinen Fall die aus der Tüte. Die Muskatnuss darf auch nicht zu alt sein – wenn sie verschrumpelt aussieht wie ein Hodensack, schmeiß sie weg)*, manchmal auf Kochutensilien *(Einen Kuchenschaber sollte man immer zur Hand haben. Den braucht man nicht nur beim Backen, sondern kann damit auch Fliegen klatschen und lästige Männer abwehren)*, gelegentlich aufs Gärtnern *(Ich habe die Erfahrung gemacht, dass es Schädlinge abhält, wenn man Basilikum zwischen die Tomatensträucher pflanzt)*. Meistens enthielten ihre Notizen aber Tipps für den Alltag *(Lerne früh, wie man sich entschuldigt, und bitte gern und oft um Entschuldigung, aber nur, wenn du etwas falsch gemacht hast, und nur, wenn du es ernst meinst. Und wo ich das Thema schon anspreche, Rosalind, möchte ich dir sagen, dass es mir leidtut, wenn ich dir gegenüber je gleichgültig oder nicht liebevoll genug gewirkt haben sollte. Ich entschuldige mich jetzt schon für allen Ärger, den ich dir später mal machen werde, wenn ich noch älter und kränker bin als gerade)*.

Roz wusste, in diesem Buch, das nach Verlesung des Testaments zu ihr nach London geschickt worden war, würde sie alles finden, was ihre Mutter kurz vor ihrem Tod beschäftigt hatte. Deswegen hatte Roz es auch noch nicht gelesen.

Aber sie würde es lesen müssen. Bald. Sicher ließen sich darin viele gute Rezepte für Weihnachten finden. Wenn Roz nicht wusste, wie sie ihre Liebe ausdrücken sollte, kochte sie. Und wenn sie nicht wusste, wie sie sich fühlen sollte, dann aß sie.

Ember zog ein Taschenbuch aus der Handtasche – *Mord im Orientexpress*. Es war viele Jahre her, seit Roz das gelesen hatte. Als Teenager hatte sie Agatha Christie verschlungen, aber als sie Polizistin geworden war, hatte sie auch so genug Mordfälle in ihrem Leben gehabt. Ember bemerkte ihren Blick. »Seit ich das zum ersten Mal gelesen habe, habe ich mir gewünscht, mit dem Schlafwagen zu fahren.«

Roz musste lachen. »Das ist, als würde man *Wenn die Gondeln Trauer tragen* gucken und sich dann eine Flitterwochen-Suite in Venedig am Kanal buchen.«

»Was meinen Sie, warum ich den roten Mantel trage?« Doch Embers Lächeln wirkte von Trauer überschattet.

Roz dachte daran, wie sie Ember in der Bahnhofshalle hatte weinen sehen. »Ist alles in Ordnung bei Ihnen?«, fragte sie, ohne lange nachzudenken. »Vorhin in der Halle sahen Sie nicht gerade glücklich aus.«

»Ich war ein bisschen verzweifelt, weil ich dachte, der Zug fällt aus und ich komme nicht zum Weihnachtsfest nach Hause.«

»Sonst nichts?«, fragte Roz.

Ember begegnete ihrem in der Scheibe reflektierten Blick und sah dann weg. »Ich habe auch ein bisschen Pech in der Liebe gehabt. Alles halb so schlimm.«

»Damit meinen Sie: Eigentlich ist es schon schlimm, aber Sie wollen nicht darüber reden?«

Ember lachte. »Ja.«

»Verzeihen Sie. Ich muss mich ständig ermahnen, meine Nase nicht in die Angelegenheiten anderer Leute zu stecken. Schreckliche Polizistinnenkrankheit. Wo waren wir, bevor meine schlechten Manieren mit mir durchgegangen sind? Ach, genau, der Zug! Ja, ich träume auch seit Jahren davon, mit dem Schlafwagen in die Heimat zu fahren. Morgen früh wachen wir auf und sehen die Wintersonne auf den Lochs glitzern.«

Ember hob das Glas. »Auf geruhsamen Schlaf im Schlafwagen.« Sie stießen an.

In der Scheibe reflektiert, sah Roz, wie Meg und Grant den Club Car betraten. Meg rutschte in die letzte freie Sitzbank, und er stakste zum Tresen, wo er ein dickes Bündel Geldscheine aus der Brieftasche zog. »Meine Freundin hat Hunger. Haben Sie was ohne Brot, Kartoffeln oder Tomaten? Sie hat ›Unverträglichkeiten‹.« Das letzte Wort umrahmte er mit Gänsefüßchen in der Luft. »Und ’ne Pulle Sekt«, fügte er mit überlauter Stimme hinzu.

Oli zeigte ihm drei verschiedene Marken, Grant blickte kurz hinüber zu Meg und wählte dann den teuersten aus.

Roz verdrehte die Augen. Ember lachte – ein bisschen zu laut, dem Blick nach zu urteilen, den Grant ihr zuwarf. Sie blickte zu Boden.

»Kümmern Sie sich nicht um den«, sagte Roz, ebenfalls laut genug, dass Grant es mitbekam. »Der ungehobelte Kerl kann uns gestohlen bleiben.«

Grants Mund klappte auf und schloss sich dann wieder. Er funkelte sie an und ging dann zurück zu seinem Tisch, in der einen Hand die Sektflasche, in der anderen die hohen Gläser, die an einen funkelnden Schlagring erinnerten.

Ember starrte Roz ungläubig an. »Wie machen Sie das nur?«

»Was denn?«

»Ihre Meinung sagen. Andere Menschen verteidigen.«

»Ich versuch, es bleiben zu lassen. Ich krieg ständig Ärger deswegen.«

»Aber davon lassen Sie sich nicht abhalten?«

»Ich wünschte, es wäre so. Aber die Worte sind schon draußen, bevor ich die Klappe halten kann. Deswegen bin ich auch nie weiter aufgestiegen als bis zur Kommissarin.«

»Was zu sagen, funktioniert also auch nicht.« Ember nickte langsam.

»Wenigstens hat man das Gefühl, etwas zu tun.«

»Ich habe nie genug getan.«

»Dann probieren Sie's doch mal aus. Aber vergessen Sie nicht: Es macht garantiert Ärger.«

Ember nickte, und ihr Gespräch schlief ein.

Roz sah aus dem Fenster. Durch die Bewegung des Zugs verschwammen die Lichter draußen in den Gebäuden miteinander, als sei ganz London mit einer einzigen, langen Lichterkette geschmückt.

Roz blinzelte und richtete den Blick auf die Spiegelung von Grant und Meg in der Scheibe. Grant sah mit hochgezogener Oberlippe in ihre Richtung. Meg streichelte seinen Arm, zeigte auf die Flasche und drückte die Hände zum Dank vor der Brust zusammen.

Phil arbeitete sich vorsichtig mit den schlafenden Kindern auf dem Arm aus der Sitzbank. Das Baby Buddy hing ihm im Tragesitz vor dem Bauch, und Robert lag über seinem Arm wie ein rundlicher Mantel. »Lass dir ruhig Zeit«, sagte er zu Sally.

Sally hielt ihr Glas hoch, das von der Tischlampe hinter ihr bernsteingelb erleuchtet wurde. »Genau das werde ich tun.«

»Aidan, Liv, ihr geht nicht zu spät ins Bett, okay?«, sagte Phil zu seinen großen Kindern.

Liv verschränkte die Arme. »Dad, ich werde in drei Tagen einundzwanzig.«

»Besser, du ruhst dich ein bisschen aus, bevor wir es mit Granny zu tun kriegen.«

»Was soll das denn heißen?« Sallys Stimme klang scharf.

»Nichts.« Phil hielt die freie Hand beschwichtigend hoch.

»Dad meint damit, Granny ist ein ziemlicher Drachen«, antwortete Liv für ihn und verschränkte die Arme. »Und er will nicht, dass sie wegen uns schlechte Laune kriegt. Gut, dass du das nicht von ihr geerbt hast, was, Mum?« Ihr Sarkasmus war mittlerweile schneidend wie ein Käsemesser.

»Ist ja auch egal«, sagte Phil. »Die zwei hier müssen auf jeden Fall ins Bett, und ich lege mich auch ein bisschen hin. Dann kann ich mindestens zwei Stunden schlafen, bevor das nächste Fläschchen dran ist.« Er bewegte sich seitwärts wie eine Krabbe durch den Gang, mit dem Rücken zu den Sitzgruppen, als wolle er dort jemandem aus dem Weg gehen.

»Mr Bridges?«, rief Meg, als er an ihrem Tisch vorbeikam. Die Begeisterung war ihrer Stimme anzuhören. »Phil?«

Phil erstarrte. Der Säugling verlagerte den Kopf an Phils Brust, als hätte er gehört, wie sich der Herzschlag seines Dads beschleunigte. Der Geräuschpegel im Speisewagen wurde merklich leiser, weil alle mithören wollten.

Meg bemühte sich, so schnell wie möglich aus ihrer Sitzbank zu kommen. Grant hinter ihr verschränkte die Arme und malmte mit dem Kiefer.

Phil drehte sich um und stand jetzt mit dem Rücken zu Roz. Die Schultern hatte er bis an die Ohren hochgezogen.

»Wir haben uns ja ewig nicht gesehen«, sagte Meg. Sie stand direkt vor ihm. Roz konnte ein Stück ihres anmutigen Gesichts sehen. Meg blickte mit einem eindringlichen Blick hoch zu Phil, den man auf den Paparazzifotos nie an ihr sah.

»Wahrscheinlich seit sieben Jahren nicht mehr«, antwortete Phil. »So lange wohnen wir schon in London.«

»Sind Sie noch Lehrer?«

Phil zögerte einen Augenblick, dann schüttelte er den Kopf. »Ich war bis vor Kurzem an der Uni, aber wir haben beschlossen, dass es besser ist, wenn ich zu Hause bleibe, bis die Kleinen in der Schule und im Kindergarten sind. Mit denen habe ich alle Hände voll zu tun.«

»Das glaube ich sofort«, erwiderte Meg. »Die beiden sind so süß!«

»Sie sehen ihrer Mutter ähnlich«, sagte Phil und nickte in Sallys Richtung. »Sie erinnern sich doch an Sally?« Roz hörte einen leisen, warnenden Unterton in seiner Stimme.

»Natürlich.« Meg lächelte, drehte sich aber nicht zu Sally in der Sitzecke, um sie zu begrüßen.

Sally lächelte nicht. Ihr Blick war auf Phils Gesicht geheftet.

»Und ich weiß natürlich, wie gut es Ihnen ergangen ist«, sagte Phil. »Man kann ja kaum in die Zeitung oder aufs Handy schauen, ohne dass man Sie da sieht.« Er lachte etwas zu lang.

»Freuen Sie sich darauf, über Weihnachten wieder zu Hause in Fort William zu sein?«, fragte Meg.

»Natürlich. Um diese Jahreszeit ist es immer besonders schön dort.«

Sie redeten die belanglosen Dinge, die man in solchen Situationen zueinander sagt, und versteckten das, was sie mittlerweile trennte, unter einer dicken Schneeschicht. Aber Roz spürte das Glatteis darunter.

Sie starrten einander an. Die Atmosphäre im Club Car war angespannt, die anderen versuchten herauszufinden, was sich da gerade abspielte.

Der auf dem Arm seines Vaters liegende Robert bewegte sich und ließ seine Gummigiraffe zu Boden fallen. »Dann will ich mal los, bevor Junior ungehalten wird«, sagte Phil.

Meg bückte sich, hob die Giraffe auf und steckte sie neben Robert unter Phils Arm. Grant kam aus der Sitzecke gerutscht, stellte sich hinter Meg und legte ihr beide Hände auf die Schultern. Seine langen Finger krümmten sich wie Spinnenbeine um Megs zarte Knochen.

»Ist das der Lehrer, von dem du mir erzählt hast?«, fragte Grant.

Phil erstarrte.

»Den habe ich mir aber anders vorgestellt.«

»Sei still, Grant«, sagte Meg.

Aber Grant war nicht still. Mundhalten fiel Männern wie ihm viel zu schwer.

»Du hast mir doch gesagt, er hätte schreckliche Pickel gehabt. Eine Haut wie Blindenschrift. Haarige, warzige Blindenschrift, hast du gesagt, glaube ich«, feixte Grant.

»Das habe ich nie gesagt, glauben Sie mir.« Meg blinzelte Phil entschuldigend mit großen Augen an. »Ich habe nur gesagt, Ihre Haut sei irgendwie ...« Sie beendete den Satz nicht. Phil fasste sich mit der freien Hand schnell an die Wange.

Grant bohrte Meg sein Kinn von oben in den Kopf und wickelte die Arme um sie. Dabei starrte er Phil die ganze Zeit aggressiv ins Gesicht. Roz spürte, wie sich die Luft im Speisewagen immer stärker mit Testosteron anreicherte. Mit wie vielen Grants hatte sie schon in ihrem Leben zu tun gehabt. Bei Männern wie ihm waren nur wenige Tropfen notwendig, um das Fass zum Überlaufen zu bringen. Wenn er dann handgreiflich wurde, war nicht er derjenige, der im Krankenhaus landete.

Grant schob Meg wie einen Klotz zur Seite und baute sich nur wenige Zentimeter vor Phil auf.

Roz merkte, dass Ember sie ansah; vermutlich fragte sie sich, ob sie etwas unternehmen würde. Aber Roz blieb sitzen. Wenn sie jetzt eingriff, würde es noch eher zur Eskalation kommen. Da hörte sie ganz auf ihr Bauchgefühl. Mit ihrem Bauch war sie auf Du und Du. Als Teenager hatte sie ihren Bauch gehasst. Sie hatte sich immer vor dem Spiegel in die winzigen Hautröllchen gekniffen, als Beweis, wie fett sie war. Mittlerweile, seit Roz Wechseljahresspeck und Orangenhaut vom Nabel bis zur Kaiserschnittnarbe hatte, mochte sie ihren Bauch eigentlich richtig gern. In diesem Bauch war ein Mensch herangewachsen. Ein Blinddarm war daraus entfernt worden. Dieser Bauch hatte schon jede Menge Traumata und mitternächtliche Döner verdaut.

Andererseits: Wenn man nichts sagte, fühlten manche Machotypen sich ermutigt, immer weiterzumachen.

»Ist das nicht irgendwie abartig, mit seinem alten Lehrer abzuhängen?«, höhnte Grant. »Pervers.«

»Ich bin nicht alt«, erwiderte Phil. »Ich bin noch nicht mal vierzig.« Es klang nicht sehr überzeugt. Roz wusste, wie es war, wenn man sich vor seiner Zeit alt fühlte.

»Und wie alt war er, als er dein Lehrer war, Bae?«

Roz wusste natürlich, dass »Bae« ein Kosename war, entweder als Abkürzung für »Babe« oder als Akronym für »Before Anyone Else«, mein wichtigster Mensch. So hatte Roz schon sehr lange niemand mehr genannt. Aber aus Grants Mund klang »Bae« wie eine Beleidigung: *Bäh, du dummes Schaf. Bäh bäh.*

»Wolltest du nicht gerade gehen, Phil?« Sallys Stimme war grimmig, als wolle sie Phil aus seiner Erstarrung reißen.

»Ja, natürlich.« Langsam bewegte er sich auf die Tür zu.

Meg sah ihm hinterher. Das Licht der Lampen spiegelte sich in ihren großen, schwarzen Pupillen. Ihre Miene war unergründlich. Wäre ihr Gesichtsausdruck ein Zug, wäre er irgendwo auf halber Strecke zwischen Angst und Bedauern stehen geblieben.

Als sich die Tür hinter Phil geschlossen hatte, gingen Meg und Grant zurück zu ihrem Tisch. Meg hielt den Kopf gesenkt wie eine reuige Sünderin. Am Ende würde sie für die Szene büßen müssen; Grant würde es ihr heimzahlen, mit Schweigen oder Schlimmerem.

Sally schlug mit beiden Händen auf den Tisch. »Partytime, Leute! Heute wird mal richtig auf die Kacke gehauen.«

Liv hielt sich die Augen zu. »Mum!«

Roz lächelte. Das würde Heather auch bald lernen müssen, wie es sich anfühlte, eine peinliche Mama zu sein. Es war unvermeidlich. Das trat ein, schon lange bevor aus den Kindern klischeemäßig sich fremdschämende Teenies wurden. Heather war fünf gewesen, als sie zur damals sechsundzwanzigjährigen Roz sagte: »Hör auf, Mummy, davon wird mein Gesicht ganz heiß.« Roz hatte beim Sportfest des Kindergartens Späßchen gemacht.

Sally hielt ihr leeres Glas hoch. »Mach dir nichts draus, Liv. Du bist jetzt alt genug, um zu kapieren, dass deine Eltern auch nur Menschen sind.«

»Ich hole dir was zu trinken«, sagte Aidan, griff nach dem Weinglas seiner Mutter und bewegte sich seitlich aus der Sitzbank. Er schien sich über jeden Vorwand zu freuen, von den beiden wegzukommen. »Ich trinke auch nichts ab, keine Bange.«

Roz' Handy vibrierte – Anruf von Heather. Der Lärm im Speisewagen trat in den Hintergrund, als sei er hinter einem Wandschirm verschwunden. Nichts von dem, was hier geschah, spielte im Vergleich zum eingehenden Anruf eine Rolle.

Roz sprang auf, nahm ab und eilte zum Telefonieren in Richtung Tür. »Ist alles in Ordnung, mein Schatz?«

»Ich bin's wieder«, antwortete Ellie am anderen Ende. »Und nein, es ist nicht alles in Ordnung.«

NEUN

Roz stand allein im schwankenden Niemandsland zwischen den Waggons. Sie fühlte sich, als sei ihr der feste Boden unter den Füßen weggezogen worden. »Ist etwas passiert?«

»Unsere Hebamme Jean ist nicht so ganz glücklich damit, wie die Sache läuft.« Ellies für gewöhnlich so kräftige Stimme klang zittrig. Im Hintergrund hörte Roz, dass Heather panisch klang im Gespräch mit der Hebamme, die so leise und beruhigend auf sie einredete, dass es wie das Plätschern warmen Wassers in einem Gebärbecken klang.

»Was ist los?« Roz hörte, wie sich ihre eigene Stimme überschlug.

»Die Herztöne des Babys sind schlecht.«

Roz' Herz fing an zu rasen, als wolle sie den schwachen Herzschlag ihrer Enkelin wettmachen. »Wie geht es Heather?«

»Nicht so gut. Sie sagt, sie sei schrecklich müde.« Hinter diesen Worten versteckte sich mehr. Ellie war anzumerken, wie viel Druck auf ihr lastete.

»Aber du glaubst, es ist was Schlimmeres?«

Roz hörte, wie eine Tür auf- und wieder zuging. Ellie musste auf den Flur getreten sein, wo sie reden konnte, ohne dass Heather mithörte. »Jean macht sich Sorgen um Heather. Sie zittert, das gefällt ihr gar nicht. Außerdem ist ihr Blutdruck zu hoch. Sie meint, das Baby sei in Gefahr.« Ellie schnappte hörbar nach Luft und schluckte. »Kann sein, dass sich die Plazenta abgelöst hat oder dass mit dem Fruchtwasser irgendwas nicht stimmt, oder mit der Nabelschnur – jedenfalls sieht es so aus, als bekäme der Fötus eventuell nicht genug Sauerstoff.«

»Und jetzt? Ihr fahrt ins Krankenhaus, richtig?«

»Ich fahre mit ihr in die Geburtsklinik in Inverness.«

»Und Heather regt sich nicht zu sehr auf deswegen?« Ihre Tochter hatte sich völlig auf eine Hausgeburt eingestellt. Sie hatte alles detailliert geplant, von den zu verwendenden essenziellen Ölen (Lavendel, Muskatellersalbei, Neroli, Mandarine, Minze) bis zur Wassertemperatur in der Wanne und den Reflexzonenpunkten, auf die Ellie Druck ausüben sollte. Heather hatte an einem Geburtsvorbereitungskurs mit Hypnose teilgenommen und hatte jeden Abend vor dem Einschlafen Atemtechnik und Visualisierung geübt. Sie wollte immer alles vorausplanen. Aber die Geburt eines Kindes lief nun mal nicht nach Exceltabelle.

»Anfangs hat sie sich noch gewehrt, aber Jean und ich haben sie überredet. Dann sind wir am richtigen Ort, falls irgendwas …« Ellie wollte die Worte nicht aussprechen, damit sie bloß nicht wahr wurden. Als könnte selbst ein bisschen Atem, der über die Lippen strich und ein Wort bildete, das Grauen schon Realität werden lassen.

»Das wird schon alles, Ellie.« Roz gab sich alle Mühe, selbst an ihre beruhigenden Worte zu glauben.

Ellies Stimme war tränenerstickt. »Ich pack schnell ein paar Sachen. Red mal mit Heather.«

Roz hielt die Luft an, als sie hörte, wie die Tür wieder aufging, und wartete. Sie blickte zum Zugfenster hinaus in die Dunkelheit. Lichtlos zogen die Häuser vorbei. Nur nachts sahen die Vororte so düster aus, wie sie es in Wirklichkeit auch waren.

»Roz?« Heather nannte sie nur selten »Mum«, seit sie mit vier ihren Vornamen herausgefunden hatte. Wenn Heather richtig stinkig auf ihre Mutter war, nannte sie sie Rosalind. Das tat weh.

»Hier bin ich, mein Schatz.«

»Ich wünschte, du wärst *wirklich* hier.« Heather stieß die Worte atemlos aus. Sie schaltete auf Videoanruf um, Roz akzeptierte, und Heather erschien auf dem Display. Ihr Gesicht war rot verquollen und kaum zu erkennen. Sie hatte einen glasigen Blick und zitterte so sehr, dass die Kamera wackelte. Roz wollte nur eins: sie im Arm halten. Das Wohnzimmer hinter ihr war von Kerzen erleuchtet.

»Die wollen, dass ich ins Krankenhaus gehe.« Heather schniefte und schnüffelte, bei ihr ein deutliches Anzeichen, dass sie versuchte, nicht in Tränen auszubrechen.

»Es ist besser so, mein Schatz. Nur für den Fall.« Roz hoffte, dass ihre Stimme beruhigend klang.

»Ich wollte es aber hier machen.«

»Ich weiß. Aber du musst dafür sorgen, dass deinem Kind nichts zustößt.« Es tat Roz weh, das zu sagen, weil sie nur zu gut wusste, dass ihr eigenes Kind sie brauchte und sie nicht da war.

»Ich habe mal wieder versagt.« Heathers Stimme war so leise, dass Roz sie kaum verstehen konnte.

»Nein, hast du nicht«, entgegnete Roz mit einer Vehemenz, die sie so nicht erwartet hatte. »Du hast überhaupt nicht versagt.«

»Im Geburtsvorbereitungskurs haben sie gesagt, das Krankenhaus bedeutet schrecklichen Stress für die Kleine. Dass es kein guter Anfang für ihr Herz ist.«

»So ein Quark!«, rutschte es Roz heraus, bevor sie sich stoppen konnte. »Das ist doch alles Esoterikgelaber. Momentan geht's ihrem Herzen ja wohl auch nicht gerade gut.«

Heather brach in Tränen aus. Und sie weinte nur sehr selten.

»Bitte verzeih mir, mein Schatz, das habe ich doch nicht so –«

»Ich muss Schluss machen«, sagte Heather und beendete das Gespräch.

Roz starrte ihr Handy an. Sie rief zurück, aber Heather ging nicht dran. Roz nahm eine Sprachnachricht auf und schickte sie ihr: »Es tut mir so schrecklich leid, mein Schatz. Ich wollte dich auf keinen Fall aufregen. Ich denke jede Minute an dich und bin bei dir, sobald mich dieser blöde Zug ans Ziel gebracht hat. Alles andere spielt keine Rolle. Tut mir echt leid. Hör gar nicht auf mich.« Sie ließ die Aufnahme noch weiterlaufen, wusste aber nicht, was sie sagen sollte, außer: »Ich hab dich lieb.«

Roz war elend zumute, als sei ihr Herz ein unausgepackt gebliebenes, unerwünschtes Geschenk. Sie hatte mal wieder alles in den Sand gesetzt. Ihr verdammtes Mundwerk, das immer mit ihr durchging.

Draußen rasten die Zäune und Gärten und die erleuchteten Fensterrechtecke vorbei. Theoretisch war Roz klar, dass sie sich bewegten, aber es fühlte sich nicht so an. Das war die Magie des Zugfahrens. Die Welt schien an einem vorbeizuziehen, während man stillsaß, und trotzdem gelangte man an den Ort, an den man wollte. Wenn es nur im Leben auch so laufen würde.

Aus dem Fenster gucken tat gut. Das Wichtigste auf der Welt war für Roz das, was sich jetzt gerade in einer Souterrainwohnung in Fort William abspielte, aber zugleich wurden ihr auch die Tausenden parallel ablaufenden Leben bewusst. Die vielen Menschen in den sekundenkurz gesehenen Häusern, auf den Sofas, im Bad oder im Bett, die Fernsehshows oder Pornos guckten, glücklich waren oder nicht, weinten oder starben. Jedes Leben war wichtig, genau wie jede Schraube in diesem Zug. Entscheidend. Wenn bei Roz privat mal wieder eine Katastrophe eingetreten war, hatte sie bei der Metropolitan Police den Ordner mit den ungelösten Fällen zur Hand genommen. In diesen Akten las sie, dass andere zumindest ähnliche Probleme hatten. Bei diesen Lektüren hatte sie oft auch Fälle entdeckt, die sie dann zu knacken versuchte. Hauptsache, es lenkte sie von ihren Gedanken an den Mann ab, der ihr das angetan hatte. Wenn sie nicht herausfinden konnte, wer er war, konnte sie wenigstens dazu beitragen, dass andere wie er hinter Gittern verschwanden. Die

Verurteilungsquote blieb allerdings nach wie vor niedrig, und manche der Täter trugen ebenfalls Polizeiuniform.

Vermutlich fuhr sie jetzt gerade an einem, oder gar mehreren, Verbrechen vorbei. In jeder Wohnung hinter einem Fensterviereck mit heruntergelassenen Jalousien oder zugezogenen Vorhängen konnte sich eine Gräueltat verstecken. Schrödingers Fensterbrett.

Aber diese Konzentration auf andere hatte dazu geführt, dass sie eine schlechte Mutter gewesen war. Wer behauptete, es sei leicht, die Anforderungen von Karriere und Elternpflichten zu jonglieren, hatte noch nie versucht, mehrere Bälle in der Luft zu halten. Jonglieren war schwierig. Roz hatte mal versucht, es sich mit einem YouTube-Video selbst beizubringen. Die Bälle waren in alle Richtungen davongeflogen, und ihr Zwanzig-Dienstjahre-Reisewecker hatte in Scherben auf dem Boden gelegen.

Bewegung half gegen die vielen Sorgen, die sich in ihr angestaut hatten. Roz ging durch die Automatiktür in den nächsten Schlafwagen und durch den Gang in den nächsten und den nächsten danach. Im Vorbeigehen hörte sie Stimmen aus den Abteilen – Phil sang für seine Kinder »Stille Nacht«, ein Mann telefonierte.

Hinter den Schlafabteilen kamen die Sitz- und Gepäckwagen. Die Plätze waren nur spärlich belegt, insgesamt saßen nur ungefähr zwanzig Personen dort. Vermutlich, weil der Zug normalerweise alle Passagiere bis nach Edinburgh beförderte, wo er dann viergeteilt wurde.

Ein Stück weiter saßen sich Tony und seine Mutter Mary an einem Tisch gegenüber, die Sitze leicht zurückgeklappt. Der Katzenrucksack stand auf dem Sitzplatz neben Mary. Nach oben hin war das Gitter offen, Moustache bekam hin und wieder kleine Schinkenstückchen von Mary zugesteckt und schien sich dort, wo er war, sehr wohlzufühlen. Er schnurrte ununterbrochen, als sei er das Maschinchen, das den Zug antrieb.

Auf dem Tisch stand eine offene Quality-Street-Dose mit Schoko-Konfekt, aus der die einzeln bunt verpackten Pralinen herausschimmerten, als seien sie Edelsteine.

»Unsere Retterin!«, sagte Tony. »Kommen Sie uns vom einfachen Volk mal besuchen?«

»Nein, nein, ich wollte mir nur die Beine vertreten«, erwiderte Roz.

»Mögen Sie was Süßes?«, fragte Tony und ließ die Schokoladen in der Dose tanzen.

»Aber nicht, dass Sie mir eine mit Nüssen wegessen«, sagte Mary. »Die mag ich am liebsten.«

Roz schätzte Marys Direktheit. Die mit Nüssen aß Roz auch am liebsten. Vielleicht konnte sie ihr das ansehen. Mary hatte etwas Eichhörnchenhaftes an sich: wie schnell sie den Kopf drehte, die glänzenden, dunklen Knopfaugen. Aus ihrer Perspektive konnte Roz es schlecht erkennen, doch sie wäre nicht erstaunt, wenn Mary einen buschigen Schwanz gehabt hätte.

»Aber ansonsten: Bitte, greifen Sie zu!«, forderte Mary sie auf. »Die mit Fruchtgelee oder Kaffeegeschmack können Sie ruhig essen. Grässliche Beleidigungen des guten Geschmacks!«

»Aber ich mag die gern, Mum.«

Mary zuckte nur die Achseln und grinste.

Moustache gähnte, legte seine dicken Pfoten oben auf den Rucksack und streckte den Kopf nach draußen. Er starrte Roz an und maunzte. Sie hatte das Gefühl, noch nie so herablassend betrachtet worden zu sein.

»Was für eine Rasse ist das?«, fragte sie.

»Halb Maine Coon, halb Sibirische Katze. Er glaubt allerdings, er sei ein Hütehund«, antwortete Mary. Sie kraulte Moustache den Kopf, und der Kater schloss vor Verzückung die Augen. Roz vermutete, dass sich das gut anfühlen musste. Sie war seit sehr langer Zeit von niemandem mehr berührt worden.

Mary streckte die Beine aus und verzog das Gesicht vor Schmerz.

»Im Club Car sind noch ein paar freie Plätze«, sagte Roz. »Da haben sie wahrscheinlich ein bisschen mehr Platz.«

»Dürfen wir uns da auch reinsetzen?«, fragte Tony.

»Aber natürlich«, beantwortete Mary seine Frage. »Wenn noch Plätze frei sind, dürfen sogar wir Menschen zweiter Klasse bei der Elite sitzen.«

»Das heißt nicht mehr zweiter Klasse, Mum.«

»Spielt doch keine Rolle, wie sie's nennen«, gab Mary zurück. »Eine Klassengesellschaft ist es trotzdem. Wir bilden hier die untere Schicht im Zug und müssen uns von jeder Unebenheit im Gelände durchschütteln lassen. Aber in der Schicht über uns ist alles glatt und eben.«

»Mum war früher Geologiedozentin«, sagte Tony zur Erklärung.

»Ich doziere immer noch, wenn man mir einen Gin und eine gute Gelegenheit gibt.« Marys Augen leuchteten.

Tony fasste nach der Hand seiner Mutter. Sie sahen sich mit einem Blick an, aus dem das Sediment jahrzehntelanger Liebe sprach.

Das konnte Roz gerade schwer mitansehen. »Ich gehe dann mal weiter«, sagte sie. »Aber schauen Sie doch im Club Car vorbei, wenn Sie mögen. Bevor es dort *zu* heiß hergeht. Allerdings hat es schon eine Auseinandersetzung gegeben, ich kann also nicht versprechen, dass es friedlich sein wird.«

»Na, wenn das so ist«, sagte Mary. »Dann komme ich auf jeden Fall.« Sie sah Moustache an, der ihr die Zunge rausstreckte. Ob das Einverständnis oder Protest signalisierte, wusste Roz nicht.

Sie ging durch den Gang zurück und hielt sich dabei an der Wand fest, weil der Zug ruckte und rumpelte. Als sie wieder vor dem Speisewagen stand, sah sie erneut aufs Handy. Keine SMS. Keine Sprachnachrichten. Nichts.

Während sie überlegte, ob sie es noch mal bei Heather versuchen sollte, ging die automatische Tür zum Schlafwagen auf.

Der Mann, der sich ohne Fahrkarte in den Zug geschmuggelt hatte, stand vor Roz. Er hatte dunkle oder möglicherweise auch fettige blonde Haare, die ihm strähnig bis auf die Schultern hingen. Dem Aussehen nach hatte er vermutlich mehrere Nächte in dem zerlumpten braunen Mantel, den er trug, geschlafen, falls er überhaupt geschlafen hatte. In der Hand hielt er eine Plastiktüte vom Supermarkt, die wirkte, als befände sich sein ganzes Hab und Gut darin. Älter als vierzig konnte er nicht sein, aber seine Augen wirkten unendlich traurig, mit schwarzen Ringen darunter.

»'tschuldigung«, sagte er und senkte den Kopf. »Ich suche die Toilette.« In seiner Stimme lag eine Dringlichkeit, die seinem Körper nicht anzumerken war.

Im Waggon hinter ihm konnte Roz den Schaffner sehen, der in ihre Richtung kam. Der Mann wollte sich offensichtlich vor ihm verstecken. Roz hatte zwei Möglichkeiten.

Sie trat einen Schritt zurück und zeigte auf das WC. Vielleicht musste der Mann es an Weihnachten nach Hause schaffen und hatte keine andere Möglichkeit. »Bitte schön«, sagte sie und drückte auf den Knopf, mit dem sich die Toilettentür langsam öffnete.

Der Mann warf ihr einen dankbaren Blick zu, schlüpfte hinein und drückte mehrmals auf den Knopf, mit dem man die Tür wieder schloss, als würde es dann schneller gehen. Wenn Roz ein Klo wäre – nicht selten hatte sie sich so gefühlt, so oft, wie jemand schon auf sie geschissen hatte –, dann würde sie die Tür extralangsam zugehen lassen, nur um es den ungeduldigen Knopfdrückern heimzuzahlen. Obwohl sie in diesem Fall vielleicht eine Ausnahme machen würde, der Schaffner war immerhin schon auf der anderen Seite der automatischen Tür.

Er trat zu Roz in den Vorraum, die Augen auf die sich schließende WC-Tür gerichtet. Der Mann war um die sechzig, untersetzt, mit Haar in der Farbe und Beschaffenheit von Haferbrei.

Auf seinem Namensschild stand »Beefy«, was sofort Fragen provozierte.

»Ich wollte Sie mal was fragen«, sagte Roz und war gespannt, was ihr Gehirn sich wohl einfallen lassen würde. »Werden wir morgen früh zu spät in Fort William ankommen? Oder können wir die Verspätung wieder reinholen?«

»Schwer zu sagen«, antwortete er. Aus seinem Tonfall war eine Herkunft an der Themse rauszuhören. »Die Schienen sind vereist, deswegen können wir nicht mit Höchstgeschwindigkeit fahren. Und die Wettervorhersage hat sich auch nicht unbedingt verbessert – wie es aussieht, soll es noch heftiger schneien als gedacht. Wahrscheinlich wäre es besser gewesen, diesen Zug auch ausfallen zu lassen, wie die ganzen anderen. Aber der vorherige Lokführer meinte, es hätte auf der Strecke von Schottland nach London keine Probleme gegeben ...« Er seufzte, als würde seine Meinung nur selten ernst genommen. »Mich interessiert eigentlich nur, dass ich morgen zurück in London bin.« Er blickte wieder in Richtung Toilette.

»Sie möchten ja sicher meine Fahrkarte sehen«, sagte Roz. »Ich habe sie im Club Car gelassen, in meiner Handtasche. Kommen Sie, ich zeige sie Ihnen.« Roz zeigte auf die Verbindungstür, und Beefy wirkte zwar erstaunt, bewegte sich aber trotzdem auf die Tür zu. Als Roz ihm folgte, sah sie am Rand ihres Gesichtsfelds, wie die Toilettentür langsam aufging. An ihrem Tisch angekommen, schaute sie noch einmal zurück und sah den blinden Passagier, wie er in entgegengesetzter Richtung davonhuschte.

ZEHN

Meg fasste über den Tisch hinweg nach Grants Hand. Ganz leicht, fast ohne Berührung, fuhr sie die Linien in seinem Handteller nach – tief in die Haut eingegraben. Seine Herz- und Kopflinie waren lang, sie fanden aber nicht zueinander. Sie wünschte, sie wüsste noch, was man daraus lesen konnte, was es für ihre Beziehung bedeutete. Ihre Mutter war gestorben, bevor sie ihr ganzes Wissen um die Handlesekunst und andere Orakel weitergeben konnte; ihre Ma hatte allerdings nicht geglaubt, dass man spezielle Gegenstände oder Kenntnisse brauchte, um die Zukunft vorherzusagen. »Man kann die Vergangenheit, Gegenwart und Zukunft in allem Möglichen erkennen. Du brauchst nichts als die Gabe, Megan«, hatte sie gesagt. »Und du hast die Gabe. Du musst nur Zugang zu ihr finden.«

Meg suchte in sich nach ihrer Gabe, damit sie die in Grants Händen vorgezeichnete Zukunft erkennen konnte, aber es war wie ein aufgemalter, falscher Tunnel in einem Comic. Sie krachte gegen die Wand und sah keinerlei Zukunft. Später würde sie die Tarotkarten herausholen und nachsehen, ob sie darin mehr erkennen konnte. Sie musste wissen, was die Zukunft bringen würde.

Ein Schaffner blieb an ihrem Tisch stehen. Er war groß, hatte dichtes, weißes Haar und duftete nach Toast. »Bitte verzeihen Sie die Störung, Miss Meg«, sagte er. Er deutete eine kleine Verbeugung an. Seine Gesichtsfarbe verschob sich von Chenin-Weißwein hin zu Rosé. »Ich wollte nur fragen, ob ich vielleicht ein

Autogramm von Ihnen haben dürfte? Es ist für meine Tochter Charlie.«

»Meg gibt keine Autogramme«, sagte Grant und lachte laut.

Meg lächelte, kümmerte sich aber nicht um seine Bemerkung. »Natürlich dürfen Sie das«, sagte sie zu dem Schaffner. Sie blickte auf sein Namensschild – ein anderer Promi hatte ihr bei einer Quizsendung den Trick verraten, man solle herausfinden, wie die Menschen hießen, die einen bedienten, und sie direkt ansprechen –, »Beefy. Toller Name!«

Beefy strahlte. Seine Zähne hätten mal gerichtet werden müssen, aber sie standen auf liebenswerte Weise schief. Er präsentierte Meg ein Blatt Papier, das er hinter dem Rücken versteckt gehalten hatte, als sei es ein Blumenstrauß. »Bitte schön.« Er hielt ihr auch einen Kuli hin.

»Ich habe meinen eigenen Lieblingsstift«, sagte sie und nahm einen rosa Füller mit Monogramm aus ihrer Anya-Hindmarch-Tasche. »Wie alt ist Charlie denn?«

»Nächste Woche elf. Mein Ein und Alles.« Seine Augen leuchteten, und Meg verspürte einen Anflug von Neid. Offensichtlich liebte er seine Tochter abgöttisch. Wie schön für Charlie.

Meg schrieb: *Herzlichen Glückwunsch zum Geburtstag nächste Woche, Charlie! Wir sehen uns auf Insta! HDL!* und umrandete die Seite mit ihrer Unterschrift. Dann machte sie ganz viele Kreuze, noch mehr als normal, weil Beefy so besonders liebenswürdig gewesen war.

Beefy hob das Blatt Papier hoch, als sei es mindestens so kostbar wie seine Tochter. Er hielt es mit seinen dicken Bratwurstfingern vorsichtig am Rand fest. »Wunderbar. Vielen herzlichen Dank.«

Damit verschwand das Lächeln aus seinem Gesicht, und er drehte sich zu Grant um. Ein unnachgiebiger Ausdruck trat in seine Augen. »Die Fahrkarte bitte, Sir.«

»Mein Autogramm wollen Sie also nicht?«, fragte Grant mit

einem Lachen, das offensichtlich seine Unsicherheit verstecken sollte. Es war ein Lachen, das Meg nicht gern hörte.

»Tut mir leid, Kumpel«, sagte Beefy achselzuckend. »Auf dem Blatt ist kein Platz mehr.«

Grant schnappte sich das A4-Papier und drehte es um, griff nach Megs Füller und kritzelte seine Unterschrift auf die Rückseite. Es lief Meg eiskalt den Rücken herunter, als sie das Kratzen auf dem Papier hörte. Bestimmt hatte er die Feder ruiniert. Er gab Beefy das Blatt zurück. »Da, jetzt ist es echt wertvoll.«

Beefy drehte das Blatt um, sodass Megs Autogramm oben war, aber die Tinte von Grants Unterschrift war durchgelaufen. Beefys Gesicht hatte mittlerweile eine weinrote Farbe angenommen. »Wenn ich jetzt bitte die Fahrkarten sehen dürfte.«

Als Beefy weg war, sah Meg aus dem Fenster. Ihr kam es vor wie das Gegenteil einer Schneekugel: Sie saß hinter dem Glas fest und blickte hinaus in die Welt, in der es überall schneite, nur nicht auf sie. Wenn sie sah, wie sehr Beefy seine Tochter liebte, kam ihr der Gedanke an eigene Kinder. Noch nicht, aber zu lange wollte sie natürlich auch nicht mehr warten. Irgendwann, bald. Vielleicht würde es Grant guttun, Vater zu werden. Vielleicht würde er zur Ruhe kommen und ihr endlich treu sein.

»Du bist so schön, wenn du nachdenkst«, sagte Grant zu ihr. Sein Blick war liebevoll und zärtlich. Alles andere wurde mit einem Schlag unwichtig. »Es ist schön, wenn es mal nur um uns geht. Wenn ich dich nicht mit dem Rest der Welt zu teilen brauche.«

»Ja, das finde ich auch schön.« Was stimmte, zum Teil zumindest. Denn es berührte Meg mindestens genauso tief, wenn sie mit ihren Fans in Kontakt trat, und sie wollte immer mehr. Vielleicht flirtete Grant deshalb mit anderen Frauen: Mit ihnen spürte er eine Verbundenheit, die sie ihm nicht geben konnte. Doch in diesem Augenblick waren sie eins. Als sie ihn wieder ansah, blickte er so forschend aus dem Fenster, als versuche er ebenfalls, die Zukunft im Schneegestöber zu erkennen.

»Komm zu mir«, sagte Grant und breitete einladend den Arm für sie aus. Mit wie viel Wärme und Zuneigung er sie betrachtete.

Meg rutschte aus ihrer Sitzbank, kuschelte sich an ihn und lehnte den Kopf an seine Schulter. In Augenblicken wie diesem hatte sie das Gefühl, dass vielleicht, ganz vielleicht doch alles gut würde.

Und dann erkannte sie, wohin er blickte. Er sah nicht sie an, nicht den Schnee, sondern die Spiegelung der Studentin, die ihn im Wartesaal angebrüllt hatte, dass er ruhig sein soll. Und in seinem Blick war jetzt nichts Liebevolles mehr.

ELF

Roz lief knallrot an, als der schäbig gutaussehende Mann den Speisewagen betrat. Von ihrem Beobachtungsposten am Fenster aus konnte sie seine Spiegelung ausgiebig betrachten. Er hatte die gebräunte Haut und die Krähenfüße von jemandem, der sich viel an der frischen Luft aufhielt. Irgendwie kam er ihr bekannt vor, aber sie hatte im Lauf ihres Arbeitslebens so viele Menschen kennengelernt, schwer zu sagen, ob es sich bei ihm um einen Kriminellen, Normalbürger oder Polizisten handelte. Sie hielt Ausschau nach einem Ehering. Was war nur los mit ihr? Normalerweise passierte ihr so was nie.

Er setzte sich an einen der dreieckigen Tische, zwei von Roz entfernt. Er sah aus dem Fenster, ertappte Roz dabei, wie sie ihn anstarrte, und lächelte sie an. Sie konnte nicht anders und grinste zurück. Ember hatte die beiden ebenfalls mit einem Lächeln auf dem Gesicht beobachtet. Ihr Lächeln war allerdings klein und traurig.

»Wie ist das Käsebrett?«, fragte der Mann Roz und zeigte auf die fast leer gegessene Schieferplatte. Er hatte einen schottischen Dialekt, der klang, als stamme er aus Paisley, wodurch Roz ihn mit einem Schlag doppelt so sympathisch fand.

»Köstlich«, erwiderte Roz. »Aber passen Sie mit den Silberzwiebeln auf, die haben's in sich. Erst kitzeln sie, dann kommt der Kick.«

»Also, ich habe noch keine Zwiebel getroffen, die mich besiegt hätte.« Er zögerte, dann sagte er: »Übrigens. Ich heiße Craig.«

»Freut mich. Roz.«

»Kann ich Ihnen vielleicht noch einen mitbringen, Roz?« Er nickte in Richtung ihres leeren Whiskyglases und bewegte sich auf den Tresen zu.

Zustimmend hob Roz das Glas und merkte, dass sich auch ihre Laune umgehend hob. Vielleicht schaffte sie es ja, nicht in Erinnerungen zu versinken und sich stattdessen mal aufs Hier und Jetzt zu konzentrieren.

»Er wirkt wie ein anständiger Kerl«, flüsterte Ember ihr zu.

»Kann sein«, erwiderte Roz. Sie wusste, dass man so was den Menschen meist nicht ansehen konnte.

Am Tisch der Quizletts hinter ihr schwenkte Blake sein Handy. »Ich habe eine Weihnachtsrunde zusammengestellt. Sind auch ein paar Songs dabei.« Er tippte das Display an, und »Stay Another Day« von East 17 wurde abgespielt. Als sich mehrere Leute nach ihm umsahen, drehte er die Musik schuldbewusst leiser.

»Eins muss aber mal ganz deutlich gesagt werden«, trompetete Beck. Roz war endgültig davon überzeugt, dass sie für eine Karriere bei den Torys vorherbestimmt war. »Das ist *kein* Weihnachtslied.«

»Bitte fang nicht damit an«, erwiderte Blake. »Als Nächstes behauptest du, *Stirb langsam* sei kein Weihnachtsfilm.«

»Ist er auch nicht.« Beck verschränkte die Arme.

»Aber weihnachtlich ist ›Stay Another Day‹ schon«, wandte Ayana so leise ein, dass Roz die Ohren spitzen musste. »In dem Video kommen Glocken und weiße Kapuzenjacken mit Fell vor. Außerdem geht es um den Tod. Damit hat man Weihnachten ganz gut zusammengefasst, finde ich.«

»Weihnachten hat doch nichts mit dem Tod zu tun.« Beck lachte laut über Ayana.

»Für Truthähne schon«, sagte Sam und griff nach Blakes Hand.

Blake nickte. »Da ist was dran, Sam. Bei Feiertagen im Winter geht es immer um die Überwindung des Todes. Es geht darum, in der dunkelsten Jahreszeit ans Licht zu glauben und an der Hoffnung festzuhalten, dass die langen Nächte irgendwann wieder kürzer werden, es irgendwann wieder Morgen und wieder Sommer wird, auch wenn wir uns das momentan kaum vorstellen können.«

»Ich hasse den Sommer«, sagte Sam.

Ember belauschte die vier offensichtlich auch und nickte zustimmend. Vermutlich trug sie ihren Wintermantel das ganze Jahr über.

»Du findest aber auch gar nichts gut«, sagte Beck zu Sam.

»Das stimmt doch gar nicht«, gab Blake zurück. »Sam mag gern Regen. Und Zugfahren. Und *liebt* Wissen.«

Sam lachte. »Aber dich liebe ich mehr.«

»Du brauchst uns deine sexuelle Orientierung ja wohl nicht penetrant unter die Nase zu reiben«, sagte Beck und rückte ein Stück von Sam und Blake ab.

»Hast du ein Problem damit, dass deine Freunde schwul sind?«, mischte Sally sich ein.

»Erstens sind das meine Kollegen, nicht meine Freunde«, sagte Beck. »Freiwillig würde ich nicht mit denen abhängen. Und zweitens ist Sam nicht schwul, sondern bi oder pan, und drittens –«

»Warum verreist ihr dann zusammen?«, unterbrach Roz. »Wenn ihr nicht befreundet seid.«

»Die Uni hat uns ein Stipendium gegeben, damit wir uns zusammen auf die Fernsehsendung vorbereiten können. Drei von uns machen auf jeden Fall mit, und der oder die Vierte übernimmt dann die Vertretung«, erklärte Ayana.

»Es ist wie ein Trainingslager im Schwimmen, wenn das britische Team für die Olympiade zusammengestellt wird«, sagte Beck. »Wir haben uns in einer Ferienwohnung eingemietet. Und wie ich schon sagte: Ob jemand gay ist oder nicht, juckt mich nicht. Was mich stört, ist, dass Sam sapiosexuell ist, was ich persönlich in einem Quizteam etwas pervers finde. Ich finde die Vorstellung irgendwie abartig, dass ich Fragen beantworte und Sam davon angeturnt wird.«

»Ich verspreche es dir. Dazu wird es *garantiert* nicht kommen.« Sam erschauderte leicht, vermutlich bei dem Gedanken, Becks Intellekt sexy zu finden. »Außerdem steht es dir nicht zu, mich zu outen. Das ist nicht in Ordnung.«

»Du nötigst es uns doch auf.«

»Wem wird hier eigentlich was aufgenötigt?«, fragte Roz. »Ein Stück Käse zum Beispiel lasse ich mir sehr gern aufnötigen.« Sie griff nach einem Cheddarklotz, biss hinein und kaute genüsslich.

»Mir sind geschlechtliche Identität und Körper ziemlich egal, mir geht es ums Gehirn. Ich fühle mich einfach zu Menschen hingezogen, die klug, weise und intelligent sind. Und ich bevorzuge anständige Menschen«, sagte Sam. »Blake ist all das für mich.«

Blake strahlte.

»Ich glaube, meine Follower würden das sehr faszinierend finden«, sagte Meg. »Darf ich dich vielleicht interviewen?«

Sam lächelte schüchtern. »Na klar.«

Grants Lachen war laut und grausam. »Als ob deine Follower klug, weise oder intelligent wären.«

»Bitte, gebt's doch einfach zu: Es ist creepy, mit jemandem in einem Quizteam zu sein, dem bei schlauen Antworten einer abgeht«, sagte Beck.

»Ich fühle mich zu bestimmten Menschen hingezogen, nicht zu Wissen ganz allgemein«, erklärte Sam bedächtig. »Auch wenn ich Wissen super finde! Um zum Thema zurückzukehren: Bei einer YouGov-Umfrage 2017 waren nur vierundzwanzig Prozent der Befragten der Meinung, dass ›Stay Another Day‹ ein Weihnachtslied sei.«

Beck wirkte verwirrt, dass Sam ihre Meinung unterstützte,

aber das Grinsen, das sich langsam auf ihrem Gesicht ausbreitete, zeigte, dass sie es als Sieg für sich verbuchte.

Die Tür ging auf, und Mary und Tony standen im Speisewagen. Moustache reckte sich aus dem offenen Rucksack und hatte die Pfoten auf Tonys Kopf gelegt, als hielte er nach einem Platz Ausschau. Der Kater hatte recht: Es gab keine freien Plätze mehr, auf denen sie zusammensitzen konnten. Sämtliche Sitznischen und alle Einzelstühle bis auf einen waren besetzt. Die Sitznischen waren allerdings nicht voll belegt, in mehreren saßen nur zwei Personen.

Mary wirkte schrecklich gebrechlich, wie sie sich auf Tony stützte. Sie erinnerte an einen weihnachtlichen Glasschmuck, der sich seit Urzeiten im Familienbesitz befand und jederzeit zerbrechen konnte.

»Ist leider alles voll«, sagte Beefy mit einem Blick in die Runde.

Schuldgefühle plagten Roz. Sie hatte Mary und Tony aufgefordert herzukommen, sich dann aber so über Craigs Auftauchen gefreut, dass sie die beiden ganz vergessen hatte. Die Sitzenden in den Nischen vermieden es, Mary anzusehen. Zumindest fast alle – Grant starrte sie geradezu angewidert an. Die Studierenden beugten die Köpfe, und Blake stellte die Quizfragen so leise, dass Roz nichts mehr verstehen konnte.

Und dann kam ihr eine Idee. Blitzschnell ließ sie den Blick durch den Speisewagen gleiten, zählte die Fahrgäste und die zur Verfügung stehenden Plätze durch. Im Kopf ordnete sie alles neu an, ging sämtliche Möglichkeiten durch wie bei einem Zauberwürfel, bis für alle ein Sitzplatz gefunden war. Als sie die Lösung gefunden hatte, merkte sie, dass Ember sie erwartungsvoll ansah.

»Sie haben etwas vor«, sagte Ember.

»Ich bin ein großer Fan von Gerechtigkeit«, antwortete Roz.

Ember lächelte sie an. »Ich auch.«

Roz stand auf. »Entschuldigung! Könnten alle mal herhören,

bitte?« Ein paar Köpfe drehten sich zu ihr um, sonst nichts. Vielleicht musste sie das Ganze ein bisschen festlich dekorieren und ihre Ansage mit etwas Witzigem würzen. »Es ist Weihnachten, Leute!«, rief sie, Noddy-Holder-Style. »Und vor uns stehen zwei Menschen, die einen festlichen Drink und einen bequemen Sitzplatz gut gebrauchen könnten. Eine davon heißt auch noch Mary! Klingelt's da bei euch? Mutter Gottes?«

»Es wird Sie allerdings kaum überraschen, wenn ich Ihnen verrate, dass ich keine Jungfrau bin«, sagte Mary. »Schon lange nicht mehr.«

»Mum!«, entfuhr es Tony.

Mary grinste und sagte: »Es spielt allerdings auch keine größere Rolle mehr. Es melden sich schon seit einiger Zeit keine Gentlemen mehr bei mir, die mir Sex oder andere Annehmlichkeiten anbieten wollen.«

Sie wurde Roz immer sympathischer. Tony schüttelte nachsichtig den Kopf. Ember musste lachen, hielt sich aber schnell den Mund zu, als wolle sie ihre Erheiterung ungeschehen machen.

»Wollen wir sie wirklich abweisen?«, fragte Roz.

»Sie können's einfach nicht lassen, was?«, sagte Grant zu Roz. Seine Stimme klang drohend.

»Ich sehe einfach nicht, wo wir Sie noch unterbringen sollen«, sagte Beefy und sah sich um. »Die Gäste aus den Club Rooms haben Vorrang, und stehen darf hier leider keiner, aus Sicherheitsgründen.«

»Wir haben reichlich Patz für alle«, entgegnete Roz. »Wir müssen uns nur ein bisschen umsetzen.«

Ein unwilliges Murren ging durch den Club Car.

»Wir wollen niemandem zur Last fallen«, sagte Tony.

»Ich schon«, sagte Mary.

»Richtig so, Mary«, fuhr Roz fort. »Ich möchte ein Club-Car-Weihnachtsquiz vorschlagen. Wie mittlerweile alle mitbekommen haben dürften, befindet sich ein Team in unserer Mitte, das sich auf ein großartiges Denksportevent vorbereitet und unsere Hilfe gebrauchen kann. Es stehen ausreichend Sitznischen und freie Stühle zur Verfügung. Mein Vorschlag: Wir teilen uns in vier Teams à vier bis fünf Personen auf und rücken ein wenig zusammen.« Sie zeigte auf den Tisch mit den Quizletts. »Je einer von euch vieren kann die Rateteams anleiten, ihr seid immerhin die Experten.« Sie nickte und sah dabei Beck in die Augen, um ihr zu verstehen zu geben, dass sie das Ganze in die Hand nehmen sollte.

Vermutlich unterbewusst verneigte Beck sich leicht. »Das könnte klappen.« Sie ließ den Blick schon durchs Abteil gleiten, um sich die Besten für ihr Team rauszupicken.

»Ich bin auf einer romantischen Reise mit meiner besseren Hälfte und habe kein Interesse daran, jemanden kennenzulernen oder dumme Fragen zu beantworten, sorry«, sagte Grant. Roz meinte, einen Hauch von Angst auf seinem Gesicht zu erkennen, und hatte einen kurzen Augenblick Mitleid mit ihm. Sie konnte sich vorstellen, wie er als kleiner Junge im Klassenzimmer gesessen hatte und die Fragen der Lehrerin nicht beantworten konnte.

»Das ist eine ausgezeichnete Idee, finde ich«, sagte Craig. »Auf die Art können alle sitzen, und wir haben auch noch Spaß dabei.«

»Ich finde es auch gut«, pflichtete Meg bei. Sie blickte auf ihr Handy, und Roz fragte sich, ob sie damit nur Grants bösem Blick entgehen wollte oder überlegte, welches Livestreampotenzial ein Quiz bieten würde.

Roz wollte natürlich nicht nur alle einmal gut durchmischen, um Platz für Mary zu schaffen. Ein Quiz würde sie von der Sorge um Heather und die Geburt ablenken, oder vom Gedanken an Ellie, die mit dem Auto durch einen heftigen Schneesturm fuhr. Außerdem würde es ihr Gelegenheit geben, Craig ein wenig kennenzulernen.

Beck klatschte. »Na schön«, sagte sie und übernahm die Führung. »Lasst uns vier Runden spielen, jede wird von einem von uns vier angeführt. Wir dürfen den Leutchen in unserem Team bei der Beantwortung unserer eigenen Fragen natürlich nicht helfen. Dann sind sie also auf sich gestellt.« Sie zog ein mitleidiges Gesicht, als könne sie sich kein schlimmeres Schicksal für die Menschen um sich herum vorstellen, als ohne ihre Hilfe auskommen zu müssen. »Was meinst du, dürfen wir auch mitmachen?«, fragte Oli Beefy.

Es war Beefy anzusehen, dass er nur zu gern Ja gesagt hätte. Aber er schüttelte den Kopf. »Kannst du dir vorstellen, was für einen Zirkus Bella veranstaltet, wenn sie uns dabei erwischt?«

Oli seufzte. »Kann ich.«

»Wer ist Bella?«, fragte Roz.

»Die Lokführerin«, antwortete Oli. »Mit der ist nicht zu spaßen.«

»Und, wer macht bei wem mit?« Sam sah Roz fragend an.

Roz hatte in einer Greyhound-Auffangstation schon weniger bettelnde Augen gesehen. »Gut, ich bin in deinem Team, Sam.« Roz wandte sich an Ember. »Wollen Sie bei mir mitmachen?«

Ember blickte zu Boden. »Ich hab's nicht so mit Rätselraten.« Ihr Gesicht war noch blasser geworden, und sie hielt sich an den Knebelknöpfen ihres Mantels fest.

»Ach, probieren Sie's doch einfach mal aus. Sie können immer noch unauffällig aussteigen, wenn Sie wollen«, flüsterte Roz ihr zu.

Ember nickte.

»Und ich bin der Vierte in eurer Runde«, sagte Craig und stellte sich hinter Roz.

Roz merkte, dass sie schon wieder ein heißes Gesicht bekam. Vielleicht waren es auch Hitzewallungen und nicht peinliche Verknalltheit in einen Fremden. Aber ausnahmsweise gab sie mal nicht den Wechseljahren die Schuld. Sie neigte den Kopf, nahm ihren Stuhl in die Hand und stellte ihn ans Ende von Sams Tisch.

»Prima. Dann nehme ich am besten Tony, Mary und ... wie heißen Sie?«, fragte Beck und zeigte auf den Mann mit dem Buch im grünkarierten Anzug.

»Ich heiße Nick«, sagte er. Roz versuchte, aus seinem Akzent herauszuhören, woher er stammen mochte, konnte sich aber nicht zwischen Grieche und Skandinavier entscheiden.

Beck machte eine königlich gnädige Geste. »Die andern können sich selbst zusammentun.«

Roz rückte ihren Stuhl so, dass sie auch die übrigen Sitznischen gut überblicken konnte. Sie fragte sich, wie viele Jahre Ruhestand wohl nötig sein würden, bis sie nicht mehr den Drang verspüren würde, sämtliche Türen und Personen im Auge zu behalten. Ember setzte sich auf ihre eine Seite, Craig auf die andere. Die wenigen Zentimeter Abstand zwischen ihnen schienen zu pulsieren. Craig war ihr sehr nah, als er ihr das Whiskyglas reichte. Sie schalt sich für ihre idiotischen Teenagergefühle, als ihre Finger sich berührten.

Während die anderen sich zu Teams zusammenschlossen und die Plätze wechselten und Ayana Zettel und Stifte austeilte, kam Phil wieder herein, Buddy immer noch in der Babytrage vor der Brust. Erstaunt betrachtete er den Auftrieb im Speisewagen und fand Sally schließlich in der ersten Sitznische, wo sie sich neben Aidan und gegenüber von Meg niedergelassen hatte. Roz fragte sich, wie diese Gruppierung entstanden sein mochte – Grant saß nämlich mit Liv und Blake an einem anderen Tisch. Phil schien sich dieselbe Frage zu stellen. Reglos starrte er Meg und Sally an, als sie die Kulis von Ayana in Empfang nahmen. Er schluckte zweimal, bevor er etwas sagte. »Sally, Schatz, hast du vielleicht noch meine Brille in deiner Handtasche? Und die Extramilch? Mir ist eine von meinen Kontaktlinsen im Abteil runtergefallen, jetzt sehe ich nichts mehr.«

»Hast du Robert etwa allein gelassen?« Sally starrte ihn strafend an.

»Er ist im Abteil eingeschlossen und schläft wie ein Murmeltier. Lange bleibe ich ja eh nicht weg«, antwortete Phil. Seine Stimme klang verständlicherweise ein wenig gereizt. Er hielt das Babyphon hoch: Auf dem Farbdisplay war ein schlafendes Kind zu sehen. Das friedliche Schnorcheln tönte zusammen mit einer im Abteil laufenden Spieluhr aus dem Lautsprecher.

Sally wühlte in ihrer großen Handtasche und förderte Windeln, Feuchttücher, Krümel, Mr.-Men-Bücher, zwei Tampons, Tinkturen in braunen Fläschchen und einen Lippenstift ohne Hülse zutage, bevor sie ein mit Peppa-Wutz-Aufklebern bedecktes Brillenetui ausfindig machte. Als Nächstes stieß sie auf ein kleines Tetra Pak mit Säuglingsnahrung und händigte Phil beides wortlos aus.

»Gute Nacht dann.« Phil wartete auf eine Antwort von seiner Frau, aber es kam nichts. Als er aus dem Speisewagen schlüpfte, warf er Meg einen Blick zu. Ein seltsamer Ausdruck zeigte sich auf seinem Gesicht. Mit einem Mal wirkte Phil nicht mehr ganz so harmlos.

ZWÖLF

Killa warf Meg einen Blick zu. Alles schien ihr so leichtzufallen. Flirten. Lachen. Reden.

Aber Killa durschaute die Fassade. Natürlich. Alles an Meg wirkte bekannt. Killa wusste genau, wie viel Anstrengung es kostete, auf andere locker zu wirken. Niemand sonst verstand, wie viel Mühe es machte, so ein zauberhaftes Lächeln zu präsentieren. Killa bewunderte diese Leistung. Bewunderte sie und hasste sie zugleich. Das war nicht die echte Meg. Die echte Meg war irgendwo unter den Extensions, dem Serum, dem Shading, dem Microblading versteckt. Killa wollte ihr am liebsten das Botox rausschneiden, die Nerzwimpern abreißen, die Stirnfalten und Krähenfüße freilegen.

Meg glaubte, dass ihre Fans sie liebten, aber sie wollten nur den Avatar, die gefilterte Verletzlichkeit. Die Follower glaubten, Meg sei wie sie, nur intensiver. Und deswegen wollten sie immer mehr, und Meg würde sich völlig verausgaben, würde sich livestreamen, bis nichts mehr von ihr übrig war, bis sie ausgelaugt war wie ein trockenes Flussbett. Meg brauchte ihre Ruhe. Sie sollte so behandelt werden, wie sie es verdiente.

Von alldem wollte Killa Meg befreien. Und das würde Killa auch tun.

DREIZEHN

Dreiundzwanzig Uhr war lange vorbei, aber es kam Roz nicht spät vor. Draußen in den Häusern gingen die Lichter aus, eins nach dem anderen, aber im Zug leuchteten sie noch hell. Roz hatte keine Ahnung, wo in England sie sich gerade befanden. Es war ein Gefühl, als seien sie nicht mehr in Raum und Zeit verankert, sondern existierten nur noch in diesem Wagen.

Als alle ihre Teams und Plätze gefunden hatten, stand Beck auf, räusperte sich und stemmte die Hände in die Hüften, als sei sie die Erzählerin in einer Weihnachtsmärchenaufführung. »Jedes Team braucht einen Namen. Ich habe unseres ›Cracker Team‹ getauft.« Sie wartete mit einem angedeuteten Lächeln auf dem Gesicht. Als niemand reagierte, führte sie aus: »So wie in ›Crack Team‹, aber mit einem Weihnachtscracker.« Beck wartete wieder. »Ein Dream Team. Kapiert?« Immer noch keine Reaktion.

»Ich glaube, alle haben's geschnallt, Beck«, sagte Blake.

»Bitte, dann versucht ihr euer Glück. Ihr habt zwei Minuten, um euch einen Namen auszusuchen.« Sie sah auf die Uhr.

Roz nahm einen guten Schluck Whisky, während um sie herum die Namensvorschläge über den Tisch flogen.

»Die vier Weisen aus dem Morgenland!«

»Merry Quizmas!«

»Die Weihnachtsbesserwisser!«

»Agatha Quizteam!«

Natürlich liebte sie Wortspielereien, aber sie war mit den Gedanken woanders. Sie hatte Ellie eine Nachricht geschickt, sie solle sich bitte melden, sobald sie im Krankenhaus angekommen waren, aber bisher keine Antwort erhalten.

»Bitte alle Handys ausstellen und wegstecken«, sagte Beck in ihre Richtung. »Solange ich Quizmasterin bin, schummelt hier keiner.«

Roz riss den Kopf herum zu Beck. Sie merkte, wie ihr die Tränen in den Augen brannten. »Ich brauche mein Handy unbedingt. Ich mogel auch nicht, versprochen.«

»Und wenn es was Dringendes ist?«, hakte Craig ebenfalls nach.

Beck blinzelte, nickte aber. »Für Notfälle gibt es natürlich Ausnahmen.« Ihre stolze Selbstsicherheit fiel einen Augenblick in sich zusammen, war aber gleich wieder da. »Und los geht's mit unserer Weihnachtsrunde!«, tönte sie durch den Club Car. »Da Blake sich so viel Mühe gegeben hat.«

»Wenn ich das geahnt hätte, hätte ich mir andere Fragen ausgedacht«, sagte Blake aus der Nachbarnische. »Die waren eigentlich für uns bestimmt.«

»Willst du damit sagen, dass wir zu blöd sind?« Grant saß zwischen Blake und Liv, Phils Tochter. Er reckte das Kinn hoch. Craig verdrehte die Augen.

Blake riss die Augen auf und rückte ein Stück von Grant ab. »Auf gar keinen Fall. Ich meine nur, dass es vielleicht nicht ganz so viel Spaß machen wird. Ich hätte mir einfachere Fragen ausdenken können.«

»Ich glaube, euch allen ist nicht klar, um wie viel es hier geht.« Becks Stimme klang beschwörend. »Wer im Team landet, kommt ins Fernsehen, das verstehen ja wohl alle, oder nicht? Und wenn wir gewinnen, können wir bei anderen Sendungen mitmachen. Dann sind wir reich. Aber dafür müssen wir schon ordentlich trainieren!«

»Wie wär's, wenn Blake erst mal die Fragen vorliest, die er hat, und dann kann er sich immer noch ein paar für uns Laienspieler ausdenken?«, schlug Roz vor.

Becks Augenbrauen hoben sich, aber sie nickte. »Gut.«

Blake stand auf, nahm eine aufrechte Haltung ein und rückte eine unsichtbare Fliege zurecht. »Erste Frage.«

Sam beugte sich vor, die Nasenspitze nur noch fünfzehn Zentimeter über der Tischplatte, den Stift im Anschlag über einem Blatt Papier.

»Wer«, las Blake vor, »schrieb im Jahr 1909 die Melodie des Liedes ›The Twelve Days of Christmas‹?«

Beck stieß einen demonstrativen Seufzer aus, um kundzutun, wie grauenhaft einfach sie die Frage fand, und wollte gerade etwas sagen, als Mary laut und deutlich verkündete: »Frederic Austin.« Sie rollte die Rs herrlich schottisch.

»Mum!«, schalt Tony. »Das darfst du doch nicht dem ganzen Wagen verraten.«

»Flüstern Sie das nächste Mal«, zischte Beck sie an. »Oder schreiben Sie's auf.«

»Tut mir leid«, sagte Mary. Das Glitzern in ihren Augen zeigte, dass es ihr kein bisschen leidtat. »Ich hatte nicht gedacht, dass es eine Rolle spielt. Ich bin dran gewöhnt, dass mir sowieso keiner zuhört.« Mary schien die Kunst unterschwelliger Vorwürfe perfekt zu beherrschen.

»Wenn ab jetzt innerhalb der Teams geflüstert werden könnte, bitte«, sagte Blake. »Dann haben alle Teams eine Chance.«

»Woher wissen Sie das bloß?«, rief Ember bewundernd zu Mary hinüber.

»Ich bin neunundachtzig. Ich habe schon eine ganze Menge erlebt. Ich habe Thriller gelesen, die im Vergleich zu meinem eigenen Leben todlangweilig waren.«

Roz und Ember prusteten laut los. Tony hielt sich die Augen zu und tat beschämt, lächelte aber. Sogar Becks Lippen zuckten ein wenig.

»Zweite Frage«, fuhr Blake fort. »Welches Weihnachtslied spielten zwei Astronauten in einer Übertragung aus dem Weltall im Jahr 1965? Einen Extrapunkt gibt es für die Namen der Astronauten. Einen Extraextrapunkt kriegt ihr, wenn ihr mir verratet, wer welches Instrument spielte.«

Liv saß mit verschränkten Armen an der äußersten Kante der Sitzbank und schielte in Richtung Bar. So hatte sie sich wahrscheinlich nicht den Auftakt zum Heiligabend vorgestellt. Roz verstand das junge Mädchen.

Sam erhob sich, um über die Sitzlehne hinweg Blake ansehen zu können. »Das sind wirklich tolle Fragen.« Die beiden warfen sich einen Blick zu, mit dem man jeden Früchtekuchen hätte flambieren können.

»Und woher sollen wir das bitte schön wissen?«, trompetete Sally aus der Sitznische an der Tür.

Ayana beugte sich zu ihr vor und flüsterte ihr etwas – vermutlich die Antworten – ins Ohr.

»Vergiss es«, sagte Sally. Sie trank das halbe Glas Wein in einem Zug aus. Beck grinste selbstgefällig beim Schreiben.

»Frage Nummer drei«, rief Blake. »Welches an Weihnachten gern gegessene Gemüse trägt den lateinischen Namen *Brassica oleracea* var. *gemmifera?* Einen Extrapunkt gibt es für den ursprünglichen Namen der Spezialität.«

»Viel zu einfach.« Beck schrieb schon wieder etwas auf.

Roz warf einen Blick auf das, was Sam aufgeschrieben hatte. »Da fehlt noch ein ›er‹ am Ende«, flüsterte sie.

Sam blickte verwirrt auf.

»Der Rosenkohl stammt angeblich aus Brüssel.« Roz sprach so leise, dass Craig den Kopf direkt neben ihren halten musste, um sie zu verstehen. »Er wurde ursprünglich ›Brüsseler Kohl‹ genannt, da man dachte, dass er in Brüssel angebaut wird. In Belgien selbst heißt er *spruitjes* oder *choux de Bruxelles*, je nach Region und Kellnerin.«

»Danke«, flüsterte Sam und fügte ein ordentliches »er« an »Brüssel«.

»Sie wissen aber eine ganze Menge über Kohl, muss ich sagen«, flüsterte Craig Roz zu. Seine Augen hatten die Farbe von Whisky und Ginger Ale. »Und was Sie über Belgien aus dem Ärmel schütteln, ist beeindruckend.«

»Ich mag Fakten. Gesichter kann ich mir nicht so gut merken, aber Tatsachen bleiben bei mir hängen. Gesichter verändern sich ja auch. Und was Schöneres als einen Tagesausflug nach Brügge kann man sich doch wohl kaum vorstellen.«

»In Belgien gibt es die beste Mayonnaise, die beste Schokolade und die besten Pommes.« Wie Craig das sagte, klang es wie eine Einladung, dachte Roz. Sie stellte sich vor, sie würde mit ihm zusammen im Eurostar sitzen, die besten *moules frites* essen und ihm Pralinen in den Mund stecken. Großer Gott, sie musste sich wirklich ein bisschen zusammenreißen.

»Und Detektive«, erwiderte Roz. »In Belgien gibt es ausgezeichnete detektivische Spürnasen.«

»Ach, da kenne ich in Großbritannien aber auch ein paar gute«, antwortete Craig. Dabei lächelte er sie an, als meine er sie. »Ihre Eltern müssen stolz auf Sie sein.«

»Kann man nicht direkt sagen. Mein Vater ist schon vor meinem zehnten Geburtstag gestorben, und Mum wollte immer, dass ich mich selbstständig mache, genau wie sie. Sie war der Meinung, es sei am besten, sich auf sich selbst zu verlassen. Aber ich wusste nicht, als was.«

Ihre Mutter war Floristin gewesen und hatte die Hotels in den Highlands mit Sträußen ausgestattet. Sie war es so gewohnt, mit dornigen Rosen umzugehen wie Roz mit dem stachligen Wesen ihrer Mutter. In ihrem Hausgarten hatte Liz Kräuter angebaut, die sie in die Bouquets einfügte; Heidekraut durfte in keinem ihrer Sträuße fehlen. Auch das war ein Grund, weswegen Roz ihre Tochter »Heather«, Heide, genannt hatte. »Wenn man selbstständig arbeitet, kann man mit seinem Boss schlafen, und niemanden juckt's«, hatte Liz anzüglich wie immer zum Besten gegeben. »Und vor einer Entlassung aus heiterem Himmel oder sexueller Belästigung braucht man sich auch nicht zu fürchten. Außerdem isst einem keiner die Kekse weg.«

»Vielleicht können Sie ja jetzt Ihre eigene Chefin werden, jetzt, wo Sie pensioniert sind«, sagte Craig und holte Roz zurück in die Gegenwart. »Sie haben ja noch viele, viele Lebensjahre vor sich.«

»Vielleicht. Ich habe noch keine konkreten Pläne, wie es weitergehen soll.«

»Das verstehe ich. Ich denke auch darüber nach, mich pensionieren zu lassen und etwas anderes mit meinem Leben zu machen, noch mal neu anzufangen. Aber die zündende Idee ist das Schwierigste.«

»Und was machen Sie momentan beruflich? Sie sind ja nicht bei der Polizei, oder?«

»Warum fragen Sie?

»Sie kommen mir irgendwie bekannt vor. Vielleicht haben wir uns bei einem Fall oder etwas Ähnlichem kennengelernt?«

»Möglich wäre das schon – ich arbeite in der Strafverfolgung.«

Roz wurde schrecklich schwer ums Herz. Sie hätte es wissen müssen – Craig war zu gut, um wahr zu sein. Ihre Enttäuschung musste sich auf ihrem Gesicht abgezeichnet haben, weil er eine beschwichtigende Geste machte. »Ich weiß, ich weiß. Die Staatsanwaltschaft und die Metropolitan Police. Wir sind Todfeinde.«

»So ist es. Daher muss ich Sie also kennen. Wir sind uns sicher mal vor Gericht begegnet.«

»Kann sein, aber –«

»Es tut mir wirklich schrecklich leid«, sagte Sam betreten zu ihnen. »Aber könnten Sie vielleicht ein klein wenig leiser sprechen, wenn Fragen gestellt werden?«

»Entschuldigung«, sagten Craig und Roz wie aus einem Mund.

Blake fuhr fort mit seinem Quiz, von Frage vier – »Wie nennt man den Weihnachtsmann in Japan?« – bis Frage zehn – »Welches ist die dritte der von Elfen verspeisten Lebensmittelgruppen im Film *Buddy, der Weihnachtself?*«

»So, dann wollen wir eine kurze Pause einlegen«, sagte Beck schließlich. »Und dann bin ich mit meiner Runde dran.«

»Wo wir gerade von der nächsten Runde sprechen«, sagte Roz zu Craig, Ember und Sam, als sie aufstand und sich ein bisschen streckte. In ihrem Rücken knackte es befriedigend. »Kann ich jemandem was zu trinken mitbringen?«

Craig wollte gerade antworten, da vibrierte das Handy in seiner Brusttasche und fing an zu leuchten. »Entschuldigen Sie, da muss ich rangehen.« Er schob sich aus der Sitznische und ging zur Tür. Bevor er nach draußen trat, drehte er sich noch einmal mit einem eindeutig schuldbewussten Gesichtsausdruck zu Roz um. Das sagte ihr alles. Er arbeitete nicht nur als Staatsanwalt – die für die Hunde aus der Polizei wie Katzen waren –, ganz offensichtlich hatte er auch eine Partnerin, die nachfragte, wie sein Tag gelaufen war. Roz seufzte. Sie hatte aber auch wirklich Pech, dass sie sich ausgerechnet zu einem Mann hingezogen fühlte, der nicht frei war.

In Blakes Sitznische nahm Grant maximal viel Platz ein und hatte den Arm lang auf die Rückenlehne der Bank gelegt. Er inhalierte tief an seiner E-Zigarre und paffte den Rauch in die Luft.

»Hey, kannst du mal aufhören damit?«, blökte Beck ihn an, die aufgestanden war und ihn über die Unterteilung zwischen den Sitznischen hinweg böse ansah.

Grant inhalierte wieder und blies ihr Rauchringe als Küsse zu.

»Steward! Sagen Sie ihm, dass er im Zug nicht vapen darf«, brüllte Beck durch den Wagen.

Barkeeper Oli schüttelte missbilligend den Kopf. Er versuchte, mit der Schlange fertigzuwerden, die sich vor ihm am Tresen gebildet hatte, und gleichzeitig mit Meg zu plaudern. »Das geht wirklich nicht, Sir, tut mir leid. Verstößt gegen die Vorschriften.«

Grant lachte. »Es sieht so aus, als würde Little Miss Quiz sich durchsetzen. Aber nicht mehr lange!« Liv neben ihm kicherte, und er lachte lauter. »Ich mach mich vom Acker. Geh mal kurz zurück ins Abteil.« Als er sich aus der Bank schob, ließ er die E-Zigarre wackeln, was vermutlich heißen sollte, dass er weiterrauchen würde, sobald er allein war. An der Tür winkte er allen zu. Nur Aidan, Liv und Meg winkten zurück.

»Ich brauche ein bisschen Luft«, sagte Ember, als er gegangen war.

»Ich komme mit«, erwiderte Roz. Sie ließen Sam allein sitzen und ihre Antworten zum dritten Mal überprüfen und gingen bis zum Verbindungsstück zwischen den Waggons. Das Fenster stand einen Spalt offen, und sie atmeten die mentholkalte Luft ein.

»Ich verstehe wirklich nicht, wie Meg es mit ihm aushält«, sagte Ember.

»Er ist ein eiskalter Charmeur, das ist klar. Eines Tages findet sie heraus, dass sie was Besseres als ihn verdient. Und er kapiert endlich, dass er nicht so wichtig, clever und attraktiv ist, wie er immer geglaubt hat.«

»Meinen Sie wirklich?«

»Nein. Aber man soll die Hoffnung ja nicht aufgeben.« Ein Summen – eine neue Nachricht von Ellie: *Sind im Krankenhaus. Bitte ruf an. Ich weiß nicht, was ich machen soll.*

»Scheiße«, entfuhr es Roz. »Tut mir leid, ich muss telefonieren.« Sie hastete zu ihrem Abteil. Sie wollte nur noch allein sein.

VIERZEHN

Meg lehnte am Tresen und lächelte in ihr Handy. Die Zahl der Fans, die ihrem Livestream zuschauten, ging so schnell nach oben wie der Alkoholpegel in ihrem Blut. Jeder neue Follower war für sie wie perlender Champagner. Sie bemerkte, wie Grant auf sie zukam und alles andere als begeistert wirkte, aber damit konnte sie sich jetzt nicht beschäftigen. »Die Fahrt mit dem Nachtzug in die Highlands macht wirklich richtig Spaß. Wir sind gerade mitten in einem altmodischen Pub-Quiz, und in der Pause zeigt uns Oli hier, unser Meistermixologe, wie man einen perfekten Cocktail zusammenbraut.«

»Na, ich bin ja nur Servicekraft«, sagte Oli. Er blickte nicht richtig in die Kamera, und seine Schüchternheit war unwiderstehlich.

»Jetzt verkaufen Sie sich mal nicht unter Wert«, gab Meg zurück. »Sie sind der König des Club Cars, und ich die Königin. Wir sind die Royals!« Meg spürte Grants Hand, die sich stählern um ihren Oberarm schloss. Später würde sie dafür büßen müssen, dass sie Oli gelobt hatte.

»Danke, ey.« Oli hatte ein hinreißend schiefes Lächeln. Einer seiner Zähne stand total krumm, was Meg so gut gefiel, dass sie fast wünschte, sie hätte ihre Zähne nicht richten lassen. Aber dann würden die Leute nur darauf gucken: ihre schiefen Zähne, die Nase, das kleine Fettpolster an ihrem Bauch, das nie verschwand, egal, wie wenig sie aß ... Als sie das alles hatte korrigieren lassen, war die wahre Meg zum Vorschein gekommen.

»Also, wie fangen wir an?«, fragte sie Oli und ermutigte ihn damit loszulegen. Im Livestream musste es immer schnell zur Sache gehen. Man durfte die Follower nicht warten lassen. Außerdem musste sie das Ganze möglichst rasch über die Bühne bringen, damit sie Grant hinterher besänftigen konnte.

»Wir machen jetzt einen von mir selbst erfundenen Cocktail«, sagte Oli. Er blickte in die Kamera und dann wieder weg. Er durfte nicht wissen, dass die Leute nichts mehr liebten als das Gefühl, sie würden einen durchschauen. Sie sahen dich, ganz nah, ganz nackt, und es war um sie geschehen.

Im Lauf des Livestreams wurde Oli allerdings immer selbstsicherer. Am Ende war er kein bisschen schüchtern mehr, sondern wirbelte den Shaker über dem Kopf wie Tom Cruise in *Cocktail*, fast, ohne etwas zu verspritzen. »Wichtigster Geheimtipp: Benutzt nie Billigalkoholika, nur weil ihr glaubt, man schmeckt das im Mix sowieso nicht raus. Kauft immer die besten Zutaten, die ihr euch leisten könnt.«

Am Ende seiner Darbietung überreichte Oli Meg seine Kreation, die er »Die schöne Schläferin« nannte. Der Cocktail war überraschend köstlich, ein Schlaftrunk aus Whisky, Crème de Cacao, Lavendelsirup und Sahne, garniert mit einem Kissen aus Eischnee und einer Prise Muskatnuss. Meg wurde sofort ein wenig schläfrig, als sie daran nippte.

»Ich trink noch so einen, bevor Grant und ich ins Bett gehen«, sagte sie zwinkernd in die Kamera. Vielleicht würde ihn dieser Satz besänftigen. »Sag auf Wiedersehen, Oli.«

Sie drehte das Handy so, dass sie beide im Bild waren.

»Auf Wiedersehen, Oli!«, sagte er. Er war einfach zum Knutschen.

»So, Leute«, fuhr Meg fort, »jetzt dürft ihr gespannt sein auf die nächste Runde Pub-Quiz, wir rocken hier den Club Car!« Sie winkte und sah, wie die Herzchen auf dem Bildschirm nach oben stiegen wie Bläschen in einem Sektglas.

»Das war richtig gut«, sagte sie zu Oli, als sie den Livestream beendet hatte. »Sie sollten echt Ihre eigene Show haben.«

Olis Gesicht und Hals verfärbten sich knallrot wie Maraschinokirschen.

Grant nahm Meg beiseite. »Bist du dir ganz sicher, dass du noch einen Stream machen solltest?«, fragte er. Er schien voller Mitgefühl, als er ihr erst tief ins eine, dann in das andere Auge sah. »Vielleicht lässt du es besser für heute Abend gut sein. Du siehst so schrecklich müde aus, Babe.«

Meg wandte den Blick ab. »Ich mach mich noch mal frisch. Ich habe einen neuen Concealer bekommen, den muss ich sowieso noch testen.«

»Ich will ja nur dein Bestes«, sagte er und hielt sie an den Schultern fest. »Ich weiß, dass du vor der Kamera gern perfekt aussiehst.«

Sie nickte, schämte sich aber zu sehr, um zu ihm hochzuschauen. Kein Wunder, dass er ständig anderen Frauen hinterherguckte.

»Mitternacht ist vorbei!«, rief Sally aus der Sitzgruppe am Wagenende.

Grant zog Meg an sich und küsste sie. »Frohe Weihnachten, Schatz«, sagte er laut. »Warte nur bis später«, flüsterte er, und sein Tonfall sagte ihr, dass es mehr Drohung als Versprechen war.

FÜNFZEHN

24. DEZEMBER

Roz lief in dem winzigen Raum zwischen ihrem Bett und Bad hin und her und wählte und wählte immer wieder.

Endlich ging Ellie dran. »Heather hat eine Schwangerschaftsvergiftung.« Ihre Stimme klang vor lauter Schock monoton. »Sie wird gerade für den Notfallkaiserschnitt vorbereitet. Die OP soll um drei Uhr stattfinden.«

Roz versuchte, sich nicht vorzustellen, wie ein Skalpell ihre Tochter aufschnitt, hatte das Bild aber trotzdem sofort vor Augen. »Warum wird sie nicht jetzt gleich operiert? Muss das nicht so schnell wie möglich passieren?«

Verzweifelt antwortete Ellie: »Die Chirurgin muss mit dem Auto herkommen, steckt aber im Schnee fest. Alle anderen sind schon bei Operationen.«

Roz spürte, wie sich Wut in ihr breitmachte. Das war so schrecklich unfair. »Wie ist Heathers Zustand?«

»Sie erzählt Witze. Versucht, das Ganze auf die leichte Schulter zu nehmen.«

»Das wundert mich nicht. Sie ist unser Frankie Boyle ohne Bart.«

»Wo sie das wohl herhat.« Ellie besaß einen staubtrockenen Humor.

»Kann ich mit ihr sprechen?«

»Sie ist gerade beschäftigt.« Ellie konnte einen Schluchzer

nicht länger unterdrücken. »Unterschreibt die Formulare.« Roz kannte diese Formulare nur zu gut: Man musste bestätigen, dass einem die Risiken des Eingriffs und die Möglichkeit, dabei zu sterben, bekannt waren.

»O, Ellie.«

»Und die ganzen Ärzte und Hebammen, die nach ihr sehen und so tun, als seien sie nicht besorgt, ohne dass ihnen das irgendwer abkaufen würde, machen das Ganze nur noch schlimmer!«

Roz war schon bei einigen Notfällen im Krankenhaus dabei gewesen, in denen sie die Krankenschwestern beobachtet hatte, wie sie sich vor den Patienten mit fröhlicher Miene, resoluter Stimme und burschikosem Charme zeigten und dann in Tränen ausbrachen, sobald sie die Tür des Schwesternzimmers hinter sich zumachten. Früh in ihrer Polizistinnenlaufbahn hatte Roz mit Verkehrsunfällen zu tun gehabt, hatte im Sterben liegenden Menschen die Hand gehalten und Kinderlieder vorgesungen, eine letzte Gutenachtgeschichte erzählt. An einem Oktobernachmittag kurz vor Halloween war Roz einmal als Erste an einem Unfallort in der City eingetroffen, Fahrerflucht. Das Opfer war ein kleines Mädchen gewesen, Tara. Tara lag auf dem Bürgersteig, wurde immer schwächer, die Hand an ihrem Plüschhasen immer schlaffer. Die einzige Geschichte, die Roz auswendig konnte, war *Gute Nacht, lieber Mond*, und als sie das Kinderbuch fertig erzählt hatte, bewegten sich die Augen der Zehnjährigen nicht mehr, und Roz saß auf dem Asphalt und weinte.

»Ich muss Schluss machen«, sagte Ellie. »Ich sag dir Bescheid, wenn wir in den OP-Saal gehen.« Sie atmete einmal sehr tief durch. Roz sah Ellie vor sich, wie sie sich innerlich stählte, weil sie wusste, dass sie jetzt stark sein musste.

Roz saß auf ihrem Bett und starrte auf das Bild von Fort William. Sie wünschte Heather die Standhaftigkeit der Berge und die Zähigkeit des Heidekrauts, dessen Namen sie trug. Roz hatte oft zu ihrer Tochter gesagt: »Du kannst wachsen, auch wenn die

Erde schlecht ist. Du wächst auf allem und um alles herum – sogar mit jemandem wie mir als Mutter.«

Heather hatte jedes Mal gelacht, es aber nicht geleugnet. Und jetzt musste sie beweisen, dass sie robust wie das Heidekraut war, das rund um ihr Elternhaus wuchs.

Vollbekleidet schlüpfte Roz unter die Decke. Sie holte ihren verspiegelten Zauberwürfel heraus und fing an, die Steine zu drehen. Über nichts hatte sie Macht außer über diese Klötzchen. Sie konnte nichts weiter tun.

SECHZEHN

Meg gähnte und sah auf die Uhr. Zwei Uhr morgens. Im Club Car war nur noch der harte Kern übrig, das Pub-Quiz lief immer noch, aber der Ausschank hatte geschlossen. Das machte Meg nichts aus. Sie hatte genug Espresso-Martinis intus, Oli mixte sie mittlerweile absolut perfekt. Sie wollte nur noch ihren neuen Pyjama anziehen, Werbegeschenk irgendeiner großen Unterwäsche-Marke, ein Selfie mit passender Augenmaske machen und sich dann im federweichen französischen Bett an Grant kuscheln.

Grant zeigte allerdings keinerlei Interesse am Zubettgehen. Bevor die Bar zumachte, hatte er sich eine recht gute Flasche Whisky gekauft, und Sally hatte eine Flasche Wein in ihrem Rucksack aufgetan. Außerdem musste Meg noch mindestens einmal live gehen. Wenn sie die Zugreise wirklich richtig ausnutzen wollte, noch zwei- oder dreimal. Ihre Follower schlugen sich die Nacht um die Ohren, um live dabei zu sein, wenn sie in Fort William eintraf, machten beim Quiz mit, sangen Lieder mit ihr. So ein überwältigendes Echo hatte sie nicht erwartet. Aber natürlich hatte Meg auch wochenlang darüber gesprochen, dass sie zu Weihnachten nach Hause fuhr und wie sie sich auf das Wiedersehen mit ihrem fremd gewordenen Vater freute. In Wirklichkeit graute ihr davor. Ihr Vater würde sie am Bahnhof abholen, aber nur, weil ihr Management ihm, auf Empfehlung von Grant, zwei Riesen dafür bezahlt hatte.

»Antworten auf Runde sechs.« Beck saß auf der Theke, Rücken nach wie vor kerzengerade. »Für alle, die noch mitspielen und zuhören wollen. Die erste Frage war: Wie heißen die griechischen Schicksalsgöttinnen? Extrapunkte für die einzelnen Namen und ihre Zuständigkeitsgebiete. Die Antwort auf diese extrem einfache Frage lautet: die Moiren. Extrapunkte gab es für die Namen Klotho, die den Lebensfaden spinnt, Lachesis, die den Lebensfaden zuteilt, und Atropos, die den Faden durchschneidet, wenn es Zeit ist, zu sterben. Ich hatte natürlich alle Antworten richtig.«

Meg holte ihre Puderhose heraus und sah, dass Grant recht hatte. In diesem Licht wirkte ihre Haut grau, und die Tränensäcke unter ihren Augen waren so dick, als könnte sie ihre halbe Schminkausrüstung darin versenken. Sie musste sich ein bisschen verarzten. Um diese Uhrzeit bräuchte sie für mehr Pep aber etwas anderes als nur Concealer und Koffein.

Dabei, fiel Meg auf, hatte sie ja genau das, was sie jetzt brauchte, in ihrer Reisetasche. Meg stand auf und spähte in die Sitznische nebenan. Grant spielte mit Blake Daumen-Wrestling. Blake konzentrierte sich so sehr, dass er die Zungenspitze herausstreckte. Meg war erleichtert. Jetzt hatte Grant gerade so viel getrunken, dass er Prince Charming war, den alle liebten und zum Freund haben wollten. Der Rebell, der Macher. Der Star des Reality TVs. Schon bald würde er sich allerdings in Arschloch Grant verwandeln, den Macker, der in unzähligen Clubs Hausverbot hatte. Meg blieb noch ungefähr eine halbe bis eine Stunde, bis das Arschloch auf den Plan trat.

»Ich geh mal für kleine Mädchen«, sagte Meg zu ihm.

Grant hob die nicht ins Spiel involvierte Hand zum Zeichen, dass er sie gehört hatte, ließ sich aber nicht vom Krieg der Daumen ablenken. Die junge Frau – Phils Tochter Liv –, die sie in der Lounge erkannt und später im Zug um Selfies gebeten hatte, sah ihr hingerissen in die Augen. Naive Anbetung. So viel jünger als Meg war Liv gar nicht, aber Meg fühlte sich uralt im Vergleich zu ihr. Insbesondere, da sie mit Livs Dad geknutscht hatte.

Ein herrliches Gefühl der Freiheit erfüllte Meg, als sie den

Gang hinunterlief. Keine Kamera, keine Follower, kein Grant. Am Ende, wo der Gang breiter wurde, tanzte Meg eine Pirouette, weil sie auf einmal daran denken musste, wie ihre Mutter vor ihrem Tod an Heiligabend mit ihr ins *Nussknacker*-Ballett gegangen war. Sie musste gewusst haben, dass es ihr letztes gemeinsames Weihnachten sein würde, aber Meg hatte nichts davon geahnt. Hätte sie es gewusst, hätte sie sich nicht beschwert, dass sie das falsche Geschenk bekommen hatte, und hätte auch keinen der anderen kleinen Fehler begangen, die einen später, wenn die geliebte Person tot ist, verfolgten.

Als sie ihre Schlüsselkarte herausholte, sah Meg Tony von der Toilette zurück zu seinem Sitzplatz schwanken. Sie folgte ihm, um sicherzugehen, dass er es heil auf seinen Platz schaffte.

»Ist alles in Ordnung, Tony?«, fragte sie und hielt ihn am Ellbogen fest.

»Schon lang keinen so lussigen Abend mehr gehabt«, lallte er. Als sie seine Stimme zum ersten Mal gehört hatte, war nur wenig von seinem schottischen Dialekt herauszuhören gewesen, aber jetzt war er so stark wie ein Baum im Moor.

Sie betraten durch die automatische Tür den Sitzwagen. Tony kicherte, als er gegen die Wand stolperte. »Psst!«, sagte er. Mary saß am ersten Tisch, Kopf an die Kopfstütze gelehnt, Maske über den Augen. Moustache hatte es sich auf ihrem Schoß gemütlich gemacht. Der Kater öffnete die Augen, starrte erst Meg, dann Tony an und schloss die Lider wieder. »So zufrieden habe ich Mum schon lange nicht mehr gesehen«, flüsterte Tony Meg zu, als er sich auf seinen Platz fallen ließ. »Leider bin ich lange nicht so schlau wie sie.«

»Was für ein Schwachsinn.« Mary zog sich die Augenmaske vom Gesicht. »Du bist perfekt, so, wie du bist. Und das warst du immer schon.«

Tonys Kinn zitterte. Er fasste nach Marys Hand, und sie drückte seine.

»Und jetzt trinkst du schön viel Wasser, Anthony«, fuhr Mary fort. »Schluck zwei Ibuprofen und weck mich zum Frühstück wieder auf.« Sie drückte ihm noch einmal die Hand und zog sich dann die Maske wieder über die Augen.

»Hören Sie auf mich! Steigen Sie in Edinburgh aus!«, rief ein Mann durch den Wagen. Er stand am Ende des Sitzabteils und blickte in ihre Richtung.

»Was?« Meg fragte sich, ob er wohl Tony meinte.

Der Mann kam durch den Gang auf Meg zu, den starren Blick auf ihr Gesicht gerichtet. Seine Kleidung war faltig und unsauber. Er roch nach schalem Schweiß. Sie wollte nicht schlecht über ihn denken, tat es aber trotzdem bereits. »Steigen Sie aus, sobald der Zug anhält, solang es noch geht.«

»Aber warum?«, fragte Meg und wich vor ihm zurück.

»Sie befinden sich in Gefahr«, sagte er. »Halten Sie sich von ihm fern. Er ist bösartig.«

»Wer? Grant?«

»Sie wissen, dass ich recht habe.« Sein Blick war klar und rein. Ihm ging es um etwas. Außerdem wirkte er irgendwie bekannt, ohne dass sie hätte sagen können, warum.

»Wer sind Sie?«

Er gab ein kleines, trauriges Lachen von sich, das krasse Gegenteil von Grant. »Ein Freund. Ich versuche nur, Ihnen zu helfen.«

»Was geht hier vor?« Tony blickte verwirrt zwischen dem Mann und Meg hin und her. »Belästigt er Sie, Meg?«

Der Mann richtete den Blick auf Tony und schüttelte den Kopf, als erwache er gerade aus einem Traum. »Entschuldigung«, sagte er. »Vergessen Sie es.« Er wandte sich ab und ging zurück zu seinem Platz.

»Soll ich etwas wegen dem Burschen unternehmen?«, fragte Tony.

Der Mann zog sich den Mantel über den Kopf.

»Nein«, antwortete Meg. »Ich glaube, er muss einfach schlafen. Wir brauchen alle eine Mütze Schlaf.«

»Gott sei Dank«, gab Tony zurück. »Ansonsten müsste ich ihn an die Luft setzen, und dassis in einem Zug siemlich schwierig.« Er brachte das wie ein einziges genuscheltes, langes Wort heraus.

Meg lächelte. Sie fühlte sich wohl bei Menschen, die so wunderbar betrunken Schottisch sprachen. Sie verabschiedete sich, warf dem Mann unter dem Mantel einen letzten Blick zu und ging zurück in den Schlafwagen.

In ihrem Abteil brauchte sie nicht lang, um das aus der Tasche zu kramen, was sie brauchte. Sie musste *Insta-ready, Gram-fabulous, Tiktok-tastic* sein, und jeder andere bescheuerte PR-Slogan, mit dem sie in der Presse bedacht wurde. Sie trug Foundation und Concealer auf, benutzte die neuen natürlichen Augentropfen und den Bio-Kajalstift und konturierte ihre Wangenknochen mit einem weihnachtlichen Bronzer, der ihr Gesicht golden leuchten ließ. Außerdem wollte sie sich eine Line Kokain genehmigen, das sie heimlich eingepackt hatte. Grant hatte ihr verboten, Drogen zu nehmen, und hatte sie ermahnt, »das wunderschöne Innere ihrer Nase« nicht zu schädigen, auch wenn er selbst regelmäßig alles Mögliche konsumierte. Unter anderem deswegen hatte es ihr eine diebische Freude bereitet, das Koks im Futter ihrer Reisetasche zu verstecken.

Sie hatte es allerdings eingenäht und musste es aus dem Futter herausschneiden. Sie durchwühlte ihre Handtasche, konnte die Schere mit dem Flügelgriff aber nicht finden. Sie konnte nur hoffen, dass sie sie nicht im Bahnhof in der Ersten-Klasse-Lounge vergessen hatte. Mit einer abgeschrägten Pinzette zog sie so lange an den Stichen, bis der Futterstoff nachgab und die Beutelchen mit dem weißen Pulver zum Vorschein kamen.

Sie schniefte eine Line, verrieb den Rest des weißen Pulvers auf ihrem Gaumen und gesellte sich wieder zu den anderen im

Club Car. Sie konnte nur hoffen, dass Grant ihre strahlenden Augen und die plötzliche Aufgekratztheit den Augentropfen und der Liebe zuschreiben würde.

SIEBZEHN

Killa sah aus dem Fenster, als der Zug in Edinburgh am Bahnhof Waverley einfuhr. Schnee hüllte den Bahnsteig in jungfräuliches Weiß. Killa liebte diese Stadt. Die Menschen, die Hügel, die Kirchtürme und Spitzen, die sich in den violetten Himmel bohrten. In dieser uralten Stadt wurde es nie völlig dunkel, aber bald schon würde der Zug in die Highlands weiterfahren, wo die Nacht um diese Jahreszeit jedes Licht verschlang.

»Wir treffen jetzt in Edinburgh ein«, war Beefys Stimme aus dem Lautsprecher zu hören. »Edinburgh ist ein außerplanmäßiger Halt. An mehreren kleineren Bahnhöfen auf dem Weg nach Fort William werden wir *nicht* anhalten. Kein Halt in Arrochar and Tarbet, Ardlui, Crianlarich, Bridge of Orchy, Corrour und Roy Bridge. Falls Sie diese Orte ansteuern wollen, empfiehlt es sich, hier in Edinburgh auszusteigen. Wegen des sich weiterhin verschlechternden Wetters ist es möglich, dass noch weitere Bahnhöfe aufgrund des Schnees nicht mehr angefahren werden können. Wir entschuldigen uns für alle eventuell entstehenden Unannehmlichkeiten. Sicher haben Sie Verständnis dafür, dass die Sicherheit vorgeht. Wir halten ungefähr zehn Minuten hier in Edinburgh, während mehrere Waggons abgehängt werden. Danach geht die Reise nach Fort William weiter.«

Die noch im Club Car sitzenden Gäste sahen einander fragend an und überlegten, was sie tun sollten. Killa zuckte nur lächelnd die Achseln und sah die Mitreisenden mit betrübtem Lächeln und Kopfschütteln an. Keiner von ihnen ahnte, welche

Überraschungen Killa für sie bereithielt. Das Opfer war nicht im Club Car, aber es hatte keinen Schimmer, wer oder was es schon bald überrollen würde. Wenn man einen Mord begehen wollte, brauchte man keine Jason-Voorhees- oder Michael-Myers-Maske; man brauchte nur zu lächeln.

Dabei war Lächeln in dieser Nacht das Zweitschwerste. Killa würde am liebsten aus dem Zug stürmen und sich ein schönes Hotelzimmer nehmen. Roomservice bestellen, Burger und Fritten, sich ein heißes Bad einlassen, den Fernseher anstellen und irgendwas schauen, alles, nur kein Reality TV. Killa würde sich das Betthupferl vom Kissen auf der Zunge zergehen lassen und den Mord vergessen.

Aber dazu würde es nicht kommen. Das Opfer ließ Killa nicht mehr los. Es ging um mehr als nur persönliche Rache.

Killa lehnte die Wange an die kalte Scheibe, blickte hinaus auf den Bahnsteig und zählte die Passagiere, die den Mut besessen hatten auszusteigen. Insgesamt waren es zehn Personen, darunter auch das verliebte Pärchen, das einander mit Kuchen gefüttert hatte, und der Mann im grünen Karoanzug. Killa sah zu, wie sie durch den dicken Schnee stapften, während der Wind an ihnen zerrte, und die Wollmützen auf ihren Köpfen festhielten. Vielleicht würden sie ein Hotelzimmer finden oder die Nacht im Wartesaal verbringen und hoffen, dass morgen ein Zug fuhr.

Wie dem auch sein mochte: Sie hatten die richtige Wahl getroffen. Die, die noch im Zug saßen, waren dem Tod ein Stück näher gekommen.

Sie wussten nur noch nichts davon.

ACHTZEHN

Roz liegt auf der Krankenliege, ihr OP-Hemd ist offen. Hinter einem blauen Wandschirm rasiert ihr jemand das Schamhaar. Kratz, kratz, kratz. *Im Radio läuft der Song »It Only Takes a Minute« von Take That, und sie weiß, dass sie das Lied für immer hassen wird. Niemand sieht ihr ins Gesicht. Ihre Beine werden bewegt, weil sie das selbst nicht mehr kann. Sie kann gar nichts mehr.*

Der Blutdruckmonitor gibt ein warnendes Schrillen von sich. Sie wird aufgeschnitten. Sie spürt es, aber es tut nicht weh. Trotzdem hätte sie am liebsten laut losgebrüllt. Es riecht nach Putzmittel und Asche. Der Arzt wühlt in ihr herum, als sei sie eine Handtasche, zieht Eingeweide heraus wie benutzte Taschentücher, holt das Baby, als sei es das Portemonnaie.

Nach den Qualen der völlig sinnlosen Wehen kann diese Frau nichts tun als warten. Endloses Warten auf den ersten Schrei eines Kindes.

Roz erschrak und wachte davon auf. Mit laut pochendem Herzen fuhr sie hoch. Ihre Brust war schweißbedeckt, die Hände verkrampft, weil sie sich im Schlaf in die Bettdecke gekrallt hatte. Sie legte die Hand auf den Bauch und fuhr die lila Narbe vom Kaiserschnitt nach, die auch nach all den Jahren gefühllos geblieben war.

Irgendetwas war anders. Der Zug stand still. Sie mussten an einem Bahnhof gehalten haben. Sie sah aufs Handy: halb drei. Nur noch dreißig Minuten bis zur Operation. Roz wusste nicht, ob Heather das Handy benutzen durfte, aber sie schickte ihr trotzdem eine Nachricht. So viel Liebe und Beruhigung, wie sie in Worten zum Ausdruck bringen konnte.

Ein Ruck ging durch den Zug, als andere Waggons an- oder abgekoppelt wurden. Und dann noch ein Stoß, als wolle er die Albträume vertreiben, die Roz doch eigentlich nicht mehr quälten. Aber ihr war klar, warum das nächtliche Grauen zurückgekehrt war. In dem Augenblick, in dem ihre Tochter das Geburtstrauma durchlebte, war es auch bei Roz wieder da. Sie ließen sich nicht voneinander trennen.

Sie kniete sich aufs Bett und beugte sich vor, um aus dem kleinen Fenster zu blicken. Sie standen im Bahnhof Edinburgh Waverley, den sie trotz des vielen Schnees sofort erkannte. Ihr Abteil bebte, während der Zug geteilt wurde. Vermutlich wurde der Zug auf den nächsten Abschnitt der Reise vorbereitet. Selbst für sie, die in den Highlands geboren war, war es immer wieder schwer zu glauben, dass es genauso lang dauerte, von London nach Edinburgh zu fahren wie von Edinburgh nach Fort William. Noch schwerer zu glauben war, dass sie überhaupt geschlafen hatte. Sie war erschöpft gewesen vom vielen Angsthaben und Weinen. Die rhythmischen Bewegungen des Zugs hatten sie in den Schlaf gewiegt.

Bald würde sie ein kleines Kind in den Schlaf wiegen. Aber sie musste sich einen neuen Text einfallen lassen für die Schlaflieder. Bei Heather hatte sie das auch schon getan. Was für ein Perverser hatte sich bloß ein Wiegenlied ausgedacht, in dem dornige Rosen und Nägel vorkamen und unklar war, ob das Kind am nächsten Tag wieder aufwachen würde? Vielleicht sollten die Eltern auf einen möglichen Kindstod vorbereitet werden, was damals gar nicht selten vorkam. Aber solche Texte brauchte man heutzutage doch nicht mehr. Roz sang einfach nur die zweite Strophe: »Guten Abend, gut' Nacht! / Von Englein bewacht, / Sie zeigen im Traum / Dir Christkindleins Baum. / Schlaf nun selig und süß, / Schau im Traum ’s Paradies. / Schlaf nun selig und süß, / Schau im Traum ’s Paradies.«

Sie verdrängte jeden Gedanken daran, dass Heathers Baby tot geboren werden könnte, und konzentrierte sich lieber auf die Frage, wie eine gute Oma aus ihr werden sollte. Heather hatte ihr natürlich ein Buch zu dem Thema geschickt. Es lag noch ungelesen in ihrem Rucksack. Sie hatte nur die erste gönnerhafte Passage überflogen und das Buch wieder zugeschlagen. Kein toller Start ins Großelternleben.

Sie brauchte keine schmalzigen Plattitüden, sondern jemanden, der ihr sagte, wie es wirklich war, Großmutter zu werden. Die Wahrheit. Ihre Mutter hatte sie über das Dasein als Mama aufgeklärt. Dass Mastitis vermutlich die schlimmsten, dem Menschen bekannten Schmerzen verursachte, Schmerzen wie rot glühend heiße Messerstiche in der Brust, die beim Stillen nur noch schlimmer wurden. Dass den jungen Müttern ständig erzählt wurde, man solle jeden kostbaren Augenblick genießen, »weil die Zeit so schnell vergeht«. Dass die Zeit aber seltsamerweise stillzustehen schien, wenn das Baby um vier Uhr morgens schon seit Stunden schrie. Dass es Mütter gab, die ihr Kind auf dem Arm hielten und milde Neugier, Schock oder Grauen empfanden statt überwältigender Liebe.

Hätte ihre Mutter nur ein paar Monate länger gelebt, hätte sie ihr Urenkelchen noch kennengelernt. Wenn es ein Leben nach dem Tod gab, war ihre Mutter jetzt auf hundertachtzig. Sie hatte es gehasst, irgendwas zu verpassen, und kam zu jeder Party als Erste und ging als Letzte. Wahrscheinlich war sie persönlich die Erfinderin von FOMO – *Fear Of Missing Out.*

Roz stieg aus dem Bett und machte ihren Koffer auf. Das Rezeptbuch ihrer Mutter steckte in einer Netztasche mit Reißverschluss. Roz holte es heraus und saß mit dem eingepackten Buch auf dem Schoß da und ließ die Hände darauf ruhen, als könne sie die Weisheit durch das braune Papier in sich aufnehmen. Roz löste die Knoten in der Schnur, die ihre Mutter geknüpft hatte. Schälte das braune Packpapier ab wie eine Zwiebelhaut.

Und da war es. Das Rezeptbuch ihrer Mum. Vielleicht enthielt es die Zutaten, die eine gute Großmutter aus ihr machen würden.

Sie atmete einmal tief durch und schlug das Buch auf. Innen war mit Tesafilm ein Brief an den Pappdeckel geklebt, adressiert an Roz, auf dem blauen Briefpapier ihrer Mutter. Die Handschrift war allerdings nicht Liz' zackige, elegante, manchmal unleserliche Handschrift, sondern rundlich und gut zu lesen.

Meine liebe Roz,
Vianda, meine Pflegerin hier im Hospiz, schreibt das für mich auf, weil meine armen Finger den Stift nicht mehr richtig halten können. Und da Vianda ein sehr freundlicher Mensch ist, wird es ihr nicht gefallen, was ich ihr jetzt diktiere. Sie wird sagen, damit wecke ich nur die bösen Dämonen in mir und dir, aber ich sage es trotzdem. Ich bin stinksauer auf dich, Rosalind. Wirklich verdammt zornig. Ich bin eine alte Schachtel, der nur noch ein paar Tage bleiben, mein Inneres ist zerfressen von dem bescheuerten Krebs. Und das Herz hat sie mir herausgerissen, diese Tochter, die –

Roz klappte das Buch zu. Dafür war jetzt nicht der richtige Augenblick. Sie hatte auch so schon ausreichend Schuldgefühle.

Sie trat ans Waschbecken und spritzte sich Wasser ins Gesicht. Wenn sie zu Hause wäre, würde sie einen Spaziergang machen und darauf warten, dass sich die trüben Gedanken in der Dunkelheit verflüchtigten. Aber hier auszusteigen wäre unklug. Wahrscheinlich würde sie sich von irgendwas ablenken lassen, dann säße sie in Edinburgh mitten in einem Schneesturm fest. Wenn das Bordrestaurant noch aufhatte, würde sie sich einen Kaffee holen, damit sie wach bleiben und auf das Ergebnis der Operation warten konnte. Wieder blieb ihr nichts weiter übrig, als zu warten, bis das Baby schrie.

NEUNZEHN

Trotz Kokain überkam Meg eine Welle der Traurigkeit, als der Zug in Edinburgh aus dem Bahnhof fuhr. Grant war nicht im Club Car, und sie spürte seine Abwesenheit, als fehle eines ihrer Gliedmaßen. Sie wusste, dass so was nicht gesund, dass ihre Beziehung Gift war. Einen Augenblick überlegte sie, ob sie einfach aus dem Zug springen und den Aussteigenden hinterherrennen sollte und alles, inklusive Grant, einfach hinter zu sich lassen. Allein der Gedanke war befreiend, und sie fragte sich, ob der Mann aus dem Sitzwagen vielleicht recht hatte und sie besser ausgestiegen wäre. Sie spähte hinaus in den Schnee, konnte sich aber nicht entscheiden. Und dann fuhr der Zug weiter.

Sie wühlte in ihrer Handtasche, weil sie irgendwas tun wollte. Sie legte noch mehr Make-up auf. »Hat irgendjemand meine Schere gesehen?«, fragte sie laut. Niemand gab eine Antwort.

Der Zug raste durch die anderen Bahnhöfe Edinburghs. Zweige kratzten an den Scheiben. Drohend ragten dunkle Häuser auf und verschwanden. Nirgendwo brannte in den Fenstern ein freundliches Licht, nirgendwo schien es Zuflucht zu geben.

Grant kam zurück in den Speisewagen, wahrscheinlich war er wieder rauchen gewesen, schlüpfte neben Meg in die Sitznische und schmiegte sich an sie. Glücksgefühle schossen in ihr hoch.

Unter den vielen tollen Leuten im Raum hatte er sich für sie entschieden. Sie war sein sicherer Hafen.

Er küsste sie oben auf den Kopf und zog sie an sich. »Alles gut bei dir?«

Sie nickte. Und es war auch alles gut, jetzt, da er wieder da war. Die Traurigkeit war wie weggeblasen. Grant sagte oft zu ihr, ihre Stimmung schlage so schnell um wie das Wetter in den Highlands. »Und, amüsierst du dich?«, fragte sie.

Er zuckte die Achseln. »Ich würde lieber mit dir im Bett liegen, aber was die Bett nennen, ist ein Witz.«

»Wir könnten ja einfach gehen. Ins Bett, meine ich. Jetzt gleich.«

Lächelnd drängte er sich an sie. Sie roch die starke Alkoholfahne in seinem Atem, die Käse-Zwiebel-Chips. Seine Poren schienen sich zu öffnen und zu schließen. Seine Pupillen im Rhythmus seines Atems größer und kleiner zu werden. Ihr wurde auf einmal schrecklich übel, und sie wich vor ihm zurück. Und dann lächelte er nicht mehr.

ZWANZIG

Als Roz zurück in den Club Car kam, waren immer noch etliche Quizspieler übrig. Sie schienen gerade Pause zu machen, bevor die Antworten der nächsten Runde präsentiert wurden. Alle vier Quizletts waren noch da, ihre Teams waren allerdings stark geschrumpft. Sally war auch noch dabei, wenn auch nicht mehr produktiv, da sie an der Schulter ihres Sohns Aidan eingeschlafen war. Aidan schien seine Mutter noch ein paar Nummern peinlicher zu sein, als das sonst bei Teenagern der Fall war.

Meg und Grant saßen in einer Sitznische und waren in ein Gespräch vertieft. Blake und Sam unterhielten sich über *Doctor Who*, Craig saß allein an einem Tisch, starrte ins Leere und rührte sich Zucker in den Whisky. Auf irgendeinem Handy lief eine Playlist mit Weihnachtshits.

Auf den dreieckigen Tischchen war ein improvisiertes Büffet ausgebreitet: eine Packung Heroes-Mini-Schokoriegel, schokoladenüberzogene Paranüsse, After Eight, eine ovale Packung mit Datteln, in der Mitte zusammengehalten von einem kleinen Plastikspeer, eine in Segmente zerteilte Terry's Schokoladenorange und eine Schachtel mit Kirschlikörpralinen, die niemand angerührt hatte. Außerdem gab es einen Geschenkkorb, in dessen Stroh nichts als eine Chorizowurst und ein Früchtekuchen übrig geblieben waren – er erinnerte an eine höchst seltsame Weihnachtskrippe.

Auf einem Sitz lag aufgeklappt mit dem Rücken nach oben das Buch, das Nick, der Mann im grünen Karoanzug, gelesen hatte.

Roz nahm es in die Hand und sah, dass es bei dem Gedicht »Ein Besuch von St. Nicholas« aufgeschlagen war. Als sie es las, merkte sie, dass es sich um dasselbe Gedicht handelte, das bekannter war unter dem Namen »In der Nacht vor dem Christfest«. Im Club Car war es allerdings lange nicht so still und friedlich, wie in den Strophen beschrieben.

Ayana studierte ein Quizhandbuch. Ember lehnte an der Theke, neben ihr im freundlichen Schweigen vereint Liv, und beobachtete die Szenerie. Roz war klar, dass Ember gern beobachtete. Wäre sie ein bisschen anders geraten, hätte eine gute Polizistin aus ihr werden können. Aber um Recht und Gesetz zu vertreten, brauchte man eine Menge Durchsetzungsfähigkeit. Als Polizistin oder Polizist waren Kampfgeist und Glauben an sich selbst nötig, um sich willentlich in gefährliche Situationen zu begeben – allerdings waren es auch genau diese Eigenschaften, die eine Menge Probleme in der Polizei verursachten.

»Roz!«, sagte Ember, als Roz näher kam. Sie hielt ihr Glas sehr fest und mit der Handfläche zu, als wolle sie sich daran hindern, noch mehr zu trinken. Oder vielleicht hatte sie sich das genau wie Roz angewöhnt, damit ihr niemand etwas in den Drink mischen konnte. »Ich habe mir schon Sorgen um Sie gemacht. Ist alles in Ordnung?«

»Nein, nicht wirklich.« Roz sah Ember in das offene, besorgte Gesicht und beschloss, es ihr zu erzählen. »Bei meiner Tochter muss gerade ein Notkaiserschnitt durchgeführt werden. Das Baby kommt zu früh, und Heather geht es sehr schlecht.«

»O Gott.« Ember trat einen Schritt vor und drückte Roz die Hand. »Sie müssen sich ja schreckliche Sorgen machen.«

»Ja, tue ich. Ich bin nur noch eine Haaresbreite davon entfernt, wie ein Schlosshund loszuheulen.«

Als Ember Roz an sich zog, fing sie tatsächlich beinah an zu schluchzen. Über Embers Schulter hinweg sah Liv Roz mitfühlend an.

Craig trat ebenfalls mit besorgtem Gesicht auf sie zu. »Das tut mir so leid. Ich habe mitgehört, was los ist.« Versuchsweise legte er Roz eine sanfte Hand auf den Arm, zog sie dann aber wieder weg. Roz vermisste seine Hand auf der Stelle.

»Wussten Sie«, sagte Blake, »dass der erste Kaiserschnitt unter keimfreien Bedingungen hier in Schottland durchgeführt wurde? Genauer gesagt, 1888 von Murdoch Cameron in Glasgow. Er hatte mit Joseph Lister zusammengearbeitet, dem Vater der antiseptischen Chirurgie.«

Roz starrte ihn an. »Und wie genau hilft das jetzt mir oder meiner Tochter?«

Blake wurde immer kleiner. »Äh, nur vielleicht, dass Schottland ein guter Platz ist, um einen Kaiserschnitt zu haben.« Er machte ein betretenes Gesicht.

»Tut mir leid«, sagte Roz. »Habe ich nicht so gemeint.«

»Nein, ich entschuldige mich«, erwiderte Blake. »Das ist bei mir so. Wenn ich nicht weiß, was ich sagen soll, kommen Fakten aus mir raus.«

»Das ist nicht nur bei Ihnen so. Neunundzwanzig Komma drei Prozent aller Menschen verhalten sich genauso«, erwiderte Roz.

»Echt wahr?« Blake richtete sich gespannt auf.

»Nein.«

Blake sackte wieder in sich zusammen. »Verstehe.«

Roz musste sich unbedingt einen Kaffee besorgen, bevor sie noch mehr Leute blöd anmachte. Oli war nicht mehr da, aber Beefy saß mit geschlossenen Augen und verschränkten Armen auf einem Hocker hinter der Theke.

»Ich weiß, dass das Bistro momentan zuhat, aber könnte ich vielleicht trotzdem einen Kaffee bekommen?«, fragte Roz.

Beefys Augen öffneten sich im Zeitlupentempo. »Ist das für die Besoffenen hier?«, fragte er. »Bei denen hilft nämlich der stärkste Kaffee nichts mehr.« Er warf Meg einen schnellen Blick voll – hoffentlich – väterlicher Besorgnis zu.

»Nein, für mich. Ich muss heute Nacht wach bleiben.«

Etwas an Roz' flehendem Blick musste zu Beefy durchgedrungen sein, da er schnell aufstand und Roz ihren Kaffee zubereitete.

»Ich hoffe sehr, dass alles gutgehen wird bei Ihrer Tochter«, sagte Craig. Seine Stimme war leise und vertraulich.

»Danke.« Sie wusste nicht, was sie sonst sagen sollte, und versuchte, das Thema zu wechseln. »Haben Sie Kinder?«

»Ja, drei«, antwortete er. »Die beiden jüngeren sind bei ihrer Mum, und ich fahre über Weihnachten zu meiner Ältesten.«

»Sie und die Mutter der Kinder sind also ...«, angelte Roz nach einer Antwort.

»Wir haben uns schon vor einigen Jahren getrennt. Aber im Guten, ohne jedes Drama. Es war allerdings auch kein glitzerndes Feuerwerk bei uns, eher eine Wunderkerze, die kläglich ausgegangen ist, bevor wir unsere Namen damit in die Luft schreiben konnten.«

Er sah aus dem Fenster, als sie durch einen kleinen Bahnhof donnerten, und Roz blickte ihn von der Seite her an. »Das klingt schrecklich traurig.«

»Und selbst? Haben Sie einen Partner oder eine Partnerin zu Hause zurückgelassen?« Er wich ihrem Blick aus, als wolle er die Antwort im Grunde gar nicht hören.

»Nein.«

»Kurz und bündig.«

»Tja, ich bin nicht immer die Netteste.«

»Ach, ich weiß ja nicht. Ich wette, Sie werden eine ganz wunderbare Oma. Freuen Sie sich schon?«

Das mit dem Themenwechsel schien nicht geklappt zu haben. »Ich fürchte mich und freue mich, beides zugleich. Die zwei Seiten derselben Medaille.« Roz fasste in ihre Handtasche, holte den silbernen Zauberwürfel heraus und verdrehte ihn beim Reden.

»Darf ich Sie mal was fragen, Roz?« Craig wollte gerade weitersprechen, als Grant auf die Sitzbank kletterte und laut durch den Raum brüllte.

»Alle mal herhören! Jetzt wird mitgesungen!«, töste er, wobei er heftig schwankte. Seine Singstimme war tief und klangvoll, als er Meg den Schmachtfetzen »Blue Christmas« vorsang. Meg lächelte ihn an, sang aber nicht mit. Dann sprang er von der Sitzbank und versuchte, Liv an sich zu ziehen, damit sie »Baby, It's Cold Outside« mit ihm sang. Liv lächelte ein wenig, entzog sich ihm aber und stellte sich wieder zu Ember.

»Ich kann mit dir singen«, sagte Aidan und blickte bewundernd hoch zu Grant. Er gesellte sich zu ihm und schien halb vor Stolz zu platzen, als Grant den Arm um ihn legte.

Jeder im Raum, der mal Kinder gehabt hatte, wusste, dass das Ganze in Tränen enden würde.

»Ich gehe zurück in mein Abteil«, sagte Roz und nahm ihren Kaffeebecher in die Hand. »Abwarten, bis ich was Neues höre. Ich kann mir das nicht angucken, wie hier gleich alles den Bach runtergeht. Für so was werde ich nicht mehr bezahlt.«

»Einerseits würde ich Sie ja gern überreden, noch ein bisschen zu bleiben«, sagte Craig. Ein Teil von ihr wollte sich nur zu gern überzeugen lassen. Der andere Teil hätte ihn am liebsten auf ihr Abteil mitgenommen. So in zwei Teile gespalten zu sein, gefiel Roz gar nicht. Ihre Blicke trafen sich. »Aber Sie haben schon recht. Das wird hier sicher noch mit Tränen enden.«

»Genau dasselbe habe ich eben auch gedacht.«

Craig nickte langsam und drehte sich zu Grant um. »Ich bleibe hier und behalte den wüsten Haufen im Auge.«

»Und Sie sind ganz sicher Staatsanwalt und nicht bei der Polizei?«

»Na klar. Normalerweise verteidige ich das Recht, aber vollstrecken tue ich es nicht.«

»Und wo haben Sie Jura studiert?« Roz fragte sich, ob sie ihn vielleicht von der University of Glasgow kannte – allerdings waren die Erinnerungen an ihr Studium relativ verschwommen, hatten sich im Haschrauch verflüchtigt, den Rest hatte das Trauma geschluckt.

»Am King's College in London. Hin und wieder halte ich da auch noch Vorlesungen. Gebe etwas an die nächste Generation weiter.«

»So Leute! Hoch die Ärsche!« Grant versuchte, alle zu animieren, eine Polonaise mit ihm zu tanzen. Nichts wie weg.

Widerstrebend verabschiedete sie sich von Craig und sagte mit einer losen Verabredung, zusammen zu frühstücken, Gute Nacht. Sie drehte sich um zu Ember. »Sie amüsieren sich noch?«

Ember zuckte die Achseln. Ihr Gesicht war rot, allerdings musste ihr auch schrecklich warm sein. Sie hatte ihren Parka zwar geöffnet, aber nicht ausgezogen.

»Wollen Sie mit mir zurück zum Schlafwagen gehen?«, fragte Roz.

Ember schüttelte den Kopf. »Gehen Sie ruhig vor. Ich bleibe noch ein bisschen. Wenn Sie später Gesellschaft brauchen – ich bin hier.«

Roz nickte. Warum blieb Ember hartnäckig im Club Car, wenn sie gar keinen Spaß daran hatte? Roz hatte instinktiv das Gefühl, dass etwas vor sich ging. »Ich bin in Abteil neun, falls Sie etwas brauchen.«

Ember nickte, war aber in Gedanken woanders, das merkte man. Vielleicht hatte Ember ja ein Auge auf jemanden im Wagen geworfen und wollte noch nicht aufgeben.

Als Roz an Megs Sitznische vorbeiging, kletterte Grant gerade auf die Polsterbank und packte Meg an den Schultern. Roz sah, wie weiß seine Knöchel wurden, als er noch härter zupackte, und erinnerte sich an die dunklen Striemen, die ihr an Meg aufgefallen waren. »Wir tanzen jetzt eine gottverdammte Polonaise«, sagte er. »Was ist los mit euch verfickten Spielverderbern? Weiß denn niemand hier, wie man sich amüsiert?«

»Bitte lass das, Grant«, sagte Meg. »Mir geht's nicht gut. In meinem Kopf ist alles total durcheinander.« Sie machte langsame Handbewegungen vor ihrem Gesicht, als male sie Kondensstreifen in die Luft.

»Wie wär's, wenn Sie Ihre Freundin in Ruhe lassen?«, sagte Roz zu ihm. »Sie hat ja wohl gesagt, dass sie keine Lust hat, was mich nicht wundert.«

»Ist schon gut«, sagte Meg und sah zu Boden. »Um mich brauchen Sie sich keine Sorgen zu machen.«

»Tue ich aber trotzdem, Kindchen«, gab Roz zurück. Sie setzte sich neben Meg auf die Sitzbank.

»Mach dich vom Acker, alte Zicke, das geht dich überhaupt nichts an«, stänkerte Grant.

Roz ignorierte ihn einfach. Sie beugte sich zu Meg hinüber und flüsterte ihr zu: »Sie brauchen sich das nicht gefallen zu lassen. Wenn Sie was sagen, kann ich eingreifen.«

Megs tellergroße Pupillen glänzten schwarz wie Brombeeren. »Sie machen alles nur noch schlimmer«, flüsterte sie. »Sie haben ja keine Ahnung.«

»Und ob. Da können Sie Gift drauf nehmen.«

Mit einem *Pling* erschien eine neue Whatsapp auf Roz' Handy, von Ellie: *Auf dem Weg in den OP-Saal.*

»Gehen Sie ruhig«, sagte Meg. »Grant ist vielleicht kein Engel, aber wir lieben uns, das verstehen Sie nicht.«

»Doch, ich glaube schon«, entgegnete Roz. Sie hatte genug Beziehungen gesehen, die zwischen besessener Liebe und tödlicher Wut hin- und herpendelten.

»Sie haben doch eben gerade von Ihrer Tochter gesprochen. Konzentrieren Sie sich auf die, nicht auf mich.« Roz sah ihr weiter in die Riesenpupillen. Ob Meg das wirklich wollte? Aber sie musste sich dem, was Meg sagte, beugen.

»Husch-husch.« Mit einem höhnischen Grinsen auf dem Gesicht zeigte Grant auf die Tür.

»Ich behalt Sie im Auge«, sagte Roz warnend zu ihm.

Darüber lachte er, ein hartes, siegesgewisses Bellen, das sie an einen anderen Mann erinnerte. Schnell wandte Roz sich ab und stolperte blind vor Tränen und dem Ekel der Erinnerungen in Richtung Tür.

EINUNDZWANZIG

Meg starrte Grant an, als er Roz mit auf die Tischplatte trommelnden Fingern hinterhersah. Das würde schlimm enden, sie wusste es. Entweder würde er Roz hinterherhechten und ihr wehtun, oder er würde Meg wehtun. Irgendjemand würde leiden. Andere Menschen, so wie Meg, richteten ihre Aggressionen gegen sich selbst. Grant nicht. Sein Zorn richtete sich immer nach außen. Und meist auf sie.

Sie hielt seinen Arm auf die Art fest, wie er das gernhatte, am Bizeps, den sie mit der Hand unmöglich umfassen konnte. »Achte gar nicht auf sie, Baby. Sie ist gestresst, ihre Tochter liegt im Krankenhaus.«

»Mir doch scheißegal. Die Alte nervt mich, seit ich sie das erste Mal gesehen hab.«

»Ja, ich weiß. Sie benimmt sich daneben. Tut mir leid.« Sie redete in einem besänftigenden Tonfall auf ihn ein. Ihn bloß nicht noch aggressiver machen.

Grant zeigte auf Beck. »Und die Bitch da ist auch nicht besser. Fährt mir übers Maul oder will mir das Rauchen verbieten.«

Beck warf ihnen einen Blick zu und kaute auf der Unterlippe.

»Komm, lass uns doch ins Bett gehen, wie du gesagt hast.« Sie streichelte Grants Gesicht. Die ersten Bartstoppeln ragten pieksig aus seiner Haut.

Er drehte sich zu ihr um und starrte ihr ins Gesicht. »Du hast mich weggestoßen. Nachdem du gesagt hast, wir sollten kuscheln gehen.« Sein Mund war zu einem Lächeln verzogen, aber seine Augen blitzten böse.

»Mir war schlecht, sonst nichts.«

Er fasste nach ihrem Kinn und bohrte ihr die Finger über dem Kieferknochen so hart ins Gesicht, dass ihr die Tränen in die Augen schossen. »Du stößt mich nie wieder weg«, sagte er leise und drohend. Für die anderen, die vielleicht in ihre Richtung blickten, musste es so aussehen, als umfasse er liebevoll ihr Kinn, dabei drückte er schmerzhaft zu. »Verstanden?«

Sie versuchte zu nicken, aber er hielt sie fest wie im Schraubstock. Dann seufzte er und lehnte seine Stirn an ihre. Das hatte er in einer Wikingerserie auf Netflix gesehen, seitdem machte er das auch. Er behauptete, das stelle eine Verbindung zu seinen heldenhaften skandinavischen Vorfahren her. Meg konnte nur hoffen, dass die Parallelen da aufhörten. Einmal hatte er damit gedroht, einen »Blutadler« aus ihr zu machen. Als sie nachschaute, was das war, hatte sie angefangen zu zittern. Aber wenn seine Stirn jetzt so gegen ihre drückte, wollte sie mehr, wollte sich ganz in ihn fallen lassen.

»Wir gehen zu Bett, wenn ich das sage«, verkündete er. »Erst müssen wir den Leutchen hier was bieten für ihr Geld.« Und damit lehnte er sich so abrupt zurück, dass Meg mit dem Kopf auf die Tischplatte knallte. »Pass doch auf«, sagte er und wandte sich wieder der Party zu.

Blake kam johlend mit einem vollen Glas Whisky auf ihn zu. »Grant!«, sagte er und gab ihm das Glas. »Wir sind gerade dabei, zu vergleichen, auf welchem Gebiet wir am meisten wissen. Mein Spezialgebiet ist ›Leben und Werk von Douglas Adams‹. Und deins?«

»Frauen«, antwortete Grant und hob das Glas. Es wurde gelacht.

Meg spürte, wie sie wieder im Nebel versank. Sie wünschte, sie wäre nicht so verdammt abhängig von ihm, aber vielleicht war das ja Liebe. Mum hatte die Beziehung zu ihrem Mann als »Achterbahn der Gefühle« beschrieben, aber auf Meg wirkte eine Achterbahn wie eine vergleichsweise zahme Angelegenheit. Man stand zwar nicht mehr mit den Füßen auf dem Boden, aber war ordentlich auf seinem Sitz angeschnallt. Und wenn nicht alles total schiefging, würde man in einer Achterbahn nicht sterben. Aber die Liebe schnürte einem die Luft ab, würde immer weiter die Kehle zudrücken, bis einer von beiden »aufhören« schrie.

ZWEIUNDZWANZIG

Kreischend öffnet sich der blaue Vorhang. Roz versucht, die Quadrate an der Decke zu zählen, aber sie bewegen sich zu schnell. Der Pflegehelfer starrt auf sie herunter, während er das Krankenhausbett durch die Gänge schiebt. Die Wände stürzen auf sie ein. Noch nie in ihrem ganzen Leben war Roz so müde. Etwas lastet schwer auf ihr, als läge sie selbst in der Fruchtblase. Sie will sich darin einigeln und nie wieder aufwachen.

Geräte piepsen und fauchen. »Der Herzschlag des Kindes wird immer langsamer. Bei der Mutter immer schneller«, sagt jemand. »Das Kind muss raus, und zwar sofort.« Ihr Herz trennt sich von Heathers Herz, es kommt nicht einmal mit seinem eigenen Hämmern zurecht.

Ihre Mum rennt neben ihr her. »Es wird alles gut«, sagt sie. Aber Roz kann sich nicht vorstellen, wie die Welt je wieder gut sein soll.

Roz saß auf ihrem Bett und versuchte, die Erinnerungen wegzudrehen. Der verspiegelte Zauberwürfel brach das Deckenlicht und ließ es überall im Abteil aufblitzen. »Ich bin jetzt hier. Ich bin in Sicherheit, alles ist gut.«

Als die Vergangenheit endlich wieder an ihren Platz hinter der Gegenwart gerutscht war, holte Roz das Handy heraus. Sie wusste nicht, wie man sich an Gott wandte, sie hatte nur Google. *Wie lange dauert ein Kaiserschnitt?*, fragte sie. Andere Fragen, die sie hatte: *Was sind die Folgen von Schwangerschaftsvergiftung?* und *Überleben Wahrscheinlichkeit Frühgeburt sechs Wochen zu früh?* Wie immer stellte Google ihr viele widersprüchliche Antworten zur

Verfügung. Deswegen waren den Menschen auch die Götter lieber – da wussten sie, woran sie waren.

Roz merkte, dass ihr der gleichmäßige Rhythmus des Zugs ein Gebet vorgab: »Bitte lass sie leben«, immer wieder, als würde sie einen Rosenkranz beten. Im Augenblick der Krise war der katholische Glaube ihrer Großmutter wieder da.

Sie hielt das Telefon in der Hand und versuchte, es durch reine Willenskraft zum Klingeln zu bringen. Als es tatsächlich klingelte, ließ sie es vor lauter Hektik fallen. Vom Boden kam ihr Ellies Stimme entgegen.

»Ellie?«, sagte sie, jetzt ebenfalls auf dem Boden. Sie hob das Handy hoch und hielt es ganz fest. Sie würde es nicht wieder loslassen.

»Heather ist raus aus dem OP«, sagte Ellie, »und wird gerade auf die Intensivstation gebracht. Es kann sein, dass sie einen Krampfanfall hat.«

Im Lauf der letzten Stunde hatte Roz genug gelesen, um zu wissen, dass eine Schwangerschaftsvergiftung zum Schlaganfall führen konnte. »Sie bekommt sofort Magnesium, richtig?«

»Genau, umgehend.«

Roz zwang sich, die Frage auszusprechen: »Was ist mit dem Baby?«

»Sie kann nicht richtig atmen.« Roz hörte, dass Ellie im Laufschritt durch einen hallenden Krankenhauskorridor lief. In der Nähe war etwas auf Rollen zu hören. »Ich bin bei der Kleinen, auf dem Weg in die Neonatologie. Sie kommt in einen Brutkasten und kriegt Sauerstoff.« Ellie unterbrach sich. Es klang, als müsse sie ebenfalls nach Luft schnappen. »Sie ist so winzig, Roz. Sie wiegt nicht mal zwei Kilo. 1800 Gramm, und dabei wird sie nach der Geburt noch Gewicht verlieren. Ich ertrag das alles nicht.« Ihre Stimme war voller Tränen, als hätten sie sich in ihrer Kehle angestaut.

»Doch, du kannst es ertragen. Natürlich ist das schrecklich.

Aber du schaffst das. Liebe und Adrenalin werden dir dabei helfen.«

»Aber wenn ich mit der Kleinen mitgehe, kann ich nicht bei Heather sein.«

»Und was hat Heather gesagt?«, fragte Roz, obwohl sie die Antwort schon kannte.

»Sie hat gesagt, ich soll beim Baby bleiben.«

»Na siehst du. Du machst das Richtige. Und ihr seid alle genau da, wo ihr jetzt hingehört«, gab Roz zum Besten und kam sich selbst wie ein Babybuch voller Plattitüden vor. Ihr fiel doch sicher noch was Besseres ein. »Mein armer Schatz. Ich weiß, dass es eine schwere Entscheidung für dich ist. Schrecklich schwer. Jetzt hast du zwei geliebte Menschen, um die du dich kümmern musst. Aber Herzen sind doch wie Mozzarella: Solange sie warm sind, können sie sich so weit ausdehnen, wie du willst.«

Ellie lachte unter Tränen. »Dir fällt aber auch immer was zu Käse ein.«

»Was soll ich sagen? Ich bin halt fetastisch.« Jetzt hörte Roz auch in ihrer eigenen Stimme die Tränen, konnte das Salz schmecken, das ihr in den Mund lief.

»Wir sind jetzt auf der Abteilung«, sagte Ellie. Die Fahrgeräusche erstarben, eine Tür ging auf. »Ich mach Schluss. Ich schick dir die Fotos von der Hebamme.«

»Ellie«, sagte Roz, weil sie nicht wollte, dass sie auflegte. »Ich muss dir noch was sagen: Herzlichen Glückwunsch. Du bist Mutter geworden. Hoffentlich wirst du eine bessere als ich!«

Ellie drückte sie weg. Roz rief auf Heathers Telefon an, wurde aber zur Voicemail umgeleitet. »Ellie hat mich gerade angerufen«, sagte sie nach dem Piep. »Du, meine wunderbare Tochter, hast eine Tochter! Du bist unglaublich stark und tapfer. Jetzt ruh dich gut aus. Ich liebe dich. Und iss unbedingt den Krankenhaustoast – der Mythos, der Toast, den man nach der Geburt isst, schmeckt besser als alles auf der Welt, ist absolut wahr!«

Roz saß immer noch auf dem Boden, mit dem Rücken an der Toilettentür. Jetzt konnte sie nichts mehr tun als warten und im Zugrhythmus beten: »Bitte lass sie leben. Bitte lass sie leben. Bitte lass sie leben.«

DREIUNDZWANZIG

Meg hatte jedes Zeitgefühl verloren. Grant war weg. Er war irgendwohin zum Rauchen verschwunden und nicht wiedergekommen. Das musste aber schon eine Weile her sein. Oder nicht? Zum ersten Mal in dieser Nacht war der Club Car fast leer. Nur noch sie, Ember und Liv waren übrig. Die beiden saßen in einer Ecke und teilten sich eine Tüte Chips.

»Wo sind denn alle hin?«, fragte Meg.

Ember blickte sie an. »Grant hat die Polonaise nach draußen geführt, weil hier drin nicht genug Platz ist, meint er. Dabei sind die Gänge in den Schlafwagen supereng.«

»Garantiert klopft er überall an den Türen und weckt die Leute auf«, erwiderte Meg. Zu Beginn ihrer Beziehung hatte sie so was noch aufregend gefunden. Sie hatte Grants Spontanität und Unverfrorenheit geliebt. Aber mittlerweile wusste sie, dass es ihm nicht darum ging, »sich ein bisschen zu amüsieren«, wie er behauptete. Grant wollte Macht auf andere Menschen ausüben, egal, mit welchen Mitteln.

Meg fühlte sich sehr seltsam. Als ob ihr Kopf zu groß sei. Die Lichter waren so grässlich hell. Der Raum wollte einfach nicht aufhören, um sie zu kreisen, auch wenn sie wusste, dass er das nicht wirklich tat. Natürlich, sie hatte sich ja den Kopf auf der Tischplatte aufgeschlagen, als Grant sich zurückgelehnt hatte. Das, oder sie hatte zu viel Alkohol auf leeren Magen getrunken. Sie musste sich jetzt schnell zusammenreißen, bald war der nächste Livestream dran. Die Fans wurden ungeduldig und wollten mehr. Sie hatte versucht, mit einer »Ask me Anything«-Fragerunde Zeit zu schinden, aber jetzt fielen ihr die Antworten schrecklich schwer.

Worauf bist du besonders stolz in deinem Leben?

Diese Frage konnte sie nicht beantworten. Sie konnte nicht mal sagen, was sie in ihrem Leben wollte.

Aus dem nächsten Waggon klangen Gelächter und eine gegrölte Version von »All I Want for Christmas is You« herüber. Grants Stimme war am lautesten. Wem er das wohl gerade vorsang?

Beefy stürmte aus dem Speisewagen auf den Lärm zu. Er starrte durch den Gang zu den Singenden. »Kommt sofort hierher zurück und seid still, Leute! Falls ihr's noch nicht mitgekriegt habt, das hier ist ein Schlafwagen. Vielleicht solltet ihr das auch mal ausprobieren – *schlafen.*« Entnervt ließ er sich auf eine Sitzbank fallen und verschränkte die Arme. Die Polonaise bewegte sich zurück in den Speisewagen.

Angeführt wurde sie von Beck, hinter ihr Grant, als Nächstes Ayana. Danach kam Aidan, der so viel Spaß wie noch nie in seinem Leben zu haben schien. Hinter ihm her stolperte seine Mutter Sally mit Augen auf Halbmast, dann Blake und Sam. Die Menschen in der Polonaise verschwommen zu einem, ein Tausendfüßler aus lauter Besoffenen. Vielleicht konnte Meg sie zu einem Weihnachtstanz motivieren. Eine Polonaise würde nichts hermachen auf Tiktok.

Beefy starrte Grant finster an, als würde er ihn am liebsten aus dem Zug werfen. Meg konnte es ihm nicht übel nehmen. Grant warf seine langen Beine unrhythmisch hoch, sang total schräg und hatte die Arme fest um Becks Taille geschlungen. Vorhin schienen die beiden sich doch noch verabscheut zu haben? Jetzt passte kein Blatt Papier mehr zwischen sie.

Meg wurde ganz heiß vor lauter Eifersucht.

Ember und Liv kamen zusammen auf Meg zu, wichen den sich

schlängelnden Tänzern aus und stiegen über die hochgeworfenen Beine hinweg.

Liv gähnte und rieb sich die Augen. Sie wirkte todmüde und viel jünger, wie ein übermüdetes Kind.

»Ich geh ins Bett, Leute«, sagte sie.

Ember umarmte Liv und sah ihr hinterher, als sie den Wagen verließ. Der nächste Eifersuchtsanfall überkam Meg, diesmal, weil Ember und Liv sich so schnell miteinander angefreundet hatten. Im Grunde hatte Meg seit der Oberstufe keine echten Freunde mehr gefunden. Mit dem Ruhm gingen jede Menge falsche Freunde und Freundinnen einher. »Sollen wir mitmachen?«, fragte Ember sie. Sie streckte Meg die Hand hin und betrachtete sie aufmerksam.

»Ich bin irgendwie nicht so in Stimmung«, gab Meg zurück. Aber ein Teil von ihr wollte natürlich auch dabei sein und das Gefühl haben, dass sie gebraucht wurde.

»Du würdest mir einen Gefallen tun. Allein traue ich mich nicht.«

Meg nickte seufzend. Sie trank noch schnell Ayanas Glas leer. Als sie nach Embers Hand fasste, merkte sie, dass der blaue Fleck an ihrem eigenen Handgelenk deutlich durch die getönte Tagescreme hindurch zu sehen war.

Ember sagte nichts, hatte es vielleicht also nicht bemerkt. Aber sie drückte ihr sanft die Hand. »Los geht's«, sagte sie, als die Polonaise an der Bar angekommen war. Die Schlange löste sich kurz auf, als die vielen Tanzenden sich auf dem zu engen Platz umzudrehen versuchten.

Ember tippte Beck auf die Schulter und fragte: »Dürfen wir rein?« Beck sah sich verwirrt um, und Ember setzte sich schnell an die Spitze, dann Meg und dahinter Grant. Beck stand schmollend da, als die Polonaise ohne sie weiterzog.

»Na, hast du dich doch noch zum Mitmachen aufgerafft?«, flüsterte Grant Meg von hinten ins Ohr. Sein Atem roch schlecht.

Sie nickte. »Ich wollte bei dir sein.«

»Das freut mich«, sagte er, legte ihr die Arme um die Taille und drückte so kräftig zu, dass sie kaum noch Luft bekam. Früher das Größte für sie – von Grant festgehalten zu werden. Das war ihr als Erstes an ihm aufgefallen: seine starken Arme. Wie gemeißelt sahen sie aus. Bei ihrer ersten Verabredung waren sie zusammen Bowlen gewesen. Die Pins hatten keine Chance gegen ihn gehabt, und er hatte immer wieder alle zehn versenkt. Am Ende hatte er Meg jubelnd hochgehoben, und sie hatte sich klein, leicht und sicher in seinen Armen gefühlt. Jetzt fühlte sie sich nur noch klein.

»Ab jetzt wird nur noch im Flüsterton gegrölt, okay?«, sagte Beefy und verließ seinen Posten im Club Car. Sein Gesicht schien rot zu leuchten vor Zorn.

Grant ließ Meg los, trat aus der Schlange und sah sich suchend um. Dann grinste er Ember an und reihte sich hinter ihr in die Polonaise ein.

Megs Finger verkrampften sich, und sie ließ los. Sie war aus der Menschenschlange ausgeschert und betrachtete ihre Hände. Die Nägel bohrten sich in ihr eigenes Fleisch. Warum war sie bloß eifersüchtig auf alle und jeden? Vielleicht hatte Grant ja recht, und ihre Eifersucht war idiotisch. Grant meinte, darin drücke sich das schwierige Verhältnis zu ihrem Vater aus. »Jetzt projizierst du seine mangelnde Liebe auf mich, mein Schatz«, hatte er zu ihr gesagt, nachdem er bei der Reality Show *Celebrity Therapy* mitgemacht hatte. Meg und Grant nahmen jedes Jahr an mehreren dieser drittklassigen Promiserien teil, in denen VIPs alles Mögliche von Inneneinrichtung über Kochen bis Tauchen machen mussten. Das trug bei zum, wie Grant sagte, »Brandbuilding und Geldvermehren«. Normalerweise war innerhalb von einer Woche alles wieder vergessen, was sie gelernt hatten, aber bei der Therapieserie hatte Grant eine ganze Menge mitgenommen. Danach hatte er sie eine Zeitlang sehr liebevoll behandelt.

Aber sie auch darauf aufmerksam gemacht, dass sie seine Privatsphäre missachtete, wenn sie ihn fragte, wo er den ganzen Abend gewesen sei.

Eigentlich müsste sie dankbar sein für Grant und alles andere, was sie besaß – das hatte sie bei *Celebrity Ashram* gelernt. Sie wollte zu ihm, wollte sich mit ihm versöhnen. Und dann sah sie, wie Grant den Kopf neigte und direkt über Embers Schulter schweben ließ. Er flüsterte ihr etwas ins Ohr und gab ihr einen Kuss in den Nacken. Dann legte er ihr eine Hand schwer auf die Schulter. Ember erstarrte, als wolle sie, dass dieser Moment nie vorüberging. Natürlich, wie sollte es auch anders sein? Beim hinreißenden Grant Charming! Immer würde es so weitergehen. Nie würde ihm Meg allein reichen. Jetzt war es ihr endlich klar.

Meg hatte das Gefühl, als sterbe alles in ihr ab. Die Polonaise kreiste sie ein. Eine endlose Abfolge lachender, Grimassen schneidender Gesichter, die sie anstarrten und sich wieder abwandten. Köpfe, die sich verkoppelten und wieder entkoppelten. Meg wusste nicht mehr, was echt war und was nicht.

Sie warf sich auf Grant, als er an ihr vorbeitanzte, und packte ihn am Arm. Er schüttelte sie ab. Sie warf ihm die Arme um den Hals, und er hob sie einfach hoch wie einen Mehlsack und stellte sie auf eins der Dreieckstischchen. Sie war klein, stieß aber trotzdem mit dem Kopf gegen die Decke. Gebückt legte sie die Handfläche ans Fenster, um sich irgendwo festzuhalten. Die Scheibe fühlte sich kühl an unter ihren heißen Fingerspitzen. Am liebsten hätte sie sich nackt an das Glas gedrückt.

Die Polonaise hatte sich aufgelöst, alle tanzten nun in Grüppchen. Tief unter ihr schienen sie sich zu biegen und zu wenden. Meg blickte suchend durch den Club Car, ob Beefy vielleicht zurückgekommen war. Vielleicht konnte er ihr helfen, er machte einen freundlichen Eindruck. Aber er war nirgendwo zu entdecken. Liv tauchte neben ihr auf und streckte ihr die Hand hin.

Aber in der anderen Hand hielt sie ein Handy, und die Kamera war auf sie gerichtet.

Meg spürte, wie ein Schrei aus ihrer Kehle kam, aber sie hörte ihn nicht. Die andern schienen ihn allerdings zu hören. Sie hörten auf zu tanzen, alle starrten sie an. Der Schrei ging immer weiter, wie das Taschentuch eines Zauberkünstlers. Meg wusste nicht, woher das alles kam. Sie hatte das Gefühl, an Ort und Stelle festgefroren zu sein, ein zerbrechliches Figürchen auf einem Hochzeitskuchen.

Grant kam auf sie zu. Er war eine Karikatur seiner selbst, die Bewegungen und Worte kamen in Zeitlupe aus ihm heraus. Sein Gesicht veränderte sich in Mikromomenten von Gelächter, Staunen zu Scham und schäumender Wut. Sie wusste, dass sie ihn demütigte. Und das war das Gefährlichste, was sie tun konnte. Meg hielt sich die Hand vor den Mund, um den Schrei aufzuhalten, und merkte, dass sie dabei war, sich zu übergeben. Es tropfte durch ihre gespreizten Finger auf die Schuhe, den Tisch und den Boden.

»Du bist widerlich«, zischte Grant. Speichel glänzte zwischen seinen gebleichten Zähnen und seiner aufgespritzten Lippe.

Meg drehte sich weg und lehnte die Stirn gegen die kühle Scheibe, vor Scham zusammengekrümmt. Sie starrte ihr eigenes Spiegelbild an. Ihr Spiegelbild versuchte zurückzulächeln.

»Wag's bloß nicht, mir den Rücken zuzudrehen.« Grob packte ihr Verlobter sie an der Hüfte und drehte sie zu sich herum, als sei sie eine kaputte Ballerina in einer Spieldose. Meg versuchte, das Gleichgewicht zu halten, aber alles drehte sich. »Du bist ein verdammter Witz. Du machst dich lächerlich.« Das zischte er ihr so leise entgegen, dass sie es kaum hören konnte, machte dazu aber ein liebevoll lächelndes Gesicht. Immer die Fassade für den Rest der Welt aufrechterhalten. Vertuschen, was er wirklich war.

Doch diesmal passierte etwas in ihr. Sie riss sich von ihm los und ließ sich nach vorne fallen, auf Craig zu, der ihr vom Tisch half. »Was hast du da gerade mit ihr gemacht?« Meg zeigte auf Ember. »Ich habe gesehen, wie du sie geküsst hast.«

Grant verzog höhnisch die Oberlippe. »Du bist doch verrückt. Und jetzt erfährt's die ganze Welt.«

Ember schüttelte abwehrend den Kopf. »Er hat nur gesagt, dass ich gut aussehe und gut rieche.« Sie zuckte die Achseln, als wolle sie sagen, das sei ja nun wirklich kein Verbrechen, sie *rieche* nun mal gut. »Es ist nicht das, was du denkst. Ehrlich!«

Meg lachte. Sie wusste, dass sie verrückt klang, aber es interessierte sie nicht mehr. »Was für ein Klischee! Wenn du weißt, was ich denke, dann stimmt es auch, da kannst du Gift drauf nehmen.«

»Du bist doch besoffen«, sagte Grant, »und Gott weiß was sonst noch. Geh jetzt, bevor du was sagst, was dir später leidtut.«

»Das klingt aber reichlich drohend, Freundchen«, sagte Craig in stark schottischem Tonfall. »Lass sie in Ruhe, okay?«

»Verpiss dich.« Grant schubste Craig von sich. »Ich bin nicht dein Freundchen, verstanden? Ich kenn dich nicht mal. Du bist ein hässlicher alter Knacker, willst Spaß haben mit den Kids, ja? Bist du pervers oder was?«

»Hey, warum brüllt ihr so rum?«, lallte Sally aus der Sitzecke.

»Und Sie halten sich da auch raus«, fuhr Grant sie an. »Mir macht keiner Vorschriften. Ihre Kinder müssen Sie ja scheinbar andauernd so sturzbetrunken sehen. Die scheinen jedenfalls dran gewöhnt zu sein. Und wenn Sie glauben, Ihr Mann ist Ihnen treu, dann sind Sie genauso blöd wie Ihre Kinder.«

Aidan blinzelte verwirrt und verletzt.

Meg wusste genau, wie Aidan sich jetzt fühlen musste. Die Welt geriet aus den Fugen, und es war alles ihre Schuld. »Hör auf!«, kreischte sie. »Ich halt's nicht mehr aus. Ich hau jetzt ab, und dann habt ihr hier wieder euren Frieden.«

»Meg!«, rief Ember ihr zu, aber ihre Stimme klang seltsam, als sei sie unter Wasser. »Ich kann dir helfen!« Jemand wollte sie retten. Als Meg das hörte, schossen ihr die Tränen in die Augen. Aber Grant würde natürlich glauben, er hätte sie zum Weinen gebracht und mal wieder gewonnen.

Er würde sie nicht weinen sehen, diesmal nicht. Meg rannte aus dem Speisewagen, sie war sich bewusst, dass sämtliche Handykameras auf sie gerichtet waren. Ihre Augen brannten, als sie durch den Gang zu ihrem Abteil stolperte. Der Zug schien ihr zuzuflüstern: *Er liebt dich nicht, er liebt dich nicht, er hat dich nie geliebt.*

VIERUNDZWANZIG

Roz lag im Bett und versuchte zu lesen, aber die Worte verschwammen ihr vor den Augen. Langsam verstrichen die Minuten. Seit der letzten Nachricht von Ellie war schon eine Weile vergangen. Heather bekam jetzt Magnesiumsulfat gegen die Krampfanfälle, außerdem Tabletten, um den Blutdruck zu senken. Das noch namenlose Neugeborene wurde mit einer Sonde ernährt.

Roz scrollte durch ihre Fotos zum letzten, das Ellie geschickt hatte. Ihre Enkeltochter, die die Augen noch nicht geöffnet hatte, lag in Decken gewickelt im Brutkasten. Wie klein und schrecklich allein sie aussah. Roz musste ständig am Spiegelwürfel drehen, um in der Gegenwart zu bleiben und nicht in der Vergangenheit zu versinken. Im gleichmäßigen Takt drehte sie den Rubik's Cube und merkte, wie sich ihr Blutdruck mit jedem Klicken etwas mehr normalisierte. Während die Lichter im Raum von den spiegelnden Oberflächen zurückgeworfen wurden, ordneten sich die Gedanken in ihrem Kopf. Sobald sie in Fort William ankam, würde sie sofort ins Krankenhaus fahren und sich mit Ellie abwechseln – eine konnte beim Baby bleiben, die andere bei Heather und umgekehrt. Abends würden sie in die Wohnung heimfahren und eiweißreiches Essen zubereiten – Roz' verzweifelten Websuchen zu schwerer Präeklampsie zufolge wichtig – und Heather ins Bett bringen. Granny würde für direkten Hautkontakt mit dem Neugeborenen da sein, auch das äußerst wichtig für Frühchen (wie sie sich wünschte, dass sie diese Bezeichnung für frühgeborene Kinder nicht hätte lernen brauchen), wenn Ellie bei Heather war.

Wäre das »Känguruhen« auf nackter Haut nur schon bekannt gewesen, als Heather auf die Welt kam. Vielleicht hätte Roz dann eine stärkere Bindung zu ihr aufgebaut. Roz hatte es nie zugegeben, aber anfangs hatte sie Heather gar nicht auf den Arm nehmen wollen. Sie hatte sich in einem solchen Schockzustand befunden, dass sie nur Erdbeergrütze aus den kleinen Plastikbechern löffeln wollte, die von den Schwestern ausgeteilt wurden. Wenn sie die 2260 Gramm leichte Heather mit ihren dünnen Spinnenärmchen Roz auf die Brust gelegt hätten, würde es vielleicht heutzutage besser zwischen ihnen laufen.

Sie sah auf die Uhr. Schon halb acht. Roz öffnete die Jalousie, aber draußen war nichts zu sehen; die Dunkelheit verbarg die Highlands immer noch. Bald würde die Sonne aufgehen; aus dem Fenster zu schauen, würde Roz ablenken, und sie bräuchte nicht mehr ständig auf ihr Handy zu starren. Sobald sie die wunderschöne Landschaft draußen sah, würde sie endlich das Gefühl bekommen, dass sie wirklich auf dem Weg nach Hause war. Sie öffnete das Fenster einen Spalt und spürte die eiskalte Luft, die sich sofort im Abteil breitmachte. Der Schnee fiel in einem schrägen Winkel.

Sie hörte, wie draußen auf dem Gang die Tür in den Waggon aufging. Leichte Schritte, begleitet vom Schluchzen einer Frau, eilten an ihrem Abteil vorbei. Eine Tür ging auf und schloss sich wieder.

Es könnte Ember sein, die erneut von ihrer Traurigkeit überwältigt wurde, jetzt, da die Party zu Ende ging. Roz fragte sich, ob sie rausgehen und Ember trösten sollte; sie würde vermutlich von außen hören können, hinter welcher Tür geschluchzt wurde. Aber Roz hatte Ember ihre Abteilnummer genannt. Wenn sie klopfen wollte, hätte sie das tun können. Und Roz war klar, dass sie nur irgendwie kompensieren wollte, dass sie nicht bei

Heather sein konnte. Sie hatte sich eine Frau gesucht, die nicht sehr viel älter als ihre Tochter war, damit sie jemanden zum Bemuttern hatte.

Aber wenn Roz ganz ehrlich war, dann hätte sie wirklich gern mit jemandem geredet. Sie hatte keine Freundinnen, die sich über einen Anruf um diese Uhrzeit gefreut hätten. Im Grunde hatte sie außerhalb der Polizeiwache kaum Freunde. Hatte sie wirklich nach fünf Jahrzehnten auf diesem Planeten so wenig vorzuweisen – niemanden, auf den sie sich im Augenblick einer Krise verlassen konnte? Wieder wünschte Roz, ihre Mutter wäre noch am Leben. Dann dachte sie an den Brief im Kochbuch.

Sie griff nach einem Stückchen Whisky-Taiblet und knabberte an den Rändern. Heute Abend würde sie dem Weihnachtsmann einen kleinen Brocken hinlegen. Dann hätte sie ein wenig das Gefühl, ihre Mum wäre noch da. In gewisser Weise war sie das ja auch – in ihrem Kochbuch. Wäre Roz nicht so ein Feigling, würde sie es einfach aufklappen. Bewaffneten Einbrechern konnte sie hinterherrennen, aber vor einem Buch mit Kochrezepten kapitulierte sie.

Als Liz vor drei Jahren nach dem ersten Schlaganfall im Krankenhaus gewesen war, hatte sie irgendwoher die Kraft genommen, ihrer Tochter das bis dahin streng geheim gehaltene Rezept für ihr berühmtes Shortbread mit Gewürzen zu schicken (»die geheime Zutat ist der Hartweizengrieß«). Auf die Rückseite hatte sie mit ihrer energischen Handschrift Folgendes geschrieben:

Mein Schatz,
Krankenhausbetten sind merkwürdig weich, genau wie das Essen hier. Ich weiß das, da ich gerade in einem Krankenhausbett liege und die Pampe essen muss, die ich hier vorgesetzt kriege. Wenn du so was irgendwie vermeiden kannst, dann tu das, Rosalind, es ist nicht zu

empfehlen. Aber manchmal hat man keine Wahl. Solltest du mal ins Krankenhaus müssen, empfehle ich, Soßen und Gewürze in der Handtasche mitzubringen. Ein Spritzer Tabasco kann selbst den schlimmsten Brei –

In diesem Augenblick stieß der Zug ein Kreischen aus, als leide er schreckliche Schmerzen.

Roz' gesamtes Abteil machte einen gewaltigen Ruck zur Seite. Das Kochbuch segelte durch die Luft, die Toilettentür flog auf. Das Gepäck rutschte weg. Roz wurde vom Bett auf den Boden geschleudert. Dann legte der Zug sich wieder schräg, nur diesmal in die andere Richtung. Roz fasste nach dem Kochbuch und kauerte sich zusammen, während das Schwanken um sie herum langsam erstarb.

Kreischende Bremsen. Der Geruch von verbranntem Stahl. Von allen Seiten Gebrüll und Hilferufe, auch aus den Abteilen neben ihrem. Und dann standen sie still, und ein seltsames, schweres Schweigen legte sich über die Szenerie. Der Zug war zum Stehen gekommen.

Hastige Schritte kamen den Gang entlang. »Alle bleiben, wo sie sind«, schrie Beefy atemlos. Die Angst war seiner Stimme deutlich anzuhören. »Wir finden heraus, was geschehen ist.«

Von draußen kamen Stimmen. Durch den Schnee knirschende Schritte. Flüche. Roz zog sich mühsam am Waschbecken hoch auf die Beine.

Als sie aus dem Fenster blickte, war immer noch keine Sonne am Himmel zu sehen. Am dunklen Himmel leuchteten nur die Sterne und schauten hinab auf den wundliegenden Zug. Den Weihnachtsmorgen hatte Roz sich anders vorgestellt.

Beefy und eine uniformierte Frau – vermutlich Bella, die Zugführerin – stapften neben den Gleisen durch den tiefen Schnee und leuchteten mit Taschenlampen den Zug ab. »Der hintere Triebwagen und die Sitzabteile sind entgleist«, rief die Frau. Sie zeigte auf den rückwärtigen Teil des Zuges, den Roz nicht sehen konnte.

Augenblicklich dachte Roz an Tony und Mary und hoffte, dass sie sicher auf ihren Plätzen saßen.

Beefy ging ein Stück vor der Frau und schrie etwas zu ihr zurück, das Roz nicht verstand. Was er sagte, mussten allerdings schlechte Nachrichten sein, da die Frau zornig nach dem Schnee trat. Sie drehte sich und leuchtete die Umgebung ab. Die Bahnstrecke verlief in einer Kurve um den Fuß eines Bergs. Sollte jemand auf die idiotische Idee kommen, den Berg besteigen zu wollen, wäre das an den schneebedeckten Hängen durchaus möglich. Doch im Licht der Taschenlampe sah Roz auch so etwas wie eine dunkle Schlucht vor ihnen.

»Oli soll sich weiter mit dem Frühstück beschäftigen. Beefy, du siehst nach, ob jemand verletzt ist«, sagte die Frau und bewegte sich auf eine der Türen zu. »Wenigstens habe ich Empfang und kann Hilfe anfordern. Mal sehen, wie lang es dauert, bis die Techniker hier sind und wir weiterfahren können.«

Sie leuchtete wieder den Zug mit der Taschenlampe ab, sodass Roz die Augen zukneifen musste. »Alles in Ordnung?«, rief ihr die Frau zu.

»Alles gut«, antwortete Roz. »Kann ich irgendwie helfen? Ich bin von der Polizei, gerade pensioniert, und kann gut Leute rumkommandieren.«

Die Frau lachte und watete durch den Tiefschnee, bis sie unter Roz' Fenster stand. Sie war Ende dreißig, die Haare so dunkel wie früher bei Roz, und zitterte vor Kälte, ihre Lippen waren blau angelaufen. Sie sah Roz forschend an, als versuche sie herauszufinden, ob sie wirklich eine Führungsrolle übernehmen könne.

»Wenn Sie Zweifel haben, können Sie gern meinen Ausweis sehen.« Roz holte ihr Portemonnaie aus der Jackentasche und zeigte ihren abgelaufenen Dienstausweis vor. »Hier. Ich heiße

Roz. Bisher Detective Inspector Rosalind Parker, Kriminalpolizei, und dran gewöhnt, die Leute so zu nerven, bis sie sich freiwillig von mir festnehmen lassen.«

»Na dann bin ich ja froh, dass Sie auf meiner Seite sind. Ich bin die Zugführerin, Bella. Und Sie helfen mir besser, bevor ich hier irgendwelche Geständnisse ablege. Der Speisewagen ist auf den Schienen geblieben. Es wäre sicherer, wenn alle sich dort versammeln würden. Wenn Sie dafür sorgen könnten, dass alle in den Club Car kommen, dann können wir feststellen, ob auch keiner verletzt ist.«

»Wie ist das bloß passiert?«

»Ein großer Baum ist auf die Gleise gestürzt. Ich habe ihn aber erst gesehen, als wir um die Kurve kamen, deswegen musste ich eine Vollbremsung hinlegen. Ich hatte echt Schiss, dass wir in die Schlucht stürzen.«

»Aber das könnte immer noch passieren, oder?«, fragte Roz. Sie merkte, dass sie sich am Fensterrahmen festklammerte, als könne sie den Sturz so verhindern.

»Nein, das halte ich für ausgeschlossen. Aber ich werde mich wohler fühlen, wenn wir alle im Speisewagen beisammenhaben und die Sitzwagen abkoppeln können. Sicherheit geht vor.«

Es klopfte an ihrer Tür. »Sind Sie da drin, Roz?«, war Tonys zittrige Stimme aus dem Gang zu hören.

»Antworten Sie ihm und legen dann los«, sagte Bella und ging bereits weiter. »Ich stoße dann sobald wie möglich dazu.«

Roz schob das Fenster hoch und öffnete ihre Abteiltür. Mary war auf Tony gestützt. Beide wirkten erschüttert. An Marys Gesicht lief ein wenig Blut herunter.

»Sie sind ja verletzt«, sagte Roz und zeigte auf die Wunde. »Sind Sie gestürzt?«

Mary fasste sich an den Kopf und betrachtete verwirrt das Blut an ihren Fingern. »Da muss mich der arme Moustache gekratzt haben. Er ist mir auf den Schoß gesprungen, als der Zug sich schräg gelegt hat, und hat versucht, auf meinen Kopf zu klettern. Er wollte mir nicht wehtun.«

Wie oft hatte Roz bei der Arbeit schon diesen Satz gehört: »Er wollte mir nicht wehtun.« Meist über einen Angehörigen. Diesmal glaubte sie es zum ersten Mal.

»Und wo ist Moustache jetzt?«, fragte Roz, weil sie den Katzenrucksack nirgendwo sah.

»Wir wissen es nicht«, sagte Tony. Tränen glänzten in seinen Augen. »Er muss sich irgendwo im Abteil versteckt haben, aber er will einfach nicht rauskommen. Womöglich ist er verletzt oder ...« Er schlug die Hände vors Gesicht.

In diesem Augenblick wurde Roz klar, dass sie sich geirrt hatte: Mary war diejenige, die Tony stützte.

»Moustache kommt schon zurecht«, sagte Mary. »Wir holen jetzt ein bisschen leckeren Käse und locken ihn damit zurück in den Rucksack.«

»Als Erstes müssten Sie bitte in den Speisewagen gehen und bis auf Weiteres dortbleiben«, sagte Roz. »Ihr Wagen ist entgleist.«

»Ja, das hat man gemerkt«, entgegnete Mary. »Der Boden war so schief wie bei einer Schiffschaukel auf dem Rummelplatz. Bloß lustig war es nicht.«

»Das war eher wie in der Geisterbahn, als das Licht so schrecklich geflackert hat«, warf Tony ein.

»Na, jedenfalls ist Ihr Wagen in schlechter Verfassung und zu gefährlich für Sie.« Roz sah, dass Tony protestieren wollte. »Keine Bange, wir finden Ihren Moustache schon. Saß außer Ihnen sonst noch jemand im Sitzabteil?«

»Nur der Mann mit dem Mantel über dem Kopf«, sagte Tony.

»Können Sie ihn näher beschreiben?«

»Ein Mann so um die vierzig. Er sah aus, als hätte er draußen übernachtet oder zumindest eine schwere Zeit hinter sich.«

Der blinde Passagier. Hatte Roz ihm womöglich keinen Gefallen getan, als sie ihn nicht verpfiffen hatte? »Ich glaube, ich weiß, wen Sie meinen.«

»Wahrscheinlich wäre er mir gar nicht aufgefallen, wenn ich nicht um ein Haar mit ihm aneinandergeraten wäre.«

»Wie das denn?«

»Er hat dem armen, dürren Mädel eine Predigt gehalten. Das berühmte Mädel mit den langen Haaren«, erklärte Tony.

»Meg?«

»Genau die. Sie ist zu uns in den Wagen gekommen, und der Mann hat zu ihr gesagt, sie soll den Zug verlassen.«

»Als Tony ihm die Meinung gesagt hat, hat er sich verzogen«, sagte Mary stolz.

»Danach war kein Piep mehr von ihm zu hören. Eine Weile war er irgendwohin verschwunden. Und als ich aufgewacht bin, hat er nicht mehr auf seinem Platz gesessen. Das war, kurz bevor wir entgleist sind.« Tony wandte sich Mary zu. »Du warst doch schon früher wach, Mum. Hast du ihn gesehen?«

Mary schüttelte den Kopf. »Nein. Aber seinen Mantel hat er dagelassen.«

»Alles klar, ausgestiegen ist er also nicht«, sagte Roz. »Außer, er will da draußen erfrieren. Ich werde nach ihm suchen. Richten Sie sich jetzt gemütlich im Speisewagen ein, dann sehen wir weiter.«

Eine Abteiltür am Ende des Wagens ging auf, und ein völlig verschlafen wirkender Phil mit dem Säugling auf dem Arm tauchte auf. Der Kleine trank sein Fläschchen, und Robert, Phils Zweitjüngster, zog ihn an der Schlafanzughose. »Was ist los?«, fragte Phil gähnend. »Warum halten wir?«

»Der Zug ist entgleist, und wir stellen gerade sicher, dass alle unverletzt geblieben sind.«

Phil stand der Mund offen, und sein langes Gesicht wurde noch länger. »Davon habe ich nichts mitbekommen. Wo ist bloß

Sally? Was ist mit Aidan und Liv? Sie sind nicht in ihrem Abteil. Bitte sagen Sie mir, dass sie in Sicherheit sind!«

»Ich habe sie noch nicht gesehen«, erwiderte Roz. »Ich bin auch gerade erst aus meinem Abteil gekommen.«

»Und Meg, ist sie in Sicherheit?« Er zeigte auf das Abteil zwei Türen weiter.

»Ich weiß es nicht. Warum fragen Sie?« Roz hatte offensichtlich die Augenbrauen hochgezogen, da Phil rot anlief und sagte: »Man hört halt nie auf, sich als Lehrer verantwortlich für seine Schüler zu fühlen. Ich mache mir auch Sorgen um die Gruppe Studis.«

»Natürlich.« Ein vielsagendes Schweigen hing in der Luft.

»Ich ziehe mir schnell was über und komme dann zu Ihnen in den Club Car«, sagte Phil, hob den kleinen Robert ebenfalls hoch und schlüpfte zurück in sein Abteil.

Roz klopfte an alle Abteiltüren und rief: »Aufstehen, alle aufstehen! Kommen Sie in den Speisewagen!« Aus Megs und Grants Abteil antwortete niemand, aber vielleicht waren sie ja immer noch im Club Car. Roz erstellte im Geist eine Checkliste:

1. Herausfinden, wie viele Personen in Edinburgh und anderen Bahnhöfen ausgestiegen sind.
2. Alle verbliebenen Passagiere durchzählen.
3. Erste Hilfe leisten, wenn nötig, auch bei Schock.

Da fiel ihr ein, dass sie das weltbeste Mittel gegen Schockzustände dabeihatte. Roz eilte durch den Gang zurück zu ihrem Abteil. Es war seltsam, nicht mehr das rhythmische Schwanken und die gleichmäßige Bewegung der Räder zu spüren. Ihr fehlte etwas. Besonders, dass der Zug ihre Gebete nicht mehr verstärkte.

Roz holte ein Tütchen mit Taiblet und die Dose mit selbst gebackenem Shortbread aus dem Koffer. Sie konnte später für neue

Plätzchen sorgen; in diesem Moment waren hier Menschen, die Zucker brauchten. Roz musste an etwas denken, das ihre Mutter zu ihr gesagt hatte, als sie in dem Sommer vor ihrer Erkrankung zum letzten Mal Apfelkuchen zusammen gebacken hatten: »Der beste Kuchen in einem Notfall ist jede Art von Kuchen. Und die beste Hilfe, in egal welcher Krise, bist du, mein Schatz. Wenn etwas schiefgeht, bewahrst du immer einen klaren Kopf und eine feste Stimme. Du hast am meisten Power, wenn viel auf dem Spiel steht. Denk daran, wenn du dich pensionieren lässt. Dann brauchst du etwas anderes, um diesen Teil von dir zu befriedigen.«

Und das stimmte. Kaum war eine Krise eingetreten, hatte Roz einen klaren Fokus und wusste, was zu tun war. Ihr wurde klar, dass sie das brauchte. Polizistin war sie nicht mehr. Aber was würde ihr jetzt Energie geben, abgesehen vom Dasein als Mutter und Großmutter?

FÜNFUNDZWANZIG

Auf dem Gang begegnete Roz dem aufgeregten, atemlosen Aidan.

»Willst du nach deinem Dad schauen?«, fragte sie.

»Und den Kleinen«, antwortete er.

»Ich habe gerade mit ihm gesprochen, denen geht es gut. Sie sind nicht mal aufgewacht, als wir entgleist sind, sondern erst vom Lärm auf dem Gang.«

Aidan lachte. Die roten Flecken auf seinen Wangen wurden langsam etwas schwächer.

»Dein Dad zieht sich gerade an, er kommt in ein paar Minuten in den Club Car. Ich wette, er würde sich total freuen, wenn du ihm einen Kaffee besorgst.«

Aidan nickte wie ein eifriger kleiner Junge, kehrte auf der Stelle um und machte sich an die Arbeit.

Als sie in den Speisewagen kamen, saßen Mary, Tony und Ember schon in einer eigenen Sitznische. In der Nische daneben lag Liv auf der Bank zusammengerollt, mit dem Kopf auf dem Schoß ihrer Mutter Sally, die zusammengesackt in der Ecke saß, eine Sabberkruste am Kinn. Sie hatte offensichtlich die gesamte Zugentgleisung verschlafen. Grant hatte sich auf einer Sitzbank ausgestreckt und drückte sich ein zusammengerolltes Küchenhandtuch an die Schläfe. Craig saß an einem der dreieckigen Tischchen und blickte hinaus in den Schnee. Er schenkte Roz ein Lächeln, und sie fühlte sich sofort ruhiger.

Aidan stand pflichtschuldig am Tresen und holte Kaffee. Sam, Blake und Ayana saßen in einer eigenen Sitznische, die Köpfe über den Tisch zusammengesteckt, ihre Gesichter begeistert. Sie redeten darüber, dass sie eine Schneeballschlacht veranstalten wollten und was sie ihren Leuten daheim erzählen würden. Für Roz war es einfach nur schrecklich, hier festzustecken. Für die drei war es ein herrliches Abenteuer.

»Wo ist Beck?«, fragte Roz.

»Ist vor ein paar Stunden ins Bett gegangen. Muss wohl noch schlafen.«

Hinter dem Tresen war Oli vollauf damit beschäftigt, die Frühstückstabletts fertig zu machen und heiße Getränke aufzubrühen. Als Roz auf ihn zuging, lief ihr beim Kaffeeduft schon das Wasser im Mund zusammen.

»Wo sind wir hier?«, fragte sie und sah aus dem Fenster. Ein orangeroter Streifen umrandete eine schwarze Bergkette. Es schneite so heftig, als wolle es nie wieder aufhören.

»In den Grampians, also noch in den südlichen Highlands. Das vor uns ist der Ben Doran«, sagte Oli und zeigte auf den spitz wie eine Pyramide aufragenden Berg. »Auch unter dem Namen Beinn Dòrain bekannt.«

»Also am Arsch der Welt.«

»Ja. Und da hinten ist irgendwo der Berg der gehängten Märtyrer. Nicht der einladendste Ort, um anzuhalten.« Er seufzte und schenkte Roz eine Tasse Kaffee ein. »Aber wenigstens haben wir genug alkoholische Getränke, Essen, Kaffee und Tee.«

Roz nahm die Tasse dankend entgegen und ließ sich einen Augenblick Zeit, um den ersten Schluck zu genießen.

»Es gibt ein Gedicht über diesen Berg«, sagte Sam und zeigte auf den schneebedeckten Kegel. »Es stammt von Duncan Ban MacIntyre. Das Gedicht heißt ›Moladh Beinn Dòbhrain‹.«

»Gepriesen sei Beinn Dòrain«, sagte Roz. Sie war wieder einmal erstaunt, dass ihre seit Langem brachliegenden Gälischkenntnisse sich sofort wieder meldeten.

»Richtig!«, sagte Sam mit leuchtenden Augen. So begeistert

hatte Roz den nonbinären Studierenden bisher kaum erlebt. Sam stand auf, rezitierte und ging dabei im Speisewagen auf und ab:

An t-urram thar gach beinn
Aig Beinn Dòbhrain.
De na chunnaic mi fon ghrèin
'S i bu bhòidhche leam ...

Sams klangvolle Stimme erfüllte den Wagen und schien bis hinaus zu Beinn Dòrain selbst dröhnen zu wollen.

Der gesamte Club Car schwieg.

»Ich könnte euch auch noch den Rest aufsagen«, unterbrach sich Sam, verunsichert durch die mangelnde Reaktion der anderen. »Aber so gern höre ich meine Stimme nun echt nicht.«

»*Ich* höre sie aber sehr gern«, sagte Blake. »Wie viele Strophen hat das Gedicht?«

»Acht.« Sam errötete.

»Du kannst sie mir später aufsagen«, sagte Blake und stellte sich neben Sam.

»Worum geht's in dem Gedicht?«, fragte Ayana.

»So gut kann ich leider nicht aus dem Gälischen übersetzen«, antwortete Roz.

Sam legte die Hände aneinander. »Es ist ein Liebeslied an den Berg. MacIntyre war Wildhüter hier in der Gegend und hat diese Landschaft sehr geliebt.«

»Großartig«, sagte Craig. »Der Berg und das Gedicht, das ich so mit Ach und Krach verstehen konnte.«

»Was ich einfach irre finde«, sagte Blake und küsste Sam. »Ich kann kein Gälisch, aber ich kann die Hügel und Berge im Versmaß spüren. Die Täler und Schluchten sind da im Auf und Ab der Silben, die Landschaft bewohnt die Konsonanten.« Er betrachtete Sam voller Lust. »Ich wusste gar nicht, dass du das R so rollen kannst.« Sam schien nicht das einzige sapiosexuelle Wesen in der Gruppe zu sein.

Sich von Wissen angeturnt zu fühlen, konnte Roz gut nachvollziehen. Glaubte sie zumindest. Sie fand es auch extrem sexy, wenn jemand sein Wissen mit ihr teilte. Dass Craig Gälisch konnte, zum Beispiel, machte ihn noch mal wesentlich attraktiver. Sie wünschte bloß, das Gefühl würde sich verziehen.

Sie wandte den Blick von ihm ab und sah aus dem Fenster. Es schneite noch heftiger. Trotzdem versuchte die Sonne aufzugehen, was die Landschaft geradezu überirdisch wirken ließ. Die Schneeflocken glitzerten in der Luft wie Pixel. Roz ging mit der Nase dicht an die Scheibe. In der Außenbeleuchtung am Zug waren tiefe Fußstapfen zu erkennen, die vom Zug wegführten.

Sie zeigte auf die Spur im Schnee und fragte Oli: »Haben Sie Beefy oder Bella draußen auf dieser Seite der Gleise gesehen?«

»Nein.« Oli warf einen Blick nach draußen. »Ich habe niemanden gesehen.« Oli schüttelte sich. »Ist ja sicher bitterkalt da draußen.«

Roz dachte an den blinden Passagier ohne seinen Mantel. »Ich weiß, das klingt jetzt vielleicht ein bisschen seltsam. Aber wären Sie eventuell bereit, den Spuren zu folgen, wenn Sie das Frühstück fertig serviert haben? Ich mache mir Sorgen, dass jemand dort draußen herumirren könnte. In diesem Wetter ...«

»Gar kein Problem«, antwortete Oli. »Ich würde mir ganz gern mal die Füße vertreten. Sobald die Sonne richtig aufgegangen ist, sieht es bestimmt super aus da draußen.«

»Aber bitte seien Sie extrem vorsichtig. Es ist noch nicht richtig hell, und man weiß nicht, was sich unter dem Schnee verbirgt. Gehen Sie ganz langsam, immer genau in den Fußstapfen, damit Sie wissen, wie tief der Schnee ist.«

Oli rieb sich die Hände und grinste. Er schien die Situation ebenfalls zu genießen. Für ihn war es ein echtes Abenteuer, im Schnee in einem entgleisten Zug festzustecken. Roz fragte sich einen Augenblick, ob es nicht schön wäre, auch noch einmal zwanzig zu sein. Dann schauderte sie. Sie war lieber eine Neunundvierzigjährige, der alles am Arsch vorbeiging, an den ihr schon ewig kein Mann mehr gegangen war.

»Wissen Sie, wie viele Passagiere noch im Zug sind?«, fragte sie.

Oli holte ein Formular unter der Kaffeetheke hervor. »Das hat Beefy gestern Nacht ausgefüllt – ganz sicher sind wir uns nicht, weil ein paar in Edinburgh ausgestiegen sind. Wir gehen davon aus, dass noch siebzehn Fahrgäste an Bord sind.« Also achtzehn zusammen mit dem blinden Passagier, dachte Roz.

»Und das Zugpersonal besteht nur aus drei Personen?«

»Normalerweise wären wir mehr, aber mit den vielen ausgefallenen Zügen waren nur wir drei bereit, nach Fort William zu fahren, für den Fall, dass wir morgen nicht nach Hause können. Beefy wäre natürlich lieber in London, aber er hat ein paar Verwandte in Schottland, die von Bella sitzen in Tulloch. Nur ich bin dann gestrandet.«

»Ich kann mir schlimmere Ort vorstellen, an denen man stranden könnte«, sagte Roz. Erstaunt merkte sie, dass sie das ernst meinte.

Bella kam mit langen Schritten in den Speisewagen, blies in die Hände und klopfte sich den Schnee von den Stiefeln. »Guten Morgen. Ich bin Bella, Ihre Zugführerin. Leider fahren wir momentan nicht, wie Sie sicher gemerkt haben, wofür ich mich an dieser Stelle entschuldigen möchte. Diese Situation ist natürlich alles andere als erfreulich. Ich habe die Techniker verständigt, die so bald wie irgend möglich kommen werden. Aber das kann eine Weile dauern, so leid es mir tut. Mir wurde mitgeteilt, dass unsere Rettung sich etwas hinauszögern wird, da die Straße derzeit unpassierbar ist und bei Tulloch ein Baum auf den Gleisen liegt. Ich habe der Mannschaft mitgeteilt, dass wir Priorität haben, da sich Kinder und alte Leute im Zug befinden –«

»Machen Sie mal meinetwegen keinen Aufstand, Fräuleinchen«, rief Mary. »Ich amüsiere mich bestens.« Sie zeigte auf die Flasche Portwein auf dem Tisch. »Tony hat unseren Koffer geräubert. Die wollten wir eigentlich zum Weihnachtsfest mitbringen, aber ich würde sagen, wir besorgen einfach eine neue, wenn wir dann irgendwann mal da sind.«

Beim Gedanken an Heather, Ellie und das Neugeborene ging Roz' Puls nach oben. »Gibt es denn keinerlei Möglichkeit, das Ganze zu beschleunigen? Damit wir als Erste drankommen?«

»Ich habe schon erwähnt, dass wir Promis an Bord haben, das dürfte dafür sorgen, dass die Retter einen Zahn zulegen. Und wenn Sie ordentlich viel twittern, dass wir hier feststecken, werden sich die Räder noch ein bisschen schneller drehen. Aber das haben Sie nicht von mir.« Sie hielt den Zeigefinger an die Lippen. »Essen und nichtalkoholische Getränke sind kostenlos, solange die Vorräte reichen. Also lassen Sie sich's schmecken, haben Sie ein bisschen Geduld, und bleiben Sie weg von der Zugspitze.« Und damit ging sie schon auf die Tür zu, drehte sich aber noch einmal um: »Und genießen Sie die schöne Aussicht!« Sie eilte davon, bevor irgendjemand unangenehme Fragen stellen konnte.

Roz ließ den Blick durch den Wagen gleiten und klatschte in die Hände. Das aufgeregte Geschnatter erstarb, und die Versammelten blickten sie an. »Ist irgendjemand verletzt?«, fragte sie.

»Ich habe mir den Kopf aufgeschlagen«, sagte Grant.

»Haben Sie Eis draufgelegt?«

Grant zeigte anklagend auf Oli. »Er hat kein Eis mehr, da musste ich nach draußen und mir Schnee holen. Den habe ich hier reingepackt.« Er legte sich das mittlerweile durchnässte Handtuch wieder auf die Stirn und verzog das Gesicht.

»Waren Sie ohnmächtig?«, fragte Roz.

Grant schüttelte vorsichtig den Kopf. »Nein.«

»Haben Sie Kopfschmerzen?«

»Ich habe mir den Kopf gestoßen«, schnappte er. »Natürlich tut er weh.« Er trank einen Schluck aus einer halb leeren Bierflasche und zog eine Grimasse.

»Roz versucht nur festzustellen, ob du eine Gehirnerschütterung hast, Freundchen«, sagte Mary. Ihre Stimme war schneidend.

»Möglich ist es natürlich«, sagte Roz und baute sich vor Grant auf. »Da Sie vor und offensichtlich auch nach dem Unfall Alkohol zu sich genommen haben, würde ich Sie normalerweise direkt in die Notaufnahme schicken. Alkohol ist eine ganz schlechte Idee, wenn man ohnmächtig war. Aber da völlig unklar ist, wann wir hier weg oder womöglich gar in die Nähe eines Krankenhauses kommen, empfehle ich einfach ausruhen, wach bleiben und keinen Alkohol mehr trinken.«

Grant gab ein zynisches Lachen zum Besten.

Als Roz das Wort »Krankenhaus« aussprach, musste sie sofort ihr Handy herausholen, aber es gab keine neuen Nachrichten von Ellie und keinen Sterbenslaut von Heather. Was, wenn ihr Zustand sich verschlechterte? Sie dachte an das, was sie beim Googeln herausgefunden hatte: dass Schwangerschaftsvergiftungen zu einem lebensbedrohlichen Komazustand führen konnten. Panik machte sich in ihr breit, als sie an das letzte Gespräch dachte, das sie mit Heather geführt hatte. Was, wenn sie nie wieder miteinander sprechen würden, und das wären ihre letzten Worte gewesen?

Sie brauchte etwas zu tun. Anders würde sie diese Ungewissheit nicht überleben.

Sie bemerkte das angetrocknete Erbrochene auf Grants Hemd. »Mussten Sie sich übergeben?«

»Das ist nicht von mir«, sagte Grant angewidert.

»Sie sind also öfter mit vollgekotzten Sachen unterwegs?«

»Meg ging es nicht gut«, erklärte Aidan. »Es ist ihr hochgekommen. Ich hab auch ein bisschen was abgekriegt. Kurz bevor wir entgleist sind.«

»Und wo ist sie jetzt?«, wollte Roz wissen.

Grant zuckte nur die Achseln, ohne ihren Blick zu erwidern. Dem schuldbewussten Ausdruck nicht nur auf seinem, sondern auch auf anderen Gesichtern zufolge, musste etwas vorgefallen sein.

»Und Sie sind nicht auf die Idee gekommen, nach der Entgleisung vielleicht mal nach ihr zu sehen?«, fragte Roz. »Oder jetzt vielleicht?«

»Mir geht's nicht gut, ich muss mich ausruhen.«

»Von mir aus. Dann gehe ich eben. Ich gucke auch gleich nach Beck, aber ich brauche die Schlüssel, falls die beiden noch schlafen oder verletzt sind.«

Ayana gab ihr die Schlüsselkarte für ihr und Becks Abteil, Grant holte seine aus der Tasche. »Bitte, viel Spaß mit Meg«, sagte er. Dann ließ er sich wieder auf die Bank sinken. Nicht gerade die ideale Methode, um das Einschlafen zu verhindern, aber Roz verspürte keinerlei Lust, ihm das noch mal zu sagen.

Roz legte die selbst gemachten Süßigkeiten aus ihrem Abteil auf einen der dreieckigen Tische und sagte: »Bitte, bedienen Sie sich – selbst gemachtes Taiblet mit Whisky und Rosinen und Shortbread mit Gewürzen. Das hält Sie bis zum Frühstück bei der Stange.«

SECHSUNDZWANZIG

Roz klopfte an Becks Tür. »Sie werden gebraucht, Beck. Aufstehen!« Sie versuchte, möglichst locker zu klingen, mit einem kleinen bisschen Frost in der Stimme.

»Gehen Sie weg.« Becks Stimme klang gedämpft.

»Das kann ich nicht, so leid es mir tut. Alle müssen sich im Club Car versammeln.«

»Sie können mich nicht zwingen.«

»Da ist was dran.« Roz dachte einen Moment nach. »Aber ich kann es Ihnen hier so ungemütlich wie möglich machen.« Sie fing an, »Mull of Kintyre« in höchster Lautstärke zu singen, ohne groß auf Melodie oder Worte zu achten. »Singen Sie doch mit, wie wär's?«

Es dauerte weniger als eine Minute, bis Beck an der Tür war. Ihre Haare standen wild ab, und ihre Strickjacke war schief zugeknöpft. »Warum haben Sie mich nicht einfach schlafen lassen? Ich bin unverletzt, die Reling am Stockbett hat mich festgehalten.«

»Aber dann hätten Sie den Sonnenaufgang verpasst.«

Beck blickte aus dem Gangfenster in die Dunkelheit. »Aha. Hübsch.« Sie schlurfte davon.

»Ach, übrigens. Haben Sie gewonnen?«, rief Roz ihr hinterher.

»Natürlich«, antwortete Beck, ohne sich umzudrehen.

Roz wollte gerade an Megs Tür klopfen, als Phil und die Kinder vorbeikamen. Er wirkte besorgter als noch zehn Minuten zuvor. »Sally ist ja nicht sauer auf mich, oder?«

»Warum sollte sie?«

»Ich frage ja nur«, sagte er und eilte seiner verkaterten Frau entgegen. In diesem Zug mussten nicht nur die Waggons dringend entkoppelt werden.

Anfangs klopfte Roz noch leise. »Ist alles in Ordnung, Meg?«

Kein Laut aus dem Abteil. Sie klopfte wieder, diesmal kräftiger. »Sind Sie da drin? Ich bin's, Roz, die gestern das Quiz vorgeschlagen hat. Ich will nachsehen, ob alle unverletzt sind. Darf ich reinkommen?«

Keine Antwort.

Roz hielt Grants Schlüsselkarte an die Klinke, aber sie ging nicht auf. Die Tür musste von innen verschlossen sein.

»Gibt es Probleme, Madam?«, fragte Beefy, der durch den Gang auf sie zukam. Er war so groß, dass er das Licht blockierte.

»Es heißt Ma'am«, erwiderte Roz automatisch, wie zu allen Untergebenen während ihrer Berufsjahre.

»'tschuldigung, *Ma'am*«, sagte Beefy, Verwirrung auf dem zerknirschten Gesicht.

»Nein, ich ent… ach, vergessen Sie's. Der Spruch stammt noch aus meiner Zeit bei der Polizei. Jetzt bin ich wieder Normalbürgerin, habe mich aber noch nicht dran gewöhnt.«

»Bella hat gesagt, Sie wären bei der Kriminalpolizei gewesen. Respekt.« Er salutierte mit seiner Pranke parallel zum Gesicht.

»Danke, aber warten Sie lieber erst mal ab, ob ich den Respekt auch verdiene. Den hat nicht jeder automatisch verdient. Aber, um auf Ihre Frage zurückzukommen, ja.« Sie zeigte auf das Abteil. »Meg antwortet nicht, und es ist von innen abgeschlossen.«

»Hallo?«, rief Beefy direkt an der Tür. »Miss Meg?«

Immer noch Schweigen.

Eine ihr nur zu gut bekannte, eiskalte Angst überkam Roz. Das Gefühl, dass sich hinter einer geschlossenen Tür etwas Schreckliches abspielte. Sie wandte sich an Beefy. »Gibt es irgendeine

Überbrückung, sodass man die Tür von außen öffnen kann, wenn von innen abgeschlossen ist?«

»Normalerweise schon«, sagte Beefy. »Aber aufgrund unseres Unfalls sind mehrere elektrische Systeme des Zugs ausgefallen. Bella arbeitet gerade daran.«

»Können Sie das Schloss aufbrechen?«

»Glauben Sie wirklich, das muss sein?«

Als Roz nickte, musterte Beefy die Tür. »Ich versuch mal mein Glück.« Er atmete tief ein, dass seine Brust sich weitete, und warf sich gegen die Tür. Sie gab ein klein wenig nach, blieb aber nach wie vor verschlossen. Beefy rieb sich die Schulter. »Gar nicht so einfach, wenn man keinen Anlauf nehmen kann. Glauben Sie wirklich, Meg ist da drin?«

»Ich hoffe nicht, da sie keine Antwort gibt. Aber es ist von innen verschlossen, und niemand hat sie gesehen.«

Beefys Sorgenfalten gruben sich tiefer in die Stirn, und er nickte. Dann warf er sich mit seinem gesamten Körpergewicht gegen die Tür, sie gab nach, und er krachte ins Abteil und fing sich mit einer Hand an der Nasszellenwand ab. Roz konnte nicht an ihm vorbeiblicken, aber so, wie er keuchte und schwer atmete, ließ sie das Schlimmste befürchten.

»Verlassen Sie besser das Abteil, Beefy.« Sanft legte Roz ihm die Hand auf den ausgestreckten Arm. Er bebte.

»Ich versteh das nicht«, sagte er und stolperte zurück auf den Gang. Flehend sah er Roz an, als könne sie alles erklären und wieder in Ordnung bringen.

Aber das konnte sie nicht.

Meg lag mit verdrehtem Körper auf dem Boden. Unter ihrem Kopf war eine halb angetrocknete Blutlache. Von ihrer Warte aus konnte Roz nur ein Auge erkennen, aber das war geschwollen und offen und blinzelte nicht. Roz brauchte den kleinen Raum nicht zu betreten, um zu wissen, dass Meg tot war.

Trotzdem musste sie sichergehen. So verlangte es das Protokoll, für den Fall, dass ein Leben noch gerettet werden konnte. Aber es war auch ein rein menschliches Bedürfnis, sicherzugehen, dass wirklich nichts mehr getan werden konnte. Vorsichtig machte Roz einen großen Schritt zu dem kleinen Fleckchen Boden, das nicht mit Kleidungsstücken oder Kosmetika bedeckt war. Sehr vorsichtig ging sie in die Hocke und fasste nach Megs Hand. Ein wenig Wärme war noch in der Haut, aber nicht mehr viel. Roz konnte die Fingerspitzen noch so lange innen an Megs Handgelenk drücken, ein Pulsschlag war nicht zu spüren. Sie wollte die Halsschlagader überprüfen und erstarrte. Überall an Megs Hals waren rote Kratzspuren zu sehen, als hätte sie versucht, die Hände von jemandem gewaltsam wegzudrücken. Jemand hatte ihr wehtun wollen. Und hatte damit Erfolg gehabt.

Eine Welle der Trauer brach über Roz zusammen. Das arme Mädchen. Hatte für die Likes von anderen gelebt und in sich selbst kein Glück finden können. Roz musste an Grant denken, wie schlecht er Meg behandelt hatte. Die Traurigkeit verflog und wurde zu Zorn. Ihr stieg die Galle hoch, und sie bekam Sodbrennen. Selbst wenn Grant sie nicht umgebracht hatte, sagte ihr Bauchgefühl, dass er es versucht hatte, wenn auch vielleicht nur innerlich.

Beefy neben ihr weinte lautlos. »Sie ist tot, stimmt's?« Selbst jetzt war noch Hoffnung in seiner Stimme zu hören, dass sie ihm widersprechen würde.

Roz nickte.

»Aber wie ist so was möglich?« Er blickte zwischen Roz und Meg hin und her. »Sie kann doch nicht bei dem Zugunglück gestorben sein? So schlimm war das mit der Entgleisung gar nicht.«

»Ich weiß es nicht.« Roz konnte allerdings Vermutungen anstellen.

»Aber Sie werden es herausfinden. Ja?« Beefy drückte seine Pranken bittend aneinander. Die Tränen liefen ihm in Sturzbächen das Gesicht hinab.

»Ich arbeite nicht mehr bei der Polizei.« Das hier war ein klarer Fall von »nicht ihr Zirkus«. Sie konnte dieser ganzen Sache einfach den Rücken kehren und die Aufklärung bezahlten Polizeibeamten überlassen.

»Aber wenn sie nicht bei der Zugentgleisung umgekommen ist, hat sie dann jemand ermordet?« Beefy machte eine Kopfbewegung in Richtung des Leichnams und weinte dabei noch immer.

»Das ist eine Möglichkeit, die man nicht unbeachtet lassen darf«, sagte Roz. Die Floskeln von früher streifte sie so schnell wieder über wie einen bequemen alten Mantel.

Beefy ballte die Hand. »Ich wette, er war's. Dieser vorlaute Arsch Grant.«

»Solche Spekulationen helfen uns nicht weiter.« Dabei hatte er vermutlich recht. Wenn es sich nicht um einen Unfall handelte – und danach sah es nicht aus mit den Striemen an ihrem Hals –, dann war Grant der einleuchtendste Verdächtige.

»Bitte helfen Sie ihr.« Beefys Stimme kam ganz klein aus seinem großen Körper.

»Ich bin nicht mehr dafür zuständig, Beefy.«

»Aber Sie sind ausgebildete Polizistin, und Sie sind hier. Und gestern Abend haben Sie Meg beobachtet, das habe ich genau gesehen.«

Wenn Beefy sie beobachtet hatte, hatte er vermutlich auch Grant im Auge behalten. Gut möglich, dass er etwas wusste, womit er der Untersuchung weiterhelfen konnte.

Aber es war ja nicht ihr Fall. »Ich kann nichts weiter tun, als Ihnen zu empfehlen, das Abteil hier zu versiegeln, damit keine Spuren verwischt werden. Grant muss – wenn möglich – in ein anderes Abteil verlegt werden. Es ist unwahrscheinlich, dass er uns wegläuft. Wenn er's tut, wird er da draußen vermutlich erfrieren. Aber wir müssen sicherstellen, dass er von der Polizei verhört werden kann, sobald diese eintrifft.«

»Aber das kann doch noch ewig dauern! Ich habe einmal vierunddreißig Stunden in den Highlands festgesteckt. Und das war ohne ein Verbrechen an Bord. Sobald die Polizei hier eintrifft, wird alles durchsucht, und wir werden einzeln mitgenommen zur Befragung. Das kann Tage dauern.«

Erneut kam Panik in Roz auf. So viel Zeit hatte sie nicht, unmöglich. Heather brauchte sie. Heiligabend und womöglich noch den ersten Weihnachtsfeiertag im Zug, das ging auf gar keinen Fall. Sie zog das Handy aus der Tasche. Sie hatte Netz, wenn auch schwach, einen Balken. Aber es gab keine Nachrichten von Heather oder dem Baby. Die Ärzte mussten doch mittlerweile längst die Morgenvisite gemacht haben?

»Außerdem«, fuhr Beefy fort. »Wenn es nicht Grant war, dann ist der Mörder jemand anderes in diesem Zug. Und mir wär es echt lieber, wenn Sie den finden würden, bevor noch was passiert.«

Beefy hatte recht. Der Mörder musste identifiziert und festgenommen werden. Und wenn Roz ausreichend Beweise beisammenhatte, würde die Polizei die Fahrgäste vielleicht nicht allzu lange verhören müssen. Es gab nur wenig Aussicht auf Erfolg, aber was sollte sie sonst tun? Eine schreckliche Erinnerung nach der anderen durchleben? In ihrem winzigen Abteil konnte sie nicht endlos auf und ab laufen, und irgendwann hätte sie sich auch die Haare alle ausgerauft. Sie hatte keine Wahl, sie musste herausfinden, was mit Meg geschehen war.

Roz schaltete auf Professionalität um. Das war einfacher und produktiver, als sich von ihren Gefühlen beherrschen zu lassen. Dabei wurde sie bei ihren Untersuchungen oft vom Zorn angetrieben. Der gab ihr die Energie, das zu tun, was sie tun musste. »Wählen Sie den Notruf 999«, sagte sie zu Beefy. »Wir benötigen einen Krankenwagen und ein forensisches Team, das einen vermutlichen Mordschauplatz untersuchen kann. Fragen Sie, wie wir Grant in seinem Abteil vorübergehend unter Arrest stellen können, ohne dass wir für Freiheitsberaubung einen auf den Deckel kriegen. Ich brauche außerdem hygienische Einweghandschuhe, Schuhüberzieher, die Sie vielleicht bei den Putzsachen haben, und Ziplock-Beutel, wenn Sie welche haben.« Roz dachte über die möglichen Probleme bei der Untersuchung eines solchen Falls nach, über die Sicherung und Erfassung der Spuren. »Abgesehen von Grant, sollen alle im Club Car bleiben.« Normalerweise würde sie eine solche Untersuchung nicht allein durchführen. Sondern mit jemandem, der das Gesetz kannte und ein Auge für Details hatte. »Könnten Sie Craig bitten herzukommen?«

Mit vor Schock glasigen Augen nickte Beefy. Schniefend eilte er durch den Gang davon.

Roz stand an der Tür und ließ den Blick durch das Abteil gleiten. In den Jahren bei der Kriminalpolizei hatte sie ihre eigene Methode entwickelt, wie sie Tatorte untersuchte, vor Ort oder auf Fotos. Eingehend betrachtete sie jeden Abschnitt des Abteils, als sei es ein Puzzle, das sie zusammensetzen musste. Jetzt war sie froh, dass sie diese Technik hatte. Sie schaffte Distanz zwischen ihr und dem Grauen.

Megs selbst gemachter Weihnachtsschmuck lag im ganzen Abteil verstreut. Ein zerrissenes Papierpüppchen lag traurig auf Megs verdrehtem Rumpf. Hinter dem Bild an der Wand steckte ein Zweiglein mit Misteln daran, der restliche Mistelzweig lag in der Nähe der Leiche. Am Rand des Waschbeckens war Blut, möglicherweise hatte Meg sich dort den Kopf aufgeschlagen. Überall lagen Kleidungsstücke und Kosmetika verteilt, auf dem Bett, auf dem Boden, im Waschbecken, in der kleinen Nasszelle. Durchaus denkbar, dass dieses Chaos bei der Entgleisung entstanden war. Aber das Abteil war derart durcheinander, dass es eher aussah, als wäre es bei dem Überfall auf Meg verwüstet worden. Oder vielleicht hatte jemand das Abteil nach ihrem Tod durchsucht?

Eine Menge Tiegel und Tuben waren auf den Boden gefallen. Viele teure Marken waren darunter, von denen Roz schon einmal gehört hatte – Crème de la Mer, Dr. Barbara Sturm, Augustinus Bader, Estée Lauder, Chanel –, und eine Menge andere, die ihr unbekannt waren: Advanced Snail 92, Atropa-Augentropfen, Anese-Calm-Your-Tits-Brustmaske und Le Tush Clarifying Butt Mask. Eine Dose Lush-Silky-Underwear-Körperpuder hatte sich über den Boden verteilt, sodass es nach Jasmin und Vanille roch. Am Rand des Puders gab es einen Abdruck – eine geschwungene und mehrere gerade Linien. Nicht genug, um einen Fußabdruck klar erkennen zu können. Der kleine Spiegel in der Puderdose war zersplittert. Roz zählte die Spiegelscherben, die wie Sterne auf einem Himmel verteilter Kleider lagen.

Sie konzentrierte sich auf Megs Leiche. Sie war voll bekleidet, worüber Roz instinktiv sehr erleichtert war. Sie wies nicht nur die roten Kratzspuren am Hals, den blauen Fleck am Oberarm und die gelben Striemen ums Handgelenk auf, sondern auch eine leichte Verfärbung am Kinn, die Roz vorher nicht aufgefallen war. Sie wusste, dass sie keine voreiligen Schlüsse ziehen durfte. Im Dienst hätte sie das auch niemals laut ausgesprochen – aber sie hätte darauf wetten können, dass es noch andere Anzeichen von Gewalt an Megs Körper gab.

Sie holte das Handy heraus und fing an zu fotografieren. Erst Bilder vom Abteil, Nahaufnahmen von jedem Gegenstand darin, dann von der Tür und vom Fenster. Schließlich machte sie Bilder von Meg. Ganzkörperfotos, Details ihrer blauen Flecken und Verletzungen. Seltsamerweise war es das Bild von Megs Hand, die mit gekrümmten Fingern beinahe an ihr Handy mit dem gesplitterten Display reichte, das sie fast zum Weinen brachte. Als wolle Meg selbst im Tod noch danach greifen. Nach einem Abend in ihrer Nähe und einem kleinen bisschen Cyberstalking wusste Roz, dass Megs Leben sich auf ihrem Handy abgespielt hatte und das Ding sie selbst im Tod nicht losließ. Aber vielleicht war auch etwas darauf zu finden, das bei den Nachforschungen helfen würde.

Die nächsten Fotos galten der möglichen Todesursache. Natürlich konnte sie diese so nicht genau feststellen, aber sie machte Aufnahmen aller Anzeichen, dass Meg möglicherweise erstickt war, verbunden mit plötzlichem Herzstillstand. Das Weiß ihrer Augen war mit Petechien gesprenkelt. Aus ihrem rechten Nasenloch war Blut geronnen. Meg wies Anzeichen von Cyanose auf, ihre Lippen und Fingernägel waren krankenhausblau verfärbt.

Eine Autopsie würde hoffentlich zeigen, ob Meg erstickt, erwürgt oder – die andere Möglichkeit bei einem Erstickungstod – vergiftet worden war. Man würde nach Hautabschürfungen, kleinen Fremdkörpern in Mund und Lunge, einer Lungenprellung, Stauungsblutungen, Kompression der Halsweichteile, Bruch des Zungenbeins, gebrochenen Rippen, Giftstoffansammlungen in Blut und Gewebe suchen ... Wenn Grant oder jemand anderes Meg ermordet hat, dann würde man sie aufschneiden und ihren Körper noch einmal vergewaltigen müssen, um das herauszufinden.

Die andere Frage war: Wie hatte jemand Meg in einem abgeschlossenen Abteil ermorden können? Die Tür war von innen manuell verriegelt worden. Das geschlossene Fenster wies keine Spuren gewaltsamen Eindringens auf. Meg war in ihrem Abteil ermordet worden, obwohl sie als Einzige darin gewesen war.

»Beefy hat mir gesagt, Sie könnten ein bisschen Hilfe gebrauchen«, sagte Craig, als er durch die Automatiktür am Ende des Gangs trat. Er hielt sich aufrechter und wirkte weniger schäbig. Mehr wie ein Staatsanwalt. Eine Welle der Dankbarkeit und Erleichterung überkam Roz. Craig reichte ihr Schachteln mit blauen Einweghandschuhen, Schuhüberziehern und Plastikbeuteln.

Als er neben Roz trat, hielt er entsetzt die Luft an und drückte die Hand an den Mund. Schweigend betrachteten sie die Szene vor sich. Roz hatte oft den Eindruck, dass Tatorte besonders schwer und feierlich wirkten, als laste die Luft schwerer auf ihnen.

Sie zog Handschuhe und Schuhüberzieher an. »Nach Lebenszeichen habe ich bereits gesucht. Aber wenn ich einen Zeugen bei der Spurenaufnahme hätte, wäre das nicht schlecht.« Sie visierte das einzig freie Stück Teppich an und trat wieder in das Abteil hinein. Sie bückte sich, nahm Megs Handy mit handschuhbedeckten Daumen und Zeigefinger hoch, ließ es in eine der improvisierten Asservatentüten fallen und zippte sie zu.

Craig streckte Roz die Hand hin und half ihr zurück auf den Gang.

»Könnte es denn auch ein Unfall sein?« Hoffnung schwang in Craigs Stimme mit. »Schwer zu sagen, ob hier drin ein Kampf stattgefunden hat oder ob dieses ganze Durcheinander von der Entgleisung stammt. Vielleicht ist sie ja gestürzt und hat sich den Kopf aufgeschlagen?« Er zeigte auf das Blut am Rand des Waschbeckens.

»Dann haben wir aber keine Erklärung für die Würgemale an ihrem Hals oder die Anzeichen von Erstickung.«

Wieder standen sie im Schweigen vereint da. »Hätte ich nur letzte Nacht etwas unternommen, als sie sich gestritten haben«, sagte Craig. »Oder wäre ihr hinterhergelaufen, als sie vor der Entgleisung aus dem Club Car gerannt ist. Ich hatte drüber nachgedacht.«

»Aber sich dann gesagt, es gehe Sie nichts an?«

Er nickte.

»Wir hätten alle etwas unternehmen sollen, aber das konnten wir nicht. Nicht ohne ihre Zustimmung.« Roz hoffte, dass es so war. Weil sie mehr hätte unternehmen können, aber nur, wenn sie Meg gewaltsam von Grant weggezerrt und mal wieder gegen ihren Willen verstoßen hätte. »Manche Missbrauchsopfer haben das Gefühl, dass sie keine Hilfe verdienen.«

Schnell drehte er den Kopf zu Roz herum. »Das klingt, als würden Sie aus eigener Erfahrung sprechen.« Etwas an ihrem Ton musste sie verraten haben. Sie sah vor sich, wie ihre Mum sie gefragt hatte, immer und immer wieder, was los gewesen sei, als sie um sieben Uhr morgens nach Hause kam, am Morgen nach der Vergewaltigung. Zitternd und gebrochen hatte Roz in der Badewanne gesessen. Und sich zu sehr geschämt, um es ihrer Mutter zu erzählen. »Ich meine nur, dass es manchmal schwierig für die Opfer ist, über den Vorfall zu reden, aus vielen verschiedenen Gründen. Sie kennen das ja sicher sehr gut aus den Verhandlungen. Ich kenne weiß Gott genug Fälle, in denen die Staatsanwaltschaft entschieden hat, dass nicht genügend Beweise vorhanden seien, um ein Urteil wegen sexueller Gewalt sprechen zu können. Und die Opfer mussten das ganze Trauma, über das Geschehene zu sprechen, umsonst durchleben.«

Darauf gab Craig keine Antwort, sondern blickte ihr nur weiter suchend ins Gesicht, als wolle er sehen, was sich dahinter verbergen mochte. Roz wandte den Blick ab. »Was haben Sie jetzt vor?«, fragte er schließlich. »Und was kann ich tun?«

»Ich muss mit allen Fahrgästen sprechen. Mir wäre sehr geholfen, wenn mir der Staatsanwalt ausnahmsweise mal zur Seite stände. Ich will den Fall nicht subjektiv beeinflussen.« Sie blickte zum Fenster und überlegte, ob sie vielleicht draußen nach Spuren gewaltsamen Eindringens suchen sollten. »Wären Sie vielleicht so gut und könnten draußen nachsehen, ob der Täter durchs Fenster hätte eindringen können? Und bitte machen Sie auch ein paar Fotos vom Boden, bevor der Neuschnee alles zugedeckt hat.«

»Mache ich gern. Ich bin froh, wenn ich etwas tun kann.«

»Ich auch.« Eine willkommene, vertraute Gelassenheit breitete sich in ihr aus. Sie konnte etwas tun. Sie konnte noch *einer* Frau helfen, bevor sie endgültig im Ruhestand war.

SIEBENUNDZWANZIG

»Was soll ich hier?«, fragte Grant Beefy, als der ihn in ein Abteil führte, das von Reisenden nach Edinburgh leer hinterlassen worden war. »Sie haben gesagt, Sie wollten mir etwas zeigen, bevor die Presse Wind davon bekommt.«

»Zumindest müssen wir Ihnen etwas sagen«, erwiderte Roz.

Craig kam ebenfalls ins Abteil. Sein Gesicht war rosa von der Kälte draußen, seine Ohren leuchteten in einem liebenswerten Knallrot. Schneeflocken saßen in seinen graumelierten Haaren.

»Und?«, fragte sie ihn leise, als er im Türrahmen stand.

»Schwer zu sagen. Möglicherweise Stiefelabdrücke hin zum Fenster, aber es schneit zu heftig, um es genau zu erkennen.«

»Können wir jetzt mal zur Sache kommen?«, maulte Grant. »Ich will mein Frühstück.«

»Ich warte dann draußen, Ma'am«, sagte Beefy, trat auf den Gang und schloss die Abteiltür hinter sich.

»Vielleicht wollen Sie sich lieber setzen«, sagte Roz. Sie hörte, dass ihre Stimme die Tonlage »schlechte Nachrichten überbringen« angenommen hatte, leise, respektvoll und nachdrücklich zugleich.

»Ich bleib lieber stehen.« Grant holte seine E-Zigarre heraus und paffte daran herum. Rauch füllte den engen Raum. »Hat das was damit zu tun, was letzte Nacht passiert ist?«

»Und was ist da genau passiert?«, fragte Roz zurück.

»Lassen Sie die Spielchen. Sagen Sie mir einfach, wie viel Sie und der Dicke auf dem Gang wollen, dann sorg ich dafür, dass sich alles in Wohlgefallen auflöst, und kann mein Speckbrötchen essen. Okay?« Er zog ausgiebig an der E-Zigarre.

»Nur, damit ich Sie recht verstehe«, sagte Roz. »Versuchen Sie, uns zu bestechen?«

Grants Augen wurden schmal, und er sah zwischen Roz und Craig hin und her und versuchte, die Situation einzuschätzen. »Warum bin ich noch mal hier?«

»Wir müssen Ihnen leider schlechte Nachrichten überbringen.« Roz zeigte auf das Bett. »Meg ist verstorben.«

»Ich verstehe nicht. Was meinen Sie mit ›verstorben‹?«

»Ihre Freundin lebt nicht mehr, so schrecklich das ist«, sagte Craig. Seine Stimme war voller Mitleid.

Grant ließ sich auf das Bett sinken und klammerte sich am Bettrand fest, als könne er so Kopf und zitternden Körper zur Ruhe bringen. Er wurde sekündlich bleicher. Sein Mund bewegte sich, aber es kamen keine Worte heraus. Er atmete nicht mal seinen Dampf ein.

Diese Schockreaktion bedeutete allerdings nicht, dass er unschuldig sein musste. Roz hatte mitangesehen, wie erstaunt manche Menschen waren, dass die Person, die sie ermordet hatten, tatsächlich tot war. Besonders in Fällen von häuslicher Gewalt. Früher nannte man solche Vorkommnisse »Verbrechen aus Leidenschaft«, in manchen Ländern hießen sie auch immer noch so. Man stellte sich vor, dass alles in einem Gefühlswahn vor sich ging: Ein Nebel senkte sich aufs Gehirn, der höher entwickelte frontale Cortex hockte abwartend in der Ecke, während das primitive limbische System das Zepter an sich riss. Und wenn der frontale Cortex dann wieder am Steuer saß, konnte der Besitzer des Gehirns nicht begreifen, was da gerade geschehen war.

»Es kann nicht sein, dass sie nicht mehr da ist.« Grant blickte aus dem Fenster, als könne Beinn Dòrain ihm die Antworten geben, die Roz schuldig blieb.

»Doch, es ist leider so«, erwiderte Roz. »Ich habe sie gefunden.«

»Sie ist im Abteil?« Grant blinzelte, als versuche er, sich vorzustellen, wie es dort aussah, wenn Meg tot darin lag. Als Roz nickte, sagte er: »Ich muss sie sehen.« Er sprang auf und wollte zur Tür, aber Roz verstellte ihm den Weg.

»So leid es mir tut, aber das geht nicht. Niemand darf das Abteil betreten, bis Meg abtransportiert werden kann. Das ist Protokoll in einer solchen Situation.« Roz zog eine Grimasse, um Grant zu verstehen zu geben, dass diese Vorschriften nicht von ihr stammten und sie auf seiner Seite stand. Zumindest, solange das vorteilhaft war. »Bis zum Ende der Reise können Sie gern dieses Abteil haben.«

»Aber wie ist sie denn bloß gestorben?«, fragte Grant und setzte sich wieder aufs Bett. Er rutschte in die äußerste Ecke und hielt ein Kissen auf dem Schoß. Er sah wieder wie ein kleiner Junge aus und lutschte an seiner E-Zigarre wie an einem Lolli.

»Genau das müssen wir jetzt herausfinden. Und dabei können Sie uns helfen.« Roz holte ihr Handy heraus. »Wenn's Ihnen nichts ausmacht, würde ich unser Gespräch gern aufnehmen, nur, damit wir eine Aufzeichnung davon haben. Einverstanden?«

»Wofür kann das verwendet werden?«, fragte Grant. »Kann das als Beweis gegen mich benutzt werden?«

Roz hoffte, dass ihr Gesicht gleichgültiger wirkte, als sie sich fühlte. »Ich stelle nur sicher, dass wir nicht behaupten können, Sie hätten irgendwas gesagt, was gar nicht stimmt, wenn Sie verstehen, was ich meine.«

»Es ist Ihr Recht zu wissen«, sagte Craig, »dass rechtmäßig angefertigte Tonaufnahmen vor Gericht verwendet werden dürfen, auch wenn Paragraph 32.1 der Zivilprozessordnung es dem Gericht erlaubt, diese, wenn nötig, als Beweis auszuschließen.«

»Das ist zutreffend, danke, Herr Staatsanwalt«, sagte Roz. »Und, darf ich jetzt aufnehmen oder nicht?« Als Grant widerstrebend nickte, fuhr sie fort: »So, dann lassen Sie uns anfangen.

Was können Sie uns mitteilen? Alles ist wichtig, das uns helfen würde, den Grund für Megs Ableben festzustellen.«

»Wie was zum Beispiel?«

Wie zum Beispiel, ob du sie umgebracht hast, du Schweinehund.

»Sämtliche Auskünfte, die Sie uns geben können, damit wir rekonstruieren können, was letzte Nacht passiert ist.« Roz benutzte absichtlich denselben Wortlaut wie Grant, als sie ins Abteil gekommen waren. Um zu sehen, ob er es bemerkte.

»Worauf wollen Sie hinaus?« Er hatte es bemerkt. »Als ich Meg zum letzten Mal gesehen habe, habe ich zusammen mit den anderen im Club Car gesessen. Sie ist in die Luft gegangen und weggerannt.«

»Und inwiefern ist sie ›in die Luft gegangen‹?«

»Sie hat sich eingebildet, ich würde mit jemandem flirten. Hat mich angeschrien.«

»Und stimmte es?«

»Dass ich geflirtet habe? Normal halt, so wie andere Leute auch.«

»Und was glaubte Meg, mit wem Sie geflirtet haben?«

»Eine von den Studentinnen, Ayana. Die Hübsche. Weiß Gott, warum. Ach so, und Ember. Meg war stinksauer, das war klar.«

»Und wie reagierte Ayana auf Megs Anschuldigungen?«

»Sie hat natürlich alles abgestritten. Es ist ja auch nichts passiert. Sie hat Meg verklickert, sie würde das alles missverstehen. Ich hab das auch gesagt.«

»Und wie kam Meg dann auf die Idee, Sie würden mit Ayana flirten?«

Grant atmete aus und blies eine weitere Schicht Rauch in die zimtduftgeschwängerte Luft. »Weil sie paranoid ist. Ständig spioniert sie mir auf meinem Handy nach und will immer wissen, wo ich bin.«

»Und dann ist sie weggerannt?«

»Na ja, eher aus dem Wagen gestolpert.«

»Aber Sie sind ihr nicht gefolgt? Um nach ihr zu schauen?«

Grant zuckte die Achseln. »Sie war völlig durchgekekst. Wenn sie so drauf ist, kann man nicht mit ihr reden. Ich habe ihr gesagt, sie soll zu Bett gehen. Und natürlich gedacht, sie hätte das auch getan. Ich dachte, am Morgen reden wir miteinander, wie immer, wenn wir uns gestritten haben, und dann ist alles wieder gut.« Er wurde noch bleicher, als sei ihm gerade klar geworden, dass es für Meg kein Morgen mehr geben würde.

»Es ist schwer, stimmt's?« Roz ließ ihre Stimme mitfühlend klingen. »Jedes Mal, wenn einem wieder klar wird, dass jemand nicht mehr lebt.« Die erste Phase der Trauer war wie ein schlechter Dosenöffner, das wusste sie. Seine Metallzähne waren nicht scharf genug, um gleich beim ersten Mal das Blech zu durchbohren. Sie knabberten ein wenig am Deckel, ohne wirklich zum Inneren vorzudringen. Nach einer Weile fingen die Metallzähne wieder an. Einen schmerzhaften Millimeter nach dem anderen. Roz hatte noch nicht einmal damit angefangen, die Blechdose des Todes ihrer Mutter zu öffnen.

»Haben Sie sich oft gestritten?«, fragte Craig. Vielleicht hatte er bemerkt, dass Roz aufgewühlt war, und wollte ihr eine kurze Pause verschaffen.

Grant ging in die Defensive: »Auch nicht mehr als andere Paare.«

»Aber es gibt eine Menge Presse über Ihre Auseinandersetzungen«, wandte Craig ein.

»Schon, aber wir sind berühmt, deswegen wird darüber geschrieben. Streiten tut sich jeder. Wir sind ein ganz normales, leidenschaftliches Paar.« Er stockte. Schloss die Augen. »Wir *waren* ein normales Paar.«

»Ist es bei Ihren Auseinandersetzungen je zu Gewalt gekommen?«, fragte Roz. Grants Finger zuckten, als wolle er Roz herausfordern, das auszusprechen, was sie andeutete. »Ich will nur keine Möglichkeiten ausschließen, sonst nichts. Mir ein klareres Bild verschaffen.«

»Ich habe sie nie geschlagen, falls Sie das damit meinen.« Grant war ein Inbegriff der Unschuld. »Meiner Meggie würde ich nie etwas antun.«

»Sie haben sie nie angerührt? Keine blauen Flecken verursacht, auch nicht unbeabsichtigt?«

Grant wurde so blass, dass man es selbst unter dem Spray Tan in seinem Gesicht deutlich sah. »Sie hat sehr schnell blaue Flecken bekommen. Sie war sehr empfindlich.«

Ah ja. Die Rechtfertigung, das Gegenüber sei »zu empfindlich«. Wie oft hatte sie das schon gehört. Das sagten die Täter immer: Das Opfer sei einfach zu dünnhäutig gewesen.

»Tja«, sagte er, und sein Blick wanderte nach rechts. »Manchmal musste ich sie schon ein bisschen kräftiger an den Schultern oder den Armen packen, damit sie sich nicht wehtut.« Einen weiteren Satz, den Roz schon viel zu oft gehört hatte.

»Und daher rührten die blauen Flecken innen an ihrem Oberarm und rund um ihr Handgelenk?«

»Weiß ich nicht mehr«, antwortete Grant. »Kann sein.« Sein Blick wanderte von rechts nach links. Roz hatte dieselbe Verhaltensweise schon bei vielen Verdächtigen gesehen, die ein Scheibchen Wahrheit preisgaben und versuchten, sich den Rest dann auszudenken. »Vor einer Woche oder so, da ist sie betrunken aus einem Club gekommen, und ich habe sie festgehalten, damit sie nicht fällt.«

»Aber am Hals haben Sie sie nicht versehentlich mal verletzt?«

»Das ist privat. Was Intimes zwischen Meg und mir, alles einvernehmlich. Sie wissen ja nicht, was sich hinter geschlossenen Türen abspielt.«

Roz' Zorn kochte über. Sexualstraftäter verteidigten sich immer öfter damit, es handele sich um vorher einvernehmlich abgesprochenes Würgen oder Drosseln und dabei sei das Opfer »versehentlich« ums Leben gekommen. Dabei gab es in den BDSM-Communitys normalerweise weit mehr Sicherheitsregeln als bei der sogenannten »konventionellen« Mehrheit. Roz entsperrte ihr Handy und scrollte bis zu der Nahaufnahme, die sie von Megs zerkratztem Hals gemacht hatte.

Grant wurde noch blasser. Nicht mal Claudia Winklemans künstliche Bräune hätte gereicht, um das zu verdecken. »Das sah aber nicht so aus, als ich sie das letzte Mal gesehen habe. Das war ich nicht.«

»Fällt Ihnen irgendjemand ein, der ihr etwas antun wollte?«, fragte Craig.

»Sie hatte jede Menge Trolls und auch ein paar Stalker. Ein paar Drohungen und so hat sie schon bekommen. Aber die meinen das nicht ernst. Das sind nur abgefuckte einsame Gestalten, die ihren Frust ins Nichts rausschreien.«

»Welche Art von Drohungen?«, fragte Craig. »Körperliche oder sexuelle Gewalt?«

»Sie haben geschrieben, sie würden Meg umbringen oder vergewaltigen. Den ganzen Scheiß.« Wie locker ihm das über die Lippen kam. »Bei Promis ist so was normal.«

»Sie bekommen also auch viele solcher Nachrichten?«, fragte Roz, obwohl sie die Antwort schon kannte. Heteromänner kriegten nur selten solche Drohungen.

»Um Himmels willen, nein. Ich doch nicht.«

»Hat irgendjemand konkret damit gedroht, Meg zu erwürgen oder zu ersticken?«, fragte Craig.

»Nein, da müssen Sie auf ihrem Handy nachsehen.«

Keine Sorge, das werde ich tun, dachte Roz. »Sie haben von Stalkern gesprochen. Waren Ihnen diese Personen bekannt?«

»Ja, einen gab es, der hatte Kontaktverbot.« Grant dachte nach. »Iain heißt er«, sagte er nach einer Weile. »Genau, mit so einer komischen Schreibweise. Mit zwei ›I‹s im Namen. Früher hat er jeden Post von ihr kommentiert und sogar selbst Fotos von uns beiden gepostet. Ein- oder zweimal war er bei unserer Wohnung und hat versucht, sie durchs Fenster zu fotografieren.«

»Können Sie den Mann beschreiben?«

»Ich habe ihn nur von hinten gesehen, beim Wegrennen. Er hatte strähnige Haare und ein Bandana um den Kopf. In der Hand eine Plastiktüte. Trug einen abgeranzten, braunen Mantel, der aussah, als käme er aus der Grabbelkiste im Secondhandladen.«

Roz merkte, wie sich die Haare auf ihren Unterarmen sträubten. Die Beschreibung passte auf den blinden Passagier, den sie nicht an den Schaffner verraten hatte.

»Alles in Ordnung, Roz?«, fragte Craig.

Sie merkte, dass sie das Waschbecken unter dem Fenster umklammert hielt und hinaus ins Morgengrauen starrte. »Alles bestens. Meg und Sie«, wandte sie sich wieder Grant zu, »haben das Gesicht des Mannes also nicht gesehen, selbst nachdem Sie bei der Polizei waren?«

Grant zuckte die Achseln, als sei das unwichtig. »Die Polizei hat sich gekümmert. Ich wollte bloß nicht, dass jemand schlechte Fotos von uns schießt und dann noch Geld damit macht.«

»Aber Sorgen um Megs Sicherheit haben Sie sich nicht gemacht?«

Wieder zuckte Grant nur die Achseln. »Er war einer der wenigen Trolls, die *keine* Todesdrohungen zum Besten gegeben haben.«

»Na, dann ist ja alles in Butter.« Craig versteckte seinen Sarkasmus nicht.

Roz lächelte ihn an, dann wandte sie sich wieder Grant zu. »Jetzt müssen wir Sie nur noch eins fragen. Was haben Sie gemacht, als Meg den Speisewagen verlassen hatte? Immerhin haben Sie dieses Gespräch damit begonnen, dass Sie uns Geld anbieten wollten, damit wir irgendetwas vergessen, das vorgefallen ist.«

»Ich war fast die ganze Zeit im Club Car. Hin und wieder bin ich mal in den nächsten Wagen gegangen, für ein kleines Raucherpäuschen, damit diese verklemmte Prinzessin mich nicht ständig anmacht.«

»Beck?«

»Ja. Blöde Kuh.«

»Gibt es jemanden, der bei Ihren kleinen Raucherpäuschen dabei war und das bezeugen kann?«, fragte Craig.

»Eigentlich nicht.« Grant sah aus dem Fenster. Er versuchte, Zeit herauszuschinden, da war Roz sich ganz sicher. Sie wartete, bis ihm das lange Schweigen unangenehm wurde. »Also gut. Vielleicht habe ich ja ein bisschen mit der Studentin rumgeknutscht, Ayana. Deswegen habe ich Ihnen Geld angeboten. Ich habe befürchtet, jemand hätte uns beobachtet. Und wenn ich ein Foto davon in der Presse wollte, würde ich selbst dafür sorgen.«

»Und wo waren Sie, als Sie mit ihr ›geknutscht‹ haben? Wann fand das statt?«

»Nach der ersten Runde von dem blöden Quiz. Wir sind rausgegangen, um eine zu rauchen, und haben uns zwei Wagen vom Club Car entfernt ans Fenster gestellt. Wir haben die Köpfe zusammengesteckt, und dann ... na, Sie wissen, wie es läuft.« Er zwinkerte Craig zu.

»Nein, das weiß ich nicht, Grant«, erwiderte Craig.

Roz hätte ihn am liebsten umarmt. »Hat Meg gesehen, dass Sie sich geküsst haben?«

»Glaub ich nicht.« Er zögerte. Etwas wie eine Offenbarung zeigte sich auf seinem Gesicht. Er blickte hoch zur Deckenlampe. »Glauben Sie etwa, sie hat es gesehen und sich deswegen erhängt?«

Auf Grants Gesicht zeigte sich ein Ausdruck, der Roz ein wenig rätselhaft blieb. Vielleicht freute er sich schon über einen saftigen Deal mit einer Illustrierten – *Grant packt aus – Alles über sein tragisches Unglück*, kurz danach gefolgt von *Grant packt aus – Freude an der neuen Liebe nach tragischem Unglück.*

»Was genau geschehen ist, wissen wir noch nicht«, sagte Roz.

»Deswegen müssen wir Ihnen auch diese Fragen stellen, auch wenn es offensichtlich schwierig für Sie ist.« Sie machte eine Pause und setzte das Gesicht auf, mit dem sie Zeugen, die sich für besonders schlau hielten, vorspielte, sie würde sie ernst nehmen. »Sie muss Ihnen so viel bedeutet haben.«

»Und wie. Meg hat mir alles bedeutet. Sie war die Liebe meines Lebens.« Grant drückte die Hand dorthin, wo eigentlich sein Herz sitzen müsste. Er blickte sich um, ob irgendwo eine Kamera auf ihn gerichtet war.

»Es ist offensichtlich ein schrecklicher Schock für Sie. Ruhen Sie sich ruhig ein wenig aus, wir bringen Ihnen eine Tasse Tee und das Frühstück.«

»Hierher?« Grant sah sich in dem Abteil um.

Roz musste ein wenig improvisieren, damit er blieb, wo er war, ohne dass Gewalt angewendet werden musste. »Das müssen Sie verstehen. Wir können nicht zulassen, dass die Zeugen sich austauschen und die Geschichten abgleichen. Und wenn Meg von einem Stalker ermordet wurde, dann sind Sie hier in Sicherheit. Beefy bewacht die Tür.«

»Alles klar, verstehe.« Grant nickte, als ob seine Sicherheit natürlich das Wichtigste wäre. »Ich nehme Speck, Eier, Kaffee, Toast und eine Flasche Champagner.«

Roz versuchte, kühl wie die Schneedecke zu bleiben. »Ich werde es Bella oder Beefy ausrichten. Ich müsste Sie um Ihr Handy bitten, so leid es mir tut.« Craig hielt ihm eins der Ziplock-Beutelchen hin. »Die Polizei wird sich die Nachrichten und alles ansehen wollen, das hilfreich sein könnte.« Dann dachte sie daran, dass Meg und Grant ihr Leben vor laufender Kamera geführt haben. »Hat jemand ein Video von Ihrem Streit aufgenommen?«

»Wahrscheinlich. Irgendjemand hält immer sein blödes Handy auf uns gerichtet.«

ACHTUNDZWANZIG

Roz musste an die frische Luft. Ihr war ganz schwindlig von dem vielen Gequalme. Außerdem hatte es sie zu sehr an ihren Vergewaltiger erinnert, wenn sie Grant zusah, wie er seine Dampfwolken ausstieß. Das Letzte, was sie jetzt brauchte, war ein weiterer Flashback.

Sie holte sich Mantel und Schal aus dem Abteil, mummelte sich ein und öffnete die Zugtür. Roz wusste, dass es draußen kalt sein würde, aber als sie auf den Knopf drückte und die Tür aufglitt, warf der Wind sie beinahe um. Eisig schneidende Luft blies ihr ins Gesicht. Sie machte den letzten großen Schritt hinunter in den Schnee und wünschte, sie hätte ihre hohen Gummistiefel dabei. Sie war nicht mehr an das Leben in den Highlands gewöhnt. Sie wohnte schon seit sehr Langem nicht mehr in Fort William, kurze Besuche ausgenommen.

»Jetzt sagen Sie mir nicht, Sie wollen zu Fuß weiter«, witzelte Craig. Er blickte aus der Tür auf sie herunter.

»Genau, die Gesellschaft passt mir nicht, ich gehe!« Sie hatte das als Schäkern gemeint, aber seinem verletzten Gesichtsausdruck nach zu schließen, war es anders bei ihm angekommen. Sie redete schnell weiter. »Nein, nein, ich wollte nur mit meiner Tochter telefonieren, und dann eine ehemalige Kollegin anrufen und sie bitten, die Datenbank zu durchsuchen, welche Drohungen Meg erhalten hat und ob Grant aktenkundlich geworden ist, in puncto häuslicher Gewalt.« Sie musste schreien, damit der Wind ihre Worte nicht sofort wegtrug.

»Gute Idee. Am besten, Sie schicken die Namen von allen Anwesenden hier mit – mal sehen, ob sich da was ergibt.«

»Sie eingeschlossen?«, witzelte sie.

»Mich eingeschlossen. Ich bin immerhin höchst verdächtig.« Craig lächelte, und ein Schaudern durchlief sie. Er trat von einem Fuß auf den anderen. Craig machte den Eindruck, als wolle er etwas sagen, aber habe es sich dann doch anders überlegt. »Wir sehen uns im Club Car?«

Sie nickte. Craig winkte unbeholfen, als die Tür zuging und er dahinter verschwand.

Der Sturm umtoste Roz, Schnee peitschte ihr ins Gesicht, als sie das Handy zu bedienen versuchte. Erst probierte sie es bei Ellie, dann bei Heather, keine Antwort.

Lavinia war ihre Freundin und Ex-Kollegin, momentan im Rang eines Sergeants, aber sie bereitete sich auf die Inspector-Prüfung vor. Roz hatte ihr beim Lernen geholfen.

»Na, Partner«, war Lavinias Begrüßung. »Vermisst uns schon, was?«

»Ich hab nicht *ein* Mal an euch und eure Gurkentruppe gedacht«, gab Roz zurück. Es war verblüffend, wie schnell der raue, aber herzliche Bürojargon wieder da war.

»Und warum rufst du mich dann an? Sitzt du nicht in deinem Luxuszug?« Roz konnte im Hintergrund Verkehrslärm hören. Jemand schrie einen anderen an. Die Großstadtsymphonie Londons.

»Ich sitze auch in meinem Luxuszug, und er ist echt superschick. Leider ist was passiert, und ich würde dich gern bitten, ein bisschen für mich zu recherchieren.«

»Ach, jetzt verstehe ich. Ich soll dir einen Gefallen tun.«

»Na komm, es ist Heiligabend.«

»Was heißt, dass ich nur bis mittags arbeite. Das, was du willst, muss also um eins fertig sein. Dann gehe ich nämlich mit den Kindern ins Kino: *Buddy – Der Weihnachtself*.«

»Na, dann leg mal los mit deinen Recherchen. Könntest du bitte nachschauen, ob ein Grant McVey und eine Meg Forth in den Akten auftauchen, insbesondere in Hinsicht auf häusliche Gewalt, Friedensbruch und Körperverletzung bei McVey, und Onlinebedrohungen und Stalker in Hinsicht auf Forth. Bei den Stalkern suche ich nach einem Mann mit dem Vornamen ›Iain‹ mit zwei Is.«

Im Hintergrund war zu hören, wie Lavinia etwas auf ihrer Tastatur eintippte. Dann wurde das Tippen unterbrochen. »Meinst du Meg Forth von ›In No Time‹?«

»Ja, genau die.«

»Holla! Um was geht es denn?«

»Ich habe sie heute Morgen tot in ihrem Abteil aufgefunden, nachdem unser Zug mitten in den Highlands in einem Riesenschneesturm entgleist ist. Ein etwas heftiger Start in den Tag, kann man sagen.«

»Scheiße.« Lavinia schwieg und stieß dann einen entsetzten Lacher aus, als ihr klar wurde, was Roz da gerade gesagt hatte. »Dein Abschiedsgeschenk, zu dem ich auch was dazugegeben habe, besteht also darin, am Arsch der Welt im Schnee festzustecken, in Begleitung einer berühmten Leiche?«

»Tolles Geschenk, oder?«

»Frohes Fest, Roz!«

»Ich danke recht herzlich.«

»Wenn du mehr über McVey wissen willst – meinst du, er hat sie ermordet? Halt, warte, schwebst du in Gefahr?« Ausnahmsweise einmal klang Lavinia ernstlich besorgt.

»Nein. Davon gehe ich zumindest nicht aus. Der hiesige Polizeibeamte ist unterwegs. Ich halte hier nur die Stellung, während wir warten. Damit die Untersuchung dann schneller über die Bühne geht.«

»Du schaffst es aber auch nie, deine Nase mal irgendwo *nicht* reinzustecken.« Lavinias Tonfall war liebevoll.

»Ich schicke dir gleich die Namen der Passagiere rüber, die noch im Zug sitzen und in irgendeiner Hinsicht als Verdächtige infrage kommen. Falls du etwas über sie in Erfahrung bringen könntest –«

»Dann wirst du mich ewig lieben, ich weiß.«

»Ich liebe dich jetzt schon, Lavinia. Aber ich schick dir was von meinem Taiblet.«

»Und Shortbread?«

»Abgemacht.«

Alles wurde still, als Roz in den Speisewagen trat und sich in der Mitte hinstellte. Anspannung lag in der Luft. Sogar der Schneesturm schien einen Moment innezuhalten. Nur der Wind flüsterte und wisperte immer noch um den Zug.

Die Fahrgäste im Club Car wussten, dass irgendetwas passiert war. Sie mussten bemerkt haben, dass Grant, Meg und Oli fehlten. Es lief keine Weihnachtsmusik, die Stimmung war ernst. Roz warf Ayana am Tisch der Studierenden einen schnellen Blick zu. Sie schauderte bei der Vorstellung, wie Grant und Ayana sich küssten.

Bella lehnte an der Theke, kaute auf der Unterlippe und starrte aus dem Fenster.

Roz ging zu ihr und fragte sie flüsternd: »Schon ein Zeichen von Oli und dem fehlenden Passagier?«

Bella schüttelte den Kopf. »Der wird bald zurückkommen müssen, ohne die richtige Bekleidung für dieses Dreckswetter. Soll ich nach den beiden suchen gehen?« Im Vergleich zu früher klang ihre Stimme ziemlich kleinlaut.

»Nein, wir dürfen niemanden mehr zum Suchen losschicken. Es ist zu gefährlich da draußen. Und ich brauche Sie hier drinnen, damit wir den Haufen vor uns unter Kontrolle behalten können, während ich einen nach dem anderen einzeln befrage. Wo wir uns gerade sprechen: Gibt es eigentlich Überwachungskameras im Zug?«

»Vorn in der Lokomotive gibt es zwei, in jedem Wagen eine und hier im Club Car auch eine.«

»Hervorragend. Können Sie mir bitte die Videoaufzeichnungen zukommen lassen, besonders die aus dem Club Car und dem Wagen mit Megs Abteil?«

Bella nickte. »In Ordnung. Sagen Sie's ihnen?« Sie blickte in die erwartungsvollen Gesichter im Wagen, die alle zu ihnen schauten. Dann sah sie wieder Roz mit flehendem Blick an.

Roz räusperte sich. Ihre Stimme war kräftig und klar. »Mittlerweile können Sie sich sicher alle denken, dass wir es hier nicht nur mit einer Entgleisung zu tun haben. Es ist noch etwas anderes passiert.« Sie leckte sich über die Lippen, als würden die Worte dann einfacher herauskommen. »Ich habe leider sehr schlechte Neuigkeiten zu überbringen.«

»Na toll. Die Techniker schaffen es heute nicht mehr bis zu uns«, sagte Sally. Sie drückte den Handballen gegen die Stirn, als ob sie ihren Kater so vertreiben könnte. »Dann werden wir Weihnachten wohl in unseren Abteilen feiern müssen.«

»Es gibt hier auch Menschen, die kein Abteil haben, *Sally*.« Mary sagte den Namen auf solch spitze Art, dass Roz glaubte, sie wolle eigentlich »Karen« sagen – Inbegriff der spießigen, versnobten, ständig meckernden Mittelschichtsfrau. Den restlichen Sallys gegenüber war das unfair, aber wenigstens hatten die armen Karens mal Ruhe. Seltsam, dass es für Männer kein Karen-Pendant gab.

»So, jetzt bitte mal alle herhören –«, fing Craig an.

»Aber die müssen uns hier rausholen!«, moserte Beck. »Wir haben unsere Ferienwohnung ab heute gemietet. Jede Minute, die wir hier rumhängen, können wir nicht in unserer teuren Wohnung verbringen.«

»Von einem physikalischen Standpunkt aus gesprochen«, sagte Sam, »ist das wahr.«

»Ach, halt doch die Klappe«, gab Beck zurück.

Alle fingen an durcheinander zu reden, wo sie genau wann zu sein hatten. Das Stimmengewirr wurde immer lauter, immer schwerer zu übertönen.

»Wir müssen alle dringend irgendwohin«, rief Craig. »Aber hier geht es um etwas Wichtigeres.«

Das Gemurmel verstummte.

»Meg ist tot«, sagte Roz.

Alle im Wagen hielten erschrocken die Luft an. Das Baby fing an zu schreien, und Phil stand auf, wiegte Buddy sanft im Arm und machte beruhigende Geräusche. Robert fing im selben Moment aus lauter Mitgefühl auch an zu schluchzen. Sally kniff die Augen genervt oder verkatert zu, hob den Kleinen aber trotzdem hoch und ließ ihn auf ihrem Knie hüpfen. Das brachte Robert tatsächlich zum Lachen. Als Roz ihn prusten hörte, tat ihr das Herz weh für ihr winziges Enkelkind, das so viele Meilen entfernt in einem Brutkasten lag.

Jede Menge Fragen darüber, was denn bloß geschehen sei, schwirrten durch den Club Car, bis Roz die Hand hochhielt und um Ruhe bat. »Woran sie gestorben ist, wissen wir nicht. Aber wir müssen so viele Aussagen wie möglich sammeln, solange wir uns noch an alles erinnern. Bis die Polizei uns verhört, kann es eine Zeit dauern.«

»Polizei?«, sagte Ayana. Sie beugte sich mit gefalteten Händen über den Tisch. Beck verschränkte die Arme und runzelte die Stirn. Die jetzt mit einem Mantel bekleidete Liv zog an ihrem Pony, Ember biss sich auf die Unterlippe, Tony rutschte auf seinem Platz herum, Beck sagte etwas zu Ayana, die daraufhin die Hand an die Kehle drückte. Nichts von alledem bedeutete notwendigerweise etwas. Selbst Unbeteiligte fühlten sich schuldig, wenn es um die Polizei ging. Und manchmal musste man ein besonderes Auge auf die werfen, die gar keine Reaktion zeigten.

»Das ist Routine in solchen Situationen«, erklärte Roz. »Kein Mensch weiß, was vorgefallen ist.«

»Wo ist Grant?« Phils Stimme klang neutral, aber seine Nasenflügel blähten sich.

»Grant ist verständlicherweise sehr durcheinander und wurde in einem anderen Abteil untergebracht«, sagte Roz nüchtern. »Beefy kümmert sich um ihn.« Womit sie meinte: Beefy war vor der Tür von Grants neuem Abteil als Wachposten stationiert. »Könnten Sie vielleicht dafür sorgen, dass er sein Frühstück gebracht bekommt, Bella? Er hat Speck, Eier, Toast, Kaffee und eine Flasche Champagner bestellt.«

»Ganz offensichtlich erschüttert über Megs Tod«, meinte Beck sarkastisch.

»Wenn Oli wieder da ist, kann er sich um Grants Bestellung kümmern, aber möglicherweise wird er dafür etwas Hilfe benötigen.« Bella ließ den Blick durch den Wagen schweifen, um zu sehen, ob sich Freiwillige meldeten. Beck schaute weg, aber ein paar andere hoben die Hand. Es gab doch so etwas wie eine Notgemeinschaft.

»Sie glauben also, dass Grant Meg ermordet hat?«, fragte Sally.

»Wie ich schon sagte: Wir wissen es nicht.«

»Aber Sie gehen davon aus, dass sie ermordet wurde?«, fragte Tony mit sorgenvoll verzerrtem Gesicht.

»Es war immerhin Grants Abteil. Er hatte als Einziger den Schlüssel«, sagte Phil. Er lief mit dem Baby auf dem Arm auf und ab, als versuche er, auch sich selbst zu beruhigen. Seine Empörung war interessant.

»So einfach ist es nicht. Meg hatte die Tür von innen verschlossen«, sagte Craig.

Roz warf ihm einen vernichtenden Blick zu. Diese Information hätte er eigentlich nicht verraten dürfen.

»Wir können nichts ausschließen«, sagte sie. »Es kann sich auch um einen Unfall handeln.«

»Oder selbst verschuldet«, warf Sally ein. Ihrem Gesicht war deutlich anzusehen, was sie von Meg hielt.

Bella trat vor. »Wie Roz bereits sagte: Wir wissen es nicht. Und wir können von Glück sagen, dass wir Roz haben, die die Aussagen aufnimmt, damit die Polizei später schon mal etwas in der Hand hat. Wie möchten Sie vorgehen, Roz?«

»Ich würde gern als Erstes mit Liv sprechen.« Roz sah die junge Frau an.

»*Was?*«, empörte sich Sally. »Warum?«

»Ich gehe davon aus, dass Liv Aufnahmen von Meg auf ihrem Handy hat, die uns vielleicht weiterhelfen. Wir brauchen einfach irgendeinen Anhaltspunkt, was mit Meg geschehen ist. Besonders wichtig ist das, was sich hier im Speisewagen abgespielt hat, bevor sie rausgerannt ist.«

»Ist schon in Ordnung, Mum«, sagte Liv. Sie stand auf und legte ihrer Mutter eine Hand auf die Schulter. »Ich habe letzte Nacht was gefilmt. Vielleicht kann es uns weiterhelfen.«

»Was habe ich dir gesagt? Du sollst keine Videos von anderen machen, ohne sie zu fragen«, fuhr Sally sie an.

Liv errötete, erwiderte aber nichts.

»Ich würde Ihnen gern ein paar Fragen stellen. In einem leeren Abteil, wenn es Ihnen recht wäre, Liv?«, sagte Roz.

Liv nickte. Sie zog an ihrem Haar, ihre Augen weiteten sich.

»Es ist besser, wenn ich mitkomme.« Sally stand auf, strich ihren Rock glatt und versuchte, ihr wirres Haar etwas zu bändigen.

»Muss sie mitkommen?«, fragte Liv.

»Sie sind zwanzig, habe ich recht? Da Sie weder minderjährig noch schutzbedürftig sind, brauchen Sie keinen Erziehungsberechtigten mitzubringen. Aber ich mache hier ja nicht die Vorschriften, ich unterstütze die Polizei nur bei der ersten vorläufigen Untersuchung. Sie können also gern Ihre Mum und Ihren Dad dabeihaben, beide oder keinen.«

»Könntest du mitkommen, Dad?«, fragte Liv Phil.

Sally sackte in sich zusammen, als hätte sie einen Tritt in

die Magengrube bekommen. So lief es mit den Kindern. Jeden Tag hauten sie einem so was um die Ohren. Und dann warfen sie einem die Arme um den Hals und flöteten, wie wahnsinnig lieb sie einen hatten. Süße kleine Manipulierer, allesamt. Sally wandte den Blick ab und sah aus dem Fenster, als würde man in der eisigen Kälte draußen den Schmerz nicht mehr spüren.

Roz konnte es Liv allerdings nicht übel nehmen – sie würde Sally auch nicht in ihrer Nähe haben wollen. »*Wenn* es ein echtes Polizeiverhör wäre«, fuhr sie fort, »hätten Sie das Recht auf einen Anwalt, wenn Sie wollten.«

»Ich kann ja auch mitkommen«, sagte Craig zu Liv. »Ich bin zwar nicht Ihr Anwalt, aber ich kann aufpassen, dass alles fair und unvoreingenommen abläuft.«

»Danke«, sagte Liv. Schüchtern sah sie zu Boden.

»Ich unterhalte mich jetzt also erst mal mit Liv und dann mit Phil und danach mit Ihnen, einem nach dem anderen«, sagte Roz zur Gruppe. »Darf ich Sie vielleicht darum bitten, untereinander nicht darüber zu sprechen, was letzte Nacht vorgefallen ist? Es ist wichtig, von jedem die individuellen Eindrücke zu bekommen, ohne dass Ihre Erinnerungen von denen der anderen beeinflusst wurden.«

Roz sah, wie ihre Mitreisenden auf den Plätzen herumrutschten, als dächten sie: *Worüber sollen wir denn sonst reden?*

»Quasseln Sie über irgendwas. Netflix. Das Weihnachtsessen, das Sie erwartet, wenn Sie heimkommen. Die nächste Folge von *Doctor Who*, was weiß ich, aber nicht, was Sie letzte Nacht von Meg mitbekommen haben.«

Die Versammelten wirkten immer noch nicht überzeugt. Sie betrachteten einander, als könnten sie es nicht abwarten, die Ereignisse durchzukauen.

Roz versuchte zu erklären: »Das Gedächtnis ist wie eine Schale mit Wasser. Ihnen scheinen Ihre Erinnerungen glasklar, aber sie sind eingefärbt von Ihrer eigenen Tinte. Das nennt sich ›Schema‹.

Dieses Schema besteht aus Ihren eigenen Erfahrungen, Ihrer Sicht auf die Welt, Ihrem persönlichen Zeitgefühl, Ihrer kulturellen Identität, Ihren Wertvorstellungen und vielen weiteren Faktoren. Wenn Sie ein Blatt Papier in die Schale legen, färbt es sich in einer ganz bestimmten Farbe ein. Aber die Erinnerungen anderer Menschen sind von deren Tinte beziehungsweise Schema eingefärbt, und wenn sich zwei oder mehrere Ihrer Erinnerungen vermischen, gibt es ein Marmorpapier, auf dem alles untrennbar ineinander verlaufen ist. Wenn man dann ein Blatt Papier aufs Wasser legt, entsteht ein ganz anderes Bild als bei der ersten Schale.«

Blake nickte. »Darüber habe ich schon was gelesen«, sagte er. »Die Schema- und Gedächtnistheorie von Frederic C. Bartlett. Niemand gibt genau dieselbe Version eines Ereignisses wieder.«

»Haargenau, davon spreche ich. Das erschwert die Polizeiarbeit sehr, da Menschen die verschiedenen Details eines Ereignisses unterschiedlich wahrnehmen und trotzdem die Wahrheit sagen.«

Erregt starrte Sam Blake ins Gesicht. Gestern hätte Roz das noch als Wut interpretiert, aber seit von Sams Sapiosexualität die Rede gewesen war, ordnete sie es ganz anders ein. Sam legte Blake die Hand aufs Knie.

Beck schnitt eine Grimasse. »Lehrerliebling.«

»Wo wir gerade von Lieblingen reden«, sagte Roz. »Könnten bitte alle mit Ausschau halten nach der Katze von Mary und Tony? Sie heißt Moustache und ist seit der Entgleisung verschwunden.«

»Ich gehe noch mal in den Sitzwagen und schaue dort«, sagte Bella. »Und wenn ich zurückkomme, sorge ich dafür, dass alle hier im Raum bleiben und nicht über Meg reden.«

»Vielen Dank, Bella, perfekt.«

Als Roz sich zum Gehen umdrehte, sah sie aus dem Fenster und bemerkte zwei Gestalten, die durch den Schnee auf den Zug zustapften. Mittlerweile war es hell genug, um erkennen zu können, dass eine von ihnen Oli war, der mit seinen schlacksigen Armen einen dünnen Mann mit fettigem, langem Haar stützte. Neben ihnen auf dem Boden war etwas Dunkles.

»Wen hat Oli denn da?«, fragte Bella.

»Vielleicht kommt uns ja jemand zu Hilfe?«, fragte Beck mit kindlich hoffnungsvoller Stimme.

»Das glaube ich kaum. Sieht eher so aus, als müsste Oli den anderen halb tragen«, entgegnete Sam.

»Und da ist auch Monsieur Moustache!«, brüllte Tony, das Gesicht an die Scheibe gedrückt. »Er trottet neben Oli her!«

Ein enormes Lächeln erhellte Marys Gesicht. »Er hat die zwei heimgebracht! Ich hab's Ihnen doch gesagt, er hält sich für einen Hütehund.«

»Aber wer ist der zweite Mann?«, fragte Bella. »Von der Liste der Fahrgäste fehlt niemand.«

»Es war jemand im Zug, der nicht dort hätte sein sollen«, sagte Roz.

Bella sah sie stirnrunzelnd an. »Wer?«

»Ich weiß nur, dass er ohne Ticket eingestiegen ist.«

»Und Sie haben ihn nicht daran gehindert?« Bella hatte die Augenbrauen so weit hochgezogen, wie ihre Stirn das erlaubte.

»Sie haben gedacht, es ginge Sie nichts an«, sagte Craig leise.

Roz nickte. »Jetzt wünschte ich natürlich, ich hätte das nicht getan.«

»Sie haben einen Schwarzfahrer, möglicherweise einen Killer an Bord gelassen?« Sally hatte den Mund in demonstrativem Schock aufgerissen.

»Ein Killer hätte genauso gut den vollen Fahrpreis bezahlen können«, erwiderte Craig.

»Ist das der Mann, der was zu Meg gesagt hat?«, fragte Tony.

Roz nickte.

»Er war schon ein komischer Kauz«, sagte Mary. »Aber dafür

darf man ihn nicht verurteilen. Alle möglichen Leute sind wunderlich und finden sich selbst ganz normal.«

»Vielleicht bringt Oli ja jemand anderen mit«, sagte Roz. Das hoffte sie auf jeden Fall. Sie betete, dass Oli in der Kälte jemanden aufgegabelt hatte, der Hilfe benötigte, und denjenigen in Sicherheit brachte. Aber als Oli und der Mann näher kamen und in den Zug stiegen, verpuffte diese Hoffnung. Der blinde Passagier, möglicherweise Megs Stalker, war gefunden worden.

»Okay, Planänderung«, verkündete Roz. »Ich verhöre ihn als Erstes.«

NEUNUNDZWANZIG

Meg war tot. Killa konnte es einfach nicht glauben. Im Vergleich zu dem sprudelnden Glas Cola in der Hand fühlte Killa sich schal und abgestanden. Das innerliche Zischen und Sprudeln hatte Killa am Laufen gehalten, aber jetzt war alles verpufft. Und doch: Killa musste die Aufgabe erledigen. Das würde jetzt viel schwieriger werden. Alle standen unter Beobachtung. Alle waren wachsam. Killa spürte die Blicke auf sich, als könnten sie die Verkleidung durchschauen und die Schande sehen, die sich darunter verbarg.

Killa würde schauspielern müssen, sich vor aller Augen unsichtbar machen. Killa konnte das. Natürlich. Killa log jeden Tag, um die Spuren zu verwischen. In gewisser Weise war zu töten das erste wirklich Authentische, das Killa seit Langem getan hatte.

Und vielleicht war das Glück ja auf Killas Seite. Vielleicht glaubte das Schicksal an die Mission. Ja, Killa saß in einem Zug fest – aber dem Opfer ging es nicht anders. Killa musste nur den richtigen Zeitpunkt abpassen, um sich aus dem Raum zu stehlen.

Eine Schneeflocke landete auf der Fensterscheibe. Die weißen Kristalle glitzerten. Killa beobachtete, wie die Flocke an der Scheibe kleben blieb, während andere am Fenster herunterrutschten. Diese eine Schneeflocke war etwas Besonderes, genau wie Meg. Sie schimmerte wie eine Paillette in der schwachen Morgensonne. Und löste sich dann einfach in nichts auf, genau wie die arme Meg.

DREISSIG

»Alles gut hier?«, fragte Roz, als sie, Craig und der blinde Passagier sich an Beefy vorbeidrückten, der vor Grants Abteil Wache stand.

»Er grummelt und meckert vor sich hin, aber seit er sein Essen gekriegt hat, ist er ruhiger geworden. Ich passe auf, dass keiner rein- oder rausgeht.« Beefy zeigte ihr die Schlüsselkarte für das Abteil und steckte sie zurück in die Hosentasche. Er machte ein derart entschlossenes Gesicht, dass Roz ihm uneingeschränkt glaubte.

Drei Türen weiter öffnete Roz mit einem Schlüssel von Bella das Abteil, in dem sie die Verhöre durchführen würde. In diesem Abteil war Nick, der Mann im grünkarierten Anzug, bis Edinburgh gereist. Er hatte glattgestrichene, runde Stücke Alufolie mit Mince-Pie-Krümeln darauf zurückgelassen, ein Whiskyglas und auf dem Boden ein paar verstreute Haferflocken.

»Mein Name ist Roz. Ich habe bisher bei der Polizei gearbeitet und würde Ihnen gern ein paar Fragen stellen. Das ist Craig, ein Staatsanwalt von Crown Prosecution Services, aber das dürfen Sie ihm nicht ankreiden. Er ist eigentlich echt in Ordnung.«

»Freut mich.« Der Mann blickte sich verwirrt um. »Wo soll ich mich hinsetzen?«

»Aufs Bett oder auf den Boden«, antwortete Roz. »Wo Sie sich wohler fühlen.«

Als sich der Mann aufs Bett plumpsen ließ, breitete sich ein durchdringender Schweißgeruch im Abteil aus. Sein Gesicht wirkte fleckig und ungesund, und die Falten vieler Jahre hatten sich tief in sein Gesicht eingegraben. Er streckte die Beine vor sich aus und wiegte sich mit dem Oberkörper vor und zurück.

Roz setzte sich im Schneidersitz auf den Boden, um auf ähnlicher Augenhöhe zu sein wie der Mann. »Macht es Ihnen was aus, wenn ich unser Gespräch aufzeichne, falls es in Zukunft mal gebraucht werden könnte? Sie bekommen natürlich eine Kopie der Datei.« Der Mann nickte, als sei ihm das völlig gleichgültig. Roz tippte auf den Aufnahmebutton und startete die Befragung. »Können Sie mir Ihren vollständigen Namen und Wohnort nennen?«

»Iain Curran«, sagte er. Seine Finger bewegten sich, als hielte er einen unsichtbaren Zauberwürfel. »Ich wohne in Bexleyheath.«

»Wie alt sind Sie?«

»Neununddreißig.«

»Warum haben wir Sie Ihrer Meinung nach gebeten, mit uns zu sprechen?«

Iain sah zu Boden. »Ich hätte nicht weglaufen sollen.«

»Und warum sind Sie weggelaufen?«, fragte Craig.

Lautlos liefen die Tränen Iains Gesicht hinab. »Ich habe sie gesehen.«

Roz und Craig sahen sich an. »Wen?«, fragte sie.

»Meg.« Er schien zusammenzubrechen, als er ihren Namen aussprach. Er wurde nur so von Schluchzern geschüttelt.

Roz wartete, bis er sich ein wenig beruhigt hatte. »Und wo haben Sie Meg gesehen?«

»In ihrem Abteil.« Er wurde rot. »Ich habe von außen bei ihr zum Fenster reingeguckt. Ich habe mir den Koffer von jemandem aus dem Sitzabteil genommen und mich draufgestellt.«

»Und was haben Sie da gesehen, als Sie zum Fenster hineingeguckt haben?«

»Sie lag fürchterlich verdreht da. Und sie hat sich nicht bewegt.« Er musste ein paarmal schlucken, bis er herausbrachte: »Ich habe Blut gesehen.«

»Und warum sind Sie nicht dageblieben, um ihr zu helfen?«, fragte Roz.

»Ich wusste genau, dass sie von uns gegangen war. Nicht mehr unter den Lebenden. Ich habe es genau gespürt.« Iain schlug sich mit der Faust an die Brust, als versuche er, sein eigenes Herz wieder zum Schlagen zu bringen.

»Aber Sie hätten doch jemanden alarmieren müssen«, kritisierte Craig sanft.

Iain ließ den Kopf noch tiefer sinken. »Ich weiß. Ich schäme mich so schrecklich. Ich habe den Koffer zurückgestellt und wollte eigentlich jemandem Bescheid sagen, aber dann hätte ich doch auch erklären müssen, warum ich spioniert habe, und dann würde man herausfinden, wer ich bin. Ich bin in Panik geraten und am Gleis entlanggelaufen bis zur Schlucht und habe überlegt, ob ich mich runterstürzen soll. Aber meine Beine wollten nicht. Sie sind einfach weitergelaufen, immer weiter, bis sie irgendwann unter mir weggeknickt sind. Und da habe ich im Schnee gelegen und hochgeschaut zum Berg, und die Flocken sind auf mich runtergerieselt. Ich weiß nicht, wie lange ich dort gelegen habe. Bis ich dann die Katze gehört habe, die mich gerufen hat.«

»Moustache hat Sie *gerufen?*«

»Ja, er hat laut gemaunzt, immer wieder, und dann ist er auf meine Brust gesprungen. Wahrscheinlich wollte er mich wärmen. Oder selbst keine kalten Füße bekommen. Oder beides. Dann hat der junge Mann mich gefunden.«

»Oli.«

»Ja, genau der. Oli.« Iain schwieg einen Augenblick in sich gekehrt. »Aber es stimmt, oder nicht? Ich hatte recht? Sie ist tot?«

»Ja«, sagte Roz. »Meg ist tot.«

Iain vergrub das Gesicht in den Händen, schluchzte und riss sich bei jedem Schluchzer an den Haaren.

»Darf ich fragen, warum Ihnen Megs Tod so nahegeht?«, fragte Craig.

Iain sah überrascht auf, zum ersten Mal in diesem Verhör. »Ich liebe sie. Ich dachte, das wäre offensichtlich.«

In Grants Abteil einige Türen weiter wurde laut an die Tür gehämmert. »Ich habe gesagt, ich will Champagner! Ohne Alkohol bleibe ich nicht hier drin!«

»Das ist er«, sagte Iain mit weit aufgerissenen Augen. Er schlang die Arme um sich. »Er ist der Mörder. Er hat sie umgebracht.«

»Ignorieren Sie ihn einfach. Konzentrieren Sie sich ganz auf Meg, das sind wir ihr schuldig. Wie haben Sie sie geliebt?« Craig versuchte, das Verhör weiterzuführen.

Nervös blickte Iain zur Tür, als befürchte er, Grant könne jeden Augenblick hereinplatzen. »Ich *habe* sie nicht geliebt«, sagte er schließlich. »Ich liebe sie immer noch, ob sie nun tot oder lebendig ist. Das nennt sich wahre Liebe.«

»Andere würden es vielleicht Stalking nennen«, sagte Roz.

Iain lief rot an und sagte: »Das war ein dummes Missverständnis. Ich wollte einfach in ihrer Nähe sein. Sie beschützen. Besonders, nachdem ich das erste Mal beobachtet hatte, wie er sie geschlagen hat.«

Aus den Augenwinkeln bemerkte Roz, dass Craig erstarrte. Sie fragte so beiläufig wie möglich: »Können Sie uns darüber mehr erzählen, Iain?«

»Aber natürlich. Ich habe es der Polizei gesagt, aber die haben sich nicht dafür interessiert. Er hatte sie total unter der Fuchtel, dieser Schlägertyp. Hat ihr nicht mal erlaubt, für sich selbst zu sprechen.«

»Bitte erzählen Sie der Reihe nach, was Sie beobachtet haben.«

»Ich war den beiden wie gewöhnlich nach Hause gefolgt, und ich weiß, das wirft jetzt kein gutes Licht auf mich, aber es ist ganz anders, wirklich. Jedenfalls habe ich immer auf dem Rasen in der Mitte von der Anlage gestanden, in der sie wohnen, und hab hochgeschaut zu ihren Fenstern. Um besser sehen zu können, habe ich ein Fernglas genutzt. Besonders, nachdem ich mitbekommen habe, wie er sie gestoßen hat. Ich musste aufpassen. Und an diesem Abend habe ich gesehen, wie er sie in die Rippen geschlagen hat.«

»Und haben Sie gesehen, was dann passiert ist?«

Iain rümpfte die Nase. »Er hat den Vorhang zugezogen.«

Roz versuchte, ein so ausdrucksloses Gesicht wie möglich zu machen, als Iain so beiläufig gestand, dass er sich strafbar gemacht und Meg nachgestellt hatte.

»Und war das auch der Grund, weswegen Sie ohne Fahrschein in den Zug gestiegen sind? Um ihr zu folgen und sie in Schottland beschützen zu können?«, fragte Craig. Für Roz' Geschmack war diese Frage ein wenig zu suggestiv, aber so waren sie, die Staatsanwälte. Sogar die, zu denen sie sich schrecklich hingezogen fühlte.

»Das stimmt. Und ich habe versagt.« Iain sah Roz direkt ins Gesicht. Seinen Augen war anzusehen, dass er eine größere Last mit sich herumtrug als Grant und Meg an Koffern und Taschen.

»Uns wurde gesagt, es habe eine Auseinandersetzung mit Meg gegeben, nicht allzu lange vor ihrem Tod. Sie hätten sie gewarnt, sie solle in Edinburgh aussteigen. Wie haben Sie das gemeint?«

»Ich habe sie angefleht, vor ihm wegzulaufen. Zu fliehen. Jeder, der die beiden zusammen beobachtet hat, weiß, warum.«

»Und was glauben Sie, wie das von außen aussieht, dass Meg kurz nach Ihrer Warnung dann tot war?«

»Wenn es mich interessieren würde, was andere von mir denken, würde ich kaum so rumlaufen.« Er zog wieder an seinen Haaren.

»Können Sie uns sagen, was vorgefallen ist, bevor Sie Meg in ihrem Abteil liegen sahen?«

»Ich konnte nicht schlafen. Auf Zugfahrten kann ich prinzipiell nicht schlafen. Deswegen bin ich durch die Wagen gelaufen. Als wir entgleist sind, hörte ich Meg laut schreien. Ich bin zu ihrem Abteil gerannt und sah gerade noch McVey von hinten, wahrscheinlich auf dem Weg zurück zur Bar, um sich noch weiter zu besaufen.«

»Und haben Sie Meg gesehen?«

»Nein, die Tür war von innen verschlossen.«

»Sie haben also versucht, sie zu öffnen?«

»Natürlich. Es klang, als ginge es ihr schlecht.« Er blinzelte Roz an, als sei das alles ja wohl offensichtlich. »Dann bin ich ausgestiegen und am Zug entlanggegangen, um bei ihr ins Fenster gucken zu können, ob ihr auch nichts fehlt.«

»Und da war sie schon tot. Das tut mir so leid für Sie.« Craigs Stimme klang weich und mitfühlend.

»Das Ganze beweist doch nur, dass ich recht hatte, als ich ihr gesagt habe, sie soll wegrennen, stimmt's?« Iain schaukelte sich jetzt noch heftiger vor und zurück. »Er hat sie umgebracht. Hätte die Polizei nur auf mich gehört, hätte *sie* nur auf mich gehört, wäre das nie passiert.« Er winkte Roz näher. Craig schüttelte fast unmerklich den Kopf. Roz lehnte sich Iain ein klein wenig entgegen. »Und er wird es wieder tun, wissen Sie. Die Nächste. Verletzen, umbringen. Es gibt nur eine Methode, ihn zu stoppen. Man muss ihn töten.«

»Und, was glauben Sie?«, fragte Roz, als sie mit Craig den Gang hinunterging, bis Iain und Grant sie nicht mehr belauschen konnten.

Craig antwortete erst, als sie im nächsten Waggon waren und Iains Schluchzen und Grants Brüllen nach Alkohol nicht mehr hören konnten.

»Er ist auf jeden Fall sehr überzeugend.«

»Auf jeden Fall. Aber ich habe schon trauernde Eltern und Partner erlebt, die verzweifelt nach Auskunft über das Verschwinden oder den Tod ihres Angehörigen gebeten haben. Und später hat sich dann rausgestellt, dass sie selbst hinter dem Verbrechen steckten.«

»Ja, das habe ich auch schon erlebt. Ziemlich unglaublich …« Er sah in die Ferne und sprach den Satz nicht zu Ende.

»Auf jeden Fall hat er gerade ausgesagt, Grant sei ungefähr zum Todeszeitpunkt am Tatort gewesen«, sagte Roz. »Grant hat aber behauptet, er sei nicht da gewesen.«

»Iains Zeugenaussage ist nicht direkt neutral.«

»Nein, und ich weiß, dass ihr von der Staatsanwaltschaft so was nie durchgehen lassen würdet«, sagte Roz, ohne darüber nachzudenken. Was sollte das? Flirtete sie mit ihm, griff sie ihn an, oder tat sie so, als sei sie einfach der Detective Sergeant bei einem Fall? Sollte er näherkommen, oder stieß sie ihn von sich weg?

Seine Lippen zuckten und verzogen sich zu einem verspielten Grinsen. »Aber ihr von der Polizei wärt natürlich nur zu einverstanden damit, was?«

Sie sahen einander an, und es war, als seien sie allein im Zug. Das waren sie aber nicht. Roz senkte als Erstes den Blick. »Aber ob Iain jetzt lügt oder nicht – Beefy bewacht schon den anderen. Iain muss man auch im Auge behalten. Er hat Grant gerade mit dem Tod gedroht.«

»Grant soll seine Tür von innen verriegeln. Nur für den Fall.«

»Obwohl das Meg auch nicht geholfen hat.«

Bella kam vom Cockpit her auf sie zugeeilt. »Wir haben ein Problem. Eigentlich sogar mehrere Probleme.«

»Was gibt's?«, fragte Roz.

»Ich habe gerade mit der Polizei, der Feuerwehr und noch mal unseren Technikern gesprochen. Ihre Ankunft verzögert sich weiter, weil noch andere Bäume auf die Trasse gestürzt sind. Haben Sie schon mal versucht, die Nadeln von einer Waldföhre aus dem Teppich zu kriegen? Dann können Sie sich vorstellen, wie schwierig es ist, einen Föhrenstamm von einer Eisenbahntrasse zu bekommen.«

»Es gibt keine ungefähre Ankunftszeit?«

»Alle haben nur gesagt ›so schnell wie irgend möglich‹, mehr konnten sie nicht versprechen.«

Beim Gedanken an Heather und ihr Enkelchen im Krankenhaus krampfte sich Roz' Herz schmerzhaft zusammen.

»Sie sprachen von mehreren Problemen«, sagte Craig.

»Erstens, die Videoüberwachung funktioniert nicht mehr«, sagte Bella. »Man kommt nicht an die Aufzeichnungen ran. Momentan lässt sich nicht sagen, ob das auch mit der Entgleisung zusammenhängt oder Vorsatz dahintersteckt.«

»Wenn es Sabotage sein sollte: Hätte das jemand im Zug machen können?«, wollte Craig wissen. »Oder hätte auch ein Bahnmitarbeiter die Überwachungsanlage ferngesteuert sabotieren können?«

»Keine Ahnung. Ich weiß nur, dass die Kameras noch funktioniert haben, als wir London verließen, weil wir vor der Abfahrt Sicherheitschecks durchführen.«

Roz seufzte. Wenn jemand die Kameras absichtlich außer Gefecht gesetzt hatte, deutete das auf Vorsatz hin. Mord. Sie konnte sich kaum vorstellen, dass Grant zu einer Planung in diesem Ausmaß oder Verständnis elektrischer Systeme in der Lage war, aber vielleicht unterschätzte sie ihn ja.

»Jetzt kommt noch was Unerfreuliches«, fuhr Bella fort. »Die Heizungsanlage wurde bei der Entgleisung ebenfalls beschädigt. Ich habe alles unternommen, damit sie weiterläuft, aber jetzt hat sie sich komplett abgeschaltet. Es wird bitterkalt hier drin werden.«

»Gibt es Decken für solche Notfälle?«, fragte Craig.

»Wir könnten die Daunendecken aus den Abteilen holen, damit die Passagiere sich damit warmhalten können«, schlug Roz vor.

»Hervorragende Idee. Das ist aber noch nicht das Schlimmste.« Bella schloss die Augen und seufzte, als würde sie sich sammeln für das Bekenntnis des allerscheußlichsten aller Verbrechen: »Wir haben keine Teebeutel mehr.«

EINUNDDREISSIG

Roz' Handy klingelte. Videoanruf von Ellie. Roz starrte auf das Display. Sie wollte ihr nicht sagen, dass sie im Schnee feststeckte und vielleicht erst am Abend oder gar noch später da sein würde.

Vielleicht konnte Craig hören, wie laut ihr Herz schlug, oder die Reaktion auf ihrem Gesicht ablesen, jedenfalls sagte er: »Gehen Sie doch dran, und finden Sie raus, wie es Heather geht. Ich hole Liv und ihren Dad. Wir können sie in ihrem eigenen Abteil verhören.« Er verschwand mit langen Schritten den Gang hinunter, als Roz den Anruf annahm.

»Wie sieht es bei euch aus?«, fragte sie. Erst war das Display noch schwarz, nur piepende Maschinengeräusche waren zu hören, dann erschien auch das Bild dazu. Ihre Enkelin lag im Brutkasten und hielt Ellies Finger fest. Sie hatte das winzige Gesicht gerunzelt, die Augäpfel bewegten sich unter den geschlossenen Lidern. Roz konnte nur hoffen, dass der Winzling süße Träume hatte.

»Ich dachte, du möchtest deinem Enkelkind vielleicht einen guten Morgen wünschen.« Ellie klang unendlich müde. »Der Kleinen geht's richtig gut, sie atmet selbstständig und braucht keinen Sauerstoff mehr.«

»Hallo, mein kleiner Schatz«, sagte Roz. »Ich bin deine Oma.«

Der Winzling schwenkte die in Handschuhen steckenden Fäustchen, als würde er tanzen. Es war hinreißend. Dies war nicht der richtige Zeitpunkt, um über feststeckende Züge zu sprechen.

»Ich bin so bald wie möglich bei dir und gebe dir ganz viele nasse Küsse«, sagte Roz zu dem Baby. »Du erzählst mir, wie deine Reise bisher verlaufen ist, und ich erzähle dir von meiner. Wie findest du das?«

Trotz der Geräusche elektrischer Geräte meinte Roz, das Neugeborene seufzen zu hören. Sie wusste, dass das eigentlich nicht möglich war, aber ihr Herz krampfte sich trotzdem zusammen. Es war schrecklich, so weit weg von diesem kleinen Wesen zu sein. Sie konnte sich ausmalen, wie Heather sich fühlen musste. »Wie geht es Heather?«

Ellie schaltete die Handykamera um, vom Brutkasten auf ihr eigenes Gesicht. »Immer noch nicht stabilisiert. Sie tun alles, was sie können.« Sie sprach sehr leise, als wolle sie nicht, dass das Neugeborene mithörte. »Die Krampfanfälle sind schlimmer geworden. Die Ärzte befürchten Organschäden oder Schlaganfall.«

»O Gott.«

»Sie haben sogar schon überlegt, ob sie Heather in ein künstliches Koma versetzen sollen, damit ihr Körper sich besser erholen kann.«

Roz hielt sich die Hand vor die Augen, als könne sie damit verhindern, dass Bilder von Heather im Koma vor ihrem inneren Auge entstanden. »Und was ist mit dir, meine Liebe?«, fragte sie Ellie. »Wie fühlst du dich?«

Ellie zuckte die Achseln. Ihr Blick war ausdruckslos. »Komm einfach schnell, bitte.« Sie verabschiedete sich und drückte Roz weg. Roz fühlte sich ihnen zugleich ein bisschen näher und viel weiter weg. Der zweifelhafte Segen von Videoanrufen.

In diesem Moment fiel ihr Megs Handy wieder ein, das sie in der Tasche hatte.

Sie zog zwei der Einweghandschuhe an, die Craig ihr besorgt hatte, und nahm das Telefon vorsichtig aus dem Plastikbeutel. Sie schaltete das Handy ein und erriet den Zugangscode beim dritten Versuch. Zum Glück waren verliebte Mittzwanzigerinnen sehr leicht zu durchschauen, besonders, wenn der Geburtstag ihres Verlobten online einfach herauszufinden war. Da brauchte sie wenigstens nicht zum Tatort zu gehen und das Handy vor Megs totes Gesicht zu halten. Roz hatte sich mehrfach bei Handyherstellern dafür starkgemacht, daran etwas zu ändern. Ein Mörder oder Entführer konnte das Handy des Opfers auch nach dem Tod noch problemlos mit dessen Gesicht oder Daumen entsperren. Das Handy müsste mindestens feststellen können, ob die Person, zu der Gesicht oder Finger gehörten, noch am Leben war oder nicht.

Roz starrte die Hunderten von Apps an, die auf dem großen, zersplitterten Display auftauchten. Wo sie anfangen sollte, wusste sie nicht, also widmete sie sich als Erstes Megs Instagram-Account.

Die Kommentare unter Megs letztem Post bewiesen, dass sich die Nachricht von ihrem Tod schon herumgesprochen hatte:

Balladmonkey: #RIPMEG

UnionJill: Ruhe sanft. Du bist jetzt bei den Engeln

Meg4Eva: 😥😥😥

CHRISTINEBILLYGOAT: Das hätten wir kommen sehen müssen

Woowoomama: Sie brauchte unsere Liebe und Zuneigung

AMagicalFaeryWarrior: #Christmasiscancelled

MegFan3987492: Ich glaub es erst, wenn ich ihre Leiche gesehen habe

Wombat90: Kannte das Mädchen nicht

HotMess: Wo ist Grant? Was hat er zu sagen?

VisionandSound: MEG WOLLTE UNS DIE WAHRHEIT SAGEN. SEHT EUCH DAS DOCH AN! #domesticviolence #häuslichegewalt

Roz klickte auf den Link in diesem Kommentar, mit dem sie zu Megs letztem Livestream gelangte.

»Hi, ihr Lieben«, sagte Meg in die Kamera. Es war unheimlich, sie lebendig zu sehen, so kurz vor ihrem Tod. Sie war in ihrem Abteil, ihre großen Augen unstet. »Ich hatte euch ja versprochen, ich würde mich später noch mal melden. Bei mir läuft es nicht direkt nach Plan. Wahrscheinlich habt ihr schon mitgekriegt, dass Grant und ich uns mal wieder gezofft haben. Normalerweise würde ich nie zulassen, dass ihr mich so seht. Normalerweise würde ich mich ein bisschen aufhübschen und weitermachen, wie immer. Aber heute nicht. Heute packe ich aus. Heute erfahrt ihr, was wirklich hinter meiner Beziehung zu Grant steckt.

Aber zuerst, und bitte habt einen Moment Geduld, während ich das Geld verdiene, das ich brauchen werde, erzähle ich euch, was ich gerade trage. Ihr kennt mich ja, normalerweise würde ich euch den ganzen Schminkvorgang zeigen. Heute seht ihr nur Make-up, wie es von Tränen weggewaschen wird.« Meg lächelte traurig in die Kamera. »Ein gebrochenes Herz ist hundertpro der beste Test für wasserfeste Kosmetika, das sage ich euch. Das neue Make-up, das ich bekommen habe, damit ich euch meine ehrliche Meinung dazu sage: Es hält! Es ist ein reines Naturprodukt, aus biologischer Wildsammlung, handgemacht. Meine Augen strahlen unter Smoky Heather, auf den Lippen trage ich den Ton Bad Santa. Dieser Lippenstift hat mehrere Drinks, Küsse und einen Streit überstanden und ist immer noch in Form. Und hält und hält. Für Mascara und Liner kann ich das so nicht direkt bestätigen, also, da habt ihr's. Die Brands seht ihr gleich auf dem Display.« Die Markennamen liefen in einer hässlichen Schrift über den Bildschirm, die vermutlich gerade sehr angesagt war.

Meg hielt sich die Kamera direkt vors Gesicht. »So, jetzt kommt's! Was ich euch sagen will: Ich habe früher schon Sachen heimlich gefilmt. Aber jetzt habe ich das Gefühl, dass es an der

Zeit ist, die Wahrheit muss einfach raus. Hinter dem Make-up und den Fotosessions, den Storys in *Hello!* und sonst wo, versteckt sich –«

In diesem Augenblick wackelte die Kamera heftig, und auf Megs ernstem, tränennassem Gesicht zeigten sich Verwirrung und Angst. Die Deckenbeleuchtung flackerte. Gegenstände flogen durchs Abteil, als sei Meg Dorothy aus dem *Zauberer von Oz* und der Wirbelsturm verwüste gerade Kansas. Alles kippte aus dem Lot. Das Handy blieb weiter auf Megs Gesicht gerichtet. Als sie um sich blickte, schienen ihre Pupillen noch größer zu werden, schwarze Teiche, die von langen, wie Schilf aussehenden Wimpern umgeben waren. Meg hielt sich an einer Wand fest und fiel zurück aufs Bett. Manchmal war ihr Gesicht in dem Video zu sehen, manchmal die durch das Abteil fliegenden Gegenstände.

Als alles wieder zur Ruhe kam, beruhigte sich auch das Bild wieder. Meg strich sich die Haare glatt und setzte ihr Lächeln auf. »Tja, das habt ihr bestimmt nicht erwartet! Dass ihr miterlebt, wie unser Zug entgleist«, sagte sie in die Kamera ihres Handys. »Ich auch nicht. Auch wenn ich seit Langem das Gefühl habe, dass mein Leben total aus der Spur geraten ist.« Laut und mühsam atmete sie ein, ein schrecklich krächzendes Geräusch. »Aber Grant kann jede Minute hier sein, ich muss es euch also schnell erzählen. Anfangs war er einfach hinreißend. Er hat mich mit Romantik nur so überschüttet. Meine Therapeutin hat gesagt, er hätte mich mit Liebe bombardiert. Aber dann ist er ziemlich schnell –«

Meg unterbrach sich. Sie starrte in Richtung Tür. Ihre Augen weiteten sich, sie schien keine Worte aus der Kehle zu bekommen. »Grant, oh, was –« Sie streckte den Arm aus, drehte den Kopf. »Bitte, nicht –« Die Aufnahme endete mit dem Bild von Megs hohen Wangenknochen im Profil, Grauen auf ihrem schönen Gesicht.

Das Handy musste in diesem Augenblick hingefallen und zersplittert sein. Wenn Meg noch am Leben wäre, hätte sie sicher schon am nächsten Tag kostenlosen Ersatz bekommen. Aber Meg würde nie wieder etwas posten.

FIREANDMICE: Meg war kurz davor, uns zu verraten, wie er sie misshandelt hat, dann hat er sie ermordet, damit die Wahrheit nicht ans Licht kommt.

SandraDeelicious: Meg war eine lebende Tote

FarmerGiles: Das hat sie alles gefakt

Torrentedsuperheroes: Sie ist und bleibt eine Bitch

VisionandSound: #megicide Grant hat den Tod verdient. Ich habe Meg einmal f2f getroffen und dachte, sie würde mir ihren Kummer anvertrauen, aber dann kam er und ich habe die Angst in ihren Augen gesehen. Ohne Scheiß. Das war Grant, eindeutig

IncelIsKing: SIE LÜGT

Roz musste sich zwingen, den Blick von den endlosen Kommentaren abzuwenden. Jeder hatte eine Meinung dazu, wer schuldig oder unschuldig war, wer log oder nicht. Lies nie die Kommentare, schärfte sie sich ein – echte Erkenntnisse waren nur selten unterhalb der Gürtellinie eines Menschen oder Artikels zu finden.

Die einzige Person, die für Meg sprechen konnte, war sie selbst, und Meg war tot. Trotzdem konnte sie ihre Geschichte immer noch erzählen. Roz ging die vielen Videos auf Megs Handy durch und klickte eins an, auf dem Megs tränenüberströmtes Gesicht zu sehen war. Roz drückte automatisch die Hand auf ihr Herz, als sie *Play* anklickte und Meg erzählen hörte, wie Grant sie vergewaltigt hatte. »Es hat ihn angemacht, wenn ich Nein gesagt habe«, gestand sie.

ZWEIUNDDREISSIG

Roz wollte gerade an die Abteiltür von Liv und Aidan klopfen, als ihr Handy piepste: eine neue E-Mail. Sie stammte von Lavinia – die ersten Ergebnisse ihrer Recherchen. Roz wurde schlecht, als sie das las. Es gab starke Hinweise dafür, dass Grant immer wieder Frauen missbraucht hatte, ein Wiederholungstäter war. Zusammen mit Megs Videos und blauen Flecken könnte es vielleicht sogar reichen, dass die Staatsanwaltschaft sich dafür interessierte. Jetzt brauchte Roz das, was am wichtigsten war, wenn eine Aussage gegen die andere stand: Beweise.

Craig öffnete ihr von innen, und sie tanzten in dem engen Abteil umeinander herum, um eine Berührung zu vermeiden, als wären sie beim Scottish Country Dance. Aber früher, als Roz noch Volkstanz gemacht hatte, war das nie derart erotisch gewesen. Am Ende stand Roz mit dem Rücken zum Waschbecken vor dem Fenster, Craig an der Tür. Sein Gesicht war genauso rot wie ihres.

Phil saß auf dem unteren Stockbett und ließ den Kopf hängen. Er wirkte noch müder als am Vortag, falls das überhaupt möglich war.

Liv lag oben im Stockbett auf der Seite, in einem weiten, schwarzen Hoodie, die Daunendecke über den Beinen, den Roman *Bleak House* aufgeschlagen neben ihr, zusammen mit einem Tagebuch und einem pinken Füller, der Roz sehr bekannt vorkam.

Liv bemerkte ihren Blick und reichte Roz stolz den Füller. »Den hat Meg mir geschenkt, als ich ihr gesagt habe, wie schön der ist.«

»Meg hatte so ein großzügiges Wesen«, sagte Phil. »Sie hat ihre Sachen immer an ihre Freundinnen weiterverschenkt. Es ist schrecklich ungerecht, dass solch ein guter Mensch so früh sterben musste.«

»Und ich hoffe sehr, Sie können mir helfen herauszufinden, was ihr zugestoßen ist. Als Erstes müsste ich bitte Ihren vollständigen Namen wissen, und ob ich unser Gespräch aufzeichnen darf.«

»Olivia May Walker und Phillip Randolph Walker aus Hammersmith.« Phil sagte das langsam, damit Craig mitschreiben konnte. »Zwanzig beziehungsweise neununddreißig Jahre alt. Natürlich, ja, nehmen Sie das ruhig auf.«

Roz liebte Zeugen, die mehr Informationen als erbeten bereitstellten. Oft kam so etwas Wichtiges zutage.

»Sie wollten doch einen Blick auf mein Handy werfen.« Liv reichte ihr das Gerät nach unten. Ihre Hände zitterten dabei leicht. Es war immer nervenaufreibend, wenn man zum ersten Mal verhört wurde.

»Danke, Liv, das hilft mir wirklich sehr.« Roz ließ ihre Stimme sanft und dankbar klingen.

Auf dem Display war Livs Fotogalerie zu sehen, ganz oben eine Nahaufnahme von Meg in der Sitznische. Roz scrollte durch alle Bilder, die Liv gemacht hatte, seit sie Meg in der Lounge im Bahnhof erkannt hatte. Die meisten waren Selfies: Meg und Liv posend vor der Kamera; Meg, Ember und Liv; Meg, Grant und Liv und so weiter. Jedes Mal lächelte Meg strahlend in die Kamera. Ihre Zähne und Augen glänzten, und sie wirkte wie der Inbegriff von Gesundheit und modernem Glück.

In den heimlich aufgenommenen Bildern, die Liv zwischen anderen hindurch geschossen oder als Ausschnitt vergrößert hatte, wirkte Meg völlig anders. Auf einem Bild starrte sie aus dem Fenster, die Augen gerötet, der Blick ganz weit weg. Auf anderen Bildern war sie zu sehen, wie sie sich schminkte, Tropfen in ihre roten Augen träufelte, neuen Concealer auftrug, sich stirnrunzelnd im Spiegel der Puderdose betrachtete, der später in tausend Scherben auf ihrem Boden liegen sollte. Auf allen Fotos, die Liv heimlich aufgenommen hatte, sah Meg aus, als würde sie nie wieder glücklich sein.

»Das sind tolle Fotos. Sehr hilfreich. Könntest du wohl so gut sein und mir die weiterleiten?«, fragte Roz.

Liv nickte. »Ich habe auch das Livestream-Video gemacht. Als Meg aus dem Club Car gerannt ist.«

Roz spürte das verräterische Prickeln, das sie instinktiv bekam, wenn etwas in einem Fall ans Licht kam, das nicht unbedingt den Durchbruch bedeutete, aber zumindest einen Knacks in der harten Kruste. Vielleicht fand sich dort der entscheidende Hinweis.

»Das Video geht viral«, fügte Phil hinzu, aber er lächelte nicht. Er wirkte eher traurig.

Liv nahm ihr Smart Phone wieder zur Hand und öffnete mit fliegenden Fingern das, wovon Roz sich die wichtigste Spur erhoffte.

Das Video war verwackelt und unscharf, Meg war nah herangezoomt. Sie streckte die Arme aus, stand schwankend da und blickte aus dem Fenster. Das Bild erinnerte Roz an Kate Bush im Video von »Wuthering Heights«, in dem sie den Geist einer Frau spielt. Dann musste Liz einen Schritt zurückgetreten sein, denn der Blickwinkel vergrößerte sich und zeigte mehr vom Raum. Meg stand auf einem der dreieckigen Tische und wurde von Grant im Kreis gedreht.

»Hör auf, lass sie in Frieden.« Livs Stimme war kaum mehr als ein Flüstern, nah am Mikrofon.

»Für Liv ist es ganz schlimm, andere in Schwierigkeiten zu sehen«, erklärte Phil. »Sie ist ein lieber Mensch.«

»Danke, Dad«, erwiderte Liv.

Den Mund hatte Grant zu einem Lächeln verzogen, seine Lippen bewegten sich, als flüstere er Meg etwas zu, aber was er zu ihr sagte, konnte Roz nicht erraten. Ohne Vorwarnung ließ Meg sich Craig entgegenfallen, der ihr vom Tisch half.

»Was hast du da gerade mit ihr gemacht?«, sagte Meg zu Grant. Sie zeigte auf Ember. »Ich habe gesehen, wie du sie geküsst hast.« Im Speisewagen wurde es sehr still. Ember schüttelte den Kopf. Sie wirkte geschockt.

»Du bist doch verrückt. Und jetzt erfährt's die ganze Welt«, sagte Grant.

Ember schüttelte abwehrend den Kopf. »Er hat nur gesagt, dass ich gut aussehe und gut rieche.« Sie zuckte die Achseln. »Es ist nicht das, was du denkst. Ehrlich!«

Meg lachte heiser und krümmte sich zusammen. Die Umstehenden warfen sich Blicke zu, als wüssten sie nicht, wie sie mit ihr umgehen sollten. »Was für ein Klischee! Wenn du weißt, was ich denke, dann stimmt es auch, da kannst du Gift drauf nehmen.«

»Du bist doch besoffen«, zischte Grant, »und Gott weiß was sonst noch. Geh jetzt, bevor du was sagst, was dir später leidtut.«

Roz unterbrach das Video und vergrößerte Grants Gesicht. Hass und Ekel zeichneten sich darauf ab. Ein Flashback überwältigte Roz – diesen Gesichtsausdruck hatte sie schon einmal gesehen, bei einem anderen Mann. An sein Gesicht konnte sie sich nicht erinnern, nur an diesen Mund. Seinen Zigarettengeruch. Die Schmerzen, als er brutal in sie eindrang. Sie spürte die Galle in ihrer Kehle hochsteigen und blinzelte mehrere Male, um in die Gegenwart zurückzukehren. *Du bist hier, du bist in Sicherheit,* sagte sie sich ihr Mantra auf.

»Ist alles in Ordnung, Roz?«, fragte Craig. Seine Stimme klang so mitfühlend, dass sie ihn nicht anschauen konnte, weil sie dann garantiert in Tränen ausgebrochen wäre.

Roz klickte auf *Play* und versuchte, sich auf das Video zu konzentrieren.

»Das klingt aber reichlich drohend, Freundchen«, sagte Craig. »Lass sie in Ruhe, okay?«

»Verpiss dich.« Grant schubste Craig von sich. »Ich bin nicht dein Freundchen, verstanden? Ich kenn dich nicht mal. Du bist ein hässlicher alter Knacker, willst Spaß haben mit den Kids, ja? Bist du pervers oder was?«

»Hey, warum brüllt ihr so rum?«, lallte irgendjemand aus dem Off. Roz vermutete, dass es Sally war.

»Und Sie halten sich da auch raus«, fuhr Grant sie an. »Mir macht keiner Vorschriften. Ihre Kinder müssen Sie ja scheinbar andauernd so sturzbetrunken sehen. Die scheinen jedenfalls dran gewöhnt zu sein. Und wenn Sie glauben, Ihr Mann ist Ihnen treu, dann sind Sie genauso blöd wie Ihre Kinder.«

»Hör auf!«, kreischte Meg. »Ich halt's nicht mehr aus. Ich hau jetzt ab, und dann habt ihr wieder euren Frieden.«

»Meg«, sagte Ember. »Ich kann dir helfen!«

Meg fiel mit voller Wucht gegen eine Wand, schien aber nichts davon zu spüren. Auf dem Weg nach draußen schien sie gegen unsichtbare Personen anzukämpfen. Die Tür öffnete sich, und Meg stolperte nach draußen. Ein paar nervöse, unsichere Lacher waren zu hören, Becks grausames Gelächter stach heraus.

»Will denn gar keiner hinter ihr hergehen und nach ihr gucken?« Livs geschockte Stimme war nah am Handymikrofon zu hören. Das Bild wirbelte herum. Craig stand mit gerunzelter Stirn neben einer Sitzgruppe. Beck und Ayana starrten beide Grant an. Ember machte einen Schritt auf die Tür zu und dann wieder zurück. Nur Grant schien von dem Ganzen unbeeindruckt. Die Kamera blieb auf ihn gerichtet.

Grant legte Beck den Arm um die Schulter und zog sie an sich, aber sie schubste ihn mit angewidertem Gesicht weg. Grant lachte nur und zwinkerte Ayana zu. Er zog seine E-Zigarre heraus, paffte daran und ging in Richtung Tür. Das Video endete damit, dass er hinausging, sich noch einmal umdrehte und Rauch zur Kamera blies.

Noch einmal ansehen, stand auf dem Display.

Roz sah Liv an. »Und was ist dann passiert?«

»Eigentlich nichts Besonderes. Alle waren ein bisschen geschockt und haben nicht viel gesagt. Ein paar haben überlegt, ob sie ihr folgen sollen.« Liv zögerte, als müsse sie daran denken, wie anders alles verlaufen wäre, wenn sie das getan hätte. »Und dann ist der Zug entgleist. Alles ist durch die Luft geflogen. Ich glaube, in dem Augenblick hat keiner mehr an Meg gedacht. Das ist natürlich schrecklich.«

»Was hat Grant nach dem Video gemacht?«

»Ich glaube, er ist kurz danach weggegangen. Ich habe geglaubt, dass er nach ihr schaut. Ich weiß nicht, ob er wieder im Club Car war, als der Zug entgleist ist.« Sie starrte an die Decke, als stelle sie sich vor, wie Grant Meg etwas antat.

Vielleicht sagte Iain tatsächlich die Wahrheit. Craig zog eine Augenbraue hoch und machte eine Notiz auf seinem Handy. Es würde schwierig werden, die Erinnerungen rund um den Zeitpunkt der Entgleisung auseinanderzuhalten.

»In dem Video legt Grant Beck den Arm um die Schultern, und sie stößt ihn weg. Hast du mitbekommen, dass er auch noch andere Leute belästigt hat?«

Liv sah nach links oben, als lasse sie Ereignisse vor ihrem inneren Auge Revue passieren. Sie bat ihren Vater um Wasser. Er gab ihr eine Plastikflasche und strich ihr zärtlich übers Haar. Liv trank einen Schluck Wasser und erzählte. »Beck und er schienen sich von Anfang an nicht leiden zu können. Er hat sie ständig geärgert. Hat andauernd zu ihr gesagt, sie sei so dumm, was sie auf jeden Fall *nicht* ist.« Liv unterbrach sich und dachte wieder nach. »Einmal bin ich auf die Toilette gegangen, und da habe ich ihn mit Ayana gesehen. Sie standen draußen auf dem Gang und haben zusammen gelacht. Sie hat an seinem Vape-Ding gezogen und den Rauch zum Fenster rausgeblasen. Sie standen ganz dicht beieinander, aber es sah nicht unbedingt so aus, als würde er sie ›belästigen‹. Aber man weiß es natürlich nie.« Zweifel flackerten über ihr Gesicht. »Ich meine, ich habe gesehen, dass sie von ihm abgerückt ist, und das mag er gar nicht.« Sie unterbrach sich wieder, ein Anflug von Schuldgefühlen auf dem besorgten Gesicht. »Im Club Car habe ich Meg und Grant beobachtet, und es sah aus, als würde er sie verliebt angucken, aber Meg zuckte zusammen, und er hat ärgerlich die Stirn verzogen. Vielleicht hat Ayana ja versucht, von ihm wegzukommen, ohne ihn wütend zu machen?« Sie schien sich das Ganze noch einmal durch den Kopf gehen zu lassen. Vielleicht fragte sie sich, ob sie irgendetwas anders hätte machen können.

»Und Sie sind ja ein Fan von Meg, stimmt das?« Roz versuchte, die geistesabwesende Liv zurückzuholen.

Im unteren Stockbett streckte Phil den Kopf heraus und schaute nach oben. »Sie hat sich immer wieder angeguckt, wie Meg den Gesangswettbewerb gewonnen hat. Bei einer Talentshow im Urlaub in Mallorca hat Liv sogar selbst ›In No Time‹ gesungen.«

Liv nickte, wirkte aber immer noch ganz weit weg.

»Du bist ihr auf den sozialen Medien gefolgt. Ist dir vielleicht irgendwas aufgefallen, was, im Nachhinein betrachtet, verdächtig war?«

»Meg hat jede Menge Trolls. Die schreiben abartige Sachen auf ihrem Insta-Kanal, und auf Twitter, überall, dass sie sterben oder vergewaltigt werden müsste. Oder beides.«

Phil vergrub den Kopf in den Händen. »Das ist ja schrecklich, Liv. So etwas guckst du dir an?«

Liv zuckte die Achseln. »Das Zeug ist doch überall.«

»Aber zu dir sagt niemand so etwas, stimmt's?« Phil war aufgestanden und hielt sich an der Leiter nach oben zum Stockbett fest. Er streckte die Hand nach seiner Tochter aus.

Sie schüttelte den Kopf, sah aber weder ihn noch Roz dabei an. Eine schreckliche Müdigkeit überkam Roz. Gab es irgendwo junge Frauen, die sich noch nicht an solche Drohungen gewöhnt hatten?

»Wie sieht es bei Ihnen aus, Phil?«, fragte Craig. »Wie erinnern Sie sich an die Entgleisung?«

»Ich habe alles verpasst – die Polonaise, den Streit, die Entgleisung. Ich habe durchgeschlafen, bis Roz mich aufgeweckt hat. Das Schaukeln des Zugs hat mich herrlich eingeschläfert.« Phil wiegte sich vor und zurück und schnarchte ein paarmal laut, um es zu demonstrieren. »Ich betreue immerhin zwei Kleinkinder. Wenn ich einmal schlafe, schlafe ich.«

»Und Sie haben Ihr Abteil zu keinem Zeitpunkt verlassen?«, fragte Roz.

»Nein, nur das eine Mal, als ich in den Club Car gekommen bin, um das Fläschchen bei Sally abzuholen, dann bin ich zurück zu unserem Abteil.«

»Sie waren nicht auf der Toilette?«, fragte Craig. »In dieser Art Abteil gibt es ja keine Nasszelle.«

Phil sah hinüber zum Waschbecken. »Ich habe das genutzt, was mir hier zur Verfügung stand.«

»Dad!«, empörte sich Liv. »Das ist ja widerlich.«

»Ich wollte deine Brüder auf keinen Fall aufwecken oder allein lassen.«

»Haben Sie im Laufe der Nacht hier in Ihrem Abteil irgendetwas gehört, das Sie jetzt, in Anbetracht von Megs Tod, als verdächtig einordnen würden?«

Phil schüttelte den Kopf. »Tut mir leid. Ich wünschte, ich könnte Ihnen helfen.«

»Vielleicht können Sie das ja auch. Meg war früher Ihre Schülerin, ist das richtig?«

Phil seufzte und verzog sich zurück auf das untere Stockbett. »Genau, sie war mal in meiner Klasse.«

»Wie war sie als Schülerin?«

»Klug. Klüger, als die anderen sie sehen sollten. Warum machen die Kids nur immer so was? Dass sie ihren Intellekt und das, was sie denken, verstecken?«

»Weil wir einfach wie die anderen sein und irgendwie durchkommen wollen«, antwortete Liv.

»Na, jedenfalls, also, sie ... sie mochte mich. Besonders gern. Verstehen Sie?«

Wieder das Prickeln. Roz war auf der richtigen Fährte.

»Was redest du da, Dad?« Liv schaute drein wie ein verängstigtes Kind. Ihre Stimme klang schrill.

»Sie stand auf mich, okay?«

»Nein, das geht gar nicht.« Liv drückte die Hand auf den Mund.

»Das ist ganz normal, dass Jugendliche in ihren Lehrer verknallt sind. Oder einen Sozialarbeiter. Meg hat sich dafür halt mich ausgesucht.«

»Spielte Ihr Verhältnis zu Meg eine Rolle für Ihren Umzug von Schottland nach London?«

»Wir hatten kein Verhältnis miteinander. Warum sollte ihre Fixierung Einfluss auf mich haben?«

»Als Sie sich gestern wiedergetroffen haben, wirkte das, gelinde gesagt, zumindest peinlich. Wenn ich zwischen den Zeilen lesen sollte, würde ich sagen, etwas ist da vorgefallen. Das schien zeitlich ungefähr mit Ihrem Umzug nach London zusammenzufallen.«

Phil rieb sich das Gesicht. Roz hatte schon genug Menschen verhört, um zu wissen, dass gleich eine Wahrheit oder Fast-Wahrheit auf den Tisch kommen würde. »Eine Kollegin sah einen der Briefe, die Meg mir geschrieben hat.« Phil wurde rot und drehte sich zur Wand um, damit sein Gesicht nicht zu sehen war. »Ich bewahrte sie in einer Schublade in meinem Schreibtisch auf.

An einem Tag war ich mal krank, und die Ersatzlehrerin hat die Briefe gefunden und der Rektorin gegeben. Die Schulleitung hat geglaubt, es beruhe auf Gegenseitigkeit.«

»Dad?« Livs Nasenflügel bebten vor Schock, ihre Augen füllten sich mit Tränen.

»Hätte ich die Briefe nur weggeworfen. Das war dumm von mir, aber ich fühlte mich geschmeichelt. Und ich weiß, dass alle Männer, die eine Affäre haben, sich damit rausreden. Aber wir hatten keine. Ich verspreche es dir hoch und heilig, Liv. Kein Kuss, nichts. Sie war siebzehn, genauso alt wie dein Bruder jetzt. Nicht sehr viel jünger als du, wenn man's so betrachtet. Ich habe nie zurückgeschrieben oder sie in irgendeiner Art und Weise ermutigt, nichts.« Er starrte Roz in die Augen. »Sie hat mir nur leidgetan, mehr nicht.«

»Warum sind Sie dann viele Hundert Meilen weit weggezogen, in ein anderes Land, und haben Ihre ganze Familie entwurzelt?«, fragte sie.

»Meine Rektorin war überzeugt, dass ich für die Hochschule besser geeignet wäre. An unserer Schule konnte ich nicht befördert werden, und sie hat den Kontakt zu jemandem an der Uni hergestellt.«

»Welche Uni?«, fragte Craig.

»University of London.«

»Genau wie Sie, Craig«, sagte Roz.

»Die Uni ist riesig«, erklärte Craig. »Sie ist auf achtzehn oder zwanzig Colleges über ganz London verteilt.«

»Ich habe am Goldsmith's unterrichtet.«

»Na, das war ja ein echter Aufstieg für Sie, was?«, sagte Roz. Ihr Tonfall deutete an, dass Phil von der ganzen Sache profitiert hatte. Sie wollte sehen, wie er darauf reagieren würde.

»Ich habe nichts Unrechtmäßiges getan.« Phil war die Abwehrhaltung anzuhören. »Ich war nur ein einziges Mal freundlich zu ihr, als sie in der Mittagspause weinend in meinem Büro saß.«

Und vielleicht war das ja auch schon die ganze Wahrheit, dachte Roz. Wenn Meg eine Vaterfigur gebraucht hatte, dann war ihr selbst ein Tropfen Mitgefühl sicher schon wie eine warme Flut vorgekommen. Aber dass Phil ihre Briefe aufgehoben hatte, sagte eine Menge über Phils Charakter und Bedürfnis nach Aufmerksamkeit vonseiten junger Frauen aus. Und vor den Ohren seiner Tochter würde er auf keinen Fall mehr zugeben. Eins der Probleme, wenn man zu lange bei der Polizei arbeitet – Roz traute niemandem mehr über den Weg.

Sie sah aus dem Fenster. Der Schnee stapelte sich draußen auf dem schmalen Sims und verdeckte langsam, aber sicher den Blick. Genau wie all das Alte, das sich in ihrem Gedächtnis auftürmte. Immer höher schichteten sich die Erinnerungen auf, bis sie kaum noch an ihnen vorbeischauen konnte. Wenn sie den alten Ballast nicht aus dem Weg räumen konnte, würde sie nie in der Lage sein, den Todesfall Meg zu lösen.

DREIUNDDREISSIG

»Wir müssen noch einmal mit Grant sprechen«, sagte Roz, als sie im Laufschritt vor Craig durch den eiskalten Gang stiefelte. Mittlerweile war die ausgefallene Heizung überall deutlich zu spüren. »Er selbst hat behauptet, er sei Meg nicht zum Abteil gefolgt, aber Liv und Iain haben das Gegenteil gesagt.«

»Er war total betrunken, es kann gut sein, dass er sich nicht daran erinnert«, sagte Craig. »Ich war im Club Car und kann Ihnen auch nicht sagen, ob er jetzt dort war oder nicht. Er ist die ganze Nacht lang rein- und rausgelaufen.«

»Stimmt. Aber wir haben genug, um ihn noch mal zu verhören. Außerdem hat meine frühere Kollegin Lavinia mir die ersten Ergebnisse ihrer Recherche geliefert. Grant hat Verurteilungen wegen Hausfriedensbruch und tätlichem Angriff auf dem Buckel. Außerdem haben ihn drei verschiedene Frauen angezeigt: Gewalt durch Beziehungspartner.«

»Und haben die Anzeigen zu Verurteilungen geführt?«

»Nein. Vermutlich aus den bekannten Gründen.«

Die Tür zum nächsten Schlafwagen vor ihnen glitt auf, und der atemlose Beefy erschien. »Ich brauche Hilfe. Es geht um Grant. Man hört, dass er sich übergibt, aber ich komme nicht in sein Abteil. Ich habe ihm gesagt, er soll aufmachen, aber …« Er drückte die Hand an die Brust, als wolle er sein Herz daran hindern, stehen zu bleiben, wirbelte herum und rannte zurück in die Richtung, aus der er gekommen war.

Roz folgte ihm eilig. Noch bevor sie in dem Waggon waren,

hörten sie Grants Gurgeln, Spucken und ersticktes Schreien, begleitet von einem Geräusch wie von knallenden Türen. Es klang, als trete er wild um sich.

Zwei Abteile weiter ging Iains Tür auf, und der Mann streckte den ungepflegten Kopf nach draußen. »Was ist da los?«

»Bitte gehen Sie zurück in Ihr Abteil, Iain«, fuhr Roz ihn an. »Und bleiben Sie gefälligst da.«

Iain zog den Kopf zurück, schloss die Tür und verriegelte sie.

Beefy versuchte wieder, Grants Abteil mit der Schlüsselkarte zu öffnen, aber sie bewegte sich nicht. »Mach auf, Grant, bitte, mein Freund.«

Grant atmete rasselnd ein, dann wurde es totenstill hinter der Tür.

Beefy sah Roz fragend an.

»Aufbrechen«, sagte sie.

Beefy nahm so viel Schwung wie möglich und warf sich mit dem Oberkörper gegen die Abteiltür. Er brauchte etliche Anläufe, jedes Mal gab das Schloss ein wenig mehr nach. Beim vierten Versuch öffnete die Tür sich endlich, aber nur wenige Zentimeter. Irgendetwas war im Weg.

Ein fürchterlicher Gestank nach Erbrochenem und vollgeschissenen Hosen erfüllte den Gang. Würgend trat Roz vor und spähte durch den schmalen Spalt. Die Tür hatte sich in Grants Stirn gegraben, Blut gerann rund um den Metallrahmen. Grants Kopf war zur Seite gefallen; die Zunge hing ihm dick und bläulich verfärbt aus dem Mund. Die Augen waren offen und bewegungslos, eine Hand war vor der Brust zu einer Klaue verkrampft.

Roz ging in die Hocke, schaffte es, ihren Arm durch den Spalt ins Abteil zu schieben, und drückte die Finger an Grants Halsschlagader. Es gab kaum einen Zweifel, aber sie musste es trotzdem überprüfen. Kein Puls, kein Lebenszeichen. »Er ist tot«, sagte sie. Sie hoffte für Beefy, und sich selbst, dass Grant tot gewesen war, bevor sich die Tür in seine Stirn gebohrt hatte.

»Aber ich habe doch die ganze Zeit hier gestanden.« Dicke, rote Adern zeichneten sich in Beefys Gesicht ab. »Niemand ist rein- oder rausgegangen. Und er hat die Tür selbst von innen verriegelt, wie ich angeordnet hatte. Ich verstehe das einfach nicht. Wie konnte das nur passieren?« Er blickte zwischen Craig und Roz hin und her, als hoffe er, sie könnten das alles wegerklären.

»Ich weiß es auch nicht«, sagte Roz. »Wird ohne Autopsie wahrscheinlich schwierig sein herauszufinden. Wir können nicht mal ins Abteil, weil wir die Leiche nicht bewegen oder anfassen dürfen.«

Roz streckte ihr Handy durch den Türspalt und machte Bilder von Grants blauverfärbter Zunge, den wenigen roten Punkten in dem offenen Auge, das sie sehen konnte, und dem Erbrochenen in seinem Gesicht. Die Tatorttechniker würden eine Probe entnehmen, sobald sie da waren. Und jetzt würde alles noch viel länger dauern.

Sie wusste, dass es jetzt nicht um sie ging, aber ihr Herz setzte bei dem Gedanken, es an Heiligabend nicht mehr zu Heather zu schaffen, immer noch einen Schlag aus.

»Wir könnten von draußen reingucken«, schlug Craig vor. »Das Fenster aufbrechen, wenn es sein muss.«

»Wenn das nicht schon jemand getan hat«, erwiderte Roz. Von ihrem Blickwinkel aus konnte sie das Fenster nicht sehen.

»Sie haben recht. Jemand hätte zum Fenster einsteigen und ihn umbringen können.« Betrübt schüttelte Beefy den Kopf. »Der arme Kerl. So was hat niemand verdient.«

Roz war sich nicht sicher, ob sie diese Meinung teilte. Ein weiterer Grund, warum ihr Rückzug von der Polizei vermutlich weise war.

»Wir wissen ja gar nicht, ob er ermordet worden ist«, sagte Craig. Er war wie immer die Stimme der Vernunft. »Es könnte sich auch um Suizid handeln. Er muss gewusst haben, dass er der Hauptverdächtige in Megs Todesfall war. Vielleicht fand er die Vorstellung unerträglich, dass alle es herausfinden könnten.«

»Möglich«, erwiderte Roz. An Grants Hals waren keine Hinweise auf Erdrosselung zu sehen; Erbrechen und Atemnot konnten Hinweise auf eine Vergiftung sein. Er hätte natürlich auch selbst Gift schlucken können. Wahrscheinlicher war aber, dass jemand anderes ihn vergiftet hatte. Wenn Grant sich einer lebenslänglichen Freiheitsstrafe gegenübergesehen hätte, hätte er sich den besten Anwalt besorgt, den man für viel Geld kriegen konnte, und einen Halbe-Million-Buchvertrag mit einem Verlag abgeschlossen. Vermutete sie zumindest. Nein, sie war sich ziemlich sicher, dass ihn jemand anderes auf dem Gewissen hatte.

Dem Schneegestöber war noch lange nicht die Puste ausgegangen. Mittlerweile hatte es sich zu einem veritablen Schneesturm gesteigert. Beinn Dòrain war kaum noch zu sehen. Roz fühlte sich trotzdem gestärkt durch seine solide, uralte Präsenz. Der Berg war immer da, er sah und hörte alles – als sei er der Vorsitzende bei Gericht und trüge eine weiße Perücke aus Schnee.

Roz und Craig hielten die Köpfe gesenkt, während sie dicht neben dem Zug durch den Schnee stapften. Als sie unter Grants Abteil standen, verschränkte Craig die Finger zu einer Räuberleiter.

Roz stellte sich mit einem Stiefel auf seine Hände, und er hob sie hoch genug, dass sie durchs Fenster hineinschauen konnte. Die Glasscheibe war intakt, es gab keinerlei Anzeichen, dass jemand durchs Fenster ein- oder ausgestiegen war. Auch Grant war in einem verschlossenen Abteil gestorben.

Die Jalousie war oben, und sobald Roz den Kopf so gedreht hatte, dass es keine Spiegelungen mehr gab, konnte sie das ganze Abteil überblicken. Sie hielt sich an dem schmalen Sims unter dem Fenster fest und nahm so viele Eindrücke wie nur möglich in sich auf. Überall war Erbrochenes. Gelb mit Brocken darin. Auf dem Bett, auf dem Boden, an der Tür.

Grant lag diagonal und auf der Seite: Kopf an der Tür, Füße an der Nasszelle. Seine E-Zigarre lag auf dem Bett.

Unmittelbar vor Roz auf dem Rand des Waschbeckens stand ein Teller mit den Überresten eines mit Speck belegten Brötchens, eine Bananenschale und eine Packung Chips. Im Waschbecken lag eine geöffnete Flasche Champagner, ein Einwegrasierer und eine Plastikflasche mit Tafelwasser.

Roz wusste nicht, ob Schock, Angst oder Kälte schuld waren – sie wusste nur, dass sie zitterte.

»Können Sie sich vielleicht anlehnen und ein paar Fotos machen?«, sagte Craig.

Roz stützte sich mit einem Arm gegen den Zug, zog die Handschuhe aus und drückte ihr Handy an die Scheibe. Sie konnte nur hoffen, dass die Reflektionen nicht zu stark sein würden.

Als sie genug Fotos geschossen hatte, half Craig ihr nach unten. Schweigend standen sie da. Sogar der Wind war verstummt, und der Schneefall machte eine Pause, als wolle auch das Wetter dem Toten Respekt zollen.

»Und, wie ordnen Sie die Sache ein?«, fragte Craig schließlich.

»Falls er sich keine Überdosis von irgendwas reingepfiffen hat, was natürlich möglich ist, würde ich vermuten, er ist von jemandem vergiftet worden.«

»Im Essen oder Trinken, meinen Sie?«

»Das erscheint mir am logischsten. Seit er das Frühstück bekommen hat, war seine Tür verschlossen.«

»Wer würde ihm den Tod wünschen?«

Roz ließ im Geist alle verbleibenden Fahrgäste und Angestellten Revue passieren, als rausche ihr Gehirn wie ein Zug an Bahnhöfen vorbei. Gelegenheit, Hilfsmittel, Motive der möglichen Verdächtigen. »Iain hat explizit geäußert, dass Grant sterben sollte. Beefy hat allerdings beide Türen im Auge gehabt.«

»Mit Beck ist Grant auch nicht gerade gut klargekommen«, sagte Craig, »und Phil scheint sehr wütend auf ihn zu sein.«

»Und es gibt noch einen, der sehr um Meg trauert und sie gern beschützt hätte«, kam es Roz in den Sinn. Sie wollte es nicht aussprechen, musste es aber tun.

»Wer?«

»Beefy. Er war ganz aufgelöst und hat sich selbst die Schuld an ihrem Tod gegeben.«

»Aber warum hat Meg ihm so viel bedeutet? Er kennt sie doch erst seit gestern.«

»Wissen wir das mit Sicherheit?«

»Nein«, sagte er und zog das Wort in die Länge. Roz merkte, dass Craig sich Beefy ebenfalls nicht als Killer vorstellen mochte. Ohne es abzusprechen, gingen sie den längeren Weg zurück, einmal um den Zug herum statt zu der nächstgelegenen Tür. Sie stapften im Gleichtakt nebeneinanderher.

»Gibt es denn Neuigkeiten von Ihrer Tochter?«, fragte Craig.

»Es steht auf der Kippe. Die Ärztinnen unternehmen alles, um sie zu stabilisieren, aber ihre Organe scheinen sich zu wehren.«

»Das tut mir schrecklich leid. Haben Sie ein enges Verhältnis zueinander?«

»›Eng‹ würde ich es nicht unbedingt nennen. Wir sind beide eigenbrötlerisch und ein bisschen kratzbürstig veranlagt. Wir haben schwere Zeiten hinter uns, was dazu geführt hat, dass wir nicht so ganz ideal zusammengehalten haben.«

»Was für schwere Zeiten?«

»Ich war erst zwanzig, als ich meine Tochter bekam. Meine Mum sagte damals zu mir: ›Wenigstens ersparst du mir die Schmach, als Minderjährige schwanger geworden zu sein.‹ Als ich meine Mutter darauf hinwies, dass *sie* sehr wohl im Teenageralter schwanger geworden war, meinte sie: ›Schon, aber ich war eine Kinderbraut. Das ist was ganz anderes. Das ist respektabel. Außerdem habe ich mit Babybauch sowieso besser ausgesehen.‹ Mit Liz, meiner Mum, zu diskutieren, war vollkommen unmöglich. Jeder Streit hat sich endlos hingezogen. Wie die Ausbesserungen an der Brücke über den Firth of Forth. Wenn man an einem Ende angekommen ist mit den Malerarbeiten, ist schon wieder die nächste Schicht Farbe dran. Unsere Diskussionen waren genauso.«

»Sie *waren* endlos?«

»Sie ist vor ein paar Monaten verstorben.« Roz musste an das Kochbuch ihrer Mum denken, so viel Leben, so viel Wissen, alles eingekocht zu einer Rezeptsuppe, mit Bonmots als Croutons obendrauf, damit das Ganze etwas Biss bekam.

»Eigentlich müsste ich jetzt ›Herzliches Beileid‹ sagen, aber das scheint mir nicht zu reichen.«

»Ja, sie fehlt mir«, sagte Roz. Sie dachte an das, was ihre Trauerbegleiterin Antonia über die Theorie von Kübler-Ross gesagt hatte: Die Trauer verursachte ein Loch, um das herum man sein Leben neu ordnen musste. Und nicht nur die Trauer um einen geliebten Menschen verursachte ein Loch, sondern jeder große Verlust. Der Verlust der Jugend, als sie so früh schon Mutter geworden war. Der Verlust des Vertrauens, als sie vergewaltigt worden war. Antonia hatte eine Tüte ringförmige Donuts mit zum Gruppentreffen gebracht und jeder Teilnehmerin einen ausgehändigt. »Was passiert, wenn Sie sich den Donut angesehen und aufgegessen haben?«, fragte sie.

»Dann ist er weg?«, hatte jemand geantwortet.

»Er ist Teil des großen Ganzen geworden«, sagte eine andere Teilnehmerin, die den Kurs schon zweimal besucht hatte.

»Sie sind doch sonst nicht so schweigsam«, hatte die Gruppenleiterin Roz angesprochen, Puderzuckerreste auf den Lippen. »Was denken Sie?«

»Wir stopfen unsere Trauer einfach in uns hinein«, antwortete Roz. »Wer hier möchte nicht sofort den nächsten Donut? Wer könnte eine ganze Bäckerei voller Donuts in sich reinstopfen, mit Loch und allem?«

Sämtliche Hände gingen in die Höhe. Danach war Roz nicht mehr zu den Treffen gegangen. Die Trauerbegleiterin hatte das Thema völlig falsch angepackt. Verlust war nicht wie ein Donut, sondern wie ein Gugelhupf. In der Mitte war ein Loch, aber rund um das Loch stiegen steile Berge auf. Von außen betrachtet, konnte niemand sehen, dass sich in der Mitte ein Loch befand. Man brauchte die Berge nur mit ein bisschen Puderzucker zu bestäuben, und schon sahen auch die süß aus. Außerdem war eine ganze Menge Willenskraft notwendig, um einen ganzen Gugelhupf zu verdrücken.

»Was haben Sie?«, fragte Craig und blieb stehen. »Es sieht so aus, als seien Sie ganz weit weg.«

»Ich habe über Trauer nachgedacht. Was zurückbleibt. Wie sieht's bei Ihnen aus? Was ist das Loch in Ihrem Leben?«

Craig dachte einen Augenblick darüber nach, dann sagte er: »Mir hängt das nach, was mir entgangen ist. Was eigentlich mein Leben hätte sein sollen.« Seine Stimme klang schrecklich traurig.

Mit einem *Ping* meldete sich eine E-Mail auf Roz' Handy. »Von Lavinia. Der nächste Schwung an Auskünften«, sagte sie. Als sie die Mail überflog, fielen ihr etliche Dinge als sehr vielsagend auf.

»Und, was Hilfreiches?« Craig klang seltsam, als zwinge er sich zu einem beiläufigen Ton, aber irgendetwas verbarg sich dahinter.

»Möglicherweise. Vielleicht müssen wir uns aufteilen, damit wir alle einzeln verhören können.«

»Mir wäre es lieber, wenn wir zusammenblieben«, entgegnete Craig. Es klang, als wolle er noch mehr damit andeuten. »Ihre Fähigkeiten gehen mir ab.«

»Das stimmt gar nicht, Sie sind richtig gut. Scharfsinnig. Treffend. Freundlich.«

»Danke, das ist nett. Aber ich ordne mich lieber Ihrer Technik unter. Werden Sie das nicht alles vermissen, wenn Sie im Ruhestand sind?«

»Ich versuche, nicht ans Nichtarbeiten zu denken, wenn es um meine Pensionierung geht. Eigentlich habe ich mein Leben lang gearbeitet, um mich abzulenken.«

»Aber was wollen Sie denn dann tun?«

»Mich um meine Tochter und Enkelin kümmern, lesen, spazieren gehen … mir einen Aushilfsjob suchen, wenn mir langweilig wird.« Sie merkte, wie negativ das klang. »Nicht, als ob meine Tochter und das Baby langweilig sein werden, nur –«

»Ich verstehe vollkommen«, sagte Craig. »Ihnen ist es am liebsten, wenn der Terminkalender bis zum Überlaufen voll ist. Mir geht es nicht anders. Wie wäre es mit einer Arbeit als Privatdetektivin? Sie bräuchten nur die Fälle anzunehmen, die Sie wollen, und könnten die Arbeitszeit selbst bestimmen.«

»Als Detektivin müsste ich doch nur Mülleimer durchwühlen, im Auto herumsitzen, Donuts essen und drauf warten, jemanden beim Ehebruch zu fotografieren.«

»Für mich klingt das so, als würde man fürs Donutessen bezahlt. Für mich klingt das nach einem Traumjob.«

Roz lachte, dabei wusste sie, dass sie über ihre Zukunft nachdenken musste. Möglicherweise standen ihr dreißig oder vierzig Jahre Ruhestand bevor, allein. »Was ist mit Ihnen? Haben Sie irgendwelche tollen Pläne für Ihre Laufbahn oder Ihr Leben?« Roz versuchte, sich vorzumachen, dass sie nicht nach Informationen angelte, aber genau das tat sie.

»Bisher noch nichts Konkretes. Vielleicht ziehe ich um.« Er biss nicht an. »Aber in Zeiten wie diesen stellt man sein Leben schon infrage, stimmt's?«

VIERUNDDREISSIG

Im Club Car war es still, als Roz und Craig eintraten. Abgesehen von Beefy und Iain, waren alle da, aber man hatte nicht das Gefühl, dass die Gruppe in irgendeiner Art und Weise zusammenhielt. Alle saßen so weit wie möglich voneinander entfernt, keiner teilte seine weiße Federdecke mit jemand anderem. Die kalten Scheiben waren von der Atemluft beschlagen, und die weiße Landschaft draußen wirkte noch unwirklicher. Es war, als existierten sie im leeren Raum, als gäbe es keine anderen Menschen mehr auf der Welt. Entweder das, oder sie waren in einem Zwischenlevel gefangen und würden nie wieder hier herauskommen.

»Haben Sie rausgefunden, wie Meg gestorben ist?«, fragte Sally mit mehr als nur einem Hauch von Ungeduld. Sie kauerte in der Ecke einer Sitzbank, schwarze Sonnenbrille auf der Nase, Mantel bis zum Hals zugeknöpft, in ihre Federdecke gewickelt.

»Ich bin nicht von der Spurensicherung«, gab Roz nicht minder ungeduldig zurück. »Außerdem ist etwas vorgefallen, was die Lage komplizierter macht.«

»O nein«, sagte Bella und lehnte sich an den Tresen. »Was gibt's jetzt?«

»Grant ist auch tot. Und wir vermuten, dass er ermordet wurde.«

Roz beobachtete die Anwesenden genau, wie sie auf die Neuigkeiten reagierten. Tränen, Schock, Fassungslosigkeit. Aber nichts besonders Verräterisches zeigte sich auf den Gesichtern – jedes ein hinter Wolken verborgener Berggipfel. Berge waren leichter einzuschätzen als Menschen. Welche Gefahren sie bargen, war klar. Beim Bergsteigen wusste man, dass man die Folgen tragen musste.

Dann zersplitterte die Stille wie Eis unter einer Axt.

Stimmen schrien durcheinander: »Was ist hier verdammt noch mal los?«

»Ist die Polizei alarmiert?«

»Dann können wir jetzt wohl vergessen, es zu Weihnachten nach Hause zu schaffen.«

Die Ausrufe, gepfeffert scharf, zuckersüß oder rosinentrocken, vermengten sich zu einem weihnachtlichen Früchtekuchen der Stimmen.

Roz stand in der Mitte des Speisewagens, Hände in die Hüften gestützt. »Könnten jetzt mal alle den Mund halten? Wir müssen zusammenarbeiten.« Ihre Stimme war nicht zu überhören. Alle waren still. Der gerade mit dem Sortieren der restlichen Snacks beschäftigte Oli versuchte, nicht mit den Chips- und Nusstüten zu rascheln.

Roz musste an das Erbrochene rund um Grants Nase und in seinem Gesicht denken, und an das, was er Meg in der Lounge entgegengeschrien hatte, als sie ihm ein Tütchen Erdnüsse in die Hand gedrückt hatte: »Willst du mich umbringen?«

Allzu viel wusste sie nicht über anaphylaktische Schocks, aber ihr war bekannt, dass er zur Verengung der Atemwege führen konnte, und das wiederum zu Erbrechen und Ersticken.

»Wer hat Grant heute Morgen das Tablett ins Abteil gebracht?«

»Ich.« Oli hob die Hand.

»Und haben Sie das Frühstückstablett als Einziger angefasst, bevor Sie es Beefy ausgehändigt haben?«

»Nein, ich war ja allein hinterm Tresen. Alle haben mir dabei geholfen.«

»Alle?«, fragte Craig.

»Na ja. Ich habe den Speck gebraten, Beck hat die gewünschte Flasche Champagner aufgemacht, Ayana hat ein Stück Karottenkuchen gefunden, Ember hat einen Muffin und Chips beigesteuert, Tony hat seine Banane abgegeben … das war's, glaube ich. Ach ja, und Liv hat ihm Phils Wasserflasche geschenkt.«

»Das ist ja wirklich sehr großzügig von den Versammelten, wenn man bedenkt, dass er unter Mordverdacht stand«, sagte Roz trocken.

»Aber Sie haben doch selbst gesagt, er sei ganz außer sich in seinem Abteil«, sagte Liv mit verwirrtem Blick.

»Warum fragen Sie das, Roz?«, wollte Tony wissen.

»Das kann ich leider nicht sagen.«

»Sie glauben, er ist vergiftet worden«, sagte Blake und beugte sich vor.

»Ist Meg auch vergiftet worden?«, fragte Sam. Roz hoffte nur, dass sie nicht am Ton der beiden heraushörte, dass sie begeistert wären, wenn Gift im Spiel war. Als ließe sich ein Mord immer so sauber lösen.

»Also, Iain war es ganz offensichtlich nicht«, sagte Mary. Moustache spazierte hinter ihr über die Rückenlehne der Sitzbank und hatte den Schwanz um ihren Kopf geschlungen. »Er war allein im Abteil. Ist er ja immer noch. Außerdem hat er uns unseren Moustache zurückgebracht. Diese Rasse kommt zwar gut mit kaltem Wetter zurecht und besitzt das dickste Fell, das man sich vorstellen kann. Aber Moustache hätte uns für immer verloren gehen können. Für mich ist Iain deshalb ein guter Mensch.«

»Das ist zwar eine löbliche Meinung, Mary, aber kein Beweis«, wandte Craig ein.

»Muss ich Sie dran erinnern, junger Mann, dass ich uralt und insofern weise bin? Ich kenne die Menschen.«

»Eher ist Moustache der Mörder als Iain«, sagte Tony. »Hinterhältige Ratten hat er zum Fressen gern.«

»Was sollen wir bloß machen?«, sagte Bella. »Zwei Reporter

von irgendwelchen Klatschblättern haben schon meine Nummer rausgekriegt und nerven mich, dass sie eine Aussage zu Megs Tod wollen.«

Entgeistert machte Roz einen Schritt in Bellas Richtung. »Sie haben doch nicht etwa ...«

»Natürlich nicht«, schnappte Bella zurück. »Aber wenn die rausfinden, dass Grant auch tot ist, lassen die mich nie mehr in Frieden. Der eine hat gesagt, Meg wird heute die größte Schlagzeile, was wir natürlich hätten ahnen können. Die Leute lieben ein bisschen Tod zu Weihnachten. Denkt doch nur an *EastEnders*.«

»Genau das hab ich gestern doch auch gesagt!« Sam klatschte in die Hände. »Bei der Wintersonnenwende, und insofern auch Weihnachten, geht es vor allem um das Verlöschen des Lichts und das Warten auf seine Rückkehr. Wir müssen in die Dunkelheit blicken, um die Hoffnung zu sehen.«

Blake lehnte den Kopf an Sams Schulter.

»Jetzt ist ja wohl kaum der richtige Zeitpunkt, um zu beweisen, dass du mit ›Stay Another Day‹ doch recht hattest.« Beck machte ein scheinheiliges Gesicht.

»Könnt ihr mal nicht so laut reden, bitte?« Sally drückte den Kopf an die Sitzlehne.

»Es wäre besser, wenn wir versuchen würden herauszufinden, wer die beiden ermordet hat«, sagte Ember. Sie hatte sich die Kapuze über den Kopf gezogen und blickte um sich, als könne sie sich so vor dem Mörder verstecken. »In diesem Wagen sitzt ein Serienmörder, und ihr redet über *EastEnders* und Neunzigerjahre-Pop.«

»Tut mir leid, dass ich dich korrigieren muss, Ember«, sagte Sam. »Ein Serienmörder wird im Allgemeinen als eine Person definiert, die drei oder mehr Morde verübt hat.« Das Haar fiel Sam über eine Seite des androgynen Gesichts wie der Erdschatten über den Halbmond.

»Na toll, Sam«, ätzte Beck. »Glückwunsch. Jetzt sucht die Person wahrscheinlich schon nach ihrem dritten Opfer.«

»Nein, nein.« Sams Augen strahlten wie bei einer Erleuchtung. »Serienmörder haben eine Abkühlphase zwischen den Taten. Selbst wenn also noch einer von uns sterben sollte, würde das nicht zählen – ich vermute, man würde das hier als Einzelereignisse am selben Ort bezeichnen.«

»Dann also ein Streumörder?«, sagte Beck.

»Nein, das erfordert unterschiedliche Tatorte. Und wir sitzen hier ja wohl fest und bewegen uns keinen Millimeter vom Fleck. Massenmord ist es erst ab vier oder mehr Opfern. Das ist natürlich verallgemeinert, auf FBI-Daten gestützt.«

»Vier oder mehr Morde«, wiederholte Beck leise. Sie wirkte verängstigt, aber Roz hätte nicht sagen können, ob das mit dem Thema Tod zu tun hatte oder weil sie gerade eine weitere Schwachstelle in ihrer Allgemeinbildung entdeckt hatte. In dieser Hinsicht war es trotz allem hilfreich, in der Gruppe über die Ereignisse zu sprechen: So konnte Roz alle beobachten, jede Bewegung im Auge behalten.

»Ember hat völlig recht«, sagte Roz laut. »Hier sind die Fakten, die uns derzeit bekannt sind: Es ist fast elf Uhr morgens. Zwei Menschen sind tot. Mit ziemlicher Wahrscheinlichkeit ermordet. Es ist zwar theoretisch nicht auszuschließen, dass die Mörderin oder der Mörder von draußen den Zug betritt oder es einen zweiten blinden Passagier gibt. Aber höchstwahrscheinlich befindet sich der Killer unter uns in diesem Zug. In diesem Wagen.«

Roz legte eine Pause ein, sodass die Nachricht bei allen ankommen konnte. Phil streckte den Kopf aus der Sitzecke und drückte das Baby schützend an sich. Roz musste an ihre winzige Enkelin denken, die auf sie wartete. Wenn sie es nicht schaffte, diese Tötungsdelikte zumindest teilweise aufzuklären, etwas Licht in das Dunkel zu bringen, dann würden sie noch lange nach dem zweiten Weihnachtsfeiertag hier sitzen.

»Also«, sagte sie. »Wir werden ab jetzt nicht mehr so nachsichtig vorgehen wie bisher. Ich will jetzt von jeder und jedem hören, wo sie direkt nach der Zugentgleisung waren und ob sie Zeugen dafür haben. Wir müssen zuerst dafür sorgen, dass wir ein klares Bild vor Augen haben, wer wann wo war. Danach möchte ich dieselbe Auskunft – wo waren Sie und mit wem? – für den Zeitpunkt von Grants Tod haben, sagen wir zehn Uhr heute Morgen.«

»Was, das sollen wir jetzt laut sagen, wo es alle hören können?«, fragte Beck.

»Warum, hast du was zu verheimlichen?«, grinste Blake.

»Mann, was soll das?« Beck sprang auf und lief mit in die Taille gestützten Armen auf und ab. Sie sah wie eine Revolverheldin in Louboutin-Sneakers aus.

Blake rutschte ein Stück nach vorn und reckte kämpferisch das Kinn nach oben, Sam an seiner Seite. Ayana machte mit bei dieser seltsamen Front der Nerds gegen Beck.

»Jetzt setzt euch alle hin, verdammt noch mal«, brüllte Roz. »Wir können uns nicht mit euren internen Streitigkeiten beschäftigen.« Die Studierenden hielten den Mund und rutschten zurück in ihre Sitzecke.

»Ich kann anfangen«, sagte Ember. Sie sah Roz so eifrig und unschuldig wie ein Welpe unter dem Weihnachtsbaum an. »Als der Zug entgleiste, war ich hier im Speisewagen. Im Laufe der Nacht war ich irgendwann auf der Toilette, wann, weiß ich nicht mehr genau – ich glaube, während einer Runde mit Quizantworten –, aber ansonsten habe ich den Club Car nicht verlassen, bis Sie jetzt reingekommen sind.«

»Kann irgendjemand Embers Aussage bestätigen?«, fragte Roz.

»Ja, ich«, sagte Beck ein wenig widerstrebend. »Sie hat mich aus der Polonaise rausgeschmissen.«

Ember schüttelte den Kopf. »Stimmt nicht, das war ganz anders.«

»Jedenfalls«, fuhr Beck fort, »fing Meg kurz danach an rumzubrüllen und ist rausgerannt, und dann entgleiste der Zug. Ich erinnere mich, dass ich Ember danach sah, wie sie sich mit Liv unterhalten hat.«

»Ja, genau so habe ich das auch in Erinnerung«, sagte Ember.

»Allerdings weiß ich nicht mehr, ob Liv bei der Polonaise mitgemacht hat«, fügte Beck noch hinzu, als könne sie es einfach nicht ertragen, mit Ember oder irgendjemand anderem einer Meinung zu sein.

Liv nickte. »Ich war schrecklich müde und wollte ins Bett gehen, aber als ich vor meinem Abteil stand, habe ich auf einmal dick FOMO gekriegt und bin zurück in den Club Car.«

»FOMO?«, fragte Tony.

»*Fear Of Missing Out.* Die Angst, was zu verpassen«, erklärte ihm Mary. »Musst schon ein bisschen up to date bleiben, mein Lieber.«

»Meine Erinnerungen an die vergangene Nacht sind ein wenig unscharf, aber ich *glaube*, ich kann bestätigen, dass zum Zeitpunkt von Megs Tod Liv und Ember hier waren. Ebenso Sally, Beck und Aidan.« Craig lehnte mit locker verschränkten Armen an einer Sitzgruppe. Seine Körpersprache wirkte entspannt, aber er sah ständig aufs Handy, drehte es um und warf schnell einen Blick darauf.

»Stimmt«, sagte Aidan. »Wir haben übers Studieren geredet. Craig hat mir ein paar Tipps gegeben.«

»Ach ja?« Sally schien kurz aus ihrem Dusel aufzuwachen. »Was für Tipps?«

»Nichts Unanständiges, keine Sorge.« Craig lächelte. »Eher das Gegenteil. Ich habe Aidan geraten, sich aufs Studium zu konzentrieren und nicht auf, sagen wir, außerschulische Aktivitäten.«

»Ich dachte, du wolltest in den Theaterclub?«, fragte Phil. Gott segne sein reines Herz. Als Roz Phils ironiefreies, naives Frohnaturgesicht sah, empfand sie zum ersten Mal, seit sie Sally kennengelernt hatte, ein bisschen Mitleid mit seiner Frau. Vermutlich war ihr Sexleben sehr höflich. Roz stellte sich vor, dass Phil sich vor Vollzug des Geschlechtsverkehrs vor Sally verbeugte, ihrer Yoni huldigte, weiße Handschuhe trug wie ein Schiedsrichter beim Snooker. Aber vielleicht stand Sally ja auf so was.

Roz' Mundwinkel zuckten, aber sie schaffte es, nicht laut loszulachen. »Ich glaube nicht, dass Craig das Theater gemeint hat, Phil.«

Phil wurde rot. »Oh.«

»Mum und ich haben beide im Sitzabteil gesessen, als der Zug entgleiste«, sagte Tony. »Ich war noch nicht eingeschlafen, kann also mit Sicherheit sagen, dass Mum nirgendwo anders war.«

»Wahrscheinlich hätte ich eh nirgendwo allein hingehen können, selbst wenn ich es versucht hätte«, erwiderte Mary. Vor sich auf dem Tisch hatte sie eine ganze Kollektion von Dattelkernen in eine Reihe gelegt. Wenn jemand den Datteln Gift oder Drogen beigemischt hatte, würde es Mary wie dem Affen in *Indiana Jones* ergehen.

Tony hielt lächelnd ihre Hand, sagte aber nichts.

»Oli war bei mir an der Spitze des Zugs«, sagte Bella.

»Aber wir haben nichts gemacht«, sagte Oli schnell. »Ich habe unserer Zugführerin nur Gesellschaft geleistet. Damit sie nicht einschläft.«

»Müde war ich aber nicht«, unterbrach Bella. »Ganz und gar nicht. Ich hatte so viel Kaffee intus, von dem hätte ich tagelang wach bleiben können. Aber zittrig war ich auch nicht. Den Baum auf den Gleisen konnte ich erst so spät sehen, da hätte ich unmöglich rechtzeitig bremsen können.«

»Das hat auch niemand behauptet«, versicherte ihr Roz.

»Na super. Jetzt habe ich mich selbst in die Defensive gebracht.« Bella blickte von Roz zu Oli und wieder zurück. »Auf jeden Fall habe ich niemanden umgebracht. Um zehn Uhr, als Grant gestorben ist, habe ich wieder mit dem Technikteam telefoniert, weil Beck rumgenervt hat, dass ich mich um die Heizung kümmern soll.«

»Diese Kälte ist ja auch wirklich unerträglich«, sagte Beck mit einem theatralischen Schaudern.

Roz drehte sich so, dass sie den ganzen Club Car im Auge behalten konnte. »Okay, wer fehlt also? Wer hat für beide Zeitpunkte kein Alibi? Ich glaube, von Moustaches Unschuld können wir ausgehen – zumindest, was das Töten von Menschen angeht.« Roz blickte in die Runde.

»Ich.« Widerstrebend hob Ayana die Hand. »Ich bin auf die Toilette gegangen, nachdem Meg weggerannt ist. Dort war ich auch, als der Zug entgleist ist. Ich bin erst wieder herausgekommen, als ich mich in Sicherheit gefühlt habe. Aber um zehn Uhr war ich hier im Club Car. Genau wie alle anderen Fahrgäste, abgesehen von Ihnen, Iain und Craig.«

»Richtig. Die Sache mit den Alibis ist schwieriger für den Zeitpunkt, an dem Grant vermutlich vergiftet worden ist.«

Phil hielt die Hand hoch. »Ich habe während alledem in meinem Stockbett gelegen und geschlafen. Dazu könnten Sie meinen Freund hier fragen.« Er legte eine Hand auf den Kopf seines Sohns Buddy. »Aber der sagt momentan nur ein Wort, nämlich ›Nein‹, womit er mir keinen großen Gefallen tun würde. Kannst du was anderes sagen als Nein, mein Schatz?«, sagte er zu dem Kind.

»Nein«, antwortete Buddy und zeigte grinsend seine vier Zähnchen.

»Da hören wir's. Kein Alibi für Megs Tod.«

»Und Phil kannte Meg«, verkündete Beck. Sie schüttelte den Kopf und sog die Luft mit einem unangenehmen Geräusch zwischen den Zähnen ein. »Heißt es nicht, dass die meisten von jemandem ermordet werden, den sie kennen?«

»Hochinteressant, dass Sie das sagen, Beck«, erwiderte Roz. »Ich habe gerade die Auskunft erhalten, dass Sie Grant kennen. Früher, bevor er im Fernsehen bekannt wurde, hat er für den

Autohandel Ihrer Eltern Autos verkauft. Bloß hat er mehr als die Kommission in die Tasche gesteckt.«

»Das hat absolut nichts mit mir zu tun«, empörte sich Beck. »Ich habe ihn vielleicht ein, zwei Mal gesehen, bevor meine Eltern ihn gefeuert haben, mehr nicht. Außerdem war ich noch ein Kind, als er bei uns gearbeitet hat. Ich habe ihn kaum wiedererkannt.«

»Aber deine Eltern haben ihn garantiert wiedererkannt, Beck«, sagte Ayana. »Sie haben sein Gesicht vermutlich andauernd in der Glotze gesehen. Und du hast erwähnt, du hättest so ein gutes Verhältnis zu Mum und Dad. Heißt es nicht, dass die meisten von jemandem ermordet werden, den sie kennen?« Geschockt und gleichzeitig begeistert hielt sich Ayana den Mund zu. Es machte ihr offensichtlich ein bisschen zu viel Spaß, Detektivin zu spielen.

»In Livs Livestream sah es nämlich schon so aus, als würdest du ihn kennen. Grant hat den Arm um dich gelegt.«

»Ich bitte dich. Der hat sich doch an jede rangeschmissen«, sagte Beck. Ihr Spott war so kalt wie die Luft im Wagen.

»Es ist wirklich etwas verdächtig, Beck«, sagte Sam, »dass du im selben Zug sitzt wie Grant, der deine Eltern um Geld betrogen hat. Das ist ein Motiv.«

»Wir stammen aus demselben Ort und wollten beide Weihnachten zu Hause feiern«, wehrte sich Beck. »Unter den Umständen steigt die Wahrscheinlichkeit, dass man denselben Zug nimmt. Lasst uns lieber darüber sprechen, dass Grant Meg ermordet hat.«

»Ja, er hat den Club Car verlassen und ist ihr gefolgt«, sagte Liv. Es schien, als wolle sie unbedingt von den anderen als Erwachsene ernst genommen werden. »Ich habe es selbst gesehen.«

»Und heißt das jetzt, dass es zwei Mörder gibt«, fragte Ember und zog sich die Federdecke hoch bis an die Nasenspitze, »oder einen?«

»Woher soll ich das wissen?« Becks Augen funkelten wie Christbaumkerzen. »Aber es gibt noch eine weitere Person, die für beide Zeitpunkte kein Alibi hat.«

»Ja, richtig«, erwiderte Roz. »Ich.«

FÜNFUNDDREISSIG

»Ich weiß, Sie wollen, dass wir alle hierbleiben, Roz«, sagte Beck, stand auf und stellte sich in die Mitte des Club Cars. »Aber ich finde, angesichts der Umstände müssen wir noch einmal darüber reden.«

»Von mir aus. Mir geht es nur darum, dass alle in Sicherheit und am selben Ort sind. Im Zug ist es nicht sicher, und wir wissen nicht, welche Gefahr uns vom Killer droht.« Die Hälfte des Wagens murmelte zustimmend, die andere Hälfte schien weniger überzeugt. »Aber wir können das natürlich gern diskutieren.«

»Ich meinte, ohne Sie, Roz«, sagte Beck. »Sie kommen hier rein, stellen uns Fragen, geben Befehle, verbieten uns wegzugehen, aber für die Zeit von Megs Tod haben Sie kein Alibi, was bei den allermeisten hier anders aussieht. Kann doch gut sein, dass Sie die Morde verübt haben und es jetzt einem von uns anhängen wollen.«

»Jetzt gehen Sie zu weit, Beck«, sagte Craig und stellte sich neben Roz.

»Ja, tue ich das? Mich mit der Sache in Verbindung zu bringen, das macht sie mit links, dabei kann sie es genauso gut selbst gewesen sein. Immerhin hat Roz uns aufgefordert, dass wir Grant das Frühstück zubereiten sollen. Was ist, wenn sie vorher Gift angemischt hat und das Ganze eine Falle ist?«

»Das kommt mir kein bisschen logisch vor«, entgegnete Sam.

»Was für einen Grund sollte Roz denn um Himmels willen haben, diese jungen Leute töten zu wollen?« Craig verschränkte die

Arme. Am liebsten hätte Roz ihm die Hände auf die Schultern gelegt und nie mehr weggenommen.

»Wer weiß?« Beck zuckte die Achseln. »Vielleicht kann ihre Bekannte ja auch irgendwelche dubiosen Verbindungen zwischen ihnen feststellen. Aber bis wir das rausbekommen: Ist Roz wirklich die richtige Person, um hier die Untersuchungen zu leiten? Ich meine, woher sollen wir denn wissen, dass sie nicht irgendwelche Beweise verschwinden lässt?«

»Bei Roz handelt es sich um eine exzellent ausgebildete Polizeibeamtin«, sagte Craig, »die genau weiß, was in einer Situation wie dieser zu tun ist. Wir brauchen unbedingt jemanden wie sie.«

Und jetzt stellte sich der Zirkus gegen sie. Na toll. »Das ist nett, Craig. Aber ich bin sehr gern bereit, mein Amt niederzulegen, dann kann die Polizei übernehmen. Ich habe sowieso andere Sorgen.«

»Schlimmere Sorgen als zwei Tote?«, fragte Beck skeptisch.

»Mann, jetzt komm mal runter vom hohen Ross deines Daddys«, sagte Ayana und wirkte augenblicklich erschrocken über sich selbst. Immer wieder interessant, was in einem Augenblick der Anspannung zutage trat. Der Teil von uns, den wir sonst immer sorgfältig hinter Schloss und Riegel halten, meldet sich auf einmal.

»Sie haben eben gefragt, ob Roz einen ›Grund‹ hätte, die beiden töten zu wollen«, sagte Sam zu Craig. »Aber gibt es denn immer einen guten Grund, wenn Menschen einen Mord verüben?«

»Die wenigsten Menschen denken nach, während sie einen Mord begehen«, erwiderte Roz. »Hinterher schalten sie vielleicht wieder die Vernunft ein, aber Vernunft heißt noch lange nicht Logik.«

»Sondern Ausreden.« Sam nickte nachdenklich.

»Können wir mal Schluss machen mit dem Herumphilosophieren?«, sagte Sally. »Ich will in unser Abteil und mich schlafen legen, bis uns hier jemand rausholt.«

»Ich halte es trotzdem für klüger, wenn niemand in die Abteile zurückkehrt, damit wir in Sicherheit sind«, sagte Roz.

»Ich habe eine Menge Geld für mein Abteil mit echtem Bett bezahlt, und ich schlafe mich jetzt aus«, widersprach Sally. »Daran können Sie mich nicht hindern.«

»Das sehe ich genauso«, sagte Beck. »Das ist doch reine Zeitverschwendung hier. Wenn die Polizei kommt, müssen wir das sowieso alles noch mal durchkauen.«

»Es handelt sich um eine Sicherheitsmaßnahme«, erklärte Roz. »Sie haben doch selbst gesehen, wie alles außer Kontrolle gerät, wenn wir nicht aufeinander aufpassen.«

Mary nickte langsam. »Wir sind ein Kollektiv. Nur zusammen sind wir stark.«

»Ich kann Ihr Argument nachvollziehen«, entgegnete Sam. »Aber mir ist es lieber, wenn mir niemand Vorschriften macht. Aus Prinzip.«

»Ja, aber ... wenn es weitere Tode vermeiden hilft, wenn wir hier zusammenbleiben?« Roz konnte die unglaubliche Frustration, die in ihr hochstieg, nicht mehr verstecken. »Ist das nicht auch ein Prinzip?«

»Die Freiheit des Einzelnen ist das höchste Prinzip«, konterte Beck und erinnerte Roz immer fataler an eine Jungkonservative im Debattierclub, die mit hohler Rhetorik um sich warf.

»Ist denn diese ganze Streiterei notwendig?«, fragte Mary. Moustaches Schwanz zuckte hin und her, weil er ihre Erregung spürte. »Roz versucht, uns zu helfen, seht ihr das denn gar nicht ein?«

»Aber uns hier festzuhalten, ist Kidnapping«, verkündete Aidan, der froh schien, sich auch an der Debatte beteiligen zu können.

»Das stimmt überhaupt nicht«, seufzte Roz.

Beck klatschte in die Hände. »Ich schlage vor, wir gehen alle in unsere Abteile und reden nicht weiter darüber. Oder gehen draußen im Schnee spazieren. Wir machen, was wir wollen. Ist doch ein freies Land, oder etwa nicht? Wir halten uns voneinander fern, bis die Polizei und die Reparaturleute kommen.«

»Aber dir ist schon klar, dass ein Killer genau dasselbe vorschlagen würde, damit alle voneinander getrennt sind?«, entgegnete Mary und schüttelte traurig den Kopf.

»Wer kommt mit?« Becks Grinsen wirkte leicht wahnsinnig, als sie mit Sally, Phil, Liv und Aidan im Schlepptau auf die Tür zuging. Die Studierenden folgten ebenfalls. Ayana zuckte vor Roz entschuldigend die Achseln. Beck sagte süffisant: »So, jetzt können Sie sich auch schön hinlegen, Roz. Wir brauchen Sie nicht mehr.« Und dann schloss sich die Tür hinter ihr.

SECHSUNDDREISSIG

Killa lief im Vorraum auf und ab und versuchte, das viele Adrenalin irgendwie loszuwerden. Wie ein Häftling, der auf dem Gefängnishof im Kreis rennt. Alle verteilten sich über den Zug. Killa hatte das Gefühl, endlich wieder atmen zu können.

Er war tot. Endlich. Grant lebte nicht mehr. Nach den vielen Jahren, nach dem langen Hoffen und Planen war es jetzt endlich geschehen. Aber es war nicht wie erhofft verlaufen. Und bei dem Gedanken drehte sich Killa der Magen um.

Aber das durfte niemand sehen. Es musste sich alles im Verborgenen abspielen, der Jubel, die Verzweiflung, die Unklarheit, was als Nächstes zu tun war. Killa musste sich normal verhalten beziehungsweise so, wie es unter diesen unnormalen Umständen als normal durchgehen würde. Wie man Dinge für sich behielt, das wusste Killa wenigstens. Jahrelang hatte Killa Geheimnisse gehütet. Aber Geheimnisse waren wie die Bienen, die Mum früher gehalten hatte. Sie summten unentwegt in einem, konnten mit Rauch, Zuckersirup und süßen Worten gefügig gemacht werden, aber irgendwann kamen sie aus ihrem Gehäuse heraus und stachen zu. Und dann starben sie.

Dieses Geheimnis musste Killa für sich behalten. Für immer.

Wäre es nur möglich, mit Roz darüber zu sprechen. Die wüsste, was zu tun wäre. Aber das hieße, aufzugeben. Killa würde nie aufgeben.

Killa blickte durch die Tür ins Schlafwagenabteil – die Fahrgäste waren auf dem Weg in ihre Betten. Sie wirkten wie unter

Schock, als würden sie fast so verzweifelt wie Killa versuchen zu verstehen, was hier gerade vor sich ging. Aber vielleicht war es am besten so. Solange alles im Chaos versank, würde niemandem die Panik auffallen, die sich unter Killas Haut anstaute, oder die Angst unter der Panik, oder die Erleichterung unter der Angst. Niemals durften sie die Traurigkeit in Killas Herzen bemerken, die einfach nicht verschwinden wollte. Genau wie das Gefühl, nichts verändert zu haben.

SIEBENUNDDREISSIG

»Ich entschuldige mich für die anderen«, sagte Craig, als Roz sich erschöpft in eine der Sitznischen fallen ließ. »Sie haben Angst.«

Roz spürte die Wärme in seiner Stimme, seinem Blick. Er öffnete die Arme für sie. Und ein Teil von ihr wollte sich in diese Arme fallen lassen. Aber ein größerer Teil hatte eine Heidenangst, wozu eine solche Vertrautheit führen könnte. »Das weiß ich selbst«, fuhr sie ihn an.

Er wich einen Schritt vor ihr zurück.

»Tut mir leid«, sagte Roz und rieb sich die Augen. »Ich bin so schrecklich müde.«

»Deswegen habe ich mir auch gedacht, dass ich bleibe. Zur moralischen Unterstützung.«

»Genau, und davon bekommen Sie von mir auch noch eine Extraportion«, sagte Mary und ließ sich sehr langsam neben Roz nieder. »Wir alten Schachteln müssen zusammenhalten und zusammensitzen. Die jungen Hüpfer glauben, sie wüssten alles besser, dabei haben sie noch gar nichts begriffen. Bei Müttern sieht's nicht viel besser aus. Aber die alten Schachteln. Die wissen Bescheid. Deswegen fürchten die Leute sich auch so vor uns Alten und hätten gern, dass wir uns unsichtbar machen. Aber so haben wir die meiste Macht. Sie können uns nicht stoppen, wenn sie uns nicht sehen. Wir schlüpfen durchs Netz. Wir sind wie Gespenster, die durch verschlossene Türen treten.«

»Sie sind anders als die anderen älteren Frauen, die mir begegnet sind«, sagte Roz. »Und das meine ich mit dem allergrößten Respekt, das können Sie mir glauben.«

»Das mit dem Respekt beruht ganz auf Gegenseitigkeit.«

Monsieur Moustache sprang Roz auf den Schoß und stieß den Kopf gegen ihre Hand, weil er gestreichelt werden wollte.

»Na, jetzt habe ich jedenfalls den Beweis, dass Sie niemanden auf dem Gewissen haben«, sagte Mary. »Moustache kann Menschen noch besser beurteilen als ich.«

»Aber es ist ja alles vergebens. Ich hätte die Finger davon lassen sollen. Es der Polizei übergeben sollen.« Nicht ihr Zirkus. Nicht ihr Affe. Vielleicht sollte sie sich das in Zirkusschrift auf den Arm tätowieren lassen. Das wäre ihr erstes Tattoo. Heather würde lästern: Midlife-Crisis, worauf Roz dann erwidern würde: Hoffentlich, das hieße nämlich, dass sie mal hundert wird.

»Sie haben es versucht. Etwas zu tun und nicht aufzugeben, das ist wichtig.«

Roz' Handy auf dem Tisch zwischen ihnen klingelte. Ellies Name erschien auf dem Display, endlich. Craig blickte fragend vom Telefon zu Roz. »Es ist meine Schwiegertochter in spe.«

Er nickte, und Roz stand mit heftig pochendem Herzen auf und ging in die Ecke des Speisewagens. »Ellie, mein Schatz, was –«

»Ich bin's, Mum.« Heather klang atemlos. Als müsse sie die Worte ganz tief aus ihrem Innern herausholen.

»O mein Liebling. Wie geht es dir?«

»Nein, Mum. Ist bei *dir* alles okay?«

Das war mal eine Frage. »Mir geht's gut. Ich mache mir Sorgen um dich.«

»Du sitzt also nicht in dem ›Todeszug‹?«

»Was?«

»Die sozialen Medien sind voll davon. Ich weiß es von der Hebamme, als ich ihr gesagt habe, du seist mit dem Nachtzug unterwegs. Sie hat in den Nachrichten gelesen … dass zwei Promis …

an Bord eines Nachtzugs gestorben sind, der in den Highlands stecken geblieben ist.« Heather atmete abgehackt.

»Zwei?«

»Es stimmt also?«

»Den zweiten Toten habe ich gerade erst gefunden. Nichts davon hätte nach außen dringen sollen.« Die jungen Leute hatten während des ganzen Gesprächs im Club Car auf ihren Handys herumgetippt – es konnte jede und jeder von ihnen gewesen sein. Craig war auch mit seinem Telefon beschäftigt gewesen.

»Pass gut auf dich auf, Mum, ja?«

»Da brauchst du dir keine Sorgen zu machen. Ich bringe denjenigen zur Strecke, der das auf dem Kerbholz hat.«

»Wie meinst du das? Du machst doch nicht irgendwas Gefährliches, oder? Begibst dich in Gefahr?« Ein Gerät ganz in der Nähe fing an zu piepen.

»Bitte mach dir keine Sorgen, alles wird ...«

Ein zweiter Alarm fing an zu schrillen.

Roz hörte Schritte auf Heather zueilen. Ein Vorhang wurde auf- oder zugezogen. Die Stimmen besorgter Ärzte gingen durcheinander, irgendetwas mit Dosis.

»Was ist da los?«, fragte Roz entgeistert.

Von irgendjemandem waren die Worte »Krampfanfall« und »Koma« zu hören.

Roz brüllte: »Mein *Schatz* –«

Das Gespräch wurde unterbrochen.

»Was ist denn los?« Craig eilte atemlos zu ihr. »Geht es Heather nicht gut?«

»Nein, sie –« Roz unterbrach sich. Irgendetwas stimmte hier nicht. »Woher wissen Sie, dass sie Heather heißt?«

Craig blinzelte. »Sie haben ihren Namen doch gerade gesagt.«

»Nein, habe ich nicht. Außerdem haben Sie schon mal über Heather gesprochen.« Roz ließ die Ereignisse in ihrem Kopf Revue passieren. »Sie haben Ellies Namen auf meinem Display gesehen. Aber woher wissen Sie, dass die Partnerin meiner Tochter Ellie heißt?«

Erst sah es so aus, als wolle Craig das noch weiter abstreiten, aber dann unterbrach er sich. »Es tut mir leid, Roz. Ich will schon seit gestern Abend mit dir reden, aber es war irgendwie nie der richtige Zeitpunkt. Erkennst du mich denn gar nicht?«

Roz hatte das Gefühl, umzukippen, zu entgleisen. Was, wenn er es war, der Mann, der sie vergewaltigt hatte, als sie schwanger war, der ihr so vieles in ihrem Leben geraubt hatte?

Aber als sie Craig betrachtete, war ihr klar, das konnte er nicht sein – und dann wusste sie mit einem Mal, wer er war.

»O Gott«, sagte sie.

Vor ihr stand Heathers Vater.

Die Tränen schossen Roz in die Augen, und sie stolperte aus der Sitznische. Sie rannte den Gang hinunter und holte schnell ihre Schlüsselkarte heraus. Sie wollte nur noch schlafen und erst wieder aufwachen, wenn der Zug in Fort William eintraf. Unendlich viele Fragen schwirrten ihr durch den Kopf: Warum war er hier? Wie hatte er Heather gefunden, oder hatte sie ihn gesucht? Aber sie konnte sich mit nichts davon befassen, jetzt nicht. Craig hatte so viel Zeit mit ihr verbracht, so viele Fragen gestellt, und sie hatte keine Ahnung gehabt, wer er war. Beck hatte recht. Vielleicht taugte sie wirklich nicht als Ermittlerin.

ACHTUNDDREISSIG

»Hast du's also doch noch rausgeschafft«, sagte Killa auf dem Gang zur Erpresserin. Killa versuchte, cool zu wirken, dabei schlug das Herz viel zu schnell. Die Erpresserin war auf Killa zugekommen und hatte erzählt, was sie gesehen hatte. Sie hatte genug gesehen, um Killa große Sorgen zu bereiten.

Die Erpresserin lächelte. »Ich glaube, du wolltest eigentlich ›Danke schön‹ sagen. Worauf ich sage: ›Sehr gern geschehen.‹«

»Du tust mir also einen Gefallen, wenn du es für dich behältst?«

»Ich sehe es so, dass wir uns gegenseitig unterstützen.«

»Oder wir könnten es als das bezeichnen, was es ist: Erpressung.«

Die Erpresserin hielt den Finger an die Lippen und zeigte auf die Tür.

Zwei weitere Fahrgäste traten lachend auf den Gang. Als sie sich an der Erpresserin und Killa vorbeidrückten, sah Killa aus dem Fenster. Die Sonne versuchte, hinter den Schneewolken herauszukommen, das Schneegestöber war einzelnen Flocken gewichen. Beinn Dòrain blickte mit eisiger Gleichgültigkeit hinunter auf den Zug.

Wie musste es wohl oben auf dem Gipfel aussehen? Dort, wo nur Wolken und Adler hinschauen konnten. In Schnee und Kälte gehüllt zu sein, in eine weiche, weiße, todbringende Decke. Das schien der einfachste Ausweg aus dieser Lage. Hochzusteigen, hoch und immer höher. Zu hoffen, dass man nie oben ankam.

Als die zwei Fahrgäste weg waren, sagte Killa zur Erpresserin: »Was willst du von mir?«

»Nicht hier.« Die Erpresserin sah sich um. »Du willst doch nicht, dass uns jemand belauscht.«

»Du ja wahrscheinlich auch nicht.«

»Du hast viel mehr zu verlieren als ich. Oder soll ich mich umdrehen, zurück zu Roz marschieren und sagen: ›Ach, übrigens, ich Doofi habe einen Fehler gemacht. Raten Sie mal, wen ich beim Herumhantieren mit Grants Champagner beobachtet habe?‹«

Killa konnte sich Roz' Reaktion gut vorstellen. Sobald alles erklärt war, würde sie Verständnis haben, vielleicht sogar helfen wollen. Aber dieses Risiko durfte Killa nicht eingehen. »Von mir aus. Und jetzt?«

»Wir gehen in mein Abteil. Ich habe die Informationen, die du brauchst, in meinem Koffer«, sagte die Erpresserin.

»Ich muss gerade was erledigen«, antwortete Killa. »Wir treffen uns in einer Viertelstunde bei dir.«

NEUNUNDDREISSIG

Das Baby wird aus Roz herausgezogen, aber sie kann es nicht sehen. Sie kann es auch nicht hören. In ihrem Bauch ist Leere, und Stille im Raum. Da sind fünfzehn gesichtslose Menschen, und keiner von ihnen scheint zu atmen.

»Ich will sie im Arm halten«, sagt Roz, aber ihre Stimme steckt hinter der Gesichtsmaske fest. Sie versucht, die Arme auszustrecken, aber sie werden von pumpenden Schläuchen zurückgehalten.

Mum streicht ihr übers Haar und hat den Blick dorthin gerichtet, wohin sie das Baby gebracht haben. Jemand flüstert: »Na komm schon, Kleine. Mach.«

Als der Schrei ertönt, kommen auch bei Roz die Tränen, ihre Milch schießt ein, ihre Brüste werden steinhart. Aber die Hebamme lächelt nicht, sondern sagt: »Der Schrei bedeutet, sie braucht Sauerstoff, sie kann nicht atmen.« Dann zeigt sie Roz ein spatzengleiches Häufchen Mensch in lauter blauen Decken. Das winzige Kind riecht nach Veilchenwurzel und Kamille.

Dann wird das Baby in einen fahrbaren Kunststoffbehälter gelegt und weggefahren, und der Abschiedsschmerz will Roz das Herz zerreißen. Die Räder des Wagens quietschen auf dem Gang, und ihr Quietschen vermischt sich mit Roz' Schreien.

»Hilfe!«, schrie jemand. »Holt Roz!« Das Trampeln von Füßen. Knallende Türen.

Roz wurde aus dem hart erkämpften Schlaf gerissen und fuhr im Bett hoch. Irgendjemand war tot. Heather war tot. Oder das Baby. Oder beide. Sie wusste es genau.

Roz stolperte zur Tür und öffnete sie. Wie lang war sie weg gewesen? Sie wusste es nicht. Nicht lang genug. Ayana rannte wie eine Wilde durch den Gang und hämmerte an die Türen. Ihr Blick war panisch. Sie packte Roz am Arm und zog sie hinter sich her. Als sie am Abteil von Sally und Phil vorbeikamen, ging die Tür ein klein wenig auf und schloss sich gleich wieder.

Phil war dabei, sich gegen Becks und Ayanas Abteiltür zu werfen. Schließlich sprang die Tür auf, und Phil krachte zu Boden. »O nein«, schrie er. »Gott steh uns bei!«

Roz rannte zu ihm. Beck lehnte zusammengesackt an der Leiter des Stockbetts. Ihr Mund stand offen, was ihr das verstörende Aussehen einer weggeworfenen Bauchrednerpuppe verlieh. Seitlich in ihrem Hals steckte eine Schere, und Blut floss über das Schlüsselbein.

Adrenalin schoss im Schnellzugtempo durch Roz' Körper und vertrieb jede Müdigkeit. Sie machte einen Schritt vor und ging in die Hocke, um an Becks Handgelenk nach dem Puls zu fühlen. Nichts regte sich mehr. Nicht einmal Bitterkeit.

Phil machte eine Grimasse und rieb sich die Schulter. »Das hat richtig wehgetan. Hätte ich besser Beefy gebeten, die Tür aufzubrechen.« Er sah Beck kurz an, dann schnell wieder weg und zog eine noch stärkere Grimasse. »Ich will nicht, dass Liv oder Aidan so etwas sehen.«

Roz machte schnell Bestandsaufnahme von der Situation, wie unordentlich Becks Kleidung aussah – ein Ärmel war eingerissen, als hätte ein Kampf stattgefunden. Ihre Hand war blutüberströmt, auf dem Bett waren Abdrücke, in den Handflächen waren ebenfalls Wunden und Einkerbungen, als hätte sie versucht, die Schere mit den Händen abzuwehren. Dann war sie vermutlich schnell verblutet, hatte dabei aber die ganze Zeit gewusst, was mit ihr geschah. Wissend bis in den Tod.

Roz ließ den Blick durch das Abteil wandern. Blutspritzer auf dem Boden, wo Beck herumgetaumelt sein musste. Die Zwischentür zum Nebenabteil von Blake und Sam stand einen Spaltbreit offen. Überall lagen Kleidungsstücke und Quizbücher verteilt. Schwer zu sagen, ob das einfach auf zwei unordentliche junge Leute oder eine gewaltsame Auseinandersetzung hindeutete. »Sieht es hier anders aus als vorher? Verändert? Fehlt etwas?«, fragte sie Ayana.

Ayana sah durch das Abteil, schien sich aber eigentlich nur für das obere Stockbett zu interessieren und versuchte, auf Zehenspitzen hinaufzuschauen. »Ich glaube nicht.«

»Wonach suchst du?«, fragte Roz.

»Das da oben ist mein Bett, ich wollte nur sehen, ob von meinen Sachen was fehlt.« Es war offensichtlich, dass sie log.

»Und die Sachen auf dem Boden?«

»Das meiste lag schon so da, als ich zum letzten Mal hier drin war«, antwortete Ayana. Es schien etwas Wichtiges zu geben, das sie nicht erwähnte.

»Und wann war das?«

»Bevor wir im Club Car geredet haben.«

»Und als du den Club Car verlassen hast?«

»Ich habe mich draußen mit Liv und Aidan unterhalten, aber mir war schrecklich kalt, und ich bin hergekommen, um mir noch was überzuziehen. Die Tür war von innen verschlossen, bei Blake und Sam war keiner, deswegen konnte ich auch nicht durch die Zwischentür.«

»Blake und Sam sind also nicht hier?«

Ayana nickte wie ein Aufziehvogel. Wahrscheinlich ein Adrenalin-High. »Die sind draußen bei der Schlucht und machen eine Schneeballschlacht.«

Seltsamer Augenblick für eine Schneeballschlacht. Aber natürlich ging jeder anders mit dem Tod um. Vielleicht versuchten sie, sich zurück in die Kindheit zu flüchten. »Glaubst du, dass Beck sich eingeschlossen hatte?«, fragte Roz.

»Ich weiß es nicht.« Ayana schaffte es nicht, den Blick von

der in Becks Hals steckenden Schere abzuwenden. Es war eine ungewöhnliche Schere, der geschwungene Griff hatte die Form von Schwanenflügeln. Roz hatte diese Schere in Megs Hand gesehen, als sie die Papierpuppen ausgeschnitten hatte. Ayana riss den Blick davon los und sah Roz an. »Ich weiß noch, wie Meg im Club Car gefragt hat, ob irgendjemand ihre Schere gesehen hat.«

»Und wann war das?«

Ayana runzelte die Stirn und sah nach links oben, als sie die Ereignisse Revue passieren ließ. »Nicht lang nach dem Abkuppeln der anderen Wagen, würde ich sagen.«

»Hat sie irgendwas angedeutet, ob sie jemanden in Verdacht hatte, der die Schere entwendet haben könnte?«

Ayana schüttelte den Kopf. »Nein.«

Die Sache mit der verschwundenen Schere merkte Roz sich für später und schlug einen anderen Kurs ein. »So, wie ich das beobachtet habe, hast du dich ja nicht gerade gut mit Beck verstanden.«

»Tja, das war wohl ziemlich offensichtlich, oder?«

»Das Erste, das ich dachte, als ich euch vier gesehen habe, war: Mit den Quizletts wird es noch Ärger geben.«

»Quizletts. Das ist witzig.«

»Aber Beck konntest du nicht leiden?«

»Es ist schwer, sich mit einer anzufreunden, die einen ständig fertigmachen will. Sie hat sogar zu mir gesagt, wortwörtlich, dass sie die einzige Frau im Team sein will.«

»Was?«

»Ich weiß. Komplett crazy. Aber sie wollte halt immer was Besonderes sein. Berühmt werden.«

»Das wird sie jetzt auf jeden Fall.« Becks Bild würde am zweiten Weihnachtsfeiertag in sämtlichen Zeitungen auftauchen. In den sozialen Medien auch. Die Welten von Meg und Beck – im Tod trafen sie sich doch noch. Wie die junge Beck jetzt aussah. Roz hätte ihr am liebsten die Haare gekämmt und ordentlich aus dem Gesicht gestrichen. Aber sie durfte nichts anfassen.

»Hast du irgendetwas beobachtet, das uns helfen kann?«

»Nichts«, antwortete Ayana. Das verriet Roz augenblicklich, dass sie log. Die Menschen sehen immer irgendetwas, selbst wenn es ihnen vielleicht unwichtig oder zufällig erscheint.

Roz senkte die Stimme. »Du kannst es mir ruhig verraten, weißt du. Falls etwas vorgefallen ist. Vertrau's mir an, ich versuche, dir zu helfen.«

Zweifel huschten über Ayanas Gesicht. Aber dann schien sie sich entschlossen zu haben und antwortete: »Ich sage dir Bescheid, wenn mir noch etwas einfällt.«

Ayana wusste etwas, da war Roz sich völlig sicher. »Tu das. Jetzt müssen wir erst mal die Polizei benachrichtigen. Damit sie vorbereitet ist, wenn sie hier eintrifft.« Drei Tote, die weggeschafft werden mussten. Und immer noch keinen Killer, der festgenommen werden konnte.

»Wahrscheinlich sagen wir besser den anderen Bescheid«, sagte Phil.

»Macht, was ihr wollt«, erwiderte Roz. »Ich habe hier nicht das Sagen.«

»Aber was sollen wir denn jetzt bloß tun?« Er wirkte völlig ratlos.

»Das ist nicht mein Zirkus, Phil.«

»Dabei hast du recht gehabt«, sagte Ayana. Sie schob einen Dosenring am Finger rauf und runter. »Wir hätten alle im Club Car bleiben sollen. Zusammen.«

»Ohne Scheiß«, erwiderte Roz trocken.

VIERZIG

Killa saß in der Ecke der Sitznische. Meg war tot. Grant war tot. Beck war tot.

Nichts war verlaufen wie geplant. So viel Vorbereitung, und jetzt herrschte reines Chaos. Tod führt immer zu noch mehr Tod. Das hatte Mum oft gesagt. Sie hatte auch immer gesagt: »Aller schlechten Dinge sind drei.« Jetzt musste Schluss sein mit dem Schlechten. Killa glaubte nicht, noch mehr verkraften zu können. Jetzt durfte niemand mehr sterben.

Aber Killa wusste nicht, ob Aufhören möglich war.

EINUNDVIERZIG

Als Roz zurück in ihrem Abteil war, kondensierte ihr Atem zu weißen Wolken. Im Zug war es jetzt nur noch wenig wärmer als draußen. Sie kroch ins Bett und unter die Decke. Der Gedanke kam ihr, dass die Menschen nie die Kleinkindlogik ablegten, nach der die Monster einen nicht kriegen konnten, wenn man unter einem Daunenbett, einer Decke oder einem warmen Fell Zuflucht suchte. Dabei lagen die Monster manchmal direkt neben einem im selben Bett. Und sie trieben mit ziemlicher Sicherheit auch im eigenen Kopf ihr Unwesen.

Auf ihrem Handy gab es zwei neue Fotos. Auf dem einen war die schlafende Heather zu sehen, die so verquollen und verkabelt wie eine keimende Kartoffel aussah. Als Roz das Foto sah, schrie sie und schloss die Augen, als könne sie das Bild damit ungesehen machen.

Sie scrollte weiter zum nächsten Bild. Das kleine namenlose Wesen lag im Brutkasten. Eine Sonde, mit der es ernährt wurde, war an die winzige Nase geklebt. Auf dem nächsten Bild, vermutlich von einer der Schwestern aufgenommen, hatte Ellie die Hand durch eine der seitlichen Öffnungen gesteckt und berührte den Kopf des Babys.

Heather hatte ihre eigene Tochter immer noch nicht im Arm gehalten. Roz wusste, was für ein schreckliches Gefühl das war. Heather war mit einer um den Hals geschlungenen Nabelschnur auf die Welt gekommen, sofort weggebracht und an Sauerstoff angeschlossen worden. Roz wusste damals genau wie jetzt, dass all das medizinisch notwendig war. Das Überleben sicherte. Aber Roz' Herz, ihr ganzer Körper, waren ein einziger Schrei gewesen. Sie wusste nicht, ob der Schrei je verstummt war.

Ihr Handy klingelte. Ein Anruf von Ellie. Roz atmete tief durch, dann antwortete sie. »Ellie? Was ist los?«

»Sie ist endlich stabil.« Die Erschöpfung war Ellie deutlich anzuhören. »Sie hat keine Krampfanfälle mehr, schwebt aber immer noch in Lebensgefahr. Ihr Blutdruck ist zu hoch und die Nierenfunktion gering.«

Wenigstens ein winziger Lichtblick. »Wie geht's der Kleinen?«

»Sie ist ein echtes Wunder«, sagte Ellie. Ihre Stimme klang sofort lebhafter und voll staunender Liebe. »Ich kann nicht glauben, was für eine kleine Kämpferin sie ist.«

Das ist gut, dachte Roz. Die kämpferische Natur würde sie brauchen. Laut sagte sie: »Du machst das einfach fantastisch, Ellie. Wirklich. Ich bin so dankbar, dass Heather dich hat. Ich könnte mir keine bessere Schwiegertochter vorstellen.«

»Danke. Sie sind meine liebsten Schätze, alle beide. Ich bin nonstop zwischen den Betten der beiden unterwegs und versuche, der Faden zu sein, der sie miteinander verbindet. Aber ich hab ständig das Gefühl, ich mache alles falsch.«

»Mach einfach weiter. Mehr kannst du nicht tun.«

»Und was ist mit dir? Sieht es so aus, als würde sich der Zug bald mal weiterbewegen? Ist der Killer geschnappt worden?« Roz hörte die Hoffnung in Ellies Stimme. Sie würde Heather sicher nur zu gern gute Neuigkeiten überbringen. Sie wollte zumindest keine weiteren schlechten Neuigkeiten von Roz hören.

»Angeblich sind die Leute von der Technik nur noch ein paar Stunden von uns entfernt.« Sie wechselte das Thema. »Und darf Heather das Baby bald mal auf den Arm nehmen? Ich glaube, das würde ihr helfen.«

»Heather ist immer noch nicht transportfähig. Auf der Frühchenstation haben sie gesagt, sie könnten ihr die Kleine heute Abend bringen.«

»Meinst du, ich könnte vielleicht mal mit Heather sprechen?«, fragte Roz.

»Ich bin mir nicht sicher, ob das so gut wäre, nachdem …« Ellie sagte nicht: *Nachdem du das letzte Mal mit ihr geredet hast und es so grandios in die Hose gegangen ist*, aber Roz hörte es heraus. »Sie ist sehr erschöpft. Wie wär's, sie meldet sich bei dir, sobald sie so weit ist?«

»Natürlich, ganz, wie du meinst. Außerdem bin ich ja sowieso bald bei euch.«

Einen Augenblick lang schwiegen sie gemeinsam. Roz dachte daran, wie schrecklich es für Heather sein musste, ihr Neugeborenes nicht auf dem Arm halten zu dürfen. Wie schwer es für sie selbst direkt nach der Entbindung gewesen war, wie sie die Erinnerungen an die Vergewaltigung überwältigt hatten. Wieder war sie betäubt worden. Konnte sich nicht rühren. Ihr Körper wurde von jemand anderem manipuliert. Sie hatte Heather gewollt, und dennoch war das Kind untrennbar mit der Vergewaltigung verbunden. Innerlich hatte sie sich von ihrer eigenen Tochter abgeschnitten gefühlt. Trauma gesellt sich zu Trauma. Narbengewebe verwächst mit anderem Narbengewebe. Jetzt war es Zeit zu heilen.

»Ich mach dann mal Schluss, Süße«, sagte Roz. »Gib meiner Tochter und Enkeltochter einen Kuss von mir.«

Kaum hatte Roz das Gespräch beendet, klingelte das Handy schon wieder: Lavinia. »Ich habe noch mehr für dich rausgefunden.«

Schuldgefühle meldeten sich bei Roz. »Lavinia, meine Beste, danke, dass du das alles für mich getan hast. Du hast was gut bei mir. Aber ich brauche keine Infos mehr. Ich bin jetzt offiziell *und* inoffiziell außer Dienst. Es ist noch eine Person gestorben. Wahrscheinlich hätte ich es nicht verhindern können, aber ich habe auch nichts dagegen getan.« Außerdem war Heiligabend, und ihre Tochter schwebte in Lebensgefahr. Was sollte das bringen, die zu retten, die sowieso schon tot waren?

»Ganz sicher? Da sind ein paar echte Knaller dabei.«

»Ganz sicher.«

»Ich schick sie dir trotzdem. Und ich hoffe, dass du bald zu Hause bist. Ich werde in den Nachrichten verfolgen, ob der Todeszug endlich eintrifft.«

»Schöne Weihnachten, Lavinia.«

Für den Augenblick hatte die Sonne gegen den Schnee gesiegt, sie stand hoch am Himmel, lugte immer wieder zwischen den Wolken hervor und füllte das Abteil mit bleichem Licht. Schon bald würde Roz sich wie ein Kind, das auf den Weihnachtsmann wartet, ganz früh schlafen legen, und der Schnee würde wieder heftiger wirbeln.

Roz kuschelte sich unter die Decke. Sie hatte so viele Pläne gehabt, wollte so feiern, wie es bei Liz am Heiligabend Tradition gewesen war: Popcorn zu langen Ketten auffädeln, damit dann aber nicht den Weihnachtsbaum schmücken, sondern es vom Faden wieder herunteressen, während man sich die Kette über den Kopf hielt. Heiße Schokolade mit einer Sahnehaube darauf trinken. Aufbleiben, bis sich eine Sternschnuppe am Himmel gezeigt hatte.

Es gab keinerlei Grund, warum man das nicht auch am zweiten Weihnachtstag, an Silvester oder am nächsten Heiligabend machen konnte. Bloß, dass Heiligabend natürlich der Abend voller Magie und Zauber war.

Schreie trugen die Nachricht vom Mord an Beck durch den Zug. Zweifellos würde ein Fahrgast die Presse informieren, dass der Todeszug wieder zugeschlagen hatte. Vermutlich wurden jetzt schon die Nachrufe auf Beck verfasst, in denen ihr »brillanter Verstand« und ihre »kometenhafte Karriere« besungen wurden.

Doch wie bei allen Sternen und Kometen war ihr Funkeln bereits Vergangenheit.

Jemand hämmerte an ihre Tür. »Roz?« Es war Ember. »Kommen Sie raus, bitte?«

Roz gab keine Antwort. Sie wusste nicht, was sie noch zu bieten hatte. Sie war niemandem eine Hilfe.

Embers leichte Schritte huschten weiter.

Ein anderes Klopfen war an Roz' Tür zu hören. Sie antwortete nicht. Bewegte sich nicht.

Mit einem *Ping* traf eine E-Mail von Lavinia ein: *Frohe Weihnachten, Todeszug!*, aber Roz las sie nicht. Sie hielt den verspiegelten Zauberwürfel in der Hand, brachte aber die Kraft nicht auf, an ihm zu drehen. Es gab nichts mehr, das durch ein Drehen und ein Klicken an seinen Platz gebracht werden konnte. Der Würfel war das Einzige in dieser Kabine, das noch funkelte. Ganz offensichtlich – das zumindest war ihr klar geworden – wurde sie nicht mehr als Polizistin gebraucht. Als Mutter taugte sie auch nicht. Und nun wurde sie nicht mal als Oma gewollt. Es gab auch keinerlei Anzeichen dafür, dass sie die Großmutterrolle gut hinbekommen würde.

Roz war noch keine fünfzig, und schon nutzlos. Niemand brauchte sie, niemand wollte sie.

Wie hatte ihre Mum das bloß alles geschafft? Sie hatte sich um Heather und den Pub gekümmert, den sie damals betrieb, während Roz allmählich in der Polizeihierarchie aufgestiegen war. Das hatte sie alles gleichzeitig gemanagt und sich nur die Hälfte der Zeit darüber beschwert.

Mum hätte gewusst, was in einer solchen Situation zu tun war. Liz hatte gesagt, in ihrem Kochbuch gebe es ein Rezept für jeden Anlass und einen guten Rat für jede Situation.

Roz atmete einmal tief durch, schlug das Buch auf und las die letzten Zeilen noch einmal, bevor sie es zugeklappt hatte.

Ich bin stinksauer auf dich, Rosalind. Wirklich verdammt zornig. Ich bin eine alte Schachtel, der nur noch ein paar Tage bleiben, mein Inneres ist zerfressen von dem bescheuerten Krebs. Und das Herz hat sie mir herausgerissen, diese Tochter, die nicht kapieren will, wie sehr sie geliebt und bewundert wird.

Wie du weißt, bin ich immer davon ausgegangen, dass ich mal hundert werde. Mindestens. Oder ewig lebe. Ein Jahrhundert ist doch ein ordentliches Stück Zeit. Alles andere kommt mir unsauber vor. Aber man kann sein Leben nun mal nicht zum Glanz zwingen. Dein Leben kriegst du mit keinem Mr Sheen auf Hochglanz poliert. Außer natürlich, es ist Michael Sheen, dem würde ich doch glatt erlauben, mich mal ordentlich zu striegeln. Jawohl. Jetzt höre ich quasi schon, wie du protestierst: »Mum!« und den Kopf schüttelst auf eine Art, die sagt: »Aber du bist doch meine Mutter! So was darfst du nicht sagen, erst recht nicht über ein britisches Wahrzeichen wie Mister Michael Sheen.« Aber du wirst noch bald genug herausfinden, dass du kein anderer Mensch wirst, nur weil du auf einmal Oma bist. Solltest du auf jeden Fall nicht.

Und wenn du dieses Buch gerade aufgeschlagen hast, weil du dir eine Anleitung erhoffst, wie man eine gute Großmutter wird, dann sage ich's dir jetzt gleich: Das, was du dir erhoffst, wirst du hier nicht finden. Ich weiß nichts. Im Grunde nichts. Ich kann Sachen ausbaldowern. Ich habe mir dies und das zurechtgelegt, um mit dem vielen Mist zurechtzukommen, den mir das Leben vor die Füße geschmissen hat. Leider höre ich nicht auf meine eigenen schlauen Ratschläge. Habe ich noch nie gemacht. Du hast vielleicht nichts davon gemerkt, aber ich bewundere dich. Du gehst deinen eigenen Weg. Sei du einfach die Großmutter, die zum nächsten kleinen Parker passt. Ich bin wirklich sehr traurig, dass ich die nächste Generation nicht mehr miterlebe, aber ich weiß, dass ich trotzdem irgendwie da sein werde, in den Schlafliedern, die ihr singt, den Geschichten, die ihr erzählt. Und in diesem Buch. Hier drin steht alles, was ich für dich und Heather mit Liebe zubereitet habe, dazu ein paar Löffelchen Weisheit, die ich aus meinen Fehlern gelernt habe. Mach viele Fehler, Rosalind. Mache sie viel und häufig. Und pass dich nicht an, damit du so wirst wie die anderen. Das funktioniert sowieso nicht. Finde deine Stärken und nutze sie. Du hast viele. Niemand kann die Dinge so gut durchschauen wie du. Niemand verteidigt Schwächere mit Leib und Seele wie du. Das weiß ich, seit wir mal im Urlaub in Kilmarnock auf dem Spielplatz waren und du eine gescheuert bekommen hast, weil du einem kleinen Jungen helfen wolltest. Ich hätte dich damals nicht ausschimpfen sollen, auch nicht, wenn du mit aufgeschürften Knien und blauen Flecken nach Hause gekommen bist. Ich hätte nicht darüber lachen sollen, dass du so ein kleiner Wildfang warst. Ich hätte viele, viele Dinge nicht tun sollen. Ich hätte mir nicht so viel drauf einbilden sollen, dass Heather zu mir gekommen ist, wenn sie hingefallen ist. Aber ich habe damit angegeben. Das tut mir leid. Deswegen werde ich immer Schuldgefühle haben, und wegen vieler anderer Sachen auch. Aber wenigstens schreibe ich dir das auf und hinterlasse dir was zum Lesen. Am meisten will ich dir sagen, dass es mir leidtut. Und dass ich ein menschliches Wesen bin, das so einiges falsch gemacht hat. Aber ich liebe dich, sehr sogar. Ich wünsche mir, dass du diese Rezepte nachkochst und an mich denkst. Ich wünsche dir den siebten Himmel in deiner dritten Lebensphase. Alles Liebe, Kuss, Mum

Roz saß da, das offene Buch auf dem Schoß. Kuss und Namen hatte ihre Mutter selbst geschrieben. Ihre letzten Worte. Es war, als sei Mum da, nach Dewberry-Parfüm aus dem Body Shop duftend, noch Jahre, nachdem es dort nicht mehr verkauft wurde, als säße sie neben Roz auf dem Bett und lege ihr den Arm um die Schultern.

Schuldgefühle. Die machten allen zu schaffen, die für Kinder zu sorgen hatten. Und nicht nur denen. Schuldgefühle flossen durch die Gesellschaft wie ein Bach, und jede und jeder trank daraus. Niemand war unschuldig.

Embers Kriminalroman fiel ihr ein, *Mord im Orientexpress*, in dem alle Mitreisenden schuldig waren. Einschließlich Poirot und der Naiven mit den großen Augen.

Bei dem Gedanken prickelte es in ihrem Nacken. Sie spürte es: Fast hatte sie die Lösung. Ihr Instinkt schrie: *Nicht lockerlassen!* Es hatte irgendwas mit Megs riesengroßen Augen zu tun.

Roz sah sich noch einmal alles an, was Meg in den vergangenen drei Monaten gepostet hatte. Ganz offensichtlich erhielt Meg eine Menge Sponsorengelder, aber ihre Tiktoks wirkten trotzdem authentisch und bezaubernd: witzige Davor- und Danach-Make-up-Looks, während sie tanzte – ihr YouTube-Kanal ähnelte in vielem dem Kochbuch von Roz' Mutter. Vordergründig war es nur die wohl ausgeleuchtete Meg, die da am Tisch saß, der Kamera tief in die Augen schaute und die teuren Kosmetika ihrer Sponsoren auftrug. Trotzdem schaffte Meg es in jedem Clip, natürlich und wie sie selbst zu wirken. Als sie einen blauen Lidschatten auftrug und dabei die Zungenspitze in ihrem offenen Mund zu sehen war, musste Roz daran denken, wie sie zum ersten Mal das Meer in Griechenland gesehen und verstanden hatte, wie intensiv die Farbe Blau sein konnte. Oder als Meg einen neuen Lippenstift ausprobierte, obwohl sie einen Kater hatte, »dass es sich gewaschen hat, ich sag's euch, Leute, das ist kein Spaß«. Während sie die erste Schicht Dunkelrot auf ihre Lippen auftrug, klingelte es an der Tür, und als sie aufstand, um die Essenslieferung entgegenzunehmen, hatte sich gezeigt, dass sie zu ihrem glitzernden Designertop eine ausgeleierte Schlafanzugshose und alte Latschen trug. »So, jetzt wisst ihr Bescheid«, sagte sie, zwinkerte der Kamera zu und ging weg. Sie kam mit einer großen Papiertüte mit indischem Essen zurück, holte ein Naan-Brot heraus, verkündete, wie weich und plusterig es aussähe, und bettete ihre Wange darauf. Als sie den Kopf wieder hob, hatte sie einen Ausdruck wahren Friedens im Gesicht, und das Naan einen verwischten Lippenabdruck. Sie hätte das natürlich alles rausschneiden können, aber sie entschied sich, es drin zu lassen und ihr wahres Ich zu zeigen. Die Kommentare reichten von Lob für ihre Authentizität bis zu »eklig« und »abartig«.

Sogar Roz, die nur einen einzigen Lippenstift besaß, ein unattraktives Weiß, das es kostenlos zur *Cosmopolitan* mit dazu gegeben hatte, war fasziniert von einem Video, in dem Meg verschiedene Farbtöne auf den Lippen ausprobierte. Meg demonstrierte Verletzlichkeit und Naivität, indem sie Aspekte verriet, die sie an sich selbst nicht leiden konnte – sie wollte zeigen, dass sie auch Probleme hatte. Meg fand es unerträglich, wenn ihre Augen klein aussahen (Roz kannte Megs Augen, sie waren alles andere als klein) und ihr Bauch »schwabbelte«, woraufhin sie sich mit Daumen und Zeigefinger in eine Hautfalte kniff, um zu zeigen, wie dick sie war (das war sie nicht). Viele Personen mit Gewichtsproblemen oder Essstörungen kannten solche Bemerkungen, die in den Kommentaren jede Menge Haters auf den Plan riefen.

Nichts von alledem brachte Roz der Lösung näher, die sie fast, fast spüren konnte, wie eine Schneeflocke, die auf ihrer Zunge zerging. Die Lösung war direkt vor ihr, es musste nur noch *Klick* machen.

Sie nahm ihren Mirror Cube in die Hand und drehte ihn, während sie die Fotos betrachtete, die sie von Meg und ihrem Abteil geschossen hatte.

Wieder ein Klopfen an der Tür. Derjenige ließ ebenfalls nicht locker.

»Wer ist da?«, rief Roz.

»Ich bin's, Craig. Ich wollte alles erklären. Und nach dir schauen.«

Roz seufzte. Vielleicht konnte er ihr ja weiterhelfen. »Komm rein.«

Craig kam ins Abteil, eine Thermoskanne und eine Tasse in der Hand. Er streckte Roz beides hin. »Von Oli. Er hat gedacht, vielleicht magst du eine heiße Schokolade mit einem Schuss von dem Whisky, den du so gern trinkst. Und ich habe dir ein

Käsebrot gemacht.« Er holte außerdem ein kleines Glas aus der Jackentasche. »Und ein paar Silberzwiebeln, die erst kitzeln, und dann kommt der Kick.«

Lachend nahm Roz sie entgegen und errötete. Craig wusste noch, was sie als Erstes zu ihm gesagt hatte, als er in den Club Car gekommen war. Sie hielt den Becher auf dem Schoß und schenkte sich dampfend heißen Kakao ein. Die Schokolade war so intensiv dunkelbraun, dass sie fast violett aussah, und der Whisky schlängelte sich hindurch wie ein Fluss durch eine Schlucht.

»Ich weiß, dass wir sehr viel zu besprechen haben«, sagte Craig. »Und ich weiß auch, dass ich es nicht gut gemacht habe, als ich im Club Car herausfand, wer du bist. Ich hätte es dir umgehend sagen müssen.«

Roz dachte an den Augenblick zurück. »Das war, als ich zum ersten Mal erwähnt habe, dass meine Tochter einen Notkaiserschnitt hat. Und ich habe geglaubt, du hättest nur um meinetwillen so besorgt dreingeschaut.«

»Es war auch um deinetwillen. Mit einem Schlag war mir alles klar. Als Heather mich aufgespürt hatte und mich anrief, da beschrieb sie mir, wie großartig du bist. Dass dein Haar jetzt weiß und grau ist und widerspenstig an feuchten Tagen. Dass es leuchtet wie eine Pusteblume im Winterlicht.«

»*Das* hat Heather gesagt?«

»Nein, nicht direkt. Sie hat mir deine launischen weißen Haare beschrieben, aber so klingt es romantischer, finde ich.«

Sie genossen ein friedliches Schweigen miteinander, dann fragte Roz: »Wie hat sie dich gefunden?«

»Du hattest ihr erzählt, ich hieße Douglas und habe Musik in Edinburgh studiert und sei ein Jahr älter als du. Danach war es nicht mehr so schwierig.« Er blickte hinunter auf seine Hände: Daumen und Zeigefinger drehten sich um seinen Ringfinger.

»Aha, ich verstehe. Du fragst dich, warum ich mich nicht gemeldet habe, als ich herausfand, dass ich schwanger war.«

Craig nickte. »Ich hätte für dich gesorgt. Für uns. Ich weiß, es war nur das eine Mal, und an viel kann ich mich nicht erinnern, abgesehen von deinen Haaren und deinem Lachen und deinen Augen, und dass es richtig schön war. Aber ich wäre ein guter Vater gewesen.«

»Das weiß ich.«

»Warum hast du es mir dann nicht gesagt?«

»Wollte ich ja. Anfangs war ich einfach nur geschockt und hab's verdrängt und nicht drüber nachgedacht. Ich hatte gerade erst beschlossen, das Kind zu behalten und nach dir zu suchen, aber dann ist etwas dazwischengekommen. Etwas, das alles zerstört hat.«

Craig nickte, als wisse er Bescheid. »Du kannst es mir ruhig erzählen.«

Roz spürte den Sog der Erinnerungen, die aufsteigende Panik. »Kann ich nicht. Noch nicht. Ich kann dir nur sagen, dass ich mir auch alles ganz anders gewünscht hätte.«

»Grant hat das Ganze wieder in dir getriggert, stimmt's?«

»Ja. Und ich sage dir irgendwann mehr, aber ich muss es Heather als Erster erzählen. Ich verheimliche ihr schon viel zu lange viel zu viel. Andererseits hat sie mir verheimlicht, dass sie dich kennt! Wie hat sie dich bloß gefunden? Du heißt Craig und hast Jura in London studiert!«

»Craig ist mein zweiter Vorname – Douglas hat irgendwie nicht zu mir gepasst. Und in London habe ich dann nur noch das Zusatzstudium in Jura gemacht. Heather muss einiges von deinen detektivischen Fähigkeiten besitzen, sie hat sich bei der Uni gemeldet. Und von da bis zu mir war es dann nicht mehr schwer.«

»Das Leben ist seltsam. Wir wissen nie, was uns als Nächstes erwartet.«

»Gestern Abend hat Sam etwas wie üblich sehr Schlaues gesagt. Über eine der Schicksalsgöttinnen, Atropos, glaube ich, die den Lebensfaden durchschneidet. Wir müssen das Leben genießen, solange wir den Faden noch in der Hand halten.«

Roz erstarrte. Ein Gedanke schoss ihr durch den Kopf. Sie scrollte durch die Fotos von Megs Abteil nach ihrem Tod. »Sag das bitte noch mal.«

»Was?«

»Das mit dem Lebensfaden. Das Wort habe ich irgendwo gesehen. Atro- irgendwas.«

»Atropos. Das war eine der Quizlösungen, aber ich bin mir ziemlich sicher, dass du da schon ins Bett gegangen warst. Eine der drei Schicksalsgöttinnen. Die Moiren.«

»Hat das was mit dem gälischen Wort für ›Oma‹ zu tun? Morai?«

Craig lachte. »Sam hielt es für möglich, dass es da eine Verbindung gibt. Blake hat zugestimmt, Atropos sei in der Tat die Älteste der drei Göttinnen.«

»Sam ist so was von schlau! Da bin ich so weit abgehängt, dass ich noch an einem anderen Bahnhof stehe.«

»Und ich erst.«

Es kribbelte Roz am ganzen Körper. Sie hatte alles, was sie brauchte. Sie musste es nur noch ein bisschen drehen und wenden, und es würde *Klick* machen. Und dann war die Klarheit der Bergluft plötzlich da. Sie hatte das Wort zweimal gesehen, an zwei verschiedenen Stellen. Sie wischte durch die Fotos, die sie von Megs Abteil gemacht hatte.

»Was suchst du?«

»*Atropa*. Das stand auf einem Fläschchen, das bei Meg auf dem Boden lag. Und ich bin mir sicher, sie benutzt es auf einem der Fotos, die Liv geschossen hat.« Roz vergrößerte die Bilder mit Daumen und Zeigefinger, betrachtete systematisch jeden Millimeter, einen Kosmetikartikel nach dem anderen, jede Salbe, jede Tinktur auf dem Boden, als sei das Abteil eine riesige Handtasche.

Und da war es. Sie zoomte an ein Fläschchen mit *Atropa Beautiful Woman Augentropfen* heran, für »große, glänzende Augen«. Sie machte einen Screenshot von der Vergrößerung und ging dann Livs Fotos durch. Tatsächlich: Meg, früher am Abend, die sich aus derselben Flasche etwas in die roten Augen träufelt. Zusätzlich standen die Augentropfen auch noch in der Liste der Markennamen, die am Anfang des Livestreams zu lesen waren.

Roz googelte *Atropa Augentropfen* und fand eine liebevoll gestaltete Website einer Frauenkooperative auf Guernsey, die Kosmetika aus hochkonzentrierten, wildgesammelten und organisch angebauten Kräutern und Pflanzen von Hand herstellte.

Sie zeigte Craig die Website mit den Augentropfen. Er riss die Augen auf. »*Beautiful Woman*, auf Lateinisch …«

»*Belladonna*. Die Schwarze Tollkirsche. Genau. Ich habe mal gelesen, in der Renaissance und davor hätten Frauen sich Tollkirsche in die Augen geträufelt, damit ihre Pupillen ganz groß wurden und es aussah, als seien sie erregt.« Roz fragte sich, ob ihre Pupillen wohl auch stark vergrößert aussahen. »Es wurde nicht selten versehentlich zu stark dosiert und führte zum Tode.«

»Aber heutzutage gibt es so was doch nicht mehr, oder? Wenn es regulär verkauft wird, muss es doch gefahrlos sein. Man kann doch nicht Gift verhökern, das die Leute sich in die Augen tropfen!«

»Tollkirsche anzubauen, ist nicht illegal, und die Verwendung ist sicher gesetzlich geregelt. Aber das Produkt hier sieht mir ziemlich selbst gemacht aus. Vielleicht haben sie bei dieser Fuhre nicht die richtige Verdünnung angewendet. Und vielleicht lässt sich bei wildwachsenden Pflanzen auch nicht genau kontrollieren, wie stark sie wirken.«

»Vielleicht war Meg ja allergisch dagegen?«, warf Craig ein.

Wieder das verräterische Prickeln. Roz googelte *Schwarze Tollkirsche*. »Es ist ein Nachtschattengewächs!«, sagte sie triumphierend.

Craig sah sie verständnislos an.

»Ich glaube, Meg war allergisch gegen Nachtschattengewächse.«

»Woher weißt du das? War es auf ihrem Tiktok oder was weiß ich?«

»Grant hat bei Oli etwas für sie zu essen bestellt, das kein Brot, keine Kartoffeln und keine Tomaten enthält. Brot hatte wahrscheinlich damit zu tun, dass sie schlank bleiben wollte, aber Kartoffeln und Tomaten stammen beide aus der Gattung Nachtschatten.«

Roz suchte schnell nach *Nachtschatten* und *Vergiftung.* »Es passt alles«, sagte sie, als sie las, welche verschiedenen Arten von Nachtschattengewächsen es gab und wie sich eine Vergiftung damit äußerte. »In größerer Menge führt *Atropa belladonna* zu Atemwegsversagen und Halluzinationen.«

»Wie zum Beispiel, dass sie sich einbildete, Grant käme durch die verschlossene Tür«, sagte Craig. »Megs Tod war also ein Unfall?«

»Ich glaube schon. Sie wollte die Augen so weit aufmachen, dass sie daran gestorben ist.«

»Was ist mit den anderen beiden Fällen? Das können ja nicht auch alles Unfälle sein. Außer, sie sind zufällig ebenfalls an Allergien und Vergiftungen gestorben.«

Allergien. Das war das Zauberwort.

»Ich glaube nicht, dass wir es mit Zufällen zu tun haben. Aber du bist auf der richtigen Spur. Genau wie ich. Das habe ich dir und Lavinias neuesten Infos zu verdanken.« Roz stand auf und fühlte eine Gewissheit in ihrem Körper, die sie seit langer Zeit nicht mehr gespürt hatte. »Ich bin fast am Ziel. Wir müssen noch einmal alle im Club Car zusammentrommeln und befragen. Aber vorher brauche ich die Handschuhe. Wir durchsuchen jetzt den Zug.«

ZWEIUNDVIERZIG

Roz war Killa auf den Fersen, das wusste Killa genau. Sie kam ständig einen Schritt näher. Momentan war sie gerade dabei, den Zug zu durchsuchen, ging von einem Abteil zum nächsten. Dadurch gewann Killa etwas Zeit, konnte Ordnung ins Leben bringen, frei durch die Highlands spazieren, solange das noch möglich war. Beinahe war es eine Erleichterung, möglicherweise bald gefasst zu werden. Aber Killa musste trotzdem dafür sorgen, dass die richtigen Spuren verwischt und andere aufgedeckt wurden.

Killa streckte die Zunge heraus und wartete, bis eine einzige, federzarte Schneeflocke darauf landete und schmolz. Dann stapfte Killa knirschend durch den Schnee und ließ mit jedem Schritt eine weiße Fontäne hochwirbeln. Das rief schöne Kindheitserinnerungen wach. In Glencoe hatte es regelmäßig weiße Weihnachten gegeben. Augenblicke voll festlicher Freude waren wieder da: am Weihnachtsmorgen aus dem Fenster gucken und sehen, dass alles unter einer weißen Decke verschwunden war, der Himmel grau wie gemalt. Von der Mitternachtsmesse mit Weihrauchduft in den Kleidern und Schneeflocken auf der Haut nach Hause laufen. Schlittschuhfahren im Schneesturm, Hand in Hand mit der Freundin, als gäbe es den Rest der Welt nicht mehr.

Doch dann kamen andere Erinnerungen hoch und hefteten sich an die schönen Bilder. Unter dem Tannengrün der vergangenen Weihnachtsfeste kroch all das Fürchterliche wieder hervor und reckte sein scheußliches Haupt. Killa verdrängte diese Erinnerungen. Schob sie mit aller Macht wieder nach unten, wie den Springteufel zurück in die Box, und hoffte, dass sie nicht wieder herausspringen würden.

Geistig das Gleis wechseln. Beim Leichten bleiben. Beim Sicheren.

Weihnachten hier war nicht wie der Dezember in London, wo man von Glück sagen konnte, wenn es überhaupt mal fror. Weihnachten in England war wie die meisten Affären: nasskalt und im Großen und Ganzen enttäuschend. Das hier war Schnee, wie Killa ihn von früher kannte, so tief, dass man nicht mehr den festen Boden darunter spürte.

Beinn Dòrain blickte hinunter auf Killa. Der Berg wusste, was Killa getan hatte, aber er sagte nichts. Die vielen Geheimnisse, die er an seinem Gipfel unter Eis begraben hielt. Es bräuchte nur eine Lawine, einen Erdrutsch, und der Zug, die Toten, der Missbrauch, alles wäre begraben. Killa wünschte sich, am Berg hochfliegen zu können wie eine Hexe. Frei zu sein vor der langen Haftstrafe.

Am Zug öffnete sich eine Tür. »Es gibt eine Zusammenkunft«, rief Roz. »Kommen Sie?« Ihr Ton klang so unbeschwert. Vielleicht wusste Roz doch nicht, was Killa getan hatte, wie die Toten gestorben waren.

Vielleicht würde Killa ja doch damit davonkommen, vielleicht.

Killa sah den Berg mit einem letzten langen Blick an und stapfte dann zurück zum Zug. »Ich komme.«

DREIUNDVIERZIG

Nachdem Roz die letzte E-Mail von Lavinia gelesen hatte, hob sie den Blick und sah sich im Speisewagen um, in dem Fahrgäste und Angestellte gerade einen Platz suchten. Alle waren mit Mänteln und Daunendecken gekommen, manche hatten zwei. Phil versuchte, Robert damit abzulenken, dass er »Papa Wutz« spielte, während er auf der Bank seine Windeln wechselte. Ember las, Kapuze auf, Kopf gesenkt. Die verbliebenen Quizletts saßen in einer Sitznische und sagten nichts. In einer anderen Nische lehnten sich Liv und Aidan aneinander. Oli stand hinter dem Tresen und polierte bereits glänzende Gläser. Tony saß aufrecht auf einem der Drehstühle, und Mary hatte es sich mit einem gütigen Lächeln auf dem Gesicht in einer Sitzecke bequem gemacht. Roz fragte sich, ob Mary sie vielleicht adoptieren wollte.

»Ich danke Ihnen allen fürs Kommen«, sagte Roz und nahm in der Mitte des Speisewagens Aufstellung. Sie dachte an die vielen Einsatznachbesprechungen in ihrer Polizeiwache. Es war nicht das erste Mal, dass sich ein Killer mit im Raum befand. Einige Jahre zuvor hatte sie bei einem schrecklichen Fall herausfinden müssen, dass ihr Vorgesetzter, der Detective Sergeant, ein Serienmörder war. Ergebnis war, dass sie lange gebraucht hatte, bis sie seiner Nachfolgerin vertrauen konnte.

»Mir ist gerade etwas Entscheidendes über die Ereignisse klar geworden, deswegen habe ich Sie noch einmal hergebeten. Einige von Ihnen sitzen da und sehen schuldig aus wie Knecht Ruprecht, haben aber offensichtlich nicht viel Spaß daran.«

Buddy, das Baby, fing an zu schreien, und Roz verlor den Faden. Hilflos sah sie sich den Bildern in ihrem Kopf ausgeliefert – ihre Enkelin, die in einer Plastikkiste lag und versuchte, selbstständig zu atmen.

Sie schüttelte sich. Das war jetzt nicht der richtige Augenblick dafür. »Wo war ich?«, fragte sie.

»Du sagtest gerade, dass eine oder mehrere der hier anwesenden Personen schuldig sind«, soufflierte Sam.

»Vielen Dank, Sam. Auch dafür, dass du meinen nächsten Punkt so schön illustriert hast. Du bringst Dinge mit einer solchen Naivität und Selbstsicherheit vor, so großen Augen, dass man leicht glauben mag, dass du durch und durch unschuldig bist. Dabei weiß ich jetzt, dank eurer Quizfragen, ihr Quizletts, dass große Augen nur bedeuten, man hat die richtigen Kosmetika benutzt.«

»An diese Quizfrage erinnere ich mich nicht«, sagte Ayana.

»Meg war Markenbotschafterin für eine Reihe kleiner Kosmetikhersteller mit Naturprodukten. Für die großen Namen natürlich auch. Gestern sprach sie von ihren roten Augen und wie müde sie aussah. Dagegen hat sie häufig und reichlich Gebrauch von einer neuen Art Augentropfen gemacht. Das lässt sich in den Fotos und Videos aus der letzten Nacht verfolgen. Diese Augentropfen enthalten, wie ich vermute, Belladonna in hoher Konzentration – auch bekannt als tödlicher Schwarzer Nachtschatten. In kleinen Dosen ist er im Allgemeinen ungefährlich, aber wenn Menschen mit einer Nachtschattenallergie zu viel davon nehmen, erleiden sie eine Art Psychose: Halluzinationen, Schweißausbrüche, Herzrasen. Ich vermute, dass Meg schon vor der Entgleisung kurz vor dem Erstickungstod stand. Sie muss sehr unsicher auf den Beinen gewesen sein, noch mehr nach dem gewaltsamen Halt des Zuges. Sie schlug sich den Kopf auf, aber das wenige Blut, das zu sehen war, deutet darauf hin, dass sie zu diesem Zeitpunkt bereits tot oder fast tot war. Ich gehe auch davon aus, dass die Kratzspuren an ihrem Hals von ihr selbst stammen, vielleicht, weil sie halluzinierte, unsichtbare Hände von ihrem Hals wegzureißen versuchte.«

»Meg ist also von niemandem ermordet worden?«, fragte Phil. Die Erleichterung war seinem Gesicht deutlich anzusehen.

»Richtig. Aber Grant und Beck *hat* jemand auf dem Gewissen. Ich bin davon überzeugt, dass diese Person Grant bereits seit einiger Zeit nachstellt und Beck ermordet hat, um die Tat zu vertuschen.«

»Ich dachte, Sie wollten keine Polizeiarbeit mehr machen«, gab Sally zum Besten, vermutlich aus Sorge, dass sie in den letzten zehn Minuten nicht genug geredet hatte.

»Die Lage hat sich verändert. Wir müssen schnell und effizient zusammenarbeiten, damit keine weiteren Todesfälle in diesem Zug geschehen.«

»Drei Todesfälle an einem Tag. Das kann man ja wohl nur als grobe Fahrlässigkeit bezeichnen. Dazu wäre es nie gekommen, wenn in diesem Zug vernünftig für Sicherheit gesorgt wäre«, sagte Sally und starrte dabei Bella und Beefy an.

»Ich gebe mein Bestes«, verteidigte sich Beefy. »Aber ich kann ja wohl nicht einen ganzen Zug bewachen.«

»Ich glaube nicht, dass es einen Grund gibt, Beefy Vorwürfe zu machen«, sagte Mary. »Er hat heute mehr Türen eingerannt und mehr Grauen gesehen als Sie in Ihrem ganzen Leben.«

Ayana, Sam und Blake steckten die Köpfe zusammen. Sie sahen sich an, als würden sie einander telepathisch Botschaften senden. Auch das hätte Roz nicht weiter erstaunt.

So musste Roz dieses Verbrechen angehen, intuitiv. Alles war miteinander verbunden. Sie hatte ein paar Indizien, ausreichend, um eine bestimmte Person in Verdacht zu haben, aber es kam ihr gezwungen vor. Als ob auf dem Zauberwürfel die falschen spiegelnden Aufkleber pappten. Aufgabe gelöst und nicht gelöst. Bei einer normalen Untersuchung hätte sie ein ganzes Team, mit dem sie alle möglichen Verbindungen zwischen Opfern und Tatverdächtigen durchspielen könnte. Es war so ähnlich, wie wenn man die elektrische Weihnachtsbaumbeleuchtung vom Dachboden holte und sie funktionierte nicht. Dann musste jede kleine Glühbirne an der Lichterkette ausprobiert werden, um zu sehen, welche durchgebrannt war. Wenn eine Verbindung zwischen den Lebensgeschichten hergestellt war, dann ließ sich alles leicht zusammensetzen, die Birnchen leuchteten auf und brachten Licht in die ganze Sache. Aber hier war Roz ganz auf sich selbst, ein paar Informationen und ihre Instinkte angewiesen.

Craig nickte ihr aus der Ecke des Speisewagens zu. Es war Zeit, die Birnchen auszuprobieren, zu sehen, welche aufleuchteten und welche den Kreislauf unterbrachen und das Licht verhinderten. Eins musste sie zum Blinken bringen.

»Ich besitze Informationen über einige der hier Anwesenden und würde Ihnen dazu gern ein paar Fragen stellen.«

Blicke wurden ausgetauscht. Schuldbewusste. Roz registrierte sie alle, als sei sie beim Trainspotting.

»Und ist die auch seriös, die Quelle«, fragte Sally, »von der Sie die Informationen haben?«

Lavinia als »seriös« zu bezeichnen, war ein guter Witz. »Untadelig. Ich darf Sie vielleicht noch mal dran erinnern, dass ich bei der Metropolitan Police war und insofern Zugriff auf ein sehr großes Netzwerk von Informanten und Informationen besitze.«

Das schien Sally erst mal zum Verstummen zu bringen. »Es gibt eine Institution, die fast alle der hier Anwesenden miteinander verbindet«, fuhr Roz fort.

»Und welche?«, fragte Craig.

»Die University of London.«

»Ach bitte«, protestierte Ayana. »Die Uni ist riesig. Da kannst du genauso gut sagen, London verbindet uns miteinander.«

»Oberflächlich gesehen, ist das ein guter Einwand«, sagte Roz, »aber ich meine konkret eins der größten und wichtigsten Colleges in London: das King's College. Dort studieren unsere Quizletts. Mary hat dort über Edith Morley promoviert –«

»Edith Morley war die erste weibliche Professorin in England«, warf Sam eifrig ein.

»Danke, das war mir bekannt«, erwiderte Mary trocken.

»Sorry, ist mir so rausgerutscht. Wenigstens mansplaine ich nicht.«

»Mein Phil hat am Goldsmith's gearbeitet, nicht am King's«, sagte Sally. »Er kommt also nicht infrage, falls Sie das meinen sollten.«

»Aber im letzten Semester hat er einen Tutor am King's College vertreten.«

»Du erinnerst dich, Schatz«, sagte Phil. »Mit dem Kurs am Dienstag habe ich noch was dazuverdient.«

»Ich kapier immer noch nicht, was das zu bedeuten haben soll«, wandte Blake frustriert ein. »Da studieren viele Leute.«

»Und es arbeiten auch viele Menschen dort«, erwiderte Roz. »Zum Beispiel Ember.«

Ember nickte. »Ja. Ich arbeite in der IT-Abteilung. Aber von den Anwesenden hier bin ich noch nie jemandem auf dem Campus begegnet.« Sie ließ den Blick durch den Wagen schweifen. Ihr Fuß wippte auf und ab.

»Das stimmt – es ist so riesig, ich habe mich da auch schon verlaufen«, sagte Phil. Buddy gluckste, und Phil sagte in Babytonlage zu ihm: »Ja, das hab ich, was, Buddy?«

»Und wie passen Meg und Grant da hinein?«, fragte Sally.

»Bei Meg bin ich mir nicht so sicher«, antwortete Roz. »Aber von meiner Quelle weiß ich, dass Grant mehrfach wegen sexueller Übergriffe angezeigt worden ist. Eine polizeiliche Untersuchung hat nichts ergeben, und er hat zwei Journalistinnen mit einer Klage gedroht, als sie weitere Opfer ausfindig gemacht haben. Eine der Anzeigen stammte von einer anonymen Studentin oder Mitarbeiterin am King's College in London. Meine Quelle konnte bisher nicht herausfinden, wer hinter der anonymen Anzeige steckt, aber das dürfte kein Problem für sie sein.«

»Das ist aber ganz schön verdächtig irgendwie, Dad«, sagte Aidan. »Meg hat auf dich gestanden, deswegen mussten wir umziehen, dann kriegt ihr Freund Wind davon, wird eifersüchtig und beleidigt dich. Vielleicht hast du ihn ja fertiggemacht.«

»Aidan!«, protestierte Liv. »Du redest von unserm Dad!«

»Es gibt keinerlei Beweise, dass ich mit irgendwas von alledem zu tun habe«, sagte Phil. Doch er schwitzte trotz der Kälte im Raum. Der Schweiß stand ihm auf der Stirn. »Außerdem ist Tony auch da angestellt.«

»Von wegen. Ich bin im Beirat. Was ist mit den Studentinnen? Grant schien ja junges Blut zu mögen.«

»Was meinen Sie damit?«, fragte Craig.

»Aus der Gerüchteküche weiß ich, dass er eine der Anwesenden hier geküsst hat«, sagte Tony und versuchte, dabei nicht Ayana anzusehen. »Und mit Beck und Liv hat er auch rumgeschäkert.«

»Mehrere Personen haben dich zusammen mit Grant gesehen, Ayana«, sagte Roz. »War das einvernehmlich?«

»Absolut«, antwortete Ayana. »Bei Grant habe ich mich wohlgefühlt. Es war ja wohl allen hier klar, dass seine Beziehung mit Meg beschissen war, und er hat mir versprochen, nach Weihnachten würde er mit ihr Schluss machen. Er hat gesagt, vorher wäre zu grausam, was ich echt einen netten Zug fand. Im neuen Jahr wollte er dann mit mir ausgehen.«

»Wie sieht es bei dir aus, Liv?«, fragte Roz. »Tony hat gesagt, Grant habe mit dir geschäkert.«

»Ich habe nur gehört, wie er sie aufgezogen hat«, erwiderte Tony. »Er hat ihr gesagt, sie solle erwachsen werden.«

Liv versteckte sich halb hinter ihrem Bruder. »Ja, er hat gesagt, ich soll mal ein bisschen Spaß haben.«

Genau, so war es Roz erzählt worden: Grant wollte, dass Liv mit ihm zusammen sang, und sie hatte sich von ihm losgemacht.

Ember ächzte und schüttelte den Kopf. »Gott sei Dank, dass er tot ist. Ihr habt beide noch mal Glück gehabt. Könnt ihr mir glauben.«

Langsam ging Roz auf Ember zu und neben ihr in die Hocke. Sie fasste nach ihren Händen. »Sie wissen, warum ich mit Ihnen sprechen möchte, oder?«

Ember nickte.

»Es hätte mir eigentlich viel früher klar sein müssen. Vielleicht hätte dann noch alles anders werden können. Es ist wohl besser, wenn wir uns unter vier Augen unterhalten.«

»Sind Sie diejenige vom King's, die Grant wegen sexueller Belästigung angezeigt hat?«, fragte Sally, baute sich vor Ember auf und zeigte mit dem Finger auf sie. »Dann müssen Sie das nämlich sagen. Damit hier keine Verdächtigungen auf meinen Phil fallen. Das ist nicht fair, ihn an den Pranger zu stellen.«

»Nein, Mum, es ist unfair, so was von Ember zu verlangen«, sagte Liv leise. »Wenn sie belästigt worden ist, dann braucht sie das nicht vor uns auszubreiten.«

Liv hatte recht. Nie und nimmer wäre Roz in der Lage gewesen, vor diesen Fremden über ihre Vergewaltigung zu sprechen. Sie hatte es nicht mal geschafft, es vor ihrer eigenen Mutter auszusprechen, und erst recht nicht vor ihrer Tochter, ihren Kolleginnen oder Freundinnen.

»Sehr richtig. Da wird ihr nur wieder etwas aufgezwungen.« Eine so abgrundtiefe Traurigkeit lastete auf Roz, dass sie die Worte kaum herausbekam. Diese schreckliche Ungerechtigkeit. »Könnten Sie bitte mitkommen, Ember?«

Ember folgte Roz hinaus auf den Gang. Am Vorabend hatten sie auch an dieser Stelle zusammengestanden und darüber gesprochen, dass sie nicht wussten, wie Meg es mit Grant zusammen aushielt. Und jetzt sah alles danach aus, als hätte Ember es nicht länger ausgehalten.

»Haben Sie Beweise?«, flüsterte Ember. »Dass ich ihn getötet habe.«

»Nichts Konkretes, bis ich Ihr Abteil durchsucht und einen Mörser mit Erdnusskrümeln darin gefunden habe. Im Labor ließe sich vermutlich feststellen, dass sie aus einer Packung Nüsse stammen. Und Grant hatte natürlich eine Erdnussallergie.«

Ember nickte, drehte sich dann blitzschnell um und drückte auf den Türöffner.

»Nicht wegrennen, Ember!«, rief Roz, als die kalte Luft in den Wagen strömte. »Das bringt doch nichts.«

Ember sprang aus dem Zug in den Schnee.

Einen Augenblick überlegte Roz, ob sie Ember gehen lassen sollte. Zusehen, wie sie im Schnee verschwand, und hoffen, dass die Vorsehung, Natur, Gott, der Weihnachtsmann und die restlichen übernatürlichen Wesen sie beschützen würden. Wenn sie versagten, sollte Beinn Dòrain Ember zu sich nehmen. Aber das war nicht richtig und nicht fair. Gerechtigkeit musste walten, sonst könnte Roz sich selbst nicht mehr in die Augen blicken.

Sie sprang hinunter in den Schnee. Er war mittlerweile so tief, dass sie bis zu den Knien darin versank. Der Wind wehte ihr das Schneegestöber direkt ins Gesicht. Es war fast nichts zu sehen, jeder Schritt war mühsam. Doch Ember konnte sie vor sich als roten Strich erkennen.

»Ember!«, brüllte Roz. »Sie können nirgendwohin!«

Ember steigerte ihr Tempo. Roz tat dasselbe und versuchte, nicht daran zu denken, dass keine von beiden wusste, was sich unter dem Schnee verbarg. Welche Löcher, Hindernisse und Gefahren darunter versteckt lagen. Roz hielt den Blick starr auf den roten Mantel gerichtet und wiederholte im Geist immer dasselbe Mantra, wie ein Gebet im Rhythmus ihrer Schritte: »Sie wird gerettet, sie gehört gerettet, sie wird gerettet, sie gehört gerettet«, ohne zu wissen, wen sie damit eigentlich meinte: Ember, Meg, Heather, ihr Enkelkind, sich selbst?

Die eisige Luft brannte Roz in der Lunge. Das Luftschnappen

wurde immer schwieriger, als stehle ihr die Kälte etwas von ihrem Atem und wolle sich selbst daran wärmen. Sportlich war Roz, aber für Bedingungen wie diese hatte sie nicht trainiert. London bot keine angemessene Vorbereitung auf die Highlands. Was sie einem schenkten, was sie einem nahmen. Roz war natürlich klar, dass sie sich hier eigentlich in ihrem Element fühlen müsste, dass dies das Land ihrer Mutter und Großmutter war, einer langen Linie schiefnasiger Frauen, die gegen die Welt anwetterten und versuchten, ihren Platz darin zu behaupten.

Sie kam Ember näher. Der rote Mantel leuchtete vor ihr, gar nicht mehr weit weg. Vielleicht wurde Ember langsam müde.

Roz zwang sich, schneller zu laufen, sich nicht um den kalten Wind zu kümmern, der ihr ins Gesicht blies. »Ember, bitte! Ich kann Ihnen helfen!«

Aber Ember hörte nicht. Steinspitzen wurden sichtbar. Roz näherte sich den Ausläufern von Beinn Dòrain. Als sie einen Schritt zur Seite machte, um einen Felsblock zu umgehen, blieb sie mit dem Fuß an einem Stein hängen. Mit einem lauten Schrei fiel sie hin. Ihr Schrei hallte als Echo vom Berg wider, als wolle er ihren Schmerz noch verstärken.

Mit dem Gesicht lag Roz im Schnee, er drang ihr in Mund und Augen. Sie versuchte, sich wieder aufzurichten, aber ein greller Schmerz durchzuckte ihren Arm. Sie hatte sich den Ellbogen an dem Felsen aufgeschlagen. Die Stirn auch. Blut tropfte hellrot in den Schnee.

Nicht aufgeben.

Vorsichtig kam sie auf die schmerzenden Knie, kniff die Augen zusammen und arbeitete sich hoch auf die Füße.

Der rote Parka war nur wenige Meter vor ihr. Und er bewegte sich nicht. Vielleicht hatte Ember aufgegeben. Vielleicht war sie stehen geblieben, um Roz zu helfen.

Keuchend humpelte Roz hinüber zu Ember. Sie hörte Stimmen, vielleicht war es nur der Wind oder hilfswillige Menschen oder

Geister – die Geister ihrer Ahninnen, die sie zum Weitermachen ermutigten.

Nur war Ember nicht da. Der leere rote Mantel lag auf dem Boden, die Ärmel um sich selbst geschlungen. Die Frau, die ihren Mantel nie auszog, hatte ihre zweite Haut abgelegt und war allein weitergegangen.

VIERUNDVIERZIG

Ember spürte die Kälte nicht mehr. Sie rannte den Berg hinauf, raste weiter wie ein Zug, der nie wieder stoppen würde. Irgendeine Macht half ihr bei dieser Flucht: eine Rachegöttin oder ihre eigene Kraft, die sie endlich gefunden hatte. Sie wusste nicht, was sie tun würde, wenn sie den Gipfel erreichte. Vielleicht sich hinunterstürzen, sich Beinn Dòrain in die Arme werfen.

Nein. Das klang wie ein Männername: Als sei Beinn Dòrain ein Bergkönig. Einem Munro würde sie sich opfern. Aber einem Mann nicht. Sie würde auf die Freundlichkeit der Munrogeister setzen.

Sie hörte, dass Roz nach ihr rief, und wünschte, sie könnte ihr einfach alles gestehen. Erklären, warum sie es getan hatte.

Aber sie hatte keine Worte dafür und keine Zeit. Sie würde Roz nicht die Wahrheit aufbürden. Denn so war es doch, wenn man einer anderen seine Geschichte erzählte – etwas von der Bürde lastete dann auch auf ihr. Das war unvermeidlich. Und all die Worte türmten sich auf, eins auf dem anderen, wie einzelne Flocken, aus denen eine Schneewehe des Missbrauchs wurde.

Nur in schwach erleuchteten Räumen, in den dunkelsten Stunden, mit den leisesten Stimmchen konnten die sprechen, die behandelt worden waren wie Schnee, den Männer vollgepinkelt hatten.

Hätte sie nur damals etwas gesagt, als es passiert war. Hätte sie Grant angezeigt, dann wäre vielleicht nichts von alledem geschehen. Vielleicht hätte Meg ihn nie kennengelernt. Er hätte nicht sterben müssen.

Dabei wusste Ember genau, was passiert wäre. Es passierte jeden Tag vor Gericht: Die Anwälte drehten den Opfern die Worte im Mund herum. Ihr Leben und die Ereignisse und sie hätten sich zu einem unentwirrbaren Knoten verheddert. Hinterher hätte sie sich noch missbrauchter und geschundener gefühlt als vorher. Sie hatte sich selbst geschützt. Sonst niemanden. Wäre er nicht gestorben, wären ihm noch mehr Frauen zum Opfer gefallen.

Jetzt war er tot. Vielleicht konnte sie jetzt endlich sprechen.

Vielleicht konnte sie jetzt singen.

Vielleicht konnte sie jetzt brüllen.

Das war ihre Abmachung mit Gott. Die Arme dem Berg entgegengestreckt, rannte Ember.

Sie probierte ihre Stimme aus. Anfangs war sie noch schwach wie die Sonne am kürzesten Tag des Jahres. Sie versuchte es noch einmal. Ihre Stimme wurde klangvoller, gewann an Kraft. Und dann versuchte sie es gleich noch mal.

»Er hat mich vergewaltigt!«, schrie sie. Ihre Stimme schien um den Berg zu fliegen, als hätte sich ein Adler ihre Worte geschnappt und trage sie im Schnabel wie ein Banner. »Er hat mich vergewaltigt!«

Als sie diese Worte aus ihrem eigenen Mund hörte, flossen die Tränen. Aber sie waren anders als die, die sie früher geweint hatte. Diese Tränen waren voller Salz, als rufe sie Lots Frau um Hilfe an. Sie stammten aus einer dunklen, tief in ihr begrabenen Schicht. Sie entströmten ihr wie Lava einem Berg.

»Grant McVey hat mich vergewaltigt!«

»Ich weiß!«, schrie eine Stimme zurück. Vielleicht Beinn Dòrain. Oder der Schnee, weil er alles Kalte kannte.

Hinter ihr knirschten Schritte.

Ember drehte sich um.

Es war Roz, die auf sie zukam, ihr den Mantel hinhielt, beide Arme ausgestreckt. »Ich weiß«, wiederholte sie.

Ember blickte zurück in das flirrende Schneegestöber. Wie einfach wäre es, weiterzurennen, vielleicht zu stürzen, sich vielleicht zu verstecken, den Berg über ihr Schicksal entscheiden zu lassen. Sie hatte das Gefühl, ihr sei warm, was bedeutete, dass sie bereits unterkühlt war. Es war ein sanfter Tod, hatte sie gehört, falls es so etwas gab. Sich in die kalte Umarmung von Mutter Erde fallen zu lassen.

Also. Wollte sie sich dem Berg hingeben, dem Tod oder Roz? Wenigstens hatte sie jetzt die Wahl.

Ember machte ein paar Schritte auf Roz zu, dann fing sie an zu rennen.

FÜNFUNDVIERZIG

Fest wie ein Fels stand Roz da, als Ember sich in ihre Arme warf. Ember zitterte, ihre Lippen waren blau, ihr Gesicht so leblos, wie Roz es nie wieder sehen wollte. »Alles in Ordnung«, flüsterte Roz. »Es wird alles wieder gut.« Wie das genau vonstattengehen sollte, war unklar. Aber sie würde alles in ihrer Macht Stehende unternehmen.

Roz steckte erst Embers einen halberfrorenen Arm in den Ärmel des roten Parkas, dann den anderen. Das löste lebhafte Erinnerungen in ihr aus, wie sie ihrer kleinen Tochter in den Mantel geholfen hatte. An die zu großen Fäustlinge, die an Heathers Ärmeln baumelten. Roz hatte sie in der Nacht nach ihrer Prüfung zum Sergeant angenäht. Das hatte sie ganz vergessen. Sie glaubte immer, sie habe nichts für Heather getan. Aber vielleicht gab es ja doch ein paar kleine Dinge. Kleine Akte liebevoller Zuwendung.

So wie jetzt: Sie zog Ember den Reißverschluss hoch und die Kapuze über den Kopf. Sanft richtete sie die Kapuze so, dass sie eine schützende Hülle um ihren Kopf bildete.

Sie griff nach Embers Hand und hauchte die lila Fingerspitzen an, damit sie wieder warm wurden.

Sie sagte: »So, und jetzt gehen wir zusammen zurück zum Zug. Schön langsam.«

Tief unten murmelte der Fluss in der Schlucht. Die Grampian Mountains würden sich noch Geschichten erzählen von diesem Tag.

SECHSUNDVIERZIG

Ember saß auf dem Bett, eine Tasse heiße Schokolade mit beiden Händen umklammert. Unter ihren Fingernägeln waren keine blauen Halbmonde mehr, auch die Zehen konnte sie wieder bewegen. Sie wusste, dass Beefy vor ihrer Tür stand, damit sie nicht noch einmal davonlief. Aber sie fühlte sich sowieso sicherer, wenn er dort vorn stand. Hinter ihr stand der Berg und gab ihr Kraft.

Genau wie Roz. Sie hatte den anderen erklärt, dass Grant Ember in der Vergangenheit Gewalt angetan hatte. Und dass sie Zeit brauche, um sich von der Unterkühlung im Schnee zu erholen. Einen Raum für sich, in dem sie ihre Geschichte nicht vor aller Ohren zu erzählen brauchte. Danach war Roz allein zu Ember gekommen, hatte ihr erklärt, dass sie ihr Gespräch aufnehmen werde, und Ember hatte zugestimmt. Roz konnte alles so gut und einfühlsam erklären. Ember wünschte, sie wäre ihrem Instinkt gefolgt und hätte Roz schon am Vorabend von Grant erzählt, sobald sie erfahren hatte, dass Roz bei der Polizei gewesen war.

»Gut, fangen wir an. Was wollen Sie wissen?«, fragte Ember.

»Erzählen Sie mir alles, was Sie können und mögen«, antwortete Roz. Ihre Stimme war weich wie die Fleecedecke, die Bella Ember über die Beine gelegt hatte. Der verspiegelte Zauberwürfel auf Roz' Schoß reflektierte das Glitzern des Schnees vor dem Fenster. »Sobald irgendetwas zu schmerzhaft oder unangenehm auszusprechen ist, hören Sie einfach auf. Keine Erklärung nötig.

Ich gebe auch nur das an die Polizei weiter, was Sie wollen«, fügte sie hinzu. »Sie erzählen Ihre Geschichte selbst, nicht ich.«

Ember erinnerte sich, wie Roz' Stimme ihr am Berg entgegengekommen war: *Ich weiß*.

»Aber woher wussten Sie, was er mir angetan hat?«, fragte Ember.

»Wie ich bereits sagte: Es gab Warnsignale, die hätte ich beachten sollen. Und etwas unternehmen –«

»Warnsignale?«

»Dass Sie nicht ins Bett gehen wollten. Dass Sie im Club Car geblieben sind, um auf Liv und Meg aufzupassen. Ich habe auch bemerkt, dass Sie Beck und Ayana im Auge behalten haben. Sie wussten, wozu er fähig ist, und wollten wachsam bleiben.«

»Ich *musste* wachsam bleiben.«

»Aber das ist doch nicht Ihre Verantwortung! Er ist selbst für seine Handlungen verantwortlich.«

»Natürlich hätte er das sein müssen«, erwiderte Ember.

»Aber es gab noch andere Anzeichen. Sie haben geweint und wirkten verängstigt, haben Ihren Mantel nie ausgezogen – alles Dinge, die nicht unbedingt etwas zu bedeuten haben. Vielleicht können Sie bloß Weihnachtslieder nicht ausstehen oder frieren leicht. Aber alles zusammengenommen, dazu Ihre Bemerkungen, dass Sie etwas hätten tun sollen ... Ich hätte sofort die Ohren spitzen müssen, als Meg sagte, Grant würde mit Ihnen flirten. Aber ich habe es einfach als Einbildung abgetan.«

Ember wiegte sich vor und zurück. »Wäre ich nur mutiger gewesen. Wäre ich mit in Megs Abteil gekommen und hätte ihr erklärt, was Grant wirklich zu mir gesagt hat. Dann hätte ich vielleicht Wiederbelebungsversuche machen oder um Hilfe rufen können, als sie geistig schon weggetreten war. Irgendwas. Vielleicht hätte sie dann nicht zu sterben brauchen.«

»Bei der Obduktion wird sich vermutlich herausstellen, dass Sie nichts hätten tun können. Wenn Meg Halluzinationen und

Wahnvorstellungen hatte, hätte sie womöglich noch geglaubt, Sie seien die Angreiferin. Sie hätten beide sterben können.«

»Aber man kann es nicht wissen.«

»Nein, das kann man nicht.« Roz dachte nach, dann fuhr sie fort: »Sie haben eben gerade davon gesprochen, was Grant wirklich zu Ihnen gesagt hat. Können Sie mir das verraten?«

»Ich kann mir vorstellen, dass es aus Megs Perspektive vielleicht wirklich so aussah, als würde Grant mich am Hals küssen.« Ember drückte sich schnell die Hand an den Mund, als würde ihr gleich schlecht. Sie schluckte. »Sorry. Bei dem Gedanken ...«

»Lassen Sie sich Zeit.«

»Er hielt mich an der Taille fest, sehr ruppig. Und hat mir was ins Ohr geflüstert, hat das Gesicht zu meinem Ohr runtergebeugt.« Ember schauderte. Ihre Schaukelbewegungen, vor und zurück, wurden hektischer. »Er hat gesagt: ›Ich erinnere mich an dich. Es lohnt sich nicht, dich noch mal zu ficken.‹«

Ember beobachtete Roz bei dem Satz. Die nickte langsam, sagte aber erst mal nichts.

»Sie müssen es mir wirklich nicht erzählen, wenn es Ihnen zu viel ist.«

»Es war vor fünf Jahren, als er noch nicht berühmt war. Ich wollte einen Gebrauchtwagen kaufen, und er hat es geschafft, mir einen alten Nissan und sich selbst zu verkaufen. Ich habe ihm vollkommen vertraut. Er hat all die richtigen Dinge gesagt. War sehr lieb zu mir. Er wirkte fürsorglich und äußerst charmant – wenn Männer einem das Gefühl geben, etwas ganz Besonderes zu sein. Er sagte, er stehe total auf ältere Frauen, weil er so viel von ihnen lernen könne.«

Ember schluckte. Sie hatte wieder angefangen zu zittern, und Roz hielt sie im Arm, bis das Zittern aufhörte. »Beim ersten Date sind wir auf einen Trödelmarkt gegangen, beim nächsten Mal sind wir in Spitalfields rumgelaufen und haben uns Sachen aus unserer Vergangenheit erzählt. Welche Bands und Fernsehserien wir mochten, unser erstes Mal und so weiter. Er hat mir verraten, dass er allergisch gegen Nüsse ist, und ich ihm, dass ich meine Brüste nicht ausstehen kann.

Und dann kam unser drittes Date. Er hat mich in einem Cabriolet abgeholt – der Mann ist ein totales Klischee. Aber es hat funktioniert. Das macht mich so fertig: Es funktioniert für diese Schweinehunde. Es war ein sonniger Tag, Picknick auf dem Rücksitz, wir auf dem Weg nach Süden in die Natur von Kent. Ich habe mich gefühlt wie Bridget Jones im Kurzurlaub.« Sie schloss die Augen, was aber nichts half gegen die Bilder, die sich in ihrem Kopf bildeten, oder die Scham, die sie heiß durchlief.

»Sie brauchen wirklich nicht weiterzureden«, sagte Roz. »Ich bin dazu ausgebildet worden, die Zeugenaussagen von Opfern sexueller Gewalt aufzunehmen, und habe das auch viel zu oft getan. Aber ich will nicht, dass Sie hier getriggert werden, wo es keine professionelle psychologische Hilfe gibt.«

»Aber ich will es Ihnen erzählen«, entgegnete Ember. »Das wünsche ich mir schon, seit ich Sie zum ersten Mal gesehen habe.« Sie atmete tief durch, dann fing sie an. »Irgendwo in den Downs hielten wir an. Kein Mensch weit und breit, was mir damals romantisch vorkam. Wir haben gepicknickt und haben ein bisschen rumgeknutscht. Er wollte mehr, aber ich war noch nicht so weit. In dem Augenblick hat sich sein Gesicht verändert, als würde eine Maske abfallen. Er hat gesagt, er hätte jetzt lang genug gewartet und schon viel zu viel Zeit und Geld auf mich verschwendet. Ich hätte ihn ja wohl geil gemacht und sollte jetzt aufhören, so prüde zu tun. Ich sei eine miese Fotze.«

Ember musste sich unterbrechen. Die Worte hallten immer noch durch ihren Kopf.

»Sie sind jetzt hier bei mir«, sagte Roz. »Bei mir sind Sie in Sicherheit, hier in der Gegenwart.«

Ember versuchte, sich wieder im Zug, im Augenblick zu verankern. Sie atmete ein wenig langsamer und schaffte es, einmal tief durchzuatmen und es auszusprechen. »Und dann hat er mich vergewaltigt. Anal und vaginal.« Jetzt flossen die Tränen. »Er hat mich auf der Decke nach unten gedrückt, auf der noch das ganze Picknickessen lag. Ich konnte mich nicht wehren. Konnte noch nicht mal schreien. Ich habe es versucht, aber es kamen keine Worte heraus, kein Laut. Danach hat er gesagt, ich soll mir das Kleid runterziehen, das über meinem Kopf war, und hat mir ins Gesicht gespuckt. Und dann hat er mich nach Hause gebracht und auf der ganzen Fahrt erzählt, was für heißen Frauen er am nächsten Tag Autos verkaufen würde. Bevor ich ausgestiegen bin, hat er noch gesagt, mein Busen sei sogar noch enttäuschender, als ich gesagt hatte. Ich hab es irgendwie in meine Wohnung geschafft und drei Tage lang nicht das Bett verlassen. Ich hätte fast meinen Job verloren. Der Tag hat alles verändert.«

Roz drückte die Hand auf den Mund, als sei ihr schlecht. »Ich verstehe Sie.«

In diesem Moment blickte Ember Roz an und sah sie zum ersten Mal, wie sie wirklich war. »Das haben Sie schon mal gesagt. Dass Sie mich verstehen. Dass Sie die Anzeichen kennen. Warum?«

»Was glauben Sie?«

»Weil es Ihnen auch passiert ist.«

Roz hielt ihre Knie mit weißen Knöcheln umklammert. »Ja.«

»Das tut mir so leid«, sagte Ember. Die Tränen kullerten ihr über die Wangen.

Roz versuchte, sich aufrecht hinzusetzen, als helfe der durchgedrückte Rücken, Haltung zu bewahren. Wahrscheinlich hatte ihr das mal jemand geraten. »Aber es geht nicht um mich.«

Ember rutschte ein Stück nach vorn und fasste nach Roz' Hand. »Es geht um jeden Menschen, der wie ein Stück Dreck behandelt worden ist. Der seelische und körperliche Gewalt erlitten hat. Sich wie ein Nichts fühlt. Zerstört worden ist. Wie viele in diesem Zug haben wohl schon Dinge erlebt, nach denen sie sich am nächsten Tag eingeigelt und lautlos ins Kissen geschrien haben? Oder Schlimmeres?«

»Wahrscheinlich lässt sich einfacher fragen, wer das noch nicht erlebt hat.« Roz' Stimme klang sehr leise. Sehr kleinlaut.

»Jetzt bin ich dran. Sie können es mir sagen. Sie brauchen es mir aber nicht zu erzählen, wenn Sie nicht möchten.«

Roz sah aus, als würde sie nach Luft schnappen. Die Tränen flossen, aber die Worte schienen festzustecken. Nach etwa fünf Minuten sagte sie schließlich: »Ich glaube, ich schaffe es nicht. Noch nicht. Es tut mir so leid. Nicht zu fassen, dass ich es von Ihnen verlangt habe und es selbst nicht kann.«

»Irgendwann kommt der Augenblick, in dem Sie nicht mehr das Gefühl haben, Sie hätten Mottenkugeln verschluckt, sobald Sie den Mund aufmachen.«

»Haargenau so fühlt es sich an. Als hätte er mir die Stimme und so viel anderes gestohlen.« Roz dachte an den Mut, den Meg in den letzten Augenblicken ihres Lebens aufgebracht hatte. »Meg wollte die Wahrheit sagen. Darum ging es in ihrem letzten Livestream, aber sie ist nicht mehr dazu gekommen. Ich habe ein Video gefunden, in dem sie ihn der Vergewaltigung beschuldigt, und ich hoffe, dass sie noch mehr solche Reels auf ihrem Handy gespeichert hat. Oder irgendwo anders. Dann kann sie das letzte Wort behalten, nicht er.«

»Ich will auch das letzte Wort behalten«, sagte Ember. »Wenn ich vor Gericht komme, will ich auf unschuldig plädieren, damit ich in den Zeugenstand treten und der Welt sagen kann, was er für ein Monster war. Ich werde ihnen schildern, wie er mein Gesicht nach dem Picknick auf einen kalten Teller gedrückt hat, der mit Sternen bemalt war. Da habe ich mir das letzte Mal was von einem Stern gewünscht. Allerdings hat's ja scheinbar funktioniert. Ich habe mir gewünscht, dass er mich am Leben lässt.«

Ember konnte immer noch die Kälte dieses Tellers spüren. Fühlte den Sprung in der Oberfläche an ihren Fingerspitzen.

Darauf hatte sie sich konzentriert, nicht auf das, was er mit ihr machte. Seine Geräusche hörte sie trotzdem. Roch Rasierwasser und Sperma.

Roz drückte Embers Hand sehr fest. »Kommen Sie zurück zu mir«, sagte sie. Die andere Hand lag auf ihrem Herzen. »Verlieren Sie sich nicht in den schlimmen Erinnerungen. Sie sind hier in der Gegenwart, nicht in der Vergangenheit.«

»Dabei finde ich es am schrecklichsten, dass ich ihm hinterher nicht die Meinung gesagt habe. Nicht an dem Tag, und auch nicht später. Allerdings war ich bei der Polizei, habe meinen und seinen Namen und Arbeitsplatz zu Protokoll gegeben und gesagt, ich wolle eine Vergewaltigung anzeigen. Aber dann habe ich einen Polizisten lachen gesehen – nicht über mich, sondern wahrscheinlich über irgendwas Blödes, und ich konnte es auf einmal doch nicht aussprechen.«

»Aber allein, dass Sie dort waren, wird sich schon positiv auf Ihren Fall auswirken«, sagte Roz.

»Aber ich hätte so viel mehr tun können. Ich habe einfach versucht, es hinter mir zu lassen. Aber meistens, wenn die Leute sagen, sie hätten etwas hinter sich gelassen, meinen sie: Sie haben ihr Päckchen geschultert und woandershin geschleppt. Ich habe mein Päckchen nie ausgepackt. Ich habe es mir unter den Mantel gesteckt und nie wieder abgelegt. Ich bin davon ausgegangen, dass Grant sich Neue gesucht hat. Und das hat er auch. Mir wurde fast schlecht, als ich ihn ein paar Jahre später auf dem Titelblatt von irgendeiner Illustrierten zusammen mit Meg gesehen habe. Aber wissen Sie, was ich noch verspürt habe? Erleichterung.«

»Weil er Ihnen nicht mehr nachstellen würde.«

»Anfangs habe ich nicht geglaubt, dass er anderen Frauen dasselbe oder Schlimmeres antun würde, weil ...« Ember sprach nicht weiter. Es fiel ihr immer noch schwer, zu glauben, dass ihre schlimmsten Gedanken nicht zutrafen.

»Weil Sie geglaubt haben, dass mit *Ihnen* etwas nicht stimmt. Nicht mit ihm. Dass *Sie* ihn irgendwie dazu verleitet haben. Dass Sie in irgendeiner Art und Weise Mitschuld daran tragen. Haben Sie das gedacht?«, fragte Roz. »Weil es mir so geht. Immer noch. Seit dreißig Jahren. Aber ein Teil von Ihnen wusste doch, dass das nicht stimmt. Sonst hätten Sie ja nicht die ganze Zeit versucht, auf Ayana, Liv und die anderen aufzupassen.« Roz dachte einen Moment nach. »Einen Mörser bringt man allerdings meist nicht auf eine Fahrt im Schlafwagen mit. Wie lang haben Sie seine Ermordung geplant?«

»Ungefähr seit einem halben Jahr. Auf einem Foto sah ich, dass Meg blaue Flecken hatte. Und dann erzählte sie in einem Video, sie sei gestürzt. Da war mir klar, dass sie ihn in Schutz nimmt, dass er ihr und vermutlich auch anderen Gewalt antut. Und ich wollte, dass er endlich nicht mehr in meinem Kopf herumspukt und mich immer wieder vergewaltigt.«

»Und was war Ihr Plan?«

»Ich wusste, dass er allergisch gegen Nüsse ist. Ich musste ihm irgendwie zerriebene Erdnüsse ins Essen oder Trinken mischen. Auf der Fahrt nach Kent hatte er mir erzählt, dass er immer einen Epi-Pen bei sich trug, den musste ich ihm also wegnehmen. Als Meg vor ungefähr einem Monat auf Instagram bekannt gab, dass sie am Dreiundzwanzigsten mit dem Schlafwagen fahren würden, war mir klar: Das war die beste Gelegenheit, in seine Nähe zu kommen.«

»Und wie haben Sie sich gefühlt, als Sie ihn wiedersahen?«

»Mir war schlecht. Fast wäre ich nicht in den Zug gestiegen. Ich sah ihn in der Bahnhofshalle. Sein Gesicht war verzerrt, so.« Ember verzog das Gesicht zu einer angewiderten Grimasse. »Er meckerte Meg an, sie sei schuld, dass der Zug Verspätung habe. Und da war mir klar, ich muss es tun. Ich würde die Welt von ihm befreien und dafür sorgen, dass er Meg und anderen Frauen nie wieder einreden konnte, sie seien klein und dumm.« Ember spürte einen Rausch des Triumphs. So hatte sie es geplant, und so hatte sie es vollbracht. Sie stieß einen lauten Seufzer aus. »Es tut gut, das auszusprechen.«

»Beichten soll ja angeblich gut für die Gesundheit sein«, erwiderte Roz. »Ich esse lieber Grünkohl.«

Ember lachte, und beide schwiegen einen Augenblick.

Der Schneefall hatte aufgehört. Draußen bewegte sich nichts mehr. Ember hatte noch nie einen solchen Augenblick des Friedens erlebt. Sie wünschte, er würde nie vorübergehen.

Ember seufzte. »Aber Sie werden mich fragen, warum ich auch noch Beck getötet habe, stimmt's?«

Roz nickte. »Ja, das zu verstehen, wird den meisten Menschen schwerfallen.«

»Sie hat versucht, mich zu erpressen. Sie ging an meinem Abteil vorbei, als ich die Erdnüsse zerkleinert habe, und sah, wie ich das Pulver in die offene Champagnerflasche füllte. Das war auch der Grund, warum sie uns alle angetrieben hat, zurück in unsere Abteile zu gehen, damit sie mir ihre Forderungen stellen konnte. Können Sie raten, was sie wollte?«

Roz drehte an ihrem Zauberwürfel. Er klang wie ein kleiner Robotervogel, der Körner aufpickte. Urplötzlich hielt sie inne. »Sie arbeiten in der IT-Abteilung am King's College. Beck wollte, dass Sie die Ergebnisse manipulieren, damit sie auf jeden Fall im Quizteam der Uni für *Geek Street* dabei ist.«

»Richtig.«

»Aber warum sie ermorden? Das verstehe ich nicht. Warum nicht einfach ihren Wunsch erfüllen oder mir von der Sache erzählen?«

»So hatte ich es ja auch geplant, aber sie hat mich immer weiter bedrängt. Ich sei ein erbärmlicher Loser. Dass ein Mann wie Grant mich nicht mal mit der Kneifzange anfassen würde. Am Vorabend hatte ich mir Megs Schere ausgeliehen, weil ich mir einen Faden in der Tasche meines Kleids gezogen hatte, und habe einfach blind danach gegriffen. Es war passiert, bevor ich wusste, wie mir geschah. Und dann war da das viele Blut.«

Roz wollte die Tonaufnahme eigentlich beenden und fragte: »Gibt es noch irgendetwas anderes, das Sie dem hinzufügen möchten?«

»Ja«, sagte Ember und setzte sich aufrechter hin. »Ich habe dieses Geständnis abgelegt, weil ich endlich den Mund aufmachen will. Ich schweige schon viel zu lange. Wer weiß, wie vielen Frauen er Gewalt angetan hat zwischen meiner Vergewaltigung und heute. Aber jetzt habe ich dafür gesorgt, dass andere junge Frauen seinetwegen nicht mehr leiden müssen.« Sie sah Roz ins Gesicht. »Sie hatten recht.«

»Inwiefern?«

»Im Club Car haben Sie zu mir gesagt, ganz am Anfang, kurz nach der Abfahrt aus Euston, dass es besser ist, etwas zu tun, als alles über sich ergehen zu lassen. Das war mein ›Etwas‹. Mein Beitrag. Ich mag ein Killa sein, aber der wahre Verbrecher ist er.«

»Jetzt verstehe ich«, sagte Roz. Aber würde es außer ihr jemand verstehen? »Das war's erst mal.« Roz beendete die Tonaufnahme und zog Ember in einer Umarmung an sich. »Ich werde Ihnen helfen, so gut ich kann.« Endlich hatte Ember das Gefühl, nicht mehr allein zu sein.

SIEBENUNDVIERZIG

»Ruhen Sie sich jetzt ein bisschen aus«, sagte Roz, als Ember aufgehört hatte zu weinen.

Ember nickte und legte sich brav unter die Decke wie ein kleines Mädchen, das sich schlafen legen soll.

Roz deckte sie zu. Als Roz sich abwenden und gehen wollte, griff Ember nach ihrer Hand. »Was wird jetzt aus mir?«

»Ich habe zwar gerade Ihr Geständnis aufgenommen. Aber Sie werden trotzdem noch eine offizielle Aussage machen müssen.« Roz sah ihr in die Augen. Mit diesem Blick versuchte sie, ihr zu sagen, was sie alles für sich behalten würde, wenn es in Zukunft nach ihr ging.

Ember bewegte sich keinen Millimeter. Ihre Pupillen waren tollkirschenschwarz, ihre Stimme sehr leise. »Wie lange komme ich ins Gefängnis?«

»Das weiß ich nicht. Im Todesfall Grant gibt es mildernde Umstände, aber die langfristige Planung wird sich negativ auswirken. Und bei Beck war es vielleicht ein aus dem Moment heraus entstandener Totschlag, aber das Tatmotiv war die Verdeckung einer anderen Straftat.«

An Embers Tür klopfte es. Die Tür ging auf, Beefy stand vor ihnen und trat unsicher von einem Fuß auf den anderen. Er warf Ember einen Blick zu. Was er zu sagen hatte, war ihm offensichtlich unangenehm. »Die Techniker sind bald da. Sie kommen mit schneegängigen Fahrzeugen. Sie bringen mehrere Detectives mit, weil die es anders nicht zu uns schaffen. Sobald die da sind, stehen Sie unter deren Schutz. Sie halten an der Polizeiwache.«

»Okay«, sagte Ember. Sie sah aus dem Fenster und wirkte nicht verängstigt, sondern fast schon abgeklärt. Grants Tod hatte ihr Frieden geschenkt.

Beefy kam ins Abteil geschlurft und streckte die große Pranke aus, als wolle er Ember damit auf die Schulter klopfen. Als Ember zusammenzuckte und zurückwich, zog er die Hand blitzschnell wieder weg. »O Gott, tut mir leid. Ich weiß ja nicht, was wirklich passiert ist. Aber es tut mir so leid, dass er Ihnen etwas angetan hat.«

»Danke.« Ember sah ihn verwirrt an.

»Wenn sich irgendjemand an meinen Töchtern oder meiner Frau vergeht, dann würde ich denjenigen auch umbringen!«

»Alle Frauen und Mädchen sind Töchter«, sagte Ember.

»Und es sind nicht nur Töchter betroffen«, fügte Roz hinzu.

»Ja, stimmt.« Beefy schien etwas begriffen zu haben. »Man lernt nie aus.«

ACHTUNDVIERZIG

Nachdem Roz dafür gesorgt hatte, dass Ember in ihrem Abteil mit Kaffee und Snacks versorgt war, machte sie die Runde und redete mit allen. Die meisten waren über die Tat der so harmlos wirkenden Ember geschockt, aber je mehr Roz erklärte, desto mehr leuchtete es ihnen ein. Die Farben im Marmorpapier vermischten sich, und ein neues Muster trat zutage.

Roz' vorletzter Besuch galt der Familie von Sally und Phil. Vom Gang aus waren ein Schnarchen, Kleinkindgebrabbel und das Kartenspiel Schnipp Schnapp zu hören, das schabende Geräusch einer Leiter und eines Menschen, der aus dem oberen Bett auf den Boden sprang.

Roz klopfte an die Tür, und Liv machte auf. Ihre Augen waren knallrot, rot wie Embers Parka. Oben auf dem Stockbett saß Aidan im Schneidersitz und spielte alleine weiter. »Schnapp!«, rief er und nahm die Karten an sich. Die Verbindungstür zum Nachbarabteil stand halb offen, und Roz erhaschte einen Blick auf Sally, die laut schnarchte, das strähnige Haar hing ihr halb über den offenen Mund.

»Ich wollte fragen, ob wir mal reden können«, sagte Roz zu Liv.

Liv nickte. Sie wirkte nicht erstaunt. Eher erleichtert.

»Schnipp!«, sagte Aidan. Er knallte eine weitere Karte auf den Stapel.

»Schnipp!«, kam das Echo von Robert aus dem oberen Bett im Nebenabteil. Dann wollte er sich mit seinem süßen Babygequietsche halb darüber kaputtlachen.

Neben ihm im Bett lag der übermüdet wirkende Phil, der Buddy mit einer Hand festhielt, damit er nicht über Bord ging und runterfiel. »Kann ich was für Sie tun, Roz? Ziemlich schockierende Sache, das mit Ember. Gut, dass Sie nicht da oben am Berg erfroren sind.«

»Ja, ich bin froh, dass ich heil wieder zurück bin«, sagte Roz und meinte es zur Hälfte so. »Kann ich mal mit Liv reden?«

»Ich komme mit«, sagte Phil und nahm Buddy auf den Arm.

»Ist schon in Ordnung, Dad. Ich komme allein zurecht.«

Phil sah zwischen Liv und Roz hin und her und blickte dann wieder Liv an. »Ganz sicher?«

»Gehen wir nach draußen«, sagte Liv zu Roz, zog ihren Mantel zu und die Kapuze über den Kopf.

Sie stiegen auf der Seite der Schlucht aus. Mittlerweile war nur noch ein fast unsichtbares Schneeflirren in der Luft, aber kalt war es trotzdem. Beinn Dòrain reflektierte das Abendrot am Himmel und glühte. »Wenn dich jemand fragt, worüber wir auf unserem Spaziergang geredet haben …«, sagte Roz und blickte hinüber zum Club Car. Vorsicht zahlte sich immer aus. »Dann sag einfach, ich habe dir Tipps für den Mirror Cube gegeben.« Roz holte ihren Zauberwürfel aus der Tasche. Sie verdrehte ihn ein paarmal und drückte ihn dann Liv in die Hand.

Liv nahm den Würfel und fing an, ihn rhythmisch klickend zu drehen.

»Jetzt kannst du mir die Wahrheit sagen«, entgegnete Roz.

Liv machte ein verschlossenes Gesicht. Alle Rollläden gingen runter. Sie drehte immer schneller und schneller am Zauberwürfel.

»Keine Ahnung, was du meinst.«

»Ich weiß, dass du es warst.«

Liv fing an zu zittern. Sie starrte in den Würfel, als könne ihr zersplittertes Spiegelbild ihr helfen. »Woher?«, fragte sie mit ganz dünner Stimme.

»Mir war instinktiv klar, dass etwas nicht daran stimmt, dass Ember Grant und Beck ermordet haben soll. Und ich habe gemerkt, dass du etwas zu verbergen hast. Aber sicher bin ich mir erst jetzt, seit ich mit Ember gesprochen habe.«

Liv wich zurück, Tränen in den Augen.

»Keine Sorge. Sie hat mir nicht gesagt, dass du die wahre Schuldige bist. Aber in ihrer Geschichte gab es Ungereimtheiten. Ember sagte, Beck habe beobachtet, wie sie die Erdnüsse im Mörser zerrieb. Aber warum hätte sie einen wichtigen Teil ihres lang ausgetüftelten Mordplans bei offener Tür ausführen sollen? Warum nicht einfach sagen, Beck sah, wie sie etwas in die Flasche schüttete, wenn sie nicht versuchte, die Aufmerksamkeit von etwas anderem wegzulenken? Dann sagte sie, sie habe Meg die Schere aus der Tasche genommen, um einen Faden an ihrem Kleid abzuschneiden, aber das erschien mir nicht plausibel. Warum nicht einfach fragen, ob sie sich die Schere ausleihen kann? Das brachte mich auf den Gedanken, dass sie die Schere vielmehr entwendet haben könnte, aber das passt nicht zu ihrem Charakter. Daraufhin habe ich mich bei Lavinia erkundigt, von der ich erfuhr, dass du schon mehrmals beim Ladendiebstahl erwischt worden bist. Und Megs Füller habe ich selbst bei dir gesehen. Vielleicht hat sie ihn dir gar nicht geschenkt. Vielleicht hast du ein paar Andenken aus Megs Tasche mitgehen lassen, darunter den Füller und die Schere?«

Liv hielt den Blick gesenkt und sagte nichts.

»Und dann war da der Augenblick in deinem Verhör, als du sagtest, Grant möge es gar nicht, wenn jemand vor ihm zurückwich. Du hast es gut kaschiert und gesagt, du hättest gesehen, wie er wütend auf Meg wurde. Aber in Wirklichkeit hast du dich selbst gemeint, habe ich recht?«

Liv nickte. Sie drehte immer langsamer am Spiegelwürfel.

»Aber was es mir dann endgültig klargemacht hat, waren Embers Sätze: ›Ich schweige schon viel zu lange. Aber jetzt habe ich dafür gesorgt, dass andere junge Frauen seinetwegen nicht mehr leiden müssen.‹ Das kam mir seltsam vor. Grant ist tot und wird nie wieder jemanden angreifen. Das war der Augenblick, in dem ich mich gefragt habe, wen Ember damit wohl decken will. Dann fiel mir wieder ein, dass ihr zwei letzte Nacht so viel zusammen wart und miteinander geredet habt. Dass du vor Grant zurückgeschreckt bist und einen weiten Hoodie angezogen hast und dann einen Mantel, noch bevor die Heizung ausgefallen ist. Ember hat sich genauso verhalten, und ich damals ebenso. Nach meiner Vergewaltigung habe ich jahrelang nur weite Schlabberpullis getragen, wenn ich nicht in meiner Polizeiuniform gesteckt habe. Um meinen Körper zu verstecken. Nicht alle, die vergewaltigt worden sind, tun das, aber ich habe es oft beobachtet. Und ich verstehe es nur zu gut.«

In diesem Moment brach Liv zusammen und sank in den Schnee. Der Würfel fiel ihr aus den Händen, und ihre schmalen Schultern bebten.

»Darf ich dich in den Arm nehmen?«, fragte Roz sanft.

Liv nickte. Roz kauerte sich neben sie, und sie zitterten beide gemeinsam.

»Ich werde der Polizei nichts davon sagen«, erklärte Roz, »außer, du möchtest das. Ich habe auch nichts von unserem Gespräch aufgenommen. Ich werde Embers Version mittragen, wenn ihr das beide so wollt. Aber ich kann dir auch sagen, dass es Embers Fall helfen würde, wenn du der Polizei berichtest, was er dir angetan hat. Selbst wenn du den Rest geheim hältst.«

»Aber würde *mir* das helfen?« Livs Augen waren voller Angst und Tränen. Ihre Zähne schlugen aufeinander.

Roz dachte an die vielen Menschen, die auf die Polizeiwache gekommen waren, weil sie vergewaltigt oder sexuell belästigt worden waren. Wie sie mit ihnen zusammen im Zimmer für Opfer von Sexualstraftaten gesessen und sich ihre Geschichten angehört hatte. Ihnen die Hand gehalten hatte, wenn das half, sie nicht berührt hatte, wenn sie nicht angefasst werden wollten. Männlich. Weiblich. Nichtbinäre Menschen. Trans und cis. Hetero, homo, bi, pan, asexuell. Angegriffen und sexuell genötigt von Partnern, Verwandten, Bekannten, Fremden. So schrecklich viele Geschichten zerstörter Körper und Seelen. Und wie wenige von ihnen durften erleben, dass der Vergewaltiger im Gefängnis landete.

In Roz' letztem Fall war eine junge Frau in einem Club vergewaltigt worden, und Roz hatte alles in ihrer Macht stehende getan, um eine Verurteilung zu erwirken. Sie hatte ihre Pensionierung von der Metropolitan Police verschoben – und damit auch die Reise nach Schottland zu ihrer schwangeren Tochter –, damit sie bei der Gerichtsverhandlung noch als Detective im aktiven Dienst aussagen konnte. Dann wurde der Vergewaltiger für unschuldig befunden. Roz hatte immer noch das Schluchzen der jungen Frau im Ohr, als das Urteil verlesen wurde, und das Lachen des Täters, der den Gerichtssaal als freier Mann verließ. »Ich wünschte, ich könnte das bejahen«, sagte Roz.

»Aber ist das nicht illegal, wenn du nicht sagst, was du weißt?«, fragte Liv.

»Ich begünstige eine Täterin, ich unterschlage Beweise. Ja, ich breche das Gesetz.«

»Aber warum willst du mir helfen?«

Roz atmete einen Schwall Luft ein, so kalt, dass er das Ding in ihr abzutöten schien, das ihr das Reden unmöglich machte. »Ich wurde vergewaltigt. Ich weiß, was das einer Frau antut. Und ich sehe nicht ein, warum einer, die so jung ist wie du, das Leben durch eine Haftstrafe noch weiter kaputtgemacht werden sollte.«

Liv streckte den Arm aus und legte ihre Hand auf die von Roz. »Was ist damals geschehen? Kannst du es mir erzählen?«

»Ich weiß nicht, ob das eine gute Idee ist. Es könnte dich triggern.« Der Gedanke, sich dieser jungen Frau zu öffnen, war entsetzlich.

»Bitte«, sagte Liv. »Ich will mich nicht so allein fühlen.«

Roz sah Liv in das fragende, verwirrte Gesicht. Vielleicht würde es Liv ja helfen, ihr Trauma zu bewältigen. Vielleicht würde es Roz auch helfen. »Du bist nicht allein, mein Schatz. Du bist jetzt Teil der größten und einsamsten Gang der Welt.«

»Dann erzähl es mir. Bitte.«

Roz seufzte. Versuchte, die aufsteigende Übelkeit zu unterdrücken. »Ich war schwanger, im fünften Monat. Ich war aus, tanzen. Zu dem Zeitpunkt hatte ich noch nicht meinen Frieden damit gemacht, dass ich ein Kind erwartete, ich war ja selbst erst zwanzig. Ich habe die Schwangerschaft zwar nicht völlig verdrängt, aber ich war in den meisten Nächten unterwegs. An dem Abend war ich in einem Indie-Club, und ich weiß noch, dass ›Boys Don't Cry‹ lief. Ich bin auf die Tanzfläche gestürzt, und ein junger Mann hat mit mir getanzt. Geflirtet. Hat mir was zu trinken spendiert. Wir haben weitergetanzt, und dann habe ich mich auf einmal sehr seltsam gefühlt. Alkohol habe ich nicht getrunken, ich wusste also, dass irgendwas mit mir los war. Die Lichter waren zu grell. Es kam mir vor, als würden sie mich anbrüllen. Wollten mich verschlucken. Ich weiß noch, dass mich jemand schnell nach draußen gebracht hat, mir helfen wollte, dachte ich zumindest. Danach kann ich mich nur noch bruchstückhaft erinnern. Wie bei einem Daumenkino, das immer an bestimmten Seiten hängen bleibt. Ein Mann, der auf mir liegt. Schwer. Nach Trockeneis und Marlboro Lights riecht. Dass ich mich nicht bewegen kann.« In diesem Augenblick fühlte Roz sich wieder, als sei sie in dem Daumenkino. Zerquetscht zwischen den Seiten, dazu verdammt, dieselben Erinnerungen immer und immer wieder zu erleben, und –

»Komm zurück«, sagte Liv. »Komm zurück zu mir.« Sie war so einfühlsam. Der Ausdruck in ihren Augen älter als sie selbst.

»Es tut mir so schrecklich leid.« Roz schüttelte den Kopf. »Eigentlich geht es doch um dich.«

»Und bist du deswegen Polizistin geworden? Um Frauen wie uns zu helfen?«

»Ja, ich wollte so gern etwas verändern«, sagte Roz. Die Schluchzer kamen tief aus ihrem Innern und tief aus der Vergangenheit. »Und ich habe es nicht geschafft.«

»Mein Leben hast du jetzt schon verändert.«

»Aber was ist mit Ember? Wenn ich nicht so versessen darauf gewesen wäre zu beweisen, dass ich immer noch als Detective tauge, dass ich den Lauf der Dinge kontrollieren kann, dann hätte ich ihr vielleicht auch helfen können.«

»Irgendjemand muss die Schuld auf sich nehmen. Das hätte auch ich sein können.«

»Nicht mit dem Alibi von deinem Dad. Er weiß Bescheid, stimmt's? Er hat dich gedeckt, als er sagte, du seist bei ihm gewesen, bevor du mit Ember zusammen warst. Aber du hast es ihm nicht sofort erzählt.«

»Ich hab's nicht geschafft. Ich war danach wie betäubt, und Grant verhielt sich, als sei nichts passiert. Es war, als der Zug hielt. In Edinburgh. Nachdem er …« Liv schloss die Augen, konnte die Worte nicht aussprechen. »Danach hat Grant zu mir gesagt: ›Ich gehe als Erster zurück in den Club Car, und du kannst dann in ein paar Minuten nachkommen.‹ Er hat mir zugezwinkert und ist weg, als wär das nur ein bisschen Partygefummel gewesen und keine …« Liv schloss die Augen. »Und ich habe es getan. Ich habe getan, was er gesagt hat.«

»Ist ja in Ordnung, mein Schatz, alles wird gut.« Dabei wusste Roz, dass es nicht mehr gut sein würde, nicht für eine sehr lange Zeit.

»Aber ich weiß nicht, warum. Die werden garantiert sagen, dass ich es auch wollte, dass ich sicher nicht allzu viel protestiert habe. Es hat mich halb umgebracht, dieselbe Luft zu atmen wie er, aber ich wollte auch nicht allein sein. Und deswegen bin ich da sitzen geblieben, im Club Car, und er hat einfach so weitergemacht, als sei nichts geschehen. Er hat sogar versucht, mit mir zu singen und zu tanzen.«

»Wann hast du es deinem Dad erzählt?« Roz hoffte, dass es Liv wieder in die Gegenwart zurückholen würde, wenn sie von ihrem Vater redete.

»Irgendwann zwischen Edinburgh und als wir entgleist sind. Wann, weiß ich nicht mehr. Es war alles ziemlich verwirrend. Besonders, weil er nicht im Abteil mit den Kleinen war, als ich hinkam, sondern in meinem und Aidans Abteil. Mit Ayana. Beim Sex.«

Roz blinzelte ein paarmal, als sie diese neuen Informationen zu verarbeiten versuchte. Dann sah sie wieder Phil vor sich, der verdächtig vehement dagegen protestiert hatte, er hätte unmöglich etwas mit Meg haben können, da sie ja fast so jung gewesen sei wie Liv jetzt. Dabei war Ayana auch nicht älter als Liv. Vielleicht hatte er ja tatsächlich eine Affäre mit Meg gehabt, als sie seine Schülerin war. Aber Meg war nicht mehr da, um ihre Geschichte zu erzählen.

»Es war ihm natürlich alles sehr peinlich, und er hat versucht, es zu erklären. Dann hat er gemerkt, dass etwas mit mir nicht stimmt, und ich konnte nicht mehr und habe ihm alles erzählt. Er hat mir sofort geglaubt. Ayana auch. Dad hätte Grant am liebsten sofort umgebracht, aber Ayana hat ihn daran gehindert. Sie hat mir sehr geholfen. Ich habe ihnen und Ember erzählt, was ich mit Grant gemacht habe, und dann mit Beck. Seitdem beschützen sie mich alle.«

»Aber deiner Mum hast du nichts davon gesagt?«

»Was glaubst du denn?« Ihr ironischer Tonfall brach Roz das Herz. »Sie würde mir die Schuld an allem geben und sagen, ich hätte ihr das Weihnachtsfest ruiniert.«

Roz wusste, dass sie leider recht hatte, und fragte sich voller Angst, ob Heather wohl je so über sie gedacht haben mochte.

»Was soll ich tun?«, fragte Liv. »Damit alles gut ausgeht?«

Systematisch, als würde sie am Zauberwürfel drehen, ließ Roz sich sämtliche Kombinationen durch den Kopf gehen, um Liv möglichst vollständig aus dem Bild zu entfernen. Das würde nicht einfach werden. Und verstieß gegen alles, wofür sie als Polizistin gestanden hatte. Aber sie war nicht mehr bei der Polizei.

»Wenn ich richtig vermute, dann wurde Grant überhaupt nicht mit Erdnüssen vergiftet. Sondern mit Tabak in Form von E-Liquid, das du ihm verabreicht hast. Und ich verstehe nicht nur, warum du das getan hast. Sondern ich werde dir auch helfen, ungestraft davonzukommen. Aber dazu muss ich alles wissen. In Ordnung?«

Liv nickte. »Ember und ich haben beim Zubereiten von Grants Frühstück geholfen. Ich habe gesehen, wie sie Erdnusspulver auf die Flaschenöffnung gestrichen hat, aber dann hat sie es sich doch anders überlegt und es wieder weggewischt. Das hat mich auf die Idee gebracht. Wie bist du draufgekommen?«

»Zweierlei. Erstens habe ich die Tabakpflanze auf der Liste der giftigen Nachtschattengewächse gesehen, als ich Nachforschungen zu Megs Tod angestellt habe. Und dann hatte ich einen Flashback von dem Mann, der mich vergewaltigt hat. Dass er mir Rauch ins Gesicht geblasen hat. Dabei musste ich an Grant mit seinem ewigen E-Zigarre-Paffen denken. Nikotin war das einzige Gift, das Grants Reaktion erklärte.« Roz wollte keine Details nennen, hörte aber noch, wie frenetisch Grant im Krampf mit den Schuhen gegen die Badezimmertür getreten hatte. Sah die geballte Faust, die spastischen Muskeln.

»Was hast du getan?«, fragte Roz weiter. »Hast du ihm eine seiner Flaschen mit E-Liquid aus der Jackentasche geklaut und in die halbe Flasche Champagner geleert, die Grant sich zum Frühstück bestellt hatte? Mit etwa 500 Milligramm Nikotin kann man schon jemanden umbringen.«

Liv nickte. »Ich habe ihm vorsichtshalber zwei Flaschen reingekippt, um ganz sicherzugehen.« Kein Hauch von Reue stand in ihrem Gesicht. Roz fragte sich, ob es wirklich so weise war, diesen jungen Menschen ungeschoren davonkommen zu lassen. Aber dann dachte sie an die Vergewaltiger, die jeden Tag ungeschoren davonkamen.

»Wahrscheinlich wird man deine DNA an der Champagnerflasche finden. Dafür musst du einen guten Grund nennen können, zum Beispiel, dass du sie an Ember weitergereicht hast, die sie dann Oli gegeben hat, der sie Grant ins Abteil brachte. Und – es tut mir so schrecklich leid, dass ich das fragen muss – ist es möglich, dass deine DNA noch irgendwo an ihm zu finden sein wird?«

»Er hat ein Kondom benutzt.« Liv würgte und musste sich dann in den Schnee übergeben.

Roz streichelte Liv den Rücken und fragte sich dabei, ob alte Schachteln und Mütter die jungen Mädchen irgendwann einmal nicht mehr so würden trösten müssen. Sie betete zu Beinn Dòrain, dass dieser Tag kommen würde.

Als Liv sich nicht mehr übergeben musste, sagte Roz: »Dafür bin ich dankbar, in vielerlei Hinsicht. Und wenn irgendetwas anderes gefunden wird, weiß die Polizei, dass du im Club Car Kontakt mit ihm hattest, weil du beim Quiz neben ihm gesessen hast. Wenn du gefragt wirst, sag, er sei freundlich gewesen. Damit erklären sich eventuelle DNA-Spuren.«

»Danke.«

»Wie sieht es mit der angeblich verschlossenen Tür zu Becks Abteil aus? Ich konnte mir einfach keinen Reim darauf machen, wie da irgendjemand rein- oder rausgekommen sein soll. Aber dann habe ich mich gefragt, ob das Abteil denn wirklich verschlossen war. Dein Dad und Ayana haben behauptet, es sei verschlossen gewesen, aber sie wollten dich schützen. Vielleicht hat dein Vater ja nur so getan, als sei die Tür von innen verschlossen gewesen. Immerhin hat er die Tür ein bisschen zu einfach aufbekommen. Wenn Beefy dafür mehrere Anläufe brauchte, dann hätte dein Dad keine Chance gehabt. Nicht böse gemeint. Habe ich recht?«

Liv nickte. »Als Beck zu Ember sagte, sie habe gesehen, wie sie das Erdnusspulver auf der Flasche verteilt hatte, ist Ember gleich zu mir gekommen. Dass Ember das meiste wieder weggewischt hat oder dass ich das E-Liquid reingegossen habe, hat sie scheinbar nicht mitbekommen. Aber ich musste auf Nummer sicher gehen und habe darauf bestanden, dass ich zu Beck ins Abteil gehe, nicht Ember.«

»Und war sie erstaunt, als du reingekommen bist?«

»Ja, erst mal wirkte sie ziemlich verblüfft, aber dann hat sie gelästert, Ember lasse die Drecksarbeit scheinbar gern von anderen erledigen.«

»Sie hatte also keine Ahnung, dass du etwas damit zu tun hattest?«

»Nein. Dann hat sie mir gesagt, Ember müsse dafür sorgen, dass sie garantiert ins *Geek-Street*-Team kam. Ich habe ihr erzählt, das könne sie sich abschminken. Und dass Grant sterben musste, weil er Ember vergewaltigt hat. Und da hat Beck tatsächlich behauptet: ›Solchen Männern braucht man nur einen Tritt in die Eier zu geben, und damit hat sich die Sache. Ich weiß nicht, was mit der Frau nicht stimmt. Deswegen braucht man doch niemanden umzubringen.‹ Und dann hat sie sehr fies gelacht.«

Roz war traurig, als sie das hörte, aber nicht geschockt. Viele Frauen glaubten diesen Schwachsinn und waren überzeugt, dass Frauen mit einem Minirock oder irgendeinem Rock »die Männer dazu provozierten«. »Und was ist dann passiert?«

»Ein rasender Zorn überkam mich, und ich packte Beck und fing an, sie zu schütteln. Ich konnte nicht mehr klar denken. Beck schubste mich weg, gegen das Waschbecken und meinte, ›Stell dich nicht so an‹, genau dasselbe, was auch Grant danach zu mir gesagt hat. Ich fasste nach Megs Schere, die noch in meiner Tasche war. Und dann blutete Beck und atmete nicht mehr. Überall war Blut. Ich weiß nichts mehr davon, dass ich auf sie eingestochen habe oder dass Dad, Ember und Ayana aufgetaucht sind. Sie haben mich sauber gemacht, und ich stand nur stumpf da, wie eine Anziehpuppe.«

»O Liv«, sagte Roz. »Warum hast du die Schere mitgehen lassen?«

»Keine Ahnung. Damit ich mich ein bisschen sicherer fühle, nach dem, was mit Grant passiert war.« Sie schwieg einen Augenblick. »Meinst du, die Polizei wird das auch herausfinden?«

»Tja, ich habe es mir so zurechtgelegt: Ich werde Ember empfehlen, sie soll aussagen, das flüssige Nikotin hätte auch von ihr gestammt. Für den Fall, dass die allergische Reaktion ausbleiben sollte. Mit einem Geständnis, Beweisen und mangelnden Indizien oder finanziellen Motiven, noch tiefer nachzubohren, hoffe ich, dass du ungeschoren davonkommen wirst.«

»Danke«, sagte Liv und umarmte sie. Roz spürte, wie etwas in ihr schmolz. Sie hob den Spiegelwürfel vom Boden auf. Klickend drehte sie daran, drehte und drehte, als könne das den Schmerz zum Verschwinden bringen. Die Spiegelungen des roten Abendhimmels huschten über den Schnee wie von einer blutigen Discokugel.

NEUNUNDVIERZIG

Roz schaute noch einmal bei Ember vorbei, bevor die Polizei eintraf und alles anders wurde. »Ich habe mit Liv gesprochen«, sagte sie und sah Ember dabei in die Augen.

Ember fasste nach ihrer Hand. »Sie dürfen auf keinen Fall –«

»Ich werde es niemandem verraten. Was soll das schon bringen?«

Ember lächelte. »Das finde ich auch. Wenn nur eine positive Sache aus diesem ganzen Mist entsteht, nämlich dass Liv geschützt vor diesen Ereignissen weiterleben kann, dann hat sich das Ganze gelohnt.«

»Sollte entschieden werden, dass Sie in beiden Todesfällen, Grant und Beck, ohne mildernde Umstände des Mordes angeklagt werden, dann sitzen Sie wahrscheinlich im Gefängnis bis Sie, na ja, älter sind als ich jetzt. Bis Sie eine alte Schachtel sind. Sie werden immer als Killa bezeichnet werden, obwohl Sie das gar nicht sind.«

»Aber Liv darf frei sein.«

Roz verstand. »Aber sie wird Hilfe brauchen. Um darüber hinwegzukommen. Über die Vergewaltigung und alles andere. Wenn nicht, wird es sie innerlich zerfressen.«

»So, wie es Ihnen passiert ist?« Ember sah Roz mit mütterlichem Blick an.

Roz sagte nichts.

»Aber wenigstens werden Sie ja da sein, um ihr zu helfen.« Ember zögerte. »Das werden Sie doch, oder?«

»Natürlich. Ich hätte schon viel früher auf sie aufpassen sollen. Hätte mitkriegen müssen, was los war. Ich hätte im Club Car bleiben sollen.«

»Sie sind doch keine Leibwächterin. Eine Frau sollte keinen Leibwächter brauchen. Und es wird auch Zeit, dass wir endlich aufhören, uns ständig den Kopf darüber zu zerbrechen, was wir alles hätten tun müssen. Die Männer müssen aufhören, uns zu vergewaltigen.«

Beide schwiegen einen Augenblick. Beide wussten, dass es dazu nicht kommen würde.

»Bitte sagen Sie mir, wie es sich genau abgespielt hat«, sagte Roz nach einer Weile. »Liv hat mir ein wenig erzählt, aber ich wollte sie nicht weiter bedrängen. Je mehr ich weiß, desto besser kann ich Ihnen beiden helfen.«

Unter Tränen erzählte Ember: »Er hat sie in der Nacht missbraucht. Er hat sie mit aufs Zug-WC genommen, ihr was von seinem Kokain angeboten, dann hat er sie zu Boden geworfen, runtergedrückt und vergewaltigt.«

»Woher wussten Sie, dass etwas vorgefallen war?«

»Ich hatte ihn im Auge behalten, seit wir in den Zug gestiegen waren, weil ich auf einen guten Augenblick wartete, um ihm etwas ins Glas zu schütten. Aber ich hatte noch keine Gelegenheit gehabt, seinen Epi-Pen zu entwenden. Die kam erst, als Liv bei einer seiner Raucherpausen mitging. Das war bei unserem Halt in Edinburgh Waverley. Grant hatte seine Jacke liegen gelassen, und niemand bemerkte, dass ich den Epi-Pen an mich nahm.«

»Haben Sie den noch?«, fragte Roz.

Ember holte den Injektor aus der Jackentasche und schwenkte ihn hin und her.

»Behalten Sie den und händigen Sie ihn der Polizei aus. Das wird ein wichtiges Beweisstück sein, wenn die Polizei Sie verhört.«

Ember nickte. »Er kam nicht allzu lang danach wieder, als sei alles in bester Ordnung. Aber Liv verhielt sich anders. Sie saß an die Wand gedrückt da und hielt die Arme um die Brust geschlungen. Sie setzte sich ganz vorsichtig in die Sitzecke und verzog dabei das Gesicht.«

»O Gott.« Roz erinnerte sich an das Gefühl. Das Gefühl, als sei da unten alles aufgerissen und werde nie wieder heilen.

»Später fragte ich sie, ob Grant ihr etwas angetan hatte. Und sie erzählte es mir. Ich versprach ihr, dass ich immer in ihrer Nähe bleiben und für sie da sein würde. Aber sie sollte nicht sehen, dass ich Grant vergiften wollte. Dass ich es mir dann anders überlegt habe, spielte keine Rolle, die Idee hatte sie von mir. Auch wenn ich nie auf die Idee mit dem flüssigen Nikotin gekommen wäre. E-Liquid, ein sehr modernes Gift.« Sie wirkte fast stolz auf Liv.

»Ist das der Grund, warum Sie ihr angeboten haben, die Schuld auf sich zu nehmen? Weil Sie sich verantwortlich dafür fühlen?«

»Wenn ich nicht vorgehabt hätte, ihn zu vergiften, wäre nichts von alledem passiert.«

»Und ohne ihn wäre keine von uns in dieser Situation. Grant selbst ist an allem schuld. An allem.«

»Ob er auch missbraucht worden ist? Und deswegen so was gemacht hat?«

»Kann sein. Aber die meisten Menschen, die selbst Missbrauch erlitten haben, werden trotzdem keine Sexualstraftäter. Das ist eine Legende.«

Ember schluchzte und schaukelte sich wieder vor und zurück. »Was haben wir bloß getan? Was sind wir jetzt, was hat er aus uns gemacht?«

»Das zerreißt einen innerlich. Ich habe noch niemandem Gewalt angetan, aber ich habe schon oft Menschen beim kleinsten Anlass weggestoßen. Sogar meine nächsten Angehörigen.«

»Vielleicht ist es ja jetzt Zeit für einen Neuanfang?« Aus Embers hellen Augen leuchtete die Hoffnung, die sie für Roz hatte, als wolle sie ihre Lebenskraft in sie und die junge Frau gießen, die sie beschützte.

»Das hoffe ich.«

Roz beugte sich vor und gab Ember einen zarten Kuss auf die Stirn. Sie trat hinaus auf den Gang, schloss die Tür mit einem leisen Klick hinter sich, lächelte Beefy und Bella an, dann rannte sie, die Hand auf den Mund gedrückt, zur nächsten Toilette.

Auf dem WC würgte und würgte sie, bis ihr die Magensäure in der Kehle brannte. Ihre Tränen waren so heiß, als versuche ihr ganzer Körper, sich von dem lodernden Zorn in ihrem Innern zu befreien. Ihre Kehle fühlte sich wund an, ihre Hände zitterten. Sie hatte – hoffte sie zumindest – während des ganzen Gesprächs mit Ember eine fast professionelle, ruhige Fassade an den Tag gelegt. Aber innerlich hatte alles in ihr geschrien. Sie hatte nur eins gewollt: Grant noch einmal zu ermorden.

Sexuelle Gewalt und Missbrauch veränderten die Opfer. Wie sollte es auch anders sein? Roz dachte daran, wie Taiblet hergestellt wurde. Zucker wurde mit anderen Zutaten vermischt und erhitzt. Erst wurde der Zucker körnig, dann löste er sich auf. Die Hitze unter dem Topf wurde erhöht, und das Ganze begann zu kochen. Die Masse warf Blasen, zischte, spie und spuckte. Sie konnte jeden Augenblick überkochen. Anbrennen. Brandblasen und Narben verursachen. Dauernden Schaden anrichten.

Nach dem Kochen kühlte die Masse ab und wurde wieder hart. Solide. Man ritzte das Taiblet an und brach es dann in Stücke. Etwas grundlegend anderes war daraus geworden.

Roz wusste nicht, wie sie sich entwickelt hätte, wenn sie nicht mit zwanzig vergewaltigt worden wäre, als sie mit Heather schwanger war. Ember würde nie wieder derselbe Mensch sein, der sie vor dem Zusammentreffen mit Grant gewesen war. Genauso wenig wie all die anderen Frauen, die er sicherlich auch missbraucht hatte. Aber Roz konnte zumindest versuchen, einer davon zu helfen.

FÜNFZIG

Vom Fenster aus beobachtete Ember, wie der Baum von der Trasse gehoben wurde. Er war riesig. Sie stellte sich vor, es sei ein Weihnachtsbaum, verziert mit selbst gemachtem Christbaumschmuck und Kerzen. Vielleicht atmeten die stählernen Gleise erleichtert auf. Die Techniker, Gleisarbeiter, Sanitäter, Polizistinnen und Polizisten waren unter lautem Jubel der Passagiere eingetroffen. Es wurde bereits daran gearbeitet, die Waggons wieder aufs rechte Gleis zu bringen. Ember wünschte nur, das ginge im Leben auch so einfach.

Ein Ruck ging durch den Zug. Ember stieß mit den Polizistinnen rechts und links von ihr zusammen, als die Handschellen zuschnappten. Aus anderen Abteilen waren Freudenschreie und Applaus zu hören. Die Mitreisenden würden bald Weihnachten feiern und daheim von vielen Abenteuern berichten können. Das würde dem ganzen Land einiges an Schadenfreude bereiten, genau wie im Vorjahr, als pünktlich zu den Feiertagen die Morde im Endgame House an die Öffentlichkeit drangen. Solche Storys sorgten selbst in den dunkelsten Nächten für ein Feuerwerk funkelnder Schlagzeilen und Tweets.

Die Sanitäter trugen leere Leichensäcke zum Zug. Ember dachte an Grants Leiche, die erst in einem Plastiksack und dann unter der Erde verschwinden würde. Sie war froh darum.

Sie sah zum Fenster hinaus. Am Himmel waren dramatische Wirbel in Pink und Orange zu sehen. Vielleicht würde sie irgendwann noch ihre Meinung ändern, aber momentan war sie stolz darauf, dass sie immer als Killa bekannt sein würde. Ihr Leben hatte doch einen Sinn. Ember fragte sich, ob sie aus ihrer Gefängniszelle wohl würde hinausblicken können, hinaus in den großen Himmel.

EINUNDFÜNFZIG

Es war gerade erst Nachmittag, und die Sonne ging schon wieder unter und versank zwischen zwei Bergen, eine Orangenscheibe in einem Martiniglas.

Der Zug rollte, sehr langsam, vorsichtig, weil trügerisches Eis unter dem Schnee sein konnte, aber sie fuhren. Zumindest die, die durften. Roz hatte eine Aussage bei einem Polizisten abgelegt, der stark nach Zigaretten und Pfefferminzbonbons roch. Sie hatte ihm von Megs Unfalltod, ihrem Livestream und der Möglichkeit erzählt, dass es noch weitere Beweise für Grants gewalttätiges Verhalten gab. Sie berichtete, dass Ember vor ihr zusammengebrochen sei und gestanden habe, Grant und Beck im Zorn getötet zu haben.

Jetzt konnte Roz daran denken, was als Nächstes kam. Seit vielen Stunden hielt sie sich an einem Foto ihrer winzigen Enkelin mit einem wollenen Weihnachtsmützchen auf dem Kopf fest. Die Kleine brauchte keinen Sauerstoff mehr und war wohlauf.

Schnaufend kam der Zug in Roy Bridge zum Stehen, wo sich die Polizeiwache befand. Als Erstes stieg Ember aus, begleitet von zwei Polizistinnen. Beefy half Mary beim Aussteigen, und Mary und Tony winkten Roz zum Abschied zu. Sie hatte versprochen, dass sie die beiden besuchen und ihnen Taiblet vorbeibringen würde. Tony drehte sich noch einmal um, damit Roz sich auch von Moustache verabschieden konnte. Sie war sich sicher, dass sie sah, wie der Kater eine Pfote zum Gruß an das Gitternetz hob.

Iain stieg ebenfalls in Roy Bridge aus, gefolgt von Phil, Sally und ihren Kindern. Liv legte die Hand aufs Herz, als der Zug ohne sie weiterfuhr. Und Roz war auf dem Weg zu den Menschen, die ihrem Herz am nächsten waren.

»Du steigst beim nächsten Halt aus?«, sagte Roz zu Sam.

»Yep. Mein Dad holt mich ab.«

»Und wirst du auch zurechtkommen? Becks Tod muss das Team ja ganz schön aus dem Gleichgewicht gebracht haben.«

»Logisch komme ich klar. Das Team wird wahrscheinlich eher gestärkt aus dem Ganzen herauskommen. Jetzt brauchen wir nicht mehr gegeneinander zu arbeiten, damit wir in die Sendung kommen. Und hoffentlich gewinnen wir sogar.«

»Und kommt ins Fernsehen. Das gucke ich mir auf jeden Fall an. Ich mag Quizshows.«

Sam lachte. »Ja, aber berühmt will ich nicht werden. Jetzt weiß ich, wozu das führen kann.«

Beide schwiegen eine Weile und dachten über das nach, was im Lauf des letzten Tages passiert war.

»Eigentlich wollte ich heute noch Weihnachtsgeschenke besorgen«, sagte Sam. »Aber ich kann ja auch Fakten verschenken. Wie alt bist du gleich?«

»Fast fünfzig.«

»Dann mache ich dir das Wissen zum Geschenk, dass fünfzig eine Harshad-Zahl ist.«

»Und was ist das?«

»Die Harshad-Zahl wurde vom indischen Mathematiker D. R. Kaprekar als eine Zahl definiert, die durch die Summe ihrer Ziffern teilbar ist. Fünf plus null ist fünf, und fünfzig geteilt durch fünf ist zehn.« Sam legte eine Pause ein. Da Roz immer noch unbeeindruckt wirkte, fügte Sam hinzu: »*Harshad* bedeutet ›Freudenbringerin‹ oder ›große Freude‹ auf Sanskrit, was für einen Feiertag wie heute doch sehr passend ist.«

»Ja, das ist schon feierlich. Ich danke dir, Sam.«

»Jetzt kommt das Beste. Fünfzig ist außerdem eine Stirling-

Zahl, benannt nach dem schottischen Mathematiker James Stirling.«

»Jetzt erzählst du mir mal was Gutes! Eine schöne, schottische Zahl. Auf die Fünfzig kann man sich verlassen.«

»Sie bildet den Grundstein für deine Zukunft.«

»Ich bin gespannt.«

Craig tauchte neben ihr auf. Er stand da und knabberte an seiner Nagelhaut. »Alles gut bei dir?«

»Sobald ich unsere Tochter sehe, wird alles gut sein«, antwortete Roz.

»Ich bin für morgen mit ihr verabredet. Vielleicht können wir uns ja danach treffen und einen aufs überlebte Weihnachtsfest trinken?«

Grinsend blickte Sam zwischen den beiden hin und her. Sam umarmte Roz schnell, ging davon und sang dabei »Stay Another Day«.

»Also«, sagte Roz.

»Also«, antwortete Craig.

Der Abstand zwischen ihnen schien zu klein, zu tief und zu groß zu sein, alles zugleich.

Roz blickte Craig suchend ins Gesicht. Aus der Nacht, in der Heather *vermutlich* gezeugt worden war, erinnerte sie sich nur noch daran, dass sie enger und immer enger mit einem Mann getanzt hatte, der sie zum Lachen brachte. Sie hatten es an einer Bushaltestelle miteinander getrieben, und zwei Autos hatten beim Vorbeifahren gehupt. An mehr erinnerte sie sich nicht. Kein Bild seines Gesichts war in ihrem Kopf geblieben. Aber sie wusste noch, dass sie ihn gemocht hatte. Dass seine Haut weich und sein Dialekt noch weicher gewesen war. Und dann war sie mehrere Monate später vergewaltigt worden. Sie war zusammengefaltet, zerschnitten und zerstört worden wie eine von Megs Papierpuppen. Die Erinnerungen an die Nacht mit Craig waren immer noch schemenhaft, aber vielleicht würden sie ja deutlicher zutage treten, wenn die andere, düstere Erinnerung in der Vergangenheit versank. Vielleicht würde der schönere Teil der Vergangenheit ihre Gegenwart werden.

»Bald ist Silvester. Guter Zeitpunkt für einen Neuanfang.« Craigs Stimme klang vielsagend. Er schien mehr andeuten zu wollen als nur einen Neustart ihres Verhältnisses zu Heather.

In einvernehmlichem Stillschweigen setzten sie ihre Reise fort, beobachteten die vorbeiziehenden Flüsse, Lochs und Munros. Ein Bauernhaus, ein Hase im Schnee, eine Herde Schafe: das erhörte Gebet einer Reisenden.

Der Himmel über Loch Linnhe hatte die Farbe warmer Glut, als der Zug in Fort William einfuhr. Im sicheren Schoß der Berge und Hügel lag die Stadt vor ihnen. Roz war zu Hause.

Es war eine unendlich lange Reise gewesen, aber sie war noch nicht zu Ende. Nicht, bis sie alles mit Heather geklärt hatte. Die letzten Augenblicke, bevor die Zugtüren aufgingen, schienen die längsten zu sein. Roz hoffte, dass das bestellte Taxi bereits auf sie wartete, um sie ins Krankenhaus zu bringen.

»Willst du mitkommen?«, fragte Roz, als sie, benommen von den vielen auf sie einstürmenden Heimaterinnerungen, auf den Bahnsteig trat.

Craig nickte. Sie hakte sich bei ihm unter, und seine Augen leuchteten.

Auf dem Bahnsteig kamen ihnen Beefy, Bella und Oli entgegen. Sie sahen so todmüde aus, wie Roz sich fühlte.

»Haben wir Sie also doch noch heil nach Hause gebracht«, sagte Beefy und legte Craig und Roz seine Pranken auf die Schultern.

»Aber Sie sind weit weg von daheim«, erwiderte Roz.

»Es ist ja erst Heiligabend«, antwortete Beefy. »Man kann nie wissen. Wenn die Straßen bald geräumt werden, schaffe ich es noch bis zum zweiten Weihnachtstag zu meinen Kindern.«

»Also nicht mit dem Zug«, sagte Bella.

Beefy grinste. »Auf jeden Fall nicht mit dem Zug.«

Die drei Bahnangestellten wünschten Roz und Craig Frohe Weihnachten und gingen Arm in Arm davon.

Gestern Morgen hatte Roz noch gedacht, dass sie nichts mehr kalt erwischen konnte. Dass sie zu zynisch war, um wirklich überrascht zu werden, im Guten wie im Schlechten. Aber hier war sie nun, auf dem Weg zum Taxistand mit einem Mann, den sie eine Nacht lang gekannt hatte, vor über dreißig Jahren. Und irgendwie fühlte es sich richtig an.

»Ich bleibe hier am Eingang«, sagte Craig, als sie das Krankenhaus betraten. »Damit ihr ein bisschen Zeit zusammen habt.«

»Ganz sicher?« Roz berührte ihn am Arm. Es durchfloss sie elektrisch, als habe sie eine Stromschiene angefasst.

»Heather hat in den letzten vierundzwanzig Stunden genug mitgemacht. Den Schock, ihren unbekannten Dad kennenzulernen, erspare ich ihr lieber bis morgen.«

»Dann bis morgen«, sagte Roz. Abschiedsschmerz überkam sie bei dem Gedanken, ihn zu verlassen.

»Ich bleibe hier«, sagte Craig. »Ich warte da auf dem Stuhl, trinke einen schlechten Kaffee aus dem Automaten und lese mein Buch, bis du wieder nach unten kommst.« Er zog ein Buch mit Weihnachtsgedichten aus der Jackentasche. Mit dem Daumen hielt er eine Seite offen: »In der Nacht vor dem Christfest«.

Heather in ihrem Krankenhausbett war kaum wiederzuerkennen. Angeschwollen wie ein Ballon, als sei sie mit Wasser aufgepumpt worden. Auf ihrer Brust lag das Baby, Haut an Haut. Das Neugeborene war winzig, besaß aber bereits ein perfektes Gesichtchen. Die Augen waren fest geschlossen wie kleine Muscheln. Mit den dünnen Affenärmchen hielt es sich an Heathers Brust fest. Über dem Baby waren kleine Strickdecken festgesteckt, und auf dem Kopf trug es eine winzige Santamütze.

Auf einer Seite des Krankenbetts stand ein Babybettchen auf Rollen. Auf der anderen Seite saß auf einem harten Stuhl Ellie und betrachtete Heather mit einer solch kämpferischen Liebe, dass es fast wehtat. Ihr Gesicht wirkte schrecklich grau nach dem, was sie gerade hinter sich gebracht hatten. Es war für alle ein fürchterlich langer Tag gewesen.

Roz ging langsam auf das Bett zu. Das viele, das sie sagen wollte, kämpfte in ihrem Kopf gegeneinander an, schaffte es aber nicht bis zum Mund.

»Alles gut, Mum, du brauchst dich nicht anzuschleichen. Ich beiß schon nicht.«

»Es tut mir so leid«, sagte Roz und stand vor Heather. »Alles. Dass ich jetzt erst komme. Dass ich in jeder Hinsicht zu weit weg war. Dir nicht gesagt habe, was mich so belastet hat. Dir nicht geholfen habe, deinen Dad zu finden. Alles.« Sie fasste nach Heathers Hand. Sie war so geschwollen, dass selbst die sanfteste Berührung einen Abdruck hinterließ, der nicht wieder verschwand.

»Ist in Ordnung, Mum«, sagte Heather, und Roz' Herz floss beinah über vor Liebe. »Wir haben jede Menge Zeit, um über alles zu reden.«

»Und wie fühlst du dich?«, fragte Roz. Ihr war schrecklich bewusst, wie banal das klang.

»Wie die Assistentin von einem Zauberer, die gerade in der Mitte durchgesägt worden ist.«

»Aber wenigstens ist kein weißes Kaninchen aus dir rausgekommen, sondern ein Baby. Zum Glück.«

Heather lachte und verzog das Gesicht vor Schmerzen. »Bring mich bloß nicht zum Lachen. Nicht, dass meine Stiche aufplatzen.«

»Verzeih mir, mein Schatz.«

»Das ist dein Enkelkind«, sagte Heather. Sie sah schrecklich erschöpft aus, aber ihre Augen leuchteten Oxytocin-Hormon-begeistert. »Wir haben sie Eve genannt.« Sehr vorsichtig – man sah, dass ihr jede Bewegung Schmerzen verursachte – nahm sie Eve hoch und hielt sie Roz hin.

Roz nahm das Baby auf den Arm. »Hallo, Eve«, flüsterte sie. Sie hoffte, dass Eve das laute Pochen ihres Herzens nicht hörte. Sie wollte den Winzling nicht aufwecken. Das warme Bündel in ihren Armen war zugleich leicht und wog so schwer. Roz blickte hinunter in Eves schlafendes Gesichtchen unter der wollenen Weihnachtsmütze. Selbst jetzt konnte Roz in der Nase und den Brauen ihrer Enkelin die lange Linie von Parker-Frauen erkennen. Sie fühlte sich augenblicklich mit ihr verbunden.

»Willkommen, mein Kleines.« Roz pflanzte einen zarten Schneeflockenkuss auf Eves Stirn. »Ich bin deine Granny«, flüsterte sie. »Und ich werde dich lieben und beschützen, brennend wie Whisky, süß wie Taiblet, ewig und schrumplig wie Rosinen.«

»Wo du gerade davon sprichst …«, sagte Heather mit erwartungsvoll hochgezogenen Augenbrauen.

»In meinem Rucksack«, antwortete Roz.

Ellie stand auf und durchforstete Roz' Gepäck. Sie zog die letzte Tüte Taiblet mit der Begeisterung von jemandem hervor, die einen Schatz unten im Weihnachtsstrumpf entdeckt. Mit Taiblet konnte man jede und jeden für sich gewinnen, hundertprozentig. Ellie holte ein Stück heraus und legte es Heather liebevoll auf die Zunge. Heather schloss die Augen, und nur ihr Mund bewegte sich beim Kauen.

»Ich bin überrascht, dass du dich ›Granny‹ nennen lassen willst«, sagte Ellie. »Ich hätte gedacht, dass du was wie ›Nana‹ oder ›Seanmhair‹ bevorzugen würdest.«

»Ich habe mir gedacht, ›Granny‹ passt doch ganz gut. Wie in Granny Weatherwax. Oder Granny Gilf. Ich stehe dazu, dass ich eine alte Schachtel bin.«

»Dann bin ich ja jetzt wahrscheinlich die Mutter.« Heather wirkte benommen. »Ich kann's immer noch nicht glauben.«

Roz schob Heather eine durchgeschwitzte Haarsträhne aus

den Augen. »Es dauert ein bisschen, bis du dich daran gewöhnt hast. Aber du machst ja schon alles perfekt als Mutter. Im Laufe der Zeit wächst du in deine Rolle hinein, und ich in meine.«

Das Baby wurde wach, bewegte den Kopf und gab kleine Geräusche wie ein Kätzchen von sich. »Sie will ihre Mama«, sagte Roz und legte ihre Enkelin vorsichtig in die wartenden Hände ihrer Tochter.

»Und ich will meine«, sagte Heather ganz weich.

»Wirklich?«, fragte Roz. Um ein Haar wäre ihr Herz entgleist.

Langsam lehnte Heather den Kopf gegen Roz' Seite. »Aber du kannst nicht einfach den Platz von Gran einnehmen – Eve soll nicht bei dir aufwachsen.«

»Nein, diese Freude will ich dir natürlich nicht nehmen. Ich bin hier, wenn du mich brauchst, und lasse dich in Ruhe, wenn nicht.«

»Wie wär's, wenn du dir noch eine andere Beschäftigung suchst? Du bist schlecht drauf, wenn du nicht genug zu tun hast.«

»Zerbrich dir mal nicht den Kopf über mich. Du brauchst dich jetzt nur noch um die kleine Eve zu sorgen. Und diese Sorge hört nie auf, nur dass du's weißt.«

»Vielleicht könntest du ja zur Polizei hier bei uns wechseln. In Blar Mhor gibt es eine neue Polizeiwache, zwischen Lochy Bridge und Banavie.«

»Ich glaube, ich habe genug von der Polizei.«

»Aber du hast doch so viele Fähigkeiten. Die kannst du nicht einfach wegwerfen.«

Roz dachte daran, wie sich alles mit einem Klick an die richtige Stelle gefügt und an den inneren Frieden, den sie in diesem Augenblick verspürt hatte. »Vielleicht mache ich mich ja selbstständig.«

»Als Privatdetektivin? Du hast immer gesagt, das hieße nur, im Müll von anderen Leuten wühlen und Donuts essen.«

»Ich weiß. Aber ich esse seit heute gern Donuts.« Vielleicht könnte sie selbst ein Donutrezept perfektionieren und als erstes Rezept in ihr Lebenskochbuch schreiben, das sie einmal an Heather weiterreichen würde. »Und vielleicht kann ich ja auch noch jemandem damit helfen.«

Craig wartete in der Eingangshalle des Krankenhauses auf sie, als sie aus dem Aufzug trat. Ein in Krankenhauskittel gewandeter Chor sang von einem heiligen neugeborenen Kind, das seinen Kopf aufs Stroh bettet. Craig blickte auf und sah Roz. Das Buch fiel ihm in den Schoß.

»Wir haben ein Enkelkind«, sagte Roz und konnte kaum verstehen, was für Worte aus ihrem Mund kamen. »Es heißt Eve.«

»Eve!« Craig lachte und weinte zugleich. Er versuchte nicht, die Tränen zurückzuhalten, sondern ließ ihnen freien Lauf.

Roz holte ihr Handy heraus und zeigte ihm die Fotos, die Ellie ihr geschickt hatte. Craig streichelte das Display mit dem kleinen Finger, als sei es Eves Wange. »Sie ist so klein! Und so perfekt!«

Eine ganze Strophe von »Away in a manger, no crib for a bed, The little Lord Jesus laid down His sweet head« hörten sie sich an und standen versonnen da, dann gewann Roz' praktisches Denken wieder die Oberhand. »Sobald die Läden wieder geöffnet haben, müssen wir Eve ein paar Frühchen-Strampler und Windeln besorgen. Und frische Sachen für Heather holen, weil sie noch im Krankenhaus bleiben muss, bis ihr Blutdruck unter Kontrolle ist.«

»Wir?«

»Nur, wenn du Lust hast zu helfen, natürlich.« Roz spürte den Drang, wegzugucken, zwang sich aber, ihm ins Gesicht zu schauen.

Gefühle flackerten über Craigs Gesicht, als seien es Polarlichter. »Ich bin hier, wenn du mich willst, so, wie du mich brauchst, so lange du möchtest.«

Im Taxi fasste Roz nach Craigs Hand. Sie war glatt und warm. Er drückte ihre. Roz wusste nicht, was geschehen würde, aber es würde gut sein, auf die eine oder andere Art.

Als sie nach Fort William hineinfuhren, hatte Roz das Gefühl, von innen zu leuchten. So wie all die Häuser, an denen sie vorbeikamen. Dies war ihre Stadt, ihr Zirkus, und die Menschen, die hier lebten, waren ihre Affen. Und sie würde so viele dieser Affen beschützen, wie sie konnte.

Roz sah Craig an, und ihr Blick gehörte nur ihm. Es war die Nacht vor einem neuen Leben. Der Dezember würde wieder voller Zauber sein. Allen nah und fern fröhliche Weihnachten und eine gute Nacht.

DANKSAGUNGEN

FRAGEN:

1. Wer ist der beste Ehemann und Autor, jetzt und für alle Zeit?
2. Unsere Tochter, benannt nach der ursprünglichen Produzentin von *Doctor Who*
3. Geniale Lektorin, der dieses Buch gewidmet ist
4. Meine Tochter nennt sie meinen »Engel«
5. Das fantastische Team, das dieses Buch mit Volldampf vorangetrieben hat
6. Meine wunderbaren neuen Schwiegereltern, die sich tagsüber um unsere Tochter gekümmert haben, damit ich dieses Buch schreiben konnte (Tipp: eine verstorbene Prinzessin und ein Almodóvar-Schauspieler)
7. Ihr Nachname ist gesegnet, und die Vornamen teilen sie mit Harlow und Evans/Pine/Hemsworth/Pratt
8. Eine Organisation, die Schriftstellerinnen und Schriftstellern zu gern zur Seite steht
9. Meine beste Freundin, nach der die Hauptfigur dieses Buchs benannt ist; meine andere beste Freundin seit Studientagen, selbst eine hervorragende Autorin
10. Meine Krimi-Besties, alias Lady Sushi Oil und Barb Throb Spied

ANTWORTEN:

1. Mein frisch mir angetrauter Ehemann Guy Adams
2. Verity, unsere geliebte Dreijährige
3. Katherine Armstrong, ein Traum von einer Lektorin
4. Diana Beaumont, meine tolle Agentin
5. Team S & S (die wunderbare Lektoratsassistentin Judith Long, die brillante Werbefrau Sabah Khan, Genie des Marketing Richard Vlietstra, Emma Ewbank, Designerin des hübschen Einbands, Matt Johnson aus der Gestaltung, Francesca Sironi, Produktionsleitung, Korrekturleserin Saxon Bullock und Korrektor David Callahan). Es ist mir eine große Ehre und Freude, mit ihnen zusammen Teil der Simon-&-Schuster-Familie zu sein!
6. Di und Antonio
7. Jean und Chris Benedict
8. RLF (Royal Literary Fund)
9. Roz Davies, Karen (K. E.) Minto
10. Susi Holliday und Steph Broadribb

Mein Dank gilt außerdem: meinem wunderbaren Bruder David Benedict, seiner Frau Carolina und meiner Nichte Sofia Maia; Dame Margaret Rutherford, meiner geliebten Großfamilie, meinen glorreichen Freund:innen in Hastings – Judith, Michelle, Boy Sam, Girl Sam, Nigel, Lou, Steve, Caroline und Kirsty, Paul und Marie, John und Lin, Ceejay, Heidi Heelz, Jamie Holliday, Tracy Fenton, Jamie-Lee Nardone, Neil Snowdon, Caroline Maston, Nick Weekes, Susan Watkins, Linda Broomhead, Claire Lees Ingham, Ciara und Kelly, Holly und Matt, Stephanie Roundsmith, Steve Shaw, Brian Showers, Colin Scott, Writing around the Kids und allen Kolleginnen und Kollegen, die mir mit Unterstützung, Trost, Weitblick, Ermutigung und Inspiration zur Seite gestanden haben, in zufälliger Reihenfolge: Marnie R, Katerina D, Derek F, Hayley W, Martyn W, Steve S, Louise V, Caroline G, Cavan S, Mason/Alex, Alexandra S, Anna Mazz, Sinead C, Cate G, Cally T, James G, Jacqueline F, Ruth W, Catriona W, Sophia B, Rhiannon T, Emma R, Roman C, Charlotte B, Luca V, Paul B, George M, Tom W, Amanda J, John D, Justin L, William R, Claire McG, Maggie B, Sarah H, Clare Mack, Jennifer J, Paul C, Wendy M, Tiffani A, Jonathan B, Carol H, Natascha L, Elizabeth H, Syd M, Alex C, Laura S-R, Mark E, Erin K, Johnny M, Paul F, Fergus McN, Maxim W, Steve V und viele, viele andere. Danke, Leslie, Angela, Zo und Emma O'Leary für die Behandlung meines Schreibtischtäterinnenrückens, Russell T Davies und Black Phoenix Alchemy Lab für die Duftbegleitung und allen Blogger:innen, die meine Bücher besprochen haben, sowie Val McDermid, Kaiserin of Crime, für die freundlichen Coverzitate.

Meine ewige Dankbarkeit gilt zu guter Letzt den Mitarbeiter:innen auf der Entbindungsstation der Pearl-Ward-und-Oliver-Fisher-Neonatologie des Medway Maritime Hospital. Ich wurde mit schwerer Schwangerschaftsvergiftung ins Krankenhaus eingeliefert, und Verity kam sieben Wochen zu früh auf die Welt – die Mitarbeitenden dort haben uns beiden das Leben gerettet.

www.tropen.de

Jenny Lund Madsen
30 Tage Dunkelheit
Kriminalroman
Aus dem Dänischen von Julia Gschwilm
400 Seiten, Klappenbroschur
ISBN 978-3-608-50165-0

»Ein wahrhaft origineller Krimi, der Humor und Spannung perfekt ausbalanciert.« *VOGUE Scandinavia*

Ein kleines isländisches Dorf. Eine Schriftstellerin auf der Suche nach Inspiration. Ein ungelöster Todesfall. Als die dänische Schriftstellerin Hannah Krause-Bendix in die Einöde Islands reist, um dort einen Kriminalroman zu schreiben, holen sie ihre Recherchen ein. Kurz nach ihrer Ankunft wird eine Leiche gefunden. Das Dorf schweigt. Und Hannah muss feststellen, dass die Realität sich mehr und mehr selbst schreibt.